新譯世說新語（下冊）

劉正浩　邱燮友　陳滿銘
許錟輝　黃俊郎
注譯

三民書局

新譯世說新語　目次

下冊

下卷

附　錄

下卷

容止❶第十四

1 魏武❷將見匈奴使，自以形陋❸，不足雄遠國❹，使崔季珪❺代，帝自捉刀立牀頭❻。既畢，令間諜問曰❼：「魏王何如？」匈奴使答曰：「魏王雅望❽非常；然牀頭捉刀人，此乃英雄也！」魏武聞之，追殺此使。

【注釋】❶容止　威儀；莊嚴的儀容和舉止。❷魏武　即曹操。❸形陋　狀貌矮小。陋，狹小。❹雄遠國　稱霸於邊遠的國家。雄，雄長；稱霸。❺崔季珪　崔琰，字季珪，三國魏清河東武城（今山東武城西）人。身材高大，鬚長四尺，眉目疏朗，甚有威重。❻牀頭　座側。牀，安身的几坐。❼令間諜問曰　《太平御覽》七七九引《語林》作「令人問曰」。❽雅望　嚴正的儀容。

【語譯】魏武帝將接見匈奴的使臣，自以為身材矮小，不足以雄長四夷，就使崔季珪相代，自己持刀侍立在他的座旁。使臣參見完畢，又令間諜問他：「你看魏王怎麼樣？」匈奴使臣答道：「魏王的儀容，威重非凡；可是座旁持刀的人，才是真正的英雄豪傑！」魏武帝聽到報告，就派人追趕，殺了這個使者。

【析　評】本則所記，是曹操弄巧成拙，惱羞成怒的故事。《魏氏春秋》說魏武帝「姿貌短小，而神明英發」（見劉孝標注引）。可是曹操本人，卻忽略了自身的長處，對高大的匈奴人自慚形穢，演出了這場鬧劇，貽笑大方。曹操聽了匈奴使者的話，本該高興才是，但恐招致他人的譏笑，令他異常惱怒，便遷怒使者，加以追殺。這又暴露出他恣肆自專、慘酷成性的缺陷。這件事，幾近兒戲，《史通・暗惑》已辨其非：「昔孟陽臥床，詐稱齊后（見《左傳・莊公八年》）；紀信乘纛，矯號漢王（見《史記・項羽本紀》）。或主遘屯蒙，或朝罹兵革。故權以取濟，事非獲己。如崔琰本無此急，何得以臣代君者哉？且凡稱人君，皆慎其舉措，況魏武經綸霸業，南面受朝，而使臣居君座，君處臣位，將何以使萬國具瞻，百寮僉矚也！又漢代之於匈奴，其為綏撫勤矣。雖復賂以金帛，結以親姻，猶恐虺毒不悛，狼心易擾。如輒殺其使者，不顯罪名，復何以懷四夷於外蕃，建五利於中國？且曹公必以所為過失，懼招物議，故誅彼行人，將以杜滋謗口，而言同綸綍，聲遍寰區，欲蓋而彰，止益其辱。雖愚暗之主，猶所不為，況英略之君，豈其若是？」這說法很有見地。但曹操倘非以苛刻險詐聞名於世，這種傳聞也不致傳會到他身上。子貢說：「是以君子惡居下流，天下之惡皆歸焉。」正指的這種情況。

2　何平叔❶美姿儀，面至白，魏文帝疑其傅❷粉；正夏月，與熱湯餅。既噉❸，大汗出，以朱衣自拭，色轉❹皎然❺。

【注　釋】❶何平叔　即何晏。見〈言語〉14注❶。❷傅　通「敷」。塗；搽。❸噉　食。❹轉　反而。❺皎然　白而光亮。

【語　譯】何平叔儀容俊美，面色極為白淨，魏文帝懷疑他搽了粉；正當炎夏，就賜了一碗熱湯餅給他。他吃了以後，出了滿臉大汗，便用朱紅色的衣服擦拭，顏色反而更加白皙光亮。

【析　評】此則寓有真金不怕火燒的意思。劉孝標注引《魏略》：「晏性自喜，動靜粉帛不去手，行步顧影。」且云：「按此言，則晏之妖麗，本資外飾。且晏養自宮中，與帝相長，豈復疑其形姿，待驗而明也？」考漢、魏時男子有敷粉的習氣，如《漢書・佞幸傳》載：「孝惠時，郎侍中皆傅脂粉。」《魏志・王粲傳》注引《魏略》：「臨菑侯植得（邯鄲）淳甚喜，延入坐。時天暑熱，植因呼常從取水，自澡訖，傅粉。」記載甚明。然何晏本不塗粉，則不去手之「粉帛」，應指白色手絹而言，自憐白淨，不時拭面，故不去手；劉孝標注，誤以面粉與手帕為釋，言「晏之妖麗，本資外飾」，與本則所述大相逕庭，斷不可從。「以朱衣自拭，色轉皎然」二語，措詞精妙。帝望其拭面變黑，卻反而更加白亮；不但更加白亮，與朱衣互相映照，則面裡透紅，益增其資質之美。彩筆生輝，真不可及。

3 魏明帝使后弟毛曾❶與夏侯玄❷共坐，時人謂「蒹葭❸倚玉樹❹」。

【注　釋】❶毛曾　三國魏河內（今河南沁陽）人。明悼毛皇后弟，曾任駙馬都尉，遷散騎侍郎。❷夏侯玄　字太初，三國魏譙（今安徽亳縣）人。繼承其父夏侯尚昌陵鄉侯的爵位。弱冠為散騎黃門侍郎，累遷散騎常侍、中護軍，後與李豐、張緝謀殺司馬師，事洩被殺，夷三族。❸蒹葭　比喻出身卑微、才能低劣的人。蒹，荻。葭，蘆葦。為常見而價值低賤的草。❹玉樹　傳說中華美的仙樹。比喻儀態美秀、才德優異的人。

【語　譯】魏明帝使皇后的弟弟毛曾和夏侯玄坐在一起，當時的人說那簡直如同「水邊的蘆荻倚靠著仙境的玉樹」。

【析　評】夏侯玄出身名門世家，文采風流，為世所重。《三國志・魏志・諸夏侯曹傳》注引《魏書》，稱其父「尚有籌畫智略，文帝器之，與為布衣之交」；又引《世語》說：「玄世名知人，為中護軍，拔用武官，參戟牙門，無非俊傑，多牧州典郡。立法垂教，于今皆為後式。」可是毛曾雖是明帝皇后之弟，家世寒微，《三國志・魏志・后妃傳》稱其父「嘉本典虞車工，卒暴富貴，明帝令朝臣會其家飲宴，其容止舉動甚蚩騃，語輒自謂『侯身』，時人以為笑」。毛曾生長在這樣的家庭，其人的粗鄙低俗，可以想見。明帝卻完全不計二人的差異，硬叫曾、玄並坐，藉以高抬后弟的身價，招致物議，可謂咎由自取。

4 時人目❶夏侯太初「朗朗如日月之入懷」❷，李安國❸「頹唐❹如玉山之將崩❺」。

【注釋】❶目　品評。❷朗朗如日月之入懷　朗朗，非常明亮的樣子。日月入懷，言其光明皎潔而人人樂於接受。《太平御覽》四四七引《郭子》作「朗如明月入懷」，「日」可能是「明」的誤字。❸李安國　李豐，字安國，魏明帝時為黃門郎，仕至中書令。鑑別人物，名振中外。❹頹唐　隕墜的樣子。❺如玉山之將崩　言其峻秀孤高異於常人，令人敬畏而恐其隕墜，不敢接近。

【語譯】當時的人品評夏侯玄，說他「個性爽朗，有如日月照入人的胸懷」，又說李豐「孤高自持，有如玉山即將崩倒」。

【析評】此則比較夏侯玄和李豐二人德行的差異。玄光明磊落，具有親和力，他的品德，直如日月之光，投入人的懷抱，到處受到歡迎。而豐危言危行，品格峻秀，但因過分孤高，有隨時隕墜的危險，眾人雖敬仰他，卻沒有人敢和他親近。

5 嵇康❶身長七尺八寸，風姿特秀❷。見者歎曰：「蕭蕭肅肅❸，爽朗清舉❹。」或云：「肅肅❺如松下風，高而徐引❻。」山公❼曰：「嵇叔夜之為人也，巖巖❽

若孤松之獨立；其醉也，傀俄❾若玉山之將崩。」

【注釋】❶嵇康 字叔夜，見〈德行〉16注❷。❷風姿特秀 風姿，風采儀態。〈康別傳〉載嵇康「長七尺八寸，偉容色，土木形骸，不加飾厲，而龍章鳳姿，天質自然。正爾在群形之中，便自知非常之器」（劉孝標注）。❸蕭蕭肅肅 端莊恭謹的樣子。❹爽朗清舉 明快開朗而清虛高遠。❺肅肅 風聲強勁有力。❻高而徐引 言風聲自高空穿松針緩緩而下。❼山公 即山濤。見〈言語〉78注❸。❽巖巖 高峻的樣子。❾傀俄 傾頹的樣子。

【語譯】嵇康身高七尺八寸，風度和儀態特別秀美。曾有見到他的人讚歎道：「他的性情既端莊恭謹，又爽朗清高。」又有人說：「這好像松下強勁的風聲，從高空緩緩穿林而下，所以有特殊的韻味。」山濤說：「嵇叔夜這個人，清醒時高傲不群，好像一株孤松獨立在那裡；當他沉醉以後，又頹然欲傾，好像一座玉山即將崩潰。」

【析評】此則的主旨，在借不同人物的口，描述嵇康風采和儀態的特色。「蕭蕭肅肅」和「爽朗清舉」，原是水火不相容、極端對立的兩種性格，前者拘謹，後者開闊；但嵇康把它們調合了，該拘謹處拘謹，該開闊處開闊，拘謹中有開闊，開闊中有拘謹，無改而不得其宜。所謂「肅肅如松下風，高而徐引」，大概是借用松林把上空單調的風聲，過濾為雄勁有致的松濤，來比喻嵇康的調合之功吧？這開頭兩節，即在說明嵇康性格俊秀出眾處。山公說，嵇康清醒時矜持高傲，像一棵獨立的孤松，那是一種令人敬畏的孤高之美；又說他喝了酒，頹然就醉，此時他拋棄了矜持和孤高，恢復他淳樸的本性，好像玉山將崩，使人無限憐愛，那是一種聚斂人心的親和之美。這一節則在說明嵇康儀態俊秀出眾處。

6 裴令公❶目王安豐❷：「眼爛爛❸如巖下電❹。」

【注釋】❶裴令公　即裴楷。見〈德行〉18注❸。❷王安豐　即王戎。見〈德行〉16注❶。❸爛爛　光亮。❹巖下電　閃耀於山巖下幽暗處之電光。極言其光耀照人。

【語譯】裴令公評王安豐道：「眼睛光亮，如照耀在巖下暗處的閃電。」

【析評】此則記王戎的異相。

7 潘岳❶妙❷有姿容，好神情❸。少時挾彈❹出洛陽道，婦人遇者，莫不連手共縈❺之。左太沖❻絕醜，亦復效岳遊遨❼；於是群嫗❽齊共亂唾之，委頓❾而返。

【注釋】❶潘岳　見〈言語〉107注❹。❷妙　美好。❸神情　精神意態。❹彈　彈弓。❺縈　環繞。❻左太沖　即左思。見〈文學〉68注❶。❼遊遨　遊樂。❽嫗　婦女。❾委頓　疲憊不堪的樣子。

【語譯】潘岳姿容俊美，神情佳妙。年輕時拿著彈弓到洛陽街上遊玩，遇到他的女子，沒有不互相拉著手共同包圍他的。左思長得醜極了，也要學潘岳出遊；於是婦女們一起向他亂吐口水，弄得他疲憊不堪地回到家裡。

【析評】潘岳少年英俊，很自然地受到女子的歡迎，大家攜手把他團團圍住，鶯聲燕語，爭獻慇懃，真是享盡豔福，羨煞少年郎的風流韻事。這使得左思忘了自己容顏的醜陋，強作瀟灑，闖入群芳叢中，結果受盡唾罵，狼狽而逃，可笑又復可憐。有人說：左思〈三都賦〉成，洛陽為之紙貴。足證他的才華不在潘岳之下；洛陽女子輕才重色，以貌取人，未免過於淺薄。但左思捨己之長，暴己之短，也不見得比眾女高明；被她們爭相唾棄，實屬咎由自取，怎能怪罪別人？

8 王夷甫❶容貌整麗，妙於談玄。恆捉❷白玉柄麈尾❸，與手都無分別。

【注釋】❶王夷甫　即王衍。見〈言語〉23注❷。❷捉　持。❸麈尾　拂塵。麈，獸名。鹿屬，角似鹿，蹄似牛，尾似驢，頸背似駱駝，故俗稱四不像。古以麈尾為拂塵，因稱拂塵為麈尾。六朝人清談時必用麈尾指揮，故不談時也常執持備用。

【語譯】王衍的容貌，端莊俊美，善於談論老、莊的玄理。他常拿著一把白玉柄的拂塵，那玉柄和他的手全無分別。

【析評】此則言王衍肌膚光潔如白玉。

9 潘安仁、夏侯湛❶並有美容，喜同行，時人謂之「連璧」❷。

【注釋】❶夏侯湛　見〈言語〉65注❸。❷連璧　相聯的兩塊璧玉。比喻並美的人或事物。

【語譯】潘岳和夏侯湛都有美好的姿容，又喜結伴同行，當時的人稱讚他們是「相連的雙璧」。

【析評】《晉書・夏侯湛傳》：「湛幼有盛才，文章宏富，善構新詞；而美容觀，與潘岳友善，每行止，同輿接茵。」《文士傳》：「湛字孝若，譙國人，魏征西將軍夏侯淵曾孫也。有盛才，善補雅詞，名亞潘岳。」由此可見，時人謂岳、湛為「連璧」，不僅因他們美姿容、喜同行而已，更因並有盛才文名而見稱。

10 裴令公❶有儁容姿，一旦有疾至困，惠帝❷使王夷甫❸往看。裴方向壁臥，聞王使至，強回視之。王出，語人曰：「雙眸閃閃若巖下電，精神挺動❹，體中故❺小惡❻。」

【注釋】❶裴令公　即裴楷。見〈德行〉18注❸。❷惠帝　晉惠帝司馬衷。❸王夷甫　即王衍。見〈言語〉23注❷。❹挺動　生動活潑。挺也是動的意思。❺故　必定。❻小惡　小病。

【語譯】裴楷有俊美的儀容，有一天病得非常沉重，惠帝就派王衍去探看。當時裴楷正面對牆壁躺著，聽說王特使到了，勉強回頭看他一眼。王衍辭出以後，告訴人說：「他兩眼閃閃發光，好像幽巖下的電火，足見精神還很旺盛；患的一定是小病，不要緊的。」

【析評】此則言裴楷雖病重，但姿容俊秀，雙眼炯炯有神；故王衍知道他的病只暫時傷了他的身體，尚未損害他的精神，僅是小病而已。

11 有人語王戎❶曰：「嵇延祖❷卓卓❸如野鶴之在雞群。」答曰：「君未見其父❹耳！」

【注釋】❶王戎　見〈德行〉16注❶。❷嵇延祖　即嵇紹。見〈德行〉43注❾。❸卓卓　特立雄俊的樣子。❹其父　指嵇康。見〈德行〉16注❷。

【語譯】有人告訴王戎說：「嵇延祖器宇昂軒，特立出眾，如野鶴站在雞群之中。」答道：「您還沒有見過他父親哩！」

【析評】此則言嵇紹的雄俊出眾，不及其父。

12 裴令公❶有雋容儀，脫冠冕，麤服❷、亂頭皆好❸。時人以為「玉人」，見者曰：「見裴叔則如玉山上行，光映❹照人！」

【注釋】❶裴令公　即裴楷，字叔則。見〈德行〉18注❸。❷麤服　穿著粗劣的衣服。麤，通「粗」。❸好　美。❹光映　光明；光亮。

【語譯】裴楷有俊秀的儀容，即使脫掉冠冕禮服，隨便穿著粗劣的衣裳、披散著亂髮，都很美好。當時的人認為他是「玉人」，見到他的人都說：「看見裴叔則，就好像在玉山上行走，他的光采照人！」

【析評】此則言裴楷容光煥發，本於天成，不須矯飾。

13 劉伶❶身長六尺，貌甚醜顇❷；而悠悠忽忽❸，土木形骸❹。

【注釋】❶劉伶　見〈文學〉69注❶。❷醜顇　醜陋而憔悴。顇，景宋本作「悴」，同音通用。❸悠悠忽忽　閒適放蕩，無所用心的樣子。❹土木形骸　形體像土木般的自然，不加修飾，別具美感。

【語譯】劉伶身高只有六尺，相貌很醜而顯得憔悴；可是他悠悠忽忽地四處晃蕩，形體像土木一樣，別具一種自然之美。

【析評】此則言自然為美，無關狀貌的妍媸。

14 驃騎王武子❶，是衛玠❷之舅，雋爽❸有風姿❹；見玠，輒歎曰：「珠玉在側，覺我形穢！」

【注釋】❶王武子　即王濟。見〈言語〉24注❶。❷衛玠　見〈言語〉32注❶。❸儁爽　才識高明。❹風姿　風采。

【語譯】驃騎大將軍王濟，是衛玠的舅父，才識高明，有文雅的風度儀態；但每次見到衛玠，常慨歎著說：「有衛玠在，就如同珍珠美玉在我身旁，讓我自覺形容醜陋！」

【析評】此則言武子的儁爽風姿，遠不如其甥衛玠。「自慚形穢」一語，典出於此。

15 有人詣王太尉❶，遇安豐❷、大將軍❸、丞相❹在坐；往別屋見季胤❺、平子❻。還，語人曰：「今日之行，觸目見琳琅❼珠玉。」

【注釋】❶王太尉　即王衍。見〈言語〉23注❷。❷安豐　即王戎。見〈德行〉16注❶。❸大將軍　指王敦。見〈言語〉37注❶。❹丞相　即王導。見〈德行〉27注❸。❺季胤　王詡，字季胤，王衍之弟，官至脩武縣令。❻平子　即王澄。見〈德行〉23注❶。❼琳琅　玉石名。

【語譯】有人去拜訪太尉王衍，適逢王戎、大將軍王敦、丞相王導在座；到另外一間屋子，又見到王詡、王澄。回家後，告訴別人道：「今天到太尉府一趟，眼光所見的，都是才質像琳琅珠玉一般美好的人。」

【析評】此則言王氏一族，文采風流，人才鼎盛。「琳琅觸目」、「琳琅滿目」之語，典出於此。

16 王丞相❶見衛洗馬❷，曰：「居然❸有羸形❹；雖復終日調暢❺，若不堪羅綺。」

【注釋】❶王丞相　即王導。見〈德行〉27注❸。❷衛洗馬　即衛玠。見〈言語〉32注❶。❸居然　確實；顯然。❹羸形　疲病瘦弱的容貌。❺調暢　調和通暢。

【語譯】王丞相見過衛洗馬，對人說：「看起來他確實有過於瘦弱的病容；雖然全天精氣調和通暢，卻好像承受不起身上穿著的羅衣。」

【析評】據《晉書・衛瓘傳》，玠為瓘子衛恆的次子，河東安邑人。少時風神秀異，曾乘羊車入市，市人圍觀如堵，以為玉人。及長，多病體羸，母常禁止他說話；但每發一語，莫不精妙入微。時王澄有高名，每聞玠言，無不歎息絕倒；故時人傳言：「衛玠談道，平子絕倒。」澄與王玄、王濟並享盛譽，皆出玠下，世稱「王家三子，不如衛家一兒」。玠本無意仕途，後至京師洛陽，為太傅西閤祭酒，拜太子洗馬；又因王敦豪爽不群，好居人上，恐非國之忠臣，求外調建鄴。當時的人久聞他的容姿，環睹傾城，玠勞疾更甚。晉懷帝永嘉六年（西元三一二年）卒，年二十七歲。參見〈容止〉19則。本則所記，是他入京以後，初現病容時給人的印象。王丞相的話裡，充滿了憐惜之情。

17 王大將軍❶稱太尉❷：「處眾人之中，似珠玉在瓦石間。」

【注釋】❶王大將軍　即王敦。見〈言語〉37注❶。❷太尉　即王衍。見〈言語〉23注❷。

【語譯】大將軍王敦讚美太尉王衍：「他置身在眾人之中，好像把珠玉放在瓦石之間，光采奪目。」

【析評】此則言王衍出類拔萃，風神特達。

18 庾子嵩❶長不滿七尺，腰帶十圍❷，頹然自放❸。

【注釋】❶庾子嵩 即庾敳。見〈文學〉15注❶。❷圍 計算圓周的量詞。《古今韻會舉要》：「圍，一圍五寸。又云：一圍三寸。又，一抱謂之圍。」姑取五寸之說。❸自放 放任自己，不拘禮法。

【語譯】庾敳身高不滿七尺，腰大十圍，意氣消沉，不拘禮法，有如他便便的大腹。

【析評】此則借庾敳的便便大腹，形容他消沉恣縱的心志，逸趣橫生，非常巧妙。《晉陽秋》稱庾敳「恢廓有度量，自謂是老莊之徒」（〈文學〉15則劉孝標注引），與此遙相呼應。

19 衛玠❶從豫章❷至下都❸，人久聞其名，觀者如堵牆。玠先有羸疾，體不堪勞，遂成病而死；時人謂：「看殺衛玠！」

【注釋】❶衛玠 見〈言語〉32注❶。❷豫章 郡名。舊治在今江西南昌。❸下都 指建鄴。在今南京市。西晉時都洛陽，故稱建鄴為下都。

【語譯】衛玠從豫章來到下都建鄴，人們久聞他風姿美好的盛名，所到的地方，圍觀的人群像牆壁一樣。衛玠早先就瘦弱多病，身體受不了這種勞苦，終於變成重病死去；當時的人說：「大家看死了衛玠！」

【析評】此則記衛玠高才秀姿，為世所重；但體弱多病，竟為盛名累死。當衛玠死後，時人才有了「我雖不殺伯仁，伯仁為我而死」的悔悟，自責「看殺衛玠」，然已於事無補，徒留遺恨而已。

20 周伯仁❶道桓茂倫❷：「嶔崎❸歷落❹可笑人。」或云謝幼輿❺言。

【注釋】❶周伯仁　即周顗。見〈言語〉30注❷。❷桓茂倫　即桓彝。見〈德行〉30注❶。❸嶔崎　高峻傑出的樣子。❹歷落　磊落；直率開朗的樣子。❺謝幼輿　即謝鯤。見〈言語〉46注❷。

【語譯】周顗評論桓彝：「是一個才德出眾、言行磊落率真、常人以為可笑的人物。」有人說這是謝鯤的話。

【析評】《晉書．桓彝傳》載：「（彝）少與庾亮深交，雅為周顗所重。顗嘗歎曰：『茂倫嶔崎歷落，固可笑人也。』」亦以此言為周顗所說，而增一「固」字，語義益明。「固」與「故」通，今語「原本」之意。言彝出類拔萃，遠非常人可及，他的作為，本當被常人認作可笑。余嘉錫《箋疏》引李治《敬齋古今黈》四說：「周顗歎重桓彝云：『茂倫嶔崎歷落，可笑人也。』渭上老人以為古人語倒，治以為不然。蓋顗謂彝為人不群，世多忽之，所以見笑於人耳！此正言其美，非語倒也。」其意甚是，但彝所以見笑於人，實因人所不解，非為人所忽視。《晉書．桓彝傳》又說：「蘇峻之亂也，彝糾合義眾，欲赴朝廷。其長史裨惠以郡兵寡弱，山人易擾，可案（通「按」）甲以須（通「盨」，等待）後舉。彝厲色曰：『夫見無禮於其君者，若鷹鸇之逐鳥雀（史克語。見《左傳．文公十八年》）。今社稷危逼，義無晏安。』乃遣將軍朱綽討賊別帥於蕪湖，破之。……尋王師敗績（大崩曰敗績），彝聞而慷慨流涕（淚），進屯涇縣。時州郡多遣使降峻，裨惠又勸彝偽與通和，以紓交至之禍。彝曰：『吾受國厚恩，義在致死，焉能忍垢蒙辱，與醜逆通問！如其不濟（成），此則命也。』……彝固守經年，勢孤力屈。賊曰：『彝若降者，當待以優禮。』將士多勸彝偽降，更思後舉。彝不從，辭氣壯烈，志節不撓。城陷，為（峻將韓）晃所害，年五十三。」裨惠，將士之流，都是非笑桓彝的人；而茂倫忠義之言，節烈之行，都是他們覺得可笑的事。伯仁之論，可謂精深。

21 周侯❶說王長史父❷：「形貌既偉，雅懷❸有概❹，保而用之❺，可作諸許物❻

也。」

【注　釋】❶周侯　即周顗。見〈言語〉30注❷。❷王長史父　王濛父王訥，字文開，晉太原（今山西太原）人。官至新淦令。❸雅懷　風雅的情懷。❹概　量米穀時，用以刮平斗升的器具。引申為節操之意。也作「槩」。❺保而用之　即保用。珍重保留使用。❻可作諸許物　言其用不止一端。諸物，多種物品。許，助詞。無義。

【語　譯】周顗評論王濛的父親王訥：「相貌既生得魁偉，風雅的心情又很有節操，應該好好地保管使用，他的功能不限於一端。」

【析　評】此則言王訥的才能兼包眾人，不止一器之用。

22
祖士少❶見衛君長❷，云：「此人有旄杖下形❸。」

【注　釋】❶祖士少　即祖約。見〈雅量〉15注❶。❷衛君長　即衛永。見〈賞譽〉107注❹。❸旄杖下形　指在將軍旄杖下當幕僚長的相貌。旄杖，與旄鉞同義。《尚書・牧誓》云「(武) 王左杖黃鉞，右秉白旄以麾」，後遂借為將帥或軍權之代稱。旄，用犛毛尾裝飾竿首的令旗。杖，通「仗」。斧鉞等兵器的總稱。

【語　譯】祖約會見衛永後，對人說：「這個人有在將軍旄杖下當幕僚長的相貌。」

【析　評】漢、晉之世，太尉、司徒、司空、將軍府，各有長史為幕僚長，權責極重，時稱三公輔佐。《世說人名譜・衛氏譜》載：「永字君長，咸陽人，左軍長史。」（見〈賞譽〉107余嘉錫《世說新語箋疏》引）後衛永果為左軍將軍的長史，一如祖士少所言，可見他的器宇，必有非凡之處。

23 石頭事故❶，朝廷傾覆，溫忠武❷與庾文康❸投❹陶公❺求救。陶公云：「肅祖❻顧命❼，不見及，且蘇峻❽作亂，釁❾由諸庾❿，誅其兄弟，不足以謝⓫天下！」于時庾在溫船後，聞之，憂怖無計。別日，溫勸庾見陶，庾猶豫未能往。溫曰：「傒狗⓬我所悉，卿但見之，必無憂也。」庾風姿神貌，陶一見便改觀⓭，談宴竟日，愛重頓至。

【注釋】❶石頭事故　指晉明帝崩（西元三二五年），成帝幼，為蘇峻逼遷於石頭（今南京市西石首山後）的事變。❷溫忠武　即溫嶠。見〈言語〉35注❸。❸庾文康　即庾亮。見〈德行〉31注❶。❹投　投奔。❺陶公　即陶侃。見〈言語〉47注❶。❻肅祖　明帝廟號。❼顧命　臨死時所發的遺命。❽蘇峻　見〈方正〉25注❹。❾釁　釁隙；爭端。❿諸庾　庾亮的族人。⓫謝　謝罪；道歉。⓬傒狗　南朝士人呼江右（今長江下游以西的地區）的人為傒狗，呼北方人為傖父，都是輕詆之辭。嶠因陶侃本鄱陽人，居家尋陽，皆江右地，且怨他不允所請，故以此相稱。傒狗，當是今語「狗奴才」之意。傒，奴隸之稱，同「奚」。⓭改觀　改變原來的觀念。

【語譯】因為遭遇石頭事變，朝廷覆滅，溫嶠和庾亮全都投奔陶侃求救。陶侃拒絕道：「肅祖的遺詔，沒有提到命我輔佐幼主的事，而且蘇峻這回作亂，爭端由庾亮族人引起，殺光他的兄弟，也不夠向天下人謝罪！」當時庾亮在溫嶠船的後面，聽了這話，憂懼恐怖，無計可施。過了幾天，溫嶠勸庾亮去拜見陶侃，庾亮猶豫不決，未能前去。溫嶠說：「那傒狗是我很熟悉的，您只管去見他，一定沒有禍患。」庾亮的風采神貌高雅英俊，陶侃一見，就改變了原有的觀念，交談宴飲了一整天，立刻產生愛重的心意。

【析評】劉孝標注引徐廣《晉紀》：「肅祖遺詔，庾亮、王導輔幼主而進大臣官，陶侃、祖約不在其列。」此則「陶公云：『肅祖顧命不見及』」，就指的這件事情。劉注又引《中興書》：

「初，庾亮欲徵蘇峻，卞壺不許。溫嶠及三吳欲起兵衛帝室，亮不聽，下制曰：『妄起兵者誅！』故峻得作亂京邑也。」《晉書·庾亮傳》載：「琅邪人卞咸，(南頓王)宗之黨也，與宗俱誅。咸兄闡亡奔蘇峻，亮符峻送闡，而峻保匿之。峻又多納亡命，專用威刑，亮知峻必為禍亂，徵為大司農。舉朝謂之不可，平南將軍溫嶠亦累書止之，皆不納。峻遂與祖約俱舉兵反。溫嶠聞峻不受詔，便欲下衛京都，三吳又欲起義兵，亮並不聽，而報嶠書曰：『吾憂西陲過於歷陽，足下無過雷池一步也。』既而峻將韓晃寇宣城，亮遣距之，不能制，峻乘勝至于京都。……亮攜其三弟懌、條、翼南奔溫嶠，嶠素欽重亮，雖在奔敗，猶欲推為都統。亮固辭，乃與嶠推陶侃為盟主。」此即陶公以為「蘇峻作亂，釁由諸庾，誅其兄弟，不足以謝天下」的緣故。從陶公的話中，我們可以了解，未見庾亮時，他對庾亮的誤會極為深重。如此深重的誤會，絕不是怨家見面，三言兩語就解釋得清的。一個人的風采神貌，所形成的說服力，往往勝過萬語千言。《晉書·庾亮傳》說庾亮「美姿容，善談論，性好《莊》《老》，風格峻整，動由禮節，……隨父在會稽，嶷然自守。時人皆憚其方儼，莫敢造之」，可見他是極有威儀、極具內涵、望之儼然、辭采風流的人物。有了這樣的「容止」，所以陶公一見改觀，愛重頓至，胸中的芥蒂，盡在竟日談宴中化解。

24 庾太尉❶在武昌❷，秋夜氣佳景清，佐吏❸殷浩、王胡之之徒，登南樓❹理詠❺。音調始遒❻，聞函道❼中有屐聲甚厲❽，定是庾公。俄而，率左右十許人步來，諸賢欲起避之，公徐❾云：「諸君少住，老子❿於此處興復不淺！」因便據⓫胡床⓬，與諸人詠謔，竟坐⓭甚得任樂⓮。後王逸少⓯下，與丞相⓰言及此事，丞相曰：「元規爾時風範⑰，不得不小頹⑱。」右軍答曰：「唯丘壑⑲獨存。」

【注釋】❶庾太尉　即庾亮。見〈德行〉31注❶。❷武昌　晉縣名。武昌郡治，在今湖北鄂城。❸佐吏　古將帥府中參謀議、備顧問的官員。❹南樓　也叫玩月樓。在晉武昌縣（今湖北鄂城）城南。❺理詠　溫習詠唱詩篇。❻遒　強勁有力。❼函道　甬道。樓閣間相通的走道，上有頂，兩旁有牆，其狀似函的廊道。❽厲　強烈。❾徐　慢慢地。❿老子　漢、晉人自稱老子。猶古人自稱老夫，有自謙之意。⓫據　依靠。⓬胡床　即交椅。一種在漢代由胡地傳入、可以折疊的坐具。⓭竟坐　全部在座的人。⓮任樂　縱情作樂。⓯王逸少　即王羲之。見〈言語〉62注❷。⓰丞相　即王導。見〈德行〉27注❸。⓱風範　風度；儀容氣度。⓲小頹　略加收斂之意。⓳丘壑　本謂深山幽谷。借指人胸中深遠的意境。

【語譯】庾亮在武昌的時候，有一個秋天的夜晚，氣候良好，景色清麗，他的參謀殷浩、王胡之等人，登上南樓練唱讀過的詩篇。詠唱的音調剛剛和諧強勁，聽見甬道中有木屐聲傳來，非常沉重響亮，知道那一定是庾公來了。不久，他率領左右十來個人走來，群賢想起身躲避，庾公卻沉著緩慢地說：「諸位稍留一下，老夫在此地興頭還不淺呢！」於是就靠在交椅上坐下，和大家吟詠戲謔，在座的人也頗能盡興作樂。後來王右軍退下去，和丞相王導談到此事，丞相說：「元規當時對自己的言談舉止，不得不少加收斂。」右軍答道：「可是他胸中丘壑獨存，才能呈現如此深邃完美的氣象。」

【析評】蘇峻之亂（參見前則「析評」）既平，庾亮引咎辭職，欲自投草澤，成帝不許，下詔慰留道：「賊峻姦逆，書契所未有也。是天地所不容，人神所不宥。今年不反，明年當反，愚智所見也。舅與諸公勃然而召，正是不忍見無禮於君者也。論情與義，何得謂之不忠乎！……且舅遂上告方伯，席卷來下，舅躬貫甲冑，賊峻梟懸，大事既平，天下開泰，衍（成帝名）得反正，社稷乂安，宗廟有奉，豈非舅二三方伯忘身陳力之勳邪！方當策勳行賞，豈復議既往之咎乎！」（《晉書・庾亮傳》）庾亮乃請調鎮撫地方之官，先使都督豫州、揚州之江西宣城諸軍事，鎮蕪湖。及陶侃死，遷亮都督江、荊、豫、益、梁、雍六州諸軍事，鎮武昌（見《晉書・庾亮傳》）。本則所記，是他在武昌時的事情。試想氣佳景清的秋夜，諸賢登樓理詠，情致何等高雅？音調始遒之際，興趣何等濃厚？忽聞函道中屐聲甚厲，知必定是庾公，則僅聞其聲，即可想見其威重非凡。及見十數人簇擁庾公而來，嚇得群賢欲起避之，這又是何等掃人清興！可是庾公卻能及時把他們止住，那「老子於此處興復不淺」，從一位威重長者的口中徐緩從容地吐出，又是何等隨和可人！當庾公從容閒適地據胡床和諸人詠謔，難怪在座的人都「甚」得任樂了。這「甚」字用得極好，是「頗」的意思，是雖把心思放鬆而未敢放肆的意思。畢竟他們面對的是一位日常極其莊重嚴肅的長官。作者用寥寥數語，把眾人心態的變化及庾公的音容舉止，莫不刻劃入微，得其神韻。而丞相「元規爾時風範，不得不小頹」一語，又點出他的行為，略異於往昔，是因為他自請貶損，出鎮武昌之故，隱含貶抑之意。而右軍答以「唯丘壑獨存」，表示庾公胸中倘無如此幽深的丘壑，也化生不出如此完美的氣象。雖承認他容止有變，仍肯定他本質的美。

25 王敬豫❶有美形❷，問訊❸王公❹。王公撫其肩曰：「阿奴❺恨才不稱！」又云❻：「敬豫事事❼似王公。」

【注釋】❶王敬豫　即王恬。見〈德行〉29注❹。❷形　狀貌。❸問訊　省問；探望問候。❹王公　即王導。見〈德行〉27注❸。❺阿奴　尊長稱卑幼之詞。此指敬豫。❻又云　當作「或云」。應是他人品目之語，王公不得自稱為「王公」。❼事事　處處；全身各處。

【語譯】王恬狀貌俊美，有一天去問候王導。王公撫著他的肩膀說：「阿奴，只恨你才德和相貌不相稱啊！」有人說：「敬豫長得處處像王公。」

【析評】或云「敬豫事事似王公」，亦有王公「恨才不稱」的意思。本則意在說明無論親疏，對王恬的觀感皆同。

26 王右軍❶見杜弘治❷，歎曰：「面如凝脂，眼如點漆，此神仙中人！」時人有稱王長史❸形者，蔡公❹曰：「恨諸人不見杜弘治耳！」

【注釋】❶王右軍　即王羲之。見〈言語〉62注❷。❷杜弘治　即杜乂。見〈賞譽〉68注❶。❸王長史　即王濛。見〈言語〉54注❹。❹蔡公　即蔡謨。見〈方正〉40注❸。

【語譯】王右軍見到杜弘治，讚歎道：「他的面貌潔白柔潤，有如凝聚的脂肪；眼珠烏亮，有如一點黑漆，這真是神仙中的人啊！」當時的人，有稱讚王濛形貌的，蔡謨說：「只恨這些人沒見過杜弘治啊！」

【析評】此則言王濛形貌雖美，但不及杜乂。

27 劉尹❶道桓公❷：「鬚如反猬皮❸，眉如紫石稜❹，自是孫仲謀❺、司馬宣王❻一流人。」

【注釋】❶劉尹　即劉惔。見〈德行〉35注❶。❷桓公　即桓溫。見〈德行〉55注❶。❸反猬皮　豪刺豎立、翻起來的蝟皮。反，通「翻」。猬，刺蝟。同「蝟」。❹紫石稜　如紫石的稜角。紫石，即紫水晶，又稱紫石英。❺孫仲謀　孫權，字仲謀，三國吳開國主。❻司馬宣王　司馬懿，字仲達，三國魏溫（今河南溫縣）人。齊王曹芳嘉平元年（西元二四九年）殺丞相曹爽而代之，獨攬國政。到他的孫子司馬炎，代魏稱帝，建立晉朝，追諡他為宣帝。

【語譯】劉惔品評桓溫道：「他的鬍鬚好像翻開來的刺蝟皮，眉毛如同紫水晶的稜角，自應是孫權、司馬懿一類的人物。」

【析　評】這一則假借桓溫的貌相，說明他的天性。刺蝟遇敵，即蜷縮成球，豪刺豎立，狀極詭譎可怕；桓溫的鬍鬚似之，象徵他個性的陰險難纏。紫水晶色澤黑中帶紫，稜角分明，狀至堅剛寒冷；桓溫的眉毛似之，象徵他個性的冷酷嚴峻。有了如此的長相和性格，劉惔便把桓溫歸入孫權和司馬懿之類，雄霸一方、覬覦帝位的奸雄行列。後來竟果如其言。

28 王敬倫❶風姿似父，作侍中，加授桓公❷，公服❸，從大門入，桓公望之曰：「大奴❹固自有鳳毛❺。」

【注　釋】❶王敬倫　即王劭。見〈雅量〉26注❶。❷作侍中加授桓公　義不可通。《晉書．哀帝紀》興寧元年（西元三六三年）五月「加征西大將軍桓溫侍中、大司馬、都督中外諸軍事、錄尚書事、假黃鉞」，則「作侍中」三字，應在「加授桓公」下。❸公服　官吏的禮服。❹大奴　指王劭。劉孝標注引《中興書》：「劭美姿容，持儀操也。」❺鳳毛　比喻先人遺傳的風采。

【語　譯】王劭的風度儀容很像他父親王導，當加授桓溫侍中官銜那天，他穿著禮服從大門進來，桓溫遠遠看見他就對人說：「大奴原來就生得有鳳毛，具有先人的風采。」

【析　評】此則言龍生龍，鳳生鳳，虎父不生犬子。

29 林公❶道王長史❷：「斂衿❸作一來❹，何其軒軒❺韶舉❻！」

【注釋】❶林公 支遁。見〈言語〉45注❸。❷王長史 即王濛。見〈言語〉54注❹。❸斂衿 收斂衣襟。❹作一來 把某種動作做一次。來，助詞。無義。❺軒軒 儀態軒昂的樣子。❻韶舉 優美的舉動。

【語譯】林公稱讚王濛：「你看他隨便把衣襟收斂一下，那優美的舉止是何等高超不凡！」

【析評】收斂衣襟是古人日常必行的動作，王濛在做這個動作時，已顯出非凡的氣度，何況其他？前賢品評人物，往往以小見大，真不可及。

30 時人目王右軍❶：「飄❷若遊雲，矯❸若驚龍。」

【注釋】❶王右軍 即王羲之。見〈言語〉62注❷。❷飄 飄逸；瀟灑。❸矯 矯健；雄健。

【語譯】晉時人品評王右軍：「（他寫的字）筆勢瀟灑得有如遊蕩的浮雲，雄健得好像驚起的神龍。」

【析評】《晉書．王羲之傳》說羲之「尤善隸書，為古今之冠，論者稱其筆勢，以為飄若浮雲，矯若驚龍」。考羲之生平，謹守禮教，容止端凝，不飄不矯，《世說新語》此則採當時論其書勢的話，未加甄辨，誤編入〈容止〉類中，宜從《晉書》，改入〈巧藝〉篇中才是（劉盼遂《世說新語校箋》說）。

31 王長史❶嘗病，親疏不通❷。林公❸來，守門人遽啟之❹曰：「一異人在門，不敢不啟。」王笑曰：「此必林公！」

【注釋】❶王長史 即王濛。見〈言語〉54注❹。❷通 往來交好。❸林公 即支遁。見〈言語〉45注❸。❹遽啟之 匆忙向他報告。之，指王長史。

【語　譯】王濛有一次生了病，無論親近或疏遠的人，一概不見。有一天林公來訪，守門的人急忙向他報告道：「有一個相貌醜惡異常的人在門口，不敢不稟告。」王濛笑道：「這一定是林公了！」

【析　評】劉孝標注引《語林》曰：「諸人嘗要阮光祿（裕）共詣林公，阮曰：『欲聞其言，惡見其面。』」則林公之形，必甚醜陋。本則所記，正是林公狀貌醜惡異常，令人見而生畏的事。

32　或以方謝仁祖不乃重者❶，桓大司馬❷曰：「諸君莫輕道。仁祖企腳❸在北牖❹下彈琵琶，故自有天際真人❺意。」

【注　釋】❶或以方謝仁祖不乃重者　意謂有人以謝仁祖不被世人所看重來自比。方，比擬。謝仁祖，即謝尚。見〈言語〉46注❶。乃，助詞。無義。❷桓大司馬　即桓溫。見〈言語〉55注❶。❸企腳　踮起腳跟，用腳尖站著。❹牖　窗。❺天際真人　遠在天邊得道成仙的人。極言其超塵絕俗，不為世人所知。

【語　譯】有人以謝仁祖不為世人所重自比，大司馬桓溫說：「諸位不要隨便批評他。我曾見仁祖踮著腳在北窗下彈琵琶，神態高舉，原本有天邊真人高遠的意向。」

【析　評】此則記謝尚意志高遠，若天際真人，不為世人所知，故寄情於歌曲。《樂府詩集》七五載謝尚〈大道曲〉：「青陽二三月，柳青桃復紅。車馬不相識，音落黃埃中。」並引《樂府廣題》「謝尚為鎮西將軍，嘗著紫羅襦，據胡床，在市中佛國門上彈琵琶，作〈大道曲〉。市人不知其三公也」，言尚善彈琵琶及〈大道曲〉之意境，均與本則記事相合。《藝文類聚》四四引《俗說》：「謝仁祖為豫州主簿，在桓溫閤下。桓聞其善彈箏，便呼之。既至，取箏令彈，謝即理絃撫箏，因歌〈秋風〉，意氣甚遒，桓大以此知之。」箏與琵琶雖異，然述桓之知音，在仁祖為豫州主簿時，必有所據，可供參考。

33 王長史❶為中書郎，往敬和❷許❸。爾時積雪，長史從門外下車，步入尚書省❹。敬和遙望，歎曰：「此不復似世中人！」

【注　釋】❶王長史　即王濛。見〈言語〉54注❹。❷敬和　王洽字。見〈賞譽〉114注❷。❸許　處所。❹尚書省　官署名。掌理國政的機關。

【語　譯】王長史任中書侍郎時，到王敬和的辦公處去拜訪。當時遍地積雪，長史就在門外下車，走進尚書省。王敬和遠遠看著他，讚歎道：「這真不再像世上的凡人了！」

【析　評】欣賞這一則記事，我們要特別注意「爾時積雪，長史從門外下車，步入尚書省」這幾句話。那皚皚的積雪，把大地妝點成銀白世界，已經不似人間。而王長史原本神氣清韶，當他遠自大門外下車，一步步走入尚書省，北風吹得他的鬚髯飛拂、裾帶揚舉，雪地襯托著他鮮麗的華服，益增風采，宛若天仙。這景象任誰見了，都不免與王敬和同感吧？

34 簡文作相王時❶，與謝公❷共詣桓宣武❸。王珣❹先在內，桓語王：「卿嘗欲見相王，可住❺帳裡。」二客既去，桓謂王曰：「定❻何如？」王曰：「相王作輔，自然湛❼若神君❽。公亦萬夫之望❾，不然，僕射何得自沒❿？」

【注　釋】❶簡文作相王時　晉廢帝太和元年（西元三六六年），簡文帝司馬昱以會稽王的名號，進位丞相，故稱相王。下文則用「相王」為簡文帝的代稱。❷謝公　即謝安。孝武帝時曾為尚書僕射，故下文以「僕射」代稱。見〈德行〉33注❷。❸桓宣武　即桓溫。見〈言語〉55注❶。❹王珣　見〈言語〉102注❸。❺住　停留。❻定　究竟。❼湛　澄清；清明。❽神君　對神明的敬稱。❾望　受大眾敬仰的人。❿沒　謙虛退讓。

【語　譯】晉簡文帝以會稽王入相時，和謝安一同去拜訪桓溫。當時王珣已先在屋裡，桓溫就對王珣說：「您曾想看看相王，現可留在帳幕後窺看。」兩位客人已經辭去，桓溫問王珣道：「到底怎麼樣？」王珣說：「相王當天子的輔佐，自然清明得有如天神。可是您也是受萬人敬仰的人，否則僕射怎會自動謙讓呢？」

【析　評】此則記簡文帝神采不凡，謝安謙退自沒，王珣乖巧善諛。《續晉陽秋》說：「（簡文）帝美風姿，舉止端詳。」與此處說他「湛若神君」，互相補足。

35 海西❶時，諸公每朝，朝堂猶暗；唯會稽王❷來，軒軒❸如朝霞舉。

【注　釋】❶海西　即司馬奕。見〈言語〉59注❷。❷會稽王　即司馬昱。見〈德行〉37注❶。❸軒軒　氣度軒昂的樣子。

【語　譯】晉朝廢帝海西公司馬奕在位的時候，諸公卿每次上朝，朝堂裡還很幽暗；獨有會稽王司馬昱來到，他那昂軒的氣度，好像朝霞興起，耀人心目。

【析　評】此則藉「朝堂猶暗」，襯托會稽王的神采照人。俗語所謂「使人眼睛一亮」，就指這種情形。

36 謝車騎❶道謝公❷：「遊肆❸復無乃❹高唱，但恭坐捻鼻❺顧睞❻，便自有寢處❼山澤間儀❽。」

【注　釋】❶謝車騎　即謝玄。見〈言語〉78注❺。❷謝公　即謝安。見〈德行〉33注❷。❸遊肆　任意遨遊。❹乃　助詞，無義。❺捻鼻　輕輕搓捏鼻頭。❻顧睞　轉眼向左右觀望。還視叫顧，旁視叫睞。❼寢處　坐臥。引申為安居之意。❽儀　儀態；姿態。

【語　譯】謝玄稱讚謝安說：「當他盡情遊樂的時候，無須引吭高歌，只要謙恭地坐著，輕捻著鼻頭、轉眼觀看左右，就自然具有安居山澤間的儀態。」

【析　評】此則言謝安雖高居廟堂之上，卻不失隱逸山林之間的情懷。這種情懷，就在他遊樂時，恭坐捻鼻顧睞之際，流露無遺。

37 謝公❶云：「見林公❷雙眼，黯黯❸明黑。」孫興公❹見林公：「稜稜❺露其爽❻。」

【注　釋】❶謝公　即謝安。見〈德行〉33注❷。❷林公　即支遁。見〈言語〉45注❸。❸黯黯　幽深的樣子。❹孫興公　即孫綽。見〈言語〉84注❶。❺稜稜　威嚴的樣子。❻爽　爽朗；明快開朗。

【語　譯】謝安說：「我看過林公的雙眼，烏黑明亮，顯得非常幽深。」孫綽見過林公說：「在他威嚴的狀貌中，顯現出他個性的明朗。」

【析　評】在這則記事中，謝安只讚美林公的雙眼，而孫綽述說的卻是他對林公整體的印象。常言道：「眼睛是靈魂的窗子。」林公雙目的「黯黯」，透露著幽深莫測、使人敬畏的威嚴；而其「明黑」，則表現出性情的爽朗。所以孫興的「稜稜露其爽」，只道出其然，而未及其所以然，實不如謝公的觀察入微，深中肯綮。

38 庾長仁❶與諸弟入吳，欲住亭中宿。諸弟先上，見群小滿屋，都無相避意。長仁曰：「我試觀之。」乃策杖❷將❸一小兒。始入門，諸客望其神姿，一時退匿。

【注釋】❶庾長仁　即庾統。見〈賞譽〉69注❺。❷策杖　扶持著手杖。❸將　攜帶。

【語譯】庾統和弟弟們到達東吳，想在路旁亭中過夜。弟弟們先上去，看見滿屋老百姓，全都沒有退避的意思，庾統說：「我上去試看一下。」就拄著手杖，帶著一個小孩登亭。才剛進門，那些先到的遊客遙見他的風度姿態，立刻都退避下去。

【析評】這則小品，用對比的手法寫成。諸弟先上，年皆少壯，人也眾多，但屋裡原有的雖是「群小」——尋常的小百姓，卻沒人把他們看在眼裡。可是庾長仁「策杖將一小兒」，年長勢孤，才一入門，諸客退匿；那麼庾長仁威儀的隆盛，自可不言而喻。

39 有人歎王恭❶形茂者，云：「濯濯❷如春月柳。」

【注釋】❶王恭　見〈德行〉44注❶。❷濯濯　清淨明朗的樣子。

【語譯】有人讚歎王恭形貌美好，說：「清明俊秀，好像春月下的柳樹。」

【析評】春天的柳樹，色彩是嫩綠的，儀態是瀟灑出塵的，如果再罩上一層朦朧的月光，反映出一片清輝，那就更加妙不可言。王恭的狀貌，就是如此美好！

自新❶第十五

1 周處❷年少時，兇彊❸俠氣❹，為鄉里所患；又義興❺水❻中有蛟❼，山中有邅跡虎❽，並皆暴犯❾百姓。義興人謂為「三橫❿」，而處尤劇⓫。或說⓬處殺虎斬蛟，實冀⓭「三橫」唯餘其一。而處既刺殺虎，又入水擊蛟，蛟或浮或沒，行數十里，處與之俱。經三日三夜，鄉里皆謂已死，更相⓮慶。處竟殺蛟而出，聞里人相慶，始知為人情⓯所患，有自改意。乃入吳尋二陸⓰。平原不在，正⓱見清河，具⓲以情⓳告，并云：「欲自修改，而年已蹉跎⓴，終無所成！」清河曰：「古人貴朝聞夕死㉑，況君前途尚可？且人患志之不立，亦何憂令名不彰邪㉒？」處遂自改勵，終為忠臣孝子㉓。

【注釋】❶自新　改正錯誤，自動更新。❷周處　西晉吳興陽羨（今江蘇宜興）人。字子隱。少時喪父，橫行鄉里；後改過自新，官至御使中丞。後氏族齊萬年造反，朝臣惡處剛強梗直，促令進討而絕其後繼，處力戰而死。追贈平西將軍。❸兇彊　兇惡而頑強。❹俠氣　仗義任俠的氣概。❺義興　郡名。懷帝永嘉四年置，治在今江蘇宜興南五里。❻水　指荊溪。❼蛟　古代傳說中一種龍類的水生動物，能吞人，能發大水。❽邅跡虎　轉換足跡方向的猛虎。言其足跡之方向與其實際進行的方向不合，人無法測知其所在，預防其攻擊。❾暴犯　殘暴侵犯；殘害。❿三橫　三種橫暴害人的東西。《晉書》本傳作「三害」。⓫劇　甚。⓬說　勸說；遊說。⓭冀　希望。⓮更相　互相；交相。⓯人情人心。⑯二陸　指陸機、陸雲兄弟二人。機曾任平原內史，雲曾任清河內史。分見〈言語〉26注❶及〈賞譽〉20注⑳。⑰正　僅；止。⑱具　盡。⑲情　實情；衷腸。⑳蹉跎　虛度光陰。㉑朝聞夕死　語本《論語・里仁》：「子曰：朝聞道，夕死可矣。」㉒且人患二句　義本《論語・里仁》：「子曰：不患無位，患所以立。不患莫己知，求為可知也。」㉓終為忠臣孝子　劉孝標注引《晉陽秋》：「處仕晉，為御史中丞，多所彈糾。氐人齊萬年反，乃令處距萬年，伏波孫秀欲表處母老，處曰：『忠孝之道，何當得兩全？』乃進戰，斬首萬計。弦絕矢盡，左右勸退，處曰：『此是吾授命之日。』遂戰而沒。」

【語　譯】周處年輕的時候，兇惡頑強而有仗義行俠的氣概，被同鄉所厭恨；當時義興荊溪中有蛟龍，山間有邅跡虎，都殘害百姓。義興人合稱為「三橫」，而周處為害最甚。有人說服周處去殺死老虎、斬斷蛟龍，實在是希望「三橫」只剩下一個。可是周處已刺殺老虎，又入水斬蛟，蛟有時浮現、有時沉沒，游行好幾十里，周處緊緊相隨。經過三天三夜，鄉人都認為周處已死，互相慶賀。最後處殺蛟出水，聽到鄉人相賀，才知道自己被人厭恨，便有了改過自新的意念。就到東吳去尋找陸機、陸雲兩兄弟。陸機不在，他只見到陸雲，就向雲傾訴衷腸，並且說：「我早想改過自新，可是光陰虛度，始終沒有成就！」陸雲說：「古人認為早上明白一種道理，即使晚上死掉，也是很可貴的，何況你的前途還不錯呢？而且一個人只怕不能立定志向，又何必愁美名不能彰顯呢？」周處於是勉勵自己，努力改過，終於成為一個忠臣孝子。

【析　評】周處除三害的故事，膾炙人口，影響世道人心極大。《世說》之前，《孔氏志怪》云：「義興有邪足虎，溪渚長橋有蒼蛟，竝大噉人；合郭西周（即周處），時謂郡中三害。」（劉孝標注引）祖台之《志怪》，亦云：「義興郡溪渚長橋下有蒼蛟吞噉人，周處執劍橋側伺，久之，遇出，於是懸自橋上，投下蛟背而刺蛟，數創，流血滿溪，自郡渚至太湖句浦乃死。」（《初學記》七引）已有零星的記述。「邪足虎」與「邅跡虎」應是一物，並因其足怪異而得名；牠和溪中吞人的蒼蛟，都是傳說中不可考徵的異物，應是小說家捏造的。《世說》言周處入吳尋二陸事，勞格《讀書雜識・晉書校勘記》，也斥為小說妄傳，並非事實。主要的論據是周處卒於晉惠帝元康七年，年六十二，推其生年當在吳大帝赤烏元年；陸機卒於惠帝太安二年，年四十三，則當生於吳景帝永安五年；赤烏與永安相距二十餘載，是周處弱冠之年，陸機尚未出生，何得入吳相尋？但是周處早年兇強任俠，為鄉里所患，後改勵自新，終為忠臣孝子，既實有其事，再添增一些傳奇色彩，使故事更生動感人，為後世青少年樹立榜樣，也未嘗不是好事。所以《晉書》把周處殺猛獸、斬蛟、尋陸二事均採入本傳，是可以理解的；劉知幾譏其好採小說，勞格譏其失於考核，全都忽略了前修立言的要義。

2 戴淵❶少時，遊俠❷不治行檢❸，在江、淮間攻掠商旅。陸機❹赴假❺還洛，輜重❻甚盛，淵使少年掠劫；淵在岸上，據胡床，指麾❼左右，皆得其宜。淵既風姿峰穎❽，雖處鄙事❾，神氣猶異。機於船屋❿上遙謂之曰：「卿才如此，亦復作劫邪？」淵便泣涕，投劍歸機，辭厲⓫非常，機彌重之；定交⓬，作筆⓭薦焉⓮。過江⓯，仕至征西將軍。

【注釋】❶戴淵　即戴儼。見〈賞譽〉54注❹。❷遊俠　輕死重義，不惜違背社會秩序而救人急難的人。❸行檢　操行。❹陸機　見〈言語〉26注❶。❺赴假　前往度假。❻輜重　行李。行者用載重蓬車（即輜重）所裝運的物資。❼指麾　發令調遣。也作「指揮」。❽峰穎　比喻人的銳氣。峰，通「鋒」。《太平御覽》四〇九引作「鋒穎」。❾鄙事　卑賤者所從事的工作。❿船屋　船艙。⓫辭厲　言辭嚴厲。《太平御覽》四〇九作「辭屬」，則為吐屬、言論之意，亦通。⓬定交　結交為友。⓭筆　筆札；書信。⓮薦焉　薦之。《晉書．戴若思傳》：「機薦於趙王倫。」⓯過江　指元帝建武元年晉室渡江而東，定都於建康（今南京市）以後。

【語　譯】戴淵年輕的時候，仗義行俠，不檢點自己的行為，曾經在長江、淮河之間搶劫旅客。陸機度假回洛陽時，行李很多，戴淵派年輕人去打劫；戴淵在岸上，坐靠在交椅上，指揮部下進攻，都很得當。戴淵的風采儀態超群出眾，雖然在處理卑鄙不正的事務，神氣還是與眾不同。陸機在船艙上遠遠對他說：「你有這樣的才能，還要做打劫的勾當嗎？」戴淵就慚愧流淚，拋下武器，歸附陸機，自責的言辭非常嚴厲誠懇，陸機更加看重他；所以結交為朋友後，便寫信把他推薦給趙王倫。戴淵於晉元帝東渡長江、定都建康以後，官做到征西將軍。

【析　評】此則記戴淵經陸機點化，改邪歸正的故事。陸機在禍患中，臨危不亂，不惜身邊的財物被搶，獨憐惜岸上那風姿峰穎、指揮得宜的強人；那強人指揮之餘，想必也同時注意到這位避居艙房之上，輕財重義、神采絕倫、令他一見傾心的高士，所以一聆教言，泣涕拜服，從此棄暗投明，留名青史。

企羨❶第十六

1 王丞相❷拜司空❸，桓廷尉❹作兩髻，葛裙、策杖路邊窺之，歎曰：「人言阿龍❺超❻，阿龍故自超！」不覺至臺門❼。

【注釋】❶企羨　舉踵仰慕他人的德行和名望。❷王丞相　指王導。見〈德行〉27注❸。❸司空　官名。三公之一，參議國事。據《晉書・元帝紀》，大興四年七月，以驃騎將軍王導為司空。❹桓廷尉　指桓彝。見〈德行〉30注❶。❺阿龍　王導小名赤龍。故暱稱阿龍。晉人對關係親密的人，可稱其小名。❻超　跳躍。❼臺門　城門。城門下築土為臺，故亦謂之臺門。

【語譯】王導被任命為司空，桓彝梳了兩個髮髻，穿著葛布長裙，拄著拐杖，在路旁窺看，讚歎道：「有人說阿龍會跳，阿龍確實會跳啊！」不知不覺地跟他走到了城門口。

【析評】此則言桓廷尉「作兩髻，葛裙、策杖」，是說他當時作百姓尋常裝束，故能混在人群中窺看，未被察覺。桓、王二人，官都做得不小，官邸應在城區中央，末句「不覺至臺門」，可見桓廷尉隨行甚遠，欽羨極深。至於「人言阿龍超」，只是說他善於跳高而已；而「阿龍故自超」，卻進一層說他不但善跳，而且一跳跳上了三公的高位！一語雙關，頗具化腐朽為神奇的魔力。

2 王丞相❶過江❷，自說昔在洛水邊❸，數與裴成公❹、阮千里❺諸賢共談道。羊曼❻曰：「人久自以此許卿，何須復爾❼？」王曰：「亦不言我須此，但欲爾時不可得耳！」

【注釋】❶王丞相　指王導。見〈德行〉27注❸。❷過江　指元帝建武元年晉室渡江而東，定都於建康以後。❸昔在洛水邊　指東渡前在洛陽時。❹裴成公　即裴頠。見〈言語〉23注❸。❺阮千里　即阮瞻。見〈賞譽〉29注⓫。❻羊曼　見〈雅量〉20注❺。❼人久二句　各本「久」下無「自」字，此據《考異》增，當讀作「人久自以此許，卿何須復爾」或「人久自以此許卿，何須復爾」。自，相當於即、就。

【語譯】王導隨晉室東渡後，自述從前在洛陽時，屢次和裴成公、阮千里諸賢士談玄講道的往事。羊曼說：「人們早就因此讚許您了，何必再談這些呢？」王導說：「並不是說我需要講這些自抬身價，只可惜想再回到那時候卻辦不到了而已！」

【析評】此則言丞相過江，良朋星散，往事難再。具以告人，藉以傾訴企羨之情而已。

3 王右軍❶得❷人以〈蘭亭集序〉❸方❹〈金谷詩序〉❺，又以己敵❻石崇❼，甚有欣色。

【注釋】❶王右軍　即王羲之。見〈言語〉62注❷。❷得　知道；知曉。❸蘭亭集序　又稱〈臨禊序〉、〈臨河敘〉，王羲之作。《晉書・王羲之傳》載其全文。❹方　比；媲美。❺金谷詩序　《全晉文》石崇〈金谷詩序〉曰：「余以元康六年從太僕卿出為使，持節監青、徐諸軍事、征虜將軍。有別廬在河南縣界金谷澗中，去城十里，或高或下，有清泉茂林，眾果、竹柏、藥草之屬，金（《太平御覽》九一九作有）田十頃，羊二百口，雞豬鵝鴨之類，莫不畢備。又有水碓、魚池、土窟，其為娛目歡心之物備矣。時征西大將軍祭酒王詡當還長安，余與眾賢共送往澗中，晝夜遊宴，屢遷其坐，或登高臨下，或列坐水濱。時琴瑟笙筑，合載車中，道路並作；及住，令與鼓吹遞奏。遂各賦詩，以敘中懷；

或不能者，罰酒三斗。感性命之不永，懼凋落之無期，故具列時人官號、姓名、年紀，又寫詩著後。後之好事者，其覽之哉！凡三十人，吳王師、議郎、關中侯、始平武功蘇紹，字世嗣，年五十，為首。」❻敵　平等；對等。❼石崇　晉南皮（今河北南皮東北）人。字季倫。官至荊州刺史。曾劫遠使商客致富，於河陽置金谷園，與貴戚王愷、羊琇等以豪侈相尚。與潘岳、陸機、陸雲等附事賈后，賈謐，時號二十四友。後為趙王倫嬖人孫秀所譖，被殺。

【語　譯】王羲之得知別人拿〈蘭亭集序〉比〈金谷詩序〉，又拿自己比石崇，很有欣喜的臉色。

【析　評】王右軍的蘭亭雅集，為修禊而舉行，但畢集群賢，銜觴賦詩，暢敘幽情的方式，實仿自石崇金谷詩會的故事。據〈金谷詩序〉，與會者三十人；而《雲谷雜記》載：「予嘗得〈蘭亭〉石刻一片，首列羲之序文，次則諸人之詩。自羲之而下，凡四十有二人。」雖然二序的情文、二會的規模，都有後來居上的聲勢；但當別人拿二序和二序的作者作比較，王右軍得以後起之秀媲美前修，自然喜不自勝，面現欣色。

4

王司州❶先為庾公❷記室參軍❸，後取殷浩❹為長史❺。始到，庾公欲遣王使下都❻；王自啟❼求住❽，曰：「下官希見盛德；淵源始至，猶貪❾與少日❿周旋⓫。」

【注　釋】❶王司州　指王胡之。見〈言語〉81注❶。❷庾公　指庾亮。見〈德行〉31注❶。❸記室參軍　官名。掌章表書記文檄。❹殷浩　字淵源。見〈言語〉80注❷。❺長史　官名。魏、晉時三公及刺史的幕僚長，權責極重。❻下都　即建康（今南京市）。❼自啟　親自報告。啟，啟奏；稟報。❽求住　請求留在官署，不去建康。❾貪　貪圖；一味求取而不知滿足。❿少日　不多時日；幾日。⓫周旋　應酬；相談敘。

【語　譯】王胡之先被庾亮任命為記室參軍，後來庾亮又取用殷浩為長史。殷浩才到任，庾公想派遣王胡之到下都去；王胡之親自報告，請求留下來，說：「在下很少見到有大德的人；淵源才到，還貪圖和他再談敘幾天。」

【析　評】此則記王胡之與殷浩相見恨晚，不忍離去；傾慕之情，溢於言表。

5 郗嘉賓❶得❷人以己比苻堅❸，大喜。

【注　釋】❶郗嘉賓　即郗超。見〈言語〉59注❺。❷得　知道。❸苻堅　見〈識鑒〉22注❸。

【語　譯】郗嘉賓得知別人拿自己比擬苻堅，非常高興。

【析　評】由本書〈識鑒〉22則的記述，郗超因有「不以愛憎匿善」的長處，見重於當世。劉孝標注引車頻《秦書》云：苻堅初生，有赤光流其室；幼具美度，有王霸相（見〈識鑒〉22則注）。及他立為前秦王，信任賢臣王猛，興修關中水利，促進農業生產；並攻滅前燕、前涼、代國，兼併北方大部分地區；且攻占東晉的漢中和成都；建立五胡十六國中最強大的國家，胸懷統一域內的壯志，不愧為一世之雄主。此時苻堅將問晉鼎的行跡雖顯，但郗超卻對他無限景仰；所以知道別人拿自己比苻堅，仍不免大喜過望。

6 孟昶❶未達時，家在京口❷。常見王恭❸乘高輿，被鶴氅裘❹；于時微雪，昶於籬間窺之，歎曰：「此真神仙中人也！」

【注　釋】❶孟昶　晉人，字彥達，平昌（郡名。治安丘，在今山東安丘西南）人。昶為人矜嚴，度量恢宏，志向遠大，少時即受王恭的賞識。及桓玄稱帝，昶與劉裕合謀討玄有功，拜丹陽尹。晉安帝義熙六年，廣州刺史盧循反，王師潰敗，昶憂懼自殺。❷京口　在今江蘇鎮江。❸王恭　見〈德行〉44注❶。❹鶴氅裘　用鳥羽編織成裘的外衣。

【語　譯】孟昶還未顯達的時候，家住在京口。他曾經看見王恭乘著高大的馬車，穿著潔白的鶴氅裘；那時正飄著小雪，孟昶從籬笆的空隙窺看，讚歎道：「這真是神仙一般的人物呀！」

【析　評】王恭「清廉貴峻，志存格正」（見〈德行〉44則劉孝標注引〈恭別傳〉），一定有堂堂正正的威儀。少賤的孟昶隔籬看見他時，他乘高輿，穿鶴氅裘，那雍容華貴的儀態，已然令孟昶心醉；而鶴是白色的，「鶴氅裘」一定也是白色的，被著鶴氅裘的王恭，在飄著疏落白雪的時候翩然蒞臨，也給人一種一路撒著雪花，自天而降的錯覺；任誰都不免有「此真神仙中人」的驚歎吧！

傷逝❶第十七

1　王仲宣❷好驢鳴，既葬，文帝❸臨其喪，顧語同遊❹曰：「王好驢鳴，可各作一聲以送之。」赴客❺皆一作驢鳴。

【注釋】❶傷逝　哀悼已死的人。❷王仲宣　王粲，字仲宣，三國魏高平（今山東金鄉西北）人。博學多識，文思敏捷。粲到長安見蔡邕，邕久慕其名，倒屣相迎。後避亂荊州，往依劉表，因矮小醜陋而不受重用。後歸曹操，官至侍中。為建安七子之一，著有詩、賦、論、議六十篇，大多亡佚。見《三國志・魏志・王粲傳》。❸文帝　魏文帝曹丕。❹同遊　同行的人。❺赴客　趨往弔喪的賓客。

【語譯】王粲喜歡聽驢叫的聲音，去世下葬以後，魏文帝降臨弔祭，回過頭去告訴同行的人說：「王仲宣喜歡驢叫，我們可各學一聲驢叫送他。」前往弔喪的賓客，就都學了一聲驢叫。

【析評】《後漢書・逸民傳》：「(戴)良少誕節，母憙驢鳴，良常學之以娛樂焉。及母卒，兄伯鸞居廬啜粥，非禮不行；良獨食肉飲酒，哀至乃哭；而二人俱有毀容。或問良曰：『子之居喪，禮乎？』良曰：『然。禮，所以制情佚也；情苟不佚，何禮之論？夫食旨不甘，故致毀容之實；若味不存口，食之可也。』論者不能奪之。」看了這段故事，知後漢之世，已開魏、晉喜好驢鳴風氣之先。然在漢人心目中，死生截然有別，戴良喪母，雖食酒肉時能味不存口，但絕不再作驢鳴；而晉時如曹丕、王粲、孫楚等人，因受莊子齊萬物、外死生等思想的影響，都不以模仿驢鳴為鄙俗。王仲宣生時既樂此不疲，死後文帝等亦以此送別；只要學作驢鳴弔祭的時候，心存故友，送他喜笑而去，而自己毫無嬉戲之情，便不違喪禮主哀之義。這種豁達的情懷，拘守禮數的常人，當然是無法理解而妄加訕笑的。請參看本篇3則可知。

2 王濬沖❶為尚書令，箸❷公服，乘軺車❸，經黃公酒壚❹下過，顧謂後車客：「吾昔與嵇叔夜❺、阮嗣宗❻共酣飲於此壚，竹林之遊❼，亦預❽其末。自嵇生夭❾、阮公亡以來，便為時所羈紲❿。今日視此雖近，邈⓫若山河！」

【注釋】❶王濬沖 王戎字。見〈德行〉16注❶。❷箸 通「著」。穿。❸軺車 只駕一匹馬的輕車。❹黃公酒壚 黃公開的酒店。壚，本指酒店中安放酒甕、酒罈的土臺，借指酒店。❺嵇叔夜 嵇康字。見〈德行〉16注❷。❻阮嗣宗 阮籍字。見〈德行〉15注❷。❼竹林之遊 三國魏末，阮籍、嵇康、山濤、向秀、阮咸、王戎、劉伶相友善，常遊宴竹林之下，時人號為竹林七賢。❽預 參與。通「與」。❾夭 少壯而死。嵇康年四十為司馬昭所殺。❿羈紲 束縛；羈絆。羈，馬絡頭。紲，韁繩。⓫邈 悠遠。

【語譯】王戎當尚書令時，穿著禮服，乘坐輕車，從黃公的酒店前經過，回頭對後面車上的客人說：「我從前和嵇叔夜、阮嗣宗一同在這酒店暢飲，當年在竹林中舉行的遊宴，我也曾敬陪末座。自從嵇生夭折、阮公去世到現在，我都被時事所束縛。今天看這酒店雖然很近，但又好像和它遠隔著重重疊疊的山川！」

【析評】此則言王濬沖重遊舊地，觸景傷情，歎知交凋散，往事渺若雲煙，不可復還。讀來令人不勝今昔之感。然考王戎為尚書令，在惠帝永寧二年，距嵇、阮之死，將近四十年，不得從二人遊；此則實取自裴啟《語林》之誤傳。參閱〈輕詆〉24則「析評」。

3 孫子荊❶以有才，少所推服❷，唯雅❸敬王武子❹。武子喪，時名士無不至者；子荊後來，臨屍慟哭❺，賓客莫不垂涕❻。哭畢，向靈床曰：「卿常好我作驢鳴，今我為卿作。」體似聲真，賓客皆笑。孫舉頭曰：「使君輩存，令此人死！」

【注釋】❶孫子荊　即孫楚。見〈言語〉24注❷。❷推服　推許佩服。❸雅　平素；一向。❹王武子　即王濟。見〈言語〉24注❶。❺慟哭　痛哭。慟，極其悲痛。❻涕　眼淚。

【語譯】孫楚因為自己很有才華，極少推崇別人，只是一向敬仰王武子。王武子的喪禮，當時的知名人士沒有不參加的；孫楚最後來到，面對屍體痛哭，賓客沒有不陪著流淚的。哭完了，向靈床說：「您經常喜歡我學驢叫，現在我為您學一次吧。」他學得體態神似，聲音真切，賓客全笑了起來。孫楚抬頭說：「老天為甚麼讓你們活著，卻教這個人死呢！」

【析評】晉人作驢鳴弔亡的背景，已於本篇1則「析評」中略作說明。此則言孫子荊初到靈堂，未能免俗，臨屍痛哭；這是一般人了解的，於是「賓客莫不垂涕」，深受感動。可是孫子荊哭畢，猛然想起王武子的豁達，便又忘情地為他再學一次驢鳴；這是一般人無法了解的，見他學得繪影繪聲，驢模驢樣，於是哄堂大笑，完全破壞了孫子荊的哀思，使他更加悼念亡友，而對眼前的一群假「名士」痛加呵責。相信讀者讀到「體似聲真，賓客皆笑」的描寫，一定也忍不住笑出眼淚；但當了解孫子荊誠摯的心境，必然會自慚淺薄吧？

4　王戎喪兒萬子❶，山簡❷往省❸之，王悲不自勝❹。簡曰：「孩抱中物❺，何至於此？」王曰：「聖人忘情，最下不及情；情之所鍾❻，正在我輩！」簡服其言，更為之慟❼。

【注　釋】❶王戎喪兒萬子　〈賞譽〉29劉孝標注引《晉諸公贊》：「王綏，字萬子，辟太尉掾，不就，年十九卒。」則萬子死時已非「孩抱中物」；《晉書・王衍傳》：「衍嘗喪幼子，山簡往弔之，衍悲不自勝。簡曰：『孩抱中物，何至於此？』」此則所記，當是王衍喪子的誤傳。衍見〈言語〉23注❷。❷山簡　見〈賞譽〉29注❽。❸省　問候；探望。❹勝　勝過；克制。❺孩抱中物　指尚在父母懷抱中，才會笑而甚麼都不懂的嬰兒。孩，小兒笑。❻鍾　聚集。❼慟　悲痛。

【語　譯】王戎喪失了兒子萬子，山簡去探望他，王戎仍克制不了自己的悲哀。山簡說：「您只失去一個還不懂事的小東西，何必悲傷到這種程度呢？」王戎說：「聖人寄心大道忘了感情，最駑下的人根本想不到感情；感情聚會的地方，正在我們這些中等人的身上啊！」山簡佩服他的話，愈加為他哀痛。

【析　評】山簡稱萬子為「孩抱中物」，是寓有深意的。一個才會笑、未免於父母之懷的嬰兒，對父母是無情的，正似無情於人的萬物一樣，所以以「物」相稱。他的意思是：失去一個東西，固然值得惋惜，但無須感到悲傷；您現在也只是失去一個小東西而已，何必如此悲哀呢？他把一個可愛的嬰兒比作物件，無非想安慰王戎這個為父的有情人而已，可以說是很委婉體貼的說辭。但是王戎認為人分三等：聖人遇到情感發生糾結的時候，以道化解，忘記動情；下愚渾渾噩噩，想不到人間尚有感情這件事；兩者都可以歸於無情之類。那麼中庸之輩，正是情之所聚，感情豐富的人了。而王戎（實為王衍）把自己定位在這群多情人中，自然對愛兒的死「悲不自勝」；因為無論萬子對他是否有情，他對萬子絕對是有情的。當他想到未來終將有情於己的萬子不幸夭折，怎不痛心欲絕？這才是人之常情。難怪山簡傾服其言，順著他的理路追思下去，更加為他悲痛。

5 有人哭和長輿❶，曰：「峨峨❷若千丈松崩。」

【注釋】❶和長輿　和嶠字。見〈德行〉17注❷。❷峨峨　高大的樣子。

【語譯】有人哭悼和嶠，說：「您倒下來，好像一棵巍峨挺拔的千丈高松突然崩坍。」

【析評】「千丈松」是高大美盛的，挺拔剛正的。它所象徵的，不是人的軀體，而是人所具有的大中至正、沛塞蒼冥的正氣，雄偉瑰麗、貞固不移的性格。劉孝標注引干寶《晉紀》說：「皇太子有醇古之風，美於信受（信從承受）。侍中和嶠數言於上曰：『季世（衰世）多偽，而太子尚信，非四海之主。憂太子不了（明白）陛下家事，願追思文、武之祚（帝位）。』上（指晉武帝）既重長適（與「嫡」通），又懷齊王朋黨之論，弗入（採納）也。後上謂嶠曰：『太子近入朝，吾謂（以為。與「為」通）差進（略有進步），卿可與荀侍中共往言。』及顗（當作「愷」）。荀愷，荀彧——見〈品藻〉6注❶——的曾孫。《三國志・魏志・荀彧傳》裴注，先引《荀氏家傳》：「愷，晉武帝時為侍中。」續言嶠為侍中，荀顗亡沒已久，考其時位，愷實當之）奉詔還，對上曰：『太子明識弘新，有如明詔。』問嶠，嶠對曰：『聖質如初（和從前一樣，沒有改變）。』上默然。」此事亦見於本書〈方正〉9則，足以表現和嶠守正不阿的風骨，並證此則讚語的真切。

6 衛洗馬❶以永嘉六年喪❷，謝鯤❸哭之，感動路人。咸和❹中，丞相王公❺教曰：「衛洗馬當改葬。此君風流名士❻，海內所瞻❼。可脩❽薄祭，以敦❾舊好❿。」

【注釋】❶衛洗馬　指衛玠。見〈言語〉32注❶。❷永嘉六年喪　劉孝標注引《永嘉流人名》：「玠以六年六月二十日亡，葬南昌城許徵墓東。玠之薨，謝幼輿發哀於武昌，感慟不自勝。人問：『子何恤而致哀如是？』答曰：『棟梁折矣，何得不哀？』」永嘉，晉懷帝年號。其六年，當西元三一二年。❸謝鯤　字幼輿。見〈文學〉20注❸。❹咸和　晉成帝年號。❺王公　指王導。見〈德行〉27注❸。❻風流名士　言行風度超群的知名之士。風流，指當時名士自由的精神、脫俗的言行，超逸的風度。❼瞻　仰望；敬仰。❽脩　整備。通「修」。❾敦　貴；尊崇。❿舊好　往日的情誼。

【語　譯】衛玠在永嘉六年去世，謝鯤哀哭祭悼，感動了路過的行人。咸和年間，丞相王導諭告說：「我們應該改葬衛洗馬。他是一位言行風度超群的名士，為天下人所瞻仰。應該準備一些供品祭祀，使往日的情誼更加深厚。」

【析　評】此則言衛玠才德儁美，海內所瞻。所以謝鯤哭之，備極哀傷，路人無不感動淚下。

7　顧彥先❶平生好琴，及喪，家人常以琴置靈牀❷上。張季鷹❸往哭之，不勝其慟，遂徑上牀鼓琴。作數曲竟，撫琴曰：「顧彥先，頗復賞此不？」因又大慟，遂不執孝子手而出❹。

【注　釋】❶顧彥先　即顧榮。見〈德行〉25注❶。❷靈牀　為死者神靈所設置的坐臥之具。❸張季鷹　即張翰。見〈識鑒〉10注❶。❹不執孝子手而出　按《顏氏家訓・風操》：「江南凡弔者，主人之外，不識者不執手。」則凡弔者，識與不識，皆須執主人之手。《新語》此則言「不執孝子手」，後15則言「不執末婢手」，皆言其悼慟至極，不能守常行禮。孝子，謂顧毗。見《晉書・顧榮傳》。

【語　譯】顧彥先一生愛好彈琴，到他死後，家人經常把琴放在他的靈床上。張季鷹去哭弔他，克制不了自己的悲痛，就徑直登床彈琴。彈完幾曲以後，撫摸著琴說：「顧彥先啊，你還能欣賞這琴音嗎？」於是又大哭起來，竟沒有行執孝子手加以慰唁的禮，就走出了靈堂。

【析　評】此則記張季鷹哭顧彥先，後15則記王東亭哭謝太傅，皆不執主人孝子之手而出。是讚許他們弔念死者的感情異常殷切，雖然未能遵禮慰唁生者，卻仍合乎「大行不顧細謹，大禮不辭（講）小讓」（見《史記・項羽本紀》），貴能顧全大體的古訓。王利器《顏氏家訓集解》引劉盼遂說，謂此則顯張季鷹之狂誕，15則紀王東亭之凶嫌，以「不與主人執手，皆失禮也」斥之，似未得《新語》本義。

8 庾亮兒❶遭蘇峻❷難遇害。諸葛道明女❸為庾兒婦，既寡，將改適❹，與亮書及之。亮答曰：「賢女尚少，故其宜也；感念❺亡兒，若在初沒❻。」

【注　釋】❶庾亮兒　即庾會。見〈雅量〉17注❹。亮見〈德行〉31注❶。❷蘇峻　見〈方正〉25注❹。❸諸葛道明女　即諸葛文彪。道明，名恢。見〈方正〉25注❶。❹改適　改嫁江虨。見〈方正〉25。❺感念　感懷思念。❻沒　死。通「歿」。

【語　譯】庾亮的兒子在蘇峻造反時被殺害了。諸葛道明的女兒是庾亮的媳婦，寡居以後，諸葛道明將把她改嫁他人；就在寫信給庾亮時提到這件事情。庾亮回信說：「令嬡還年輕，改嫁本來是應當的。可是我懷念起死去的兒子，好像他才過世一樣。」

【析　評】這一則記庾亮喪子，又聞子媳即將改嫁時，理智與感情交戰的情形。子死媳嫁，生人都認為是理所當然的事；可是亡兒地下有知，受得了嗎？父子情深，在父親的心中，愛兒永遠不死；縱使他不幸死了，那殘酷的死亡便在慈父心上烙下一道劃斷時光的鴻溝，每想到這裡，便落入深不可測的悲哀，就再承受一次椎心泣血的喪子之痛。亡兒初死，寡媳忙著改嫁，阿公受得了嗎？讀罷庾公的答辭，真不免伴他同聲一哭了。

9 庾文康❶亡，何揚州❷臨葬云：「埋玉樹箸❸土中，使人情❹何能已已❺！」

【注釋】❶庾文康　即庾亮。見〈德行〉31注❶。亮卒於晉成帝咸康六年。❷何揚州　指何充。見〈言語〉54注❶。❸箸　置。通「著」。❹人情　人的感情。❺已已　靜止不動。已，停止。下「已」字為表肯定的語氣詞。

【語譯】庾亮死了，何充在他下葬的時候說：「把玉樹埋在泥土中，怎能使人不動憐惜之情呢！」

【析評】此則述何充惋惜庾亮，以為庾亮才質俊秀，有如玉樹。

10 王長史❶病篤❷，寢臥燈下，轉麈尾視之，歎曰：「如此人，曾❸不得四十！」及亡❹，劉尹❺臨殯，以犀柄麈尾箸柩中，因❻慟絕❼。

【注釋】❶王長史　指王濛。見〈言語〉54注❹。❷篤　病勢沉重。❸曾　乃；竟。❹及亡　王濛於晉穆帝永和三年卒，年三十九。見《書法要錄・九》引張懷瓘《書斷》。❺劉尹　指劉惔。見〈德行〉35注❶。❻因　就。❼慟絕　因痛哭而暈倒。

【語譯】王濛病得快死了，躺在燈下，轉弄手中的麈尾看著，歎息道：「像我這樣的人，竟活不到四十歲！」等他死了，劉尹在他入殮的時候，把一支犀柄麈尾放在靈柩中，就痛哭暈倒。

【析評】魏、晉名士清談時，手中常拿著麈尾，用以指畫。王濛臨終把玩日用的麈尾，必然在回想一些得意的往事；但當想到自己四十不到，就要與世長辭，不免感慨萬千。劉惔得知此事，所以在王濛入殮時，送他一支名貴的犀柄麈尾，但一想到他「如此人，曾不得四十」的悲歎，深具同感，於是無法自持，而慟哭絕倒。

11 支道林❶喪法虔❷之後，精神霣喪❸，風味❹轉墜。常謂人曰：「昔匠石廢斤於郢人❺，牙生輟弦於鍾子❻；推己外求❼，良❽不虛也！冥契❾既逝，發言莫賞，中心蘊結，余其亡矣！」卻❿後一年，支遂殞。

【注　釋】❶支道林　即支遁。見〈言語〉63注❶。❷喪法虔　失去法虔，言法虔已死。劉孝標注：「〈支遁傳〉曰：『法虔，道林同學也。儁朗有理義，遁甚重之。』」❸霣喪　頹喪。❹風味　風采意趣。❺匠石廢斤於郢人　《莊子·徐无鬼》云：郢人用白堊塗在鼻端，薄如蠅翼，使匠石削下。匠石運轉斧頭，形成風聲，聽聲削下，削盡白堊而鼻不受傷；郢人始終端立著，面不改色。宋元君聽說，召匠石來，命他再表演一次，匠石卻說：「臣從前能削，可是現在臣的夥伴已死，沒有他的信任與配合，臣就辦不到了。」❻牙生輟弦於鍾子　《韓詩外傳》九云：春秋楚人伯牙鼓琴，鍾子期旁聽。當鼓琴時志在高山，鍾子期說：「琴彈得真好啊！巍巍然有如太山！」志在流水，鍾子期說：「琴彈得真好啊！洋洋乎有若江河！」鍾子期死，伯牙摔破了琴，割斷了弦，終身不復鼓琴。❼推己外求　推己意而外求知心的人。❽良　確實；果真。❾冥契　默契，在此指無須語言而心相契合的知己。❿卻　再；又。

【語　譯】支道林在法虔死後，精神頹喪，風采意趣也不如往昔。他常常對人說：「從前匠石因郢人而不用斧斤，怕牙為子期而停止彈琴；人應推己意而外求知心的人，實在不假啊！契友已死，說話沒有人欣賞，心中的情思鬱積難消，我大概要死了！」再過一年，支道林就死了。

【析　評】此則記喪失知交後的寂寞孤苦，足以奪人性命。

12 郗嘉賓❶喪，左右白郗公❷：「郎喪。」既聞，不悲，因語左右：「殯❸時可道❹。」公往臨殯，一慟❺幾絕。

【注釋】❶郗嘉賓　即郗超。見〈言語〉59注❺。❷郗公　指郗愔。郗超的父親。見〈捷悟〉6注❶。❸殯　辦理喪事；殯斂。❹道　言說；報告。❺慟　痛哭。

【語譯】郗嘉賓死了，左右的人報告郗愔說：「令郎死了。」他聽了以後，並不悲傷，就囑咐左右的人：「料理喪葬時可向我報告。」可是郗公親自參加殯斂時，一聲痛哭，幾乎氣絕暈倒。

【析評】據劉孝標注引《續晉陽秋》的記載，郗愔忠於王室，他的兒子郗超卻夥同桓溫造反，為桓溫的謀主；所以郗公聽到郗超死並不悲傷。可是參加兒子葬禮的時候，在人天永隔之際，郗公終於剪不斷父子的深情，痛哭得幾乎昏倒。這時他所想的，只怕不是對郗超的痛恨，而是悔不能好好輔導他，使他誤入歧途吧？

13 戴公❶見❷林法師墓❸，曰：「德音❹未遠，而拱木已積❺，冀神理❻緜緜❼，不與氣運❽俱盡耳！」

【注釋】❶戴公　指戴逵。見〈雅量〉34注❶。❷見　拜見；祭拜。❸林法師墓　支遁的墳墓。在今浙江紹興東北三十里。遁見〈言語〉63注❶。❹德音　有德者所說的善言。❺拱木已積　成拱的墓樹已長得非常茂盛。合手曰拱。累積繁茂叫積。《高僧傳．支遁傳》作「拱木已繁」。❻神理　神妙的思想。❼緜緜　連續不斷的樣子。❽氣運　命運。

【語譯】戴公祭拜過林法師的墳墓，說：「他美好的言論相去未遠，可是墳上成拱的樹已經長得非常茂盛；希望他神妙的思想能連綿不絕，不要隨著命運一同終止就好了！」

【析　評】古人以立德、立言、立功為三不朽，林法師支遁既死，戴公所冀望的是他能言滿天下，造福後世。

14 王子敬❶與羊綏❷善，綏清淳簡貴❸，為中書郎，少亡；王深相痛悼，語東亭❹云：「是國家可惜人！」

【注　釋】❶王子敬　即王獻之。見〈德行〉39注❶。❷羊綏　見〈方正〉60注❷。❸清淳簡貴　清高淳厚，簡易高貴。❹東亭　即王珣。見〈言語〉102注❸。

【語　譯】王子敬和羊綏友好，羊綏清高淳厚、簡易高貴，官拜中書郎，很年輕就死了；王子敬深為哀痛，告訴王東亭說：「他真是值得國家惋惜的人啊！」

【析　評】此則言羊綏才德俱佳而不幸早死，王子敬以國士相許。

15 王東亭❶與謝公交惡❷，王在東❸聞謝喪，便出都詣子敬，道：「欲哭謝公。」子敬始臥，聞其言，便驚起曰：「所望於法護❹！」王於是往哭。督帥刁約不聽前，曰：「官❺平生在時，不見此客。」王亦不與語，直前哭，甚慟，不執末婢❻手而退。

【注　釋】❶王東亭　即王珣。見〈言語〉102注❸。❷與謝公交惡　詳見〈賞譽〉147「析評」欄。❸東　東晉都建康，以會稽、吳郡為東。此指會稽。❹法護　王珣小名。❺官　晉、南北朝時對尊長的尊稱。在此應指珣父王洽。❻末婢　謝琰小名。琰字瑗度，安少子，開朗率直而有大度。後為孫恩所害，贈侍中、司空。

【語　譯】王珣和謝安互相憎恨，王珣在都城之東聽說謝安死了，就到都城建康去拜見王獻之，說：「我想去哭弔謝公。」王獻之原本躺著，聽了他的話，就慌忙起身說：「法護，這正是我希望你去做的！」王珣於是前往哭弔。督帥刁約不肯聽命上前祭拜，說：「老太爺在世的時候，從來不接見這個客人。」王珣也就不和他辯論，徑自上前哭弔，非常哀痛，最後竟忘了去握主人謝琰的手就離開了。

【析　評】此則記王珣不念宿怨，哭弔謝安，盡禮致哀的情形。王、謝是當時萬方屬目的名門望族，大家眼看著他們結成兒女親家，又眼看著他們斷絕婚姻、結成仇釁，假使謝家的大家長謝安死了，王家無人弔喪，那真是恩斷義絕，無情已甚，使得天下寒心；所幸王珣能識大體，既得王獻之的讚許，便勇往直前，竭誠哀悼，為人間留得一片純情。「不執末婢手」事，參見本篇7注❹。

16 王子猷❶、子敬❷俱病篤，而子敬先亡。子猷問左右：「何以都不聞消息？此已喪矣！」語時了❸不悲；便索輿來奔喪，都不哭。子敬素好琴，便徑入，坐靈床上，取子敬琴彈；弦既不調，擲地云：「子敬，子敬，人琴俱亡！」因慟絕良久，月餘亦卒。

【注　釋】❶王子猷　即王徽之。見〈雅量〉36注❶。獻之的哥哥。❷子敬　王獻之字。見〈德行〉39注❶。❸了　完全。

【語　譯】王子猷、子敬都病得很重，而子敬先死。子猷問左右的人說：「怎麼一點兒消息也沒聽到？他已經死了吧！」談話時一點也不悲傷；就要了一輛車子來奔喪，一直沒有哭泣。子敬一向喜歡彈琴，子猷就徑自坐在靈床上，拿子敬的琴來彈；可是弦音已不諧調了，就擲在地上說：「子敬呀，子敬！你的人和琴一起死掉了！」就悲痛得昏厥很久，經過一個多月也去世了。

【析　評】王子敬死時，王子猷也病得很重，不久人世，他早就把生死參透了：人死而有知，他即將追隨於地下；死而無知，再悲哀王子敬也不能領情；所以他從離家到來到王子敬靈前，既不悲傷，也不落淚。可是他看見靈床上的琴，想彈琴安慰弟弟的時候，弦音竟然失調了，那無情的琴居然殉主而死了！無情之物偏偏多情，就使得原本有情的王子猷不能忘情，哭得死去活來了。

17 孝武❶山陵夕❷，王孝伯❸入臨❹，告其諸弟曰：「雖榱桷❺惟❻新，便自有〈黍離〉之哀❼！」

【注　釋】❶孝武　晉孝武帝司馬曜。❷山陵夕　帝王的墳墓叫山陵。山陵夕，指安葬那天的傍晚。《晉書・安帝紀》云：晉孝武帝太元二十一年冬十月甲申，葬孝武皇帝于隆平陵（在今江蘇江寧蔣山西南）。❸王孝伯　即王恭。見〈德行〉44注❶。❹入臨　入陵寢哭弔。臨，哭弔。❺榱桷　屋椽；屋頂架瓦片的縱木條。周時，秦名屋椽，周謂之榱，齊、魯謂之桷。在此指陵園中的宮殿。❻惟　語助詞。無義。❼黍離之哀　有感於國家衰亡的悲哀。〈黍離〉，《詩・王風》篇名。〈詩序〉謂西周衰亡，周大夫過故都，見宗廟宮室，盡為禾黍，彷徨不忍去，作為此詩。

【語　譯】孝武帝安葬那天的傍晚，王孝伯進入陵寢哭弔，事後告訴他的弟弟們說：「陵寢雖然是新的，卻一看見就使人興起〈黍離〉詩中那種亡國的悲哀！」

【析　評】據《晉書・王湛傳》，孝武帝死時，會稽王道子執政，寵幸王國寶，使掌機要。王國寶自恃是謝安的女婿，他的堂妹又是王道子的妃子，驕縱不守法度，即將危害天下，故王恭入弔先君，有此感歎。

18 羊孚❶年三十一卒，桓玄❷與羊欣❸書曰：「賢從❹情所信寄❺，暴疾而殞；祝予之歎❻，如何可言！」

【注釋】❶羊孚　見〈言語〉104注❷。❷桓玄　見〈德行〉41注❶。❸羊欣　字敬元，太山南城（今山東費縣西南九十里）人。少懷靜默，秉操無競。美姿容，善言笑，長於草隸。❹賢從　賢從兄弟。劉孝標注引《羊氏譜》：「孚即欣從祖兄。」孚、欣皆羊忱曾孫。❺信寄　信任寄託。❻祝予之歎　師長哀悼傳人早死的感歎。《公羊傳・哀公十四年》：「顏淵死，子曰：『噫，天喪予！』子路死，子曰：『噫，天祝予！』」注：「祝，斷也。天生顏淵、子路為夫子輔佐，皆死者，天將亡夫子之證。」

【語譯】羊孚三十一歲就死了，桓玄給羊欣的信上說：「令堂兄是我衷心所信任寄託的人，卻突然生病逝世；我徒然發著老天將斷絕我道的哀歎，我的悲傷又怎麼可以言傳！」

【析評】〈言語〉104則劉孝標注引《羊氏譜》云「孚年四十六卒」，此言「年三十一卒」，不知何者為是。羊孚英年而死，桓玄把他視作自己的傳人，足見倚重之深。

19 桓玄❶當❷篡位，語卞鞠❸云：「昔羊子道❹恆禁吾此意；今腹心❺喪羊孚，爪牙❻失索元❼，而匆匆作此詆突❽，詎❾允❿天心？」

【注釋】❶桓玄　見〈德行〉41注❶。❷當　臨；一件事即將發生之前。❸卞鞠　即卞範之。字敬祖，濟陰冤句（今山東菏澤西南）人。韓伯母的外孫。桓玄輔政，任範之為丹陽尹。玄敗，被殺。❹羊子道　即羊孚。見〈言語〉104注❷。❺腹心　腹與心。本用以比喻親近而可信託的人。在此借指可信賴的謀士。❻爪牙　野獸用爪和牙做為攻防的武器，故借以喻武士。❼索元　劉孝標注：「《索氏譜》曰：『元字天保，燉煌（今甘肅敦煌）人。父緒，散騎常侍。元歷征虜將軍、歷陽太守。』」❽詆突　唐突。❾詎　其；將。❿允　順應。

【語　譯】桓玄臨篡位的時候，告訴卞鞠道：「從前羊子道經常遏阻我這種意念；如今我倚為腹心的謀士失去了羊孚，恃為爪牙的戰將折損了索元，卻匆忙做這件鹵莽的事情，將能順應天意嗎？」

【析　評】此則記述羊孚既死，桓玄不聽他的勸阻，即將篡位，卻心有不安的情形。

棲逸❶第十八

1 阮步兵❷嘯❸，聞數百步。蘇門❹山中，忽有真人❺，樵伐者咸共傳說。阮籍往觀，見其人擁膝巖側。籍登嶺就之，箕踞❻相對。籍商略終古❼，上陳黃、農❽玄寂❾之道，下考三代盛德之美；以問之，仡然❿不應。復敘有為之教⓫、棲神導氣之術⓬，以觀之；彼猶如前，凝矚⓭不轉。籍因對之長嘯。良久，乃笑曰：「可更作。」籍復嘯。意盡，退；還半嶺許，聞上唒然⓮有聲，如數部⓯鼓吹⓰，林谷傳響。顧看，迺向人⓱嘯也。

【注釋】❶棲逸　棲止隱逸於山林。❷阮步兵　指阮籍。見〈德行〉15注❷。❸嘯　撮口作聲。即今語吹口哨。❹蘇門　山名。在今河南輝縣西北。❺真人　道家稱存養本性而得道的人。❻箕踞　伸直兩腿坐著，是一種很隨意的坐法。❼商略終古　討論上古的事情。❽黃農　黃帝和神農。❾玄寂　玄妙寂靜，無為而治。❿仡然　昂頭凝視的樣子。⓫教　一本作「外」。⓬棲神導氣之術　道家保養元神、疏導元氣的修煉之術。⓭凝矚　凝視；聚精會神地注視一處。⓮唒然　唒，長嘯聲。同「哂」。然，詞尾。無義。⓯部　隊；部隊。⓰鼓吹　古代用鼓鉦簫笳等樂器合奏的樂曲叫鼓吹樂，演奏鼓吹樂的樂隊叫鼓吹。⓱向人　剛才所見的真人。向，通「曏」。不久以前。

【語譯】阮籍善於撮口長嘯，聲音可傳布到數百步外。蘇門山間，忽然有一位得道的真人出現，在山中砍柴的人全都在輾轉談論他。阮籍前往觀察，只見那個人抱膝坐在山巖旁邊。阮籍登上山峰去見他，二人伸直了雙腿對坐著。阮籍和他討論遠古的事情，向上陳述黃帝、神農的無為而治的大道，向下考究夏、商、周三代大德的淳美；可是向他請問的時候，他卻昂首凝視著遠方，沒有回話。再向他陳述有為的政教、棲神導氣的法術，而觀察他的反應；他還像剛才一樣，凝視一處，目不轉睛。阮籍於是對他長嘯了一聲。很久以後，他才笑著說：「可以再嘯一次。」阮籍就再來一次。這時阮籍意趣已盡，告辭而退；回到半山的時候，聽見上面發出唒、唒的聲音，好像數隊鼓吹同時並奏，林谷中也傳來迴響。回頭一看，原來是剛才所見的真人在撮口長嘯。

【析　評】這一則記事，在說明阮籍的道術，尚不及山中的真人。真正的「玄寂之道」，應是一種清靜無為、超絕人事的化境。而阮籍所陳述的，先是黃、農、三代的治術；更等而下之，談論秦、漢以來的政教，以及個人的養生術。無怪真人要聽而無聞，仡然不應。至於縱情長嘯，發於自然，本乎至性，是魏、晉高士所喜好的；故真人既聞長嘯，使阮籍復嘯。復嘯之後，真人全心品味之際，阮籍已意興索然，失望而退。當阮籍退還半嶺，忽聞真人以嘯作答。他能不能知曉嘯音的涵義？如果他再上山求教，能不能見到真人？就都在不可知之天了。

2 嵇康❶遊於汲郡❷山中，遇道士孫登❸，遂與之遊。康臨去，登曰：「君才則高矣，保身之道不足。」

【注　釋】❶嵇康　見〈德行〉16注❷。❷汲郡　郡名。故治在今河南汲縣西南。❸孫登　三國時魏汲郡人。字公和。隱居北山土窟中，喜讀《易經》，彈一弦琴，善於吟嘯。

【語　譯】嵇康在汲郡山中遊覽，遇見道士孫登，就和他交往。等到嵇康告別的時候，孫登說：「您的才智很高，可是保全生命的本領不夠。」

【析評】本則記孫登與嵇康交往，知道嵇康必將因才智過高而見識淺薄，自取殺身之禍；故臨別特加告誡，盼他能及時補救。可惜嵇康終因過分率直，得罪了貴公子鍾會，被會誣害，為司馬昭所殺。

3 山公❶將去❷選曹❸，欲舉嵇康；康與書告絕。

【注釋】❶山公　指山濤。見〈政事〉5注❶。❷去　離開。❸選曹　官名。掌管選拔人才、授予官職的事。

【語譯】山濤將離開選曹的官位，想薦舉嵇康；嵇康就寫信給他，宣告絕交。

【析評】嵇康無意做官，自稱天性梗直，不通人情，而且時常非議湯、武，輕視周、孔，不適合出任公職；所以一聽說山濤將升任散騎常侍，離開選曹的時候，要推薦自己，便寫信與山濤絕交，表明自己的意志。這件事似乎很不近人情，但人各有志，嵇康大概想藉此封閉薦者之口，永絕後患，也不可厚非。這封被後人題名為「與山巨源絕交書」的信，現存《嵇中散集》二、《文選》四二、《晉書》本傳。

4 李廞❶是茂曾❷第五子，清貞有遠操；而少羸病，不肯婚宦。居在臨海，住兄侍中墓下。既有高名，王丞相❸欲招禮之，故辟為府掾❹。廞得牋命❺，笑曰：「茂弘乃復以一爵假人❻！」

【注釋】❶李廞　字宗子，江夏郡鍾武縣（今河南信陽境）人。好學，善寫草隸，與長兄式齊名。後避難，隨式南渡。式字景則，思辨緩慢而精深，渡江後，累官南海太守、侍中。❷茂曾　李重字。見〈品藻〉46注❻。❸王丞相　指王導，字茂弘。見〈德行〉27注❸。❹府掾　指司徒府的屬官。❺牋命　委任狀；授官的文書。❻假人　給與別人。

【語譯】李廞是李重的第五個兒子，清高正直而有遠大的志節；可是從小瘦弱多病，不肯結婚、做官。他居留臨海，住在哥哥侍中李式的墓旁。因為他已有盛名，王導想聘請他，對他表示敬意，所以徵召他擔任府掾。李廞收到委任狀，笑著說：「茂弘竟又拿一個官爵給人呢！」

【析評】這一段故事，《世說》敘述得不很完整。據劉孝標注引《文字志》，李廞在江夏時，河間王就曾經徵召他為太尉掾，託病不就。後隨兄南渡避難，司徒王導再度徵召，所以他笑以「茂弘乃復以一爵假人」相辭。意思是河間王的官爵我已辭謝了，您居然又送一個來，我怎好意思接受呢？他如此委婉地表達出堅定的辭意，王丞相只好一笑置之，不便相強了吧？

5 何驃騎❶第五弟❷，以高情避世，而驃騎勸之令仕。答曰：「予第五之名，何必減❸驃騎？」

【注釋】❶何驃騎　指何充。見〈言語〉54注❶。❷第五弟　即何準。字幼道。摒絕世事，隱居終身，與位居宰相、權傾一時的哥哥何充齊名。❸減　不及；比不上。

【語譯】驃騎將軍何充的五弟，因性情高潔而逃世隱居，可是何充勸他出來做官。他回答道：「我老五的名位，為何一定比不上你驃騎的官爵呢？」

【析評】這則記事，說明何準不慕榮祿，以修身立德、為何家老五的身分自傲。

6 阮光祿❶在東山❷，蕭然❸無事，常內足於懷。有人以問王右軍，右軍曰：

「此君近不驚寵辱❹，雖古之沉冥❺，何以過此？」

【注釋】❶阮光祿　指阮裕。見〈德行〉32注❶。❷東山　指會稽剡山。在今浙江嵊縣西北。❸蕭然　清靜寂寞的樣子。❹不驚寵辱　是說不以得失、出處為懷。語本《老子》十三「得之若驚，失之若驚，是謂寵辱若驚。」❺沉冥　沉潛隱跡的人，指隱士。

【語譯】阮裕隱居在東山，清靜寂寞，沒有世事的煩擾，內心常感到滿足。有人向王右軍問起他，右軍說：「這個人已接近無論得失榮辱都不能使他驚心的境界，即使是古代的隱士，怎能超過他呢？」

【析評】本則記阮裕隱居東山，寵辱兩忘，恬然自足，可為棲逸的典範。

7　孔車騎❶少有嘉遯❷意，年四十餘，始應安東❸命。未仕宦時，常獨寢，歌吹❹，自箴誨❺，自稱孔郎。遊散❻山石❼，百姓謂有道術，為生立廟。今猶有孔郎廟。

【注釋】❶孔車騎　指孔愉。見〈方正〉38注❶。❷嘉遯　指合於正道的隱退。❸安東　指晉元帝司馬睿。曾任安東將軍。❹歌吹　歌唱及鼓吹。參見本篇1注⑯。❺箴誨　規諫教導。❻遊散　遊蕩。❼山石　一本作「名山」。

【語譯】孔愉從小就有守正道而隱居山林的意念，直到四十多歲，才接受安東將軍的命令，出任參軍。在他還沒有做官的時候，常常獨自臥在床上，或唱歌奏樂，或反省自惕，自稱孔郎。他在山石之間遊蕩，百姓們都說他有道術，給他建立生祠。到現在還有孔郎廟呢。

【析評】據《晉書‧孔愉傳》，惠帝末，孔愉東還會稽，隱新安山中，改姓孫，以耕讀為生；後忽盡棄家業離去，當地人都說他已成仙，給他建立祠廟。懷帝永嘉年間，安東將軍命孔愉為參軍，家族到處尋找，不知所在；建興初年，才應召為丞相掾，時孔愉已五十歲。與此則所記不同。

8 南陽❶劉驎之❷，高率❸善史傳，隱於陽岐。于時苻堅❹臨江，荊州刺史桓沖將盡訏謨❺之益，徵為長史❻，遣人船往迎，贈貺❼甚厚。驎之聞命，便升舟；悉不受所餉❽，緣道以乞❾窮乏，比至上明❿亦盡。一見沖，因陳無用，翛然⓫而退。居陽岐積年，衣食有無，常與村人共；值己匱乏，村人亦知之；甚厚⓬為鄉閭所安⓭。

【注釋】❶南陽　郡名。在今河南西南部及湖北北部。❷劉驎之　字子驥，南陽安眾（今河南鎮平東南）人。質樸謙虛，仁慈慷慨，隱居陽岐山（今湖北石首西），終身不出。❸高率　清高率直。❹苻堅　前秦君主。見〈識鑒〉22注❸。❺訏謨　大的謀劃；大計。❻長史　官名。郡府的幕僚長。❼贈貺　賜與。❽餉　饋贈。❾乞　給與；贈送。通「氣」、「餼」。❿上明　地名。桓沖自江陵移鎮於此。在今湖北松滋西。⓫翛然　自然超脫、無拘無束的樣子。⓬甚厚　很；極其。厚也是甚的意思。⓭安　對人或事物感到滿意懷戀，不忍捨去。

【語譯】南陽劉驎之，心地高潔率直，擅長史學，隱居在陽岐山。當時苻堅兵臨長江北岸，荊州刺史桓沖將擬訂周全的大計，就徵召劉驎之為長史，派人乘船去迎接他，贈送的禮物非常厚重。劉驎之得到命令，就登船上任；可是他完全不私自受用桓沖所饋贈的財物，沿途拿來分送給窮困的人，等到到了上明，東西也分光了。當他一見桓沖，就陳述自己沒有用處，很灑脫地告別而退。他在陽岐山居住很多年，自己的衣服、食物，常和村人共享；當自己有缺乏的時候，村人也都知道，及時供應；他是極受鄉里愛戴的人物。

【析　評】這一則記事，說明劉驎之高率自守，輕財好義的事實。他雖隱居避世，但與鄉里和睦相處，互通有無，和那些孤高自賞、離群索居的隱者有別；他所以「甚厚為鄉閭所安」，是有原因的。

9 南陽翟道淵❶與汝南❷周子南❸少相友，共隱於尋陽❹。庾太尉❺說周以當世之務❻，周遂仕；翟秉志彌固。其後周詣翟，翟不與語。

【注　釋】❶翟道淵　翟湯，字道淵，晉南陽國（治所在今河南南陽）人。篤實廉潔，親自耕田為生。當時世亂多盜，但他們久聞湯的名德，都不敢前往侵犯。❷汝南　郡名。治所在懸瓠城（今河南汝南）。❸周子南　周邵，字子南，與翟湯隱居廬山，庾亮到江州，親往拜訪，拔擢他為鎮蠻護軍、西陽太守。❹尋陽　郡名。治所在柴桑（今江西九江）。❺庾太尉　指庾亮。見〈德行〉31注❶。❻務　急務；當時急需處理的事情。

【語　譯】南陽翟道淵和汝南周子南從小就結為好友，一同隱居在尋陽。後來太尉庾亮用當時的急務勸周子南擔任公職，他便出來做官；可是翟道淵把持初志，更加堅固。事後周子南拜訪翟道淵，翟道淵不跟他說話。

【析　評】本則記不負初衷的翟道淵，和禁不起考驗而中途變節的周子南絕交的故事。從小引為知己的朋友，原來竟志不同、道不合，翟道淵的悲傷和失望，可想而知。他後來不和周子南說話，只是顧念舊情而已，否則必將拂袖而去。

10 孟萬年❶及弟少孤❷，居武昌陽新縣。萬年遊宦❸，有盛名當世；少孤未嘗出，京邑人士思欲見之，乃遣信報少孤，云兄病篤。狼狽❹至都，時賢見之者，莫不嗟重❺，因相謂曰：「少孤如此，萬年可死。」

【注釋】❶孟萬年　即孟嘉。見〈識鑒〉16注❶。❷少孤　孟陋，字少孤，晉武昌陽新（今湖北陽新西南六十里）人。三國時吳司空孟宗的子孫。恬淡孝友，終身不仕。❸遊宦　外出做官。❹狼狽　倉皇失措的樣子。❺嗟重　讚歎器重。

【語譯】孟萬年和弟弟孟少孤，居住在武昌郡陽新縣。孟萬年外出做官，在當時享有美譽；孟少孤未曾出任公職，京城中有名望的人們卻很想見他，就派人告訴孟少孤，說你哥哥病得很重。孟少孤倉皇失措地趕到京城，當時的賢俊見到他的，無不讚歎欣賞，就互相說道：「孟少孤才德如此，孟萬年可瞑目而死。」

【析評】此則言孟萬年兄弟雖一仕一隱，但都有才德，為時賢所尊重。孟少孤無意仕途，不說他哥哥病重，而用其他理由召他赴京，他絕對不肯理會。假使他們兄弟不夠友愛，京邑人士就不會從孟萬年口中得知他有一位賢弟；而孟少孤得到哥哥病篤的通報，縱使入京探望，也不會急急忙忙，到達狼狽不堪的程度。「少孤如此，萬年可死」，一語道盡這位為兄者的心聲啊！

11 康僧淵❶在豫章❷，去郭數十里立精舍❸，旁❹連嶺，帶❺長川，芳林列於軒庭❻，清流激於堂宇❼。乃閒居❽研講，希心❾理味❿。庾公諸人，多往看之。觀其運用吐納⓫，風流⓬轉佳，加處之怡然，亦有以自得，聲名乃興。後不堪，遂出。

【注　釋】❶康僧淵　見〈文學〉47注❶。❷豫章　郡名。即今江西省地，治所在南昌。❸精舍　寺院的異稱，為僧道居住修煉的處所。❹旁　依靠；臨近。❺帶　環繞。❻軒庭　殿堂前的空地。堂前簷高起處叫軒，階下叫庭。❼堂宇　殿堂、屋宇。❽閒居　避人獨處。❾希心　即希意。心中想望前人的意趣。❿理味　溫習玩味；尋味。⓫吐納　指道家口呼濁氣、鼻吸新氣、去病養生的道術。⓬風流　指當時名士自由的精神，脫俗的言行、超逸的風度。此指儀容。

【語　譯】康僧淵在豫章郡，於離城數十里的地方建立一所寺院，臨近連綿的山嶺，周圍環繞著長河，芳香的林木陳列在庭院裡，清澈的川流激響於殿堂上。於是避人獨居，研習道術，想望前賢的意趣，反覆尋味。庾亮等名賢，大多前往探望。看他運用吐納的方法，使儀容轉變得更好，再加上他安處清苦的環境，也能有些心得，聲譽就大為興盛。後來他受不了那種清苦，就出山了。

【析　評】這一則記康僧淵最初依山帶河，建造一所清幽的寺院，避開人群，在裡面苦修；由於他能安貧樂道，所以德譽日盛；這原本是使人欽佩的事情。可惜他後來受不了修行的清苦，復返流俗，終於功虧一簣，令人扼腕長歎。

12 戴安道❶既厲操❷東山❸，而其兄欲建「式遏」之功❹。謝太傅❺曰：「卿兄弟志業，何其太殊？」戴曰：「下官『不堪其憂』，家弟『不改其樂』❻。」

【注　釋】❶戴安道　即戴逵。見〈雅量〉34注❶。兄逯（同「遁」），字安丘，封廣陵侯，官至大司農。❷厲操　砥礪德操。❸東山　見本篇6注❷。❹式遏之功　指做官阻止惡人為虐作惡的功勞。❺謝太傅　指謝安。見〈德行〉33注❷。❻下官二句　語本《論語・雍也》：「子曰：『賢哉，回也！一簞食，一瓢飲，在陋巷，人不堪其憂，回也不改其樂。賢哉，回也！』」

【語　譯】戴安道已經隱居於東山以修煉自己的德操，可是他的哥哥卻想立朝當官，建立「式遏」（阻止暴行發生）的功業。太傅謝安說：「你們兄弟兩人的志向和事業，為甚麼那樣大大不同呢？」戴安丘說：「卑職是『不堪其憂』，舍弟是『不改其樂』。」

【析　評】這一則記戴氏兄弟一仕一隱，同時享有盛名，當謝太傅想了解他們南轅北轍的原因，戴安丘就引孔子讚揚顏淵的話（見注❻）作答。他把自己列入常人，把戴安道比作顏子，表白得既坦誠又透徹，且含有表揚弟弟志節、自愧弗如的意思。從他臨時的應對中，我們可以立刻察覺，他的才德是常人萬萬比不上的。

13 許玄度❶隱在永興❷南幽穴中，每致❸四方諸侯之遺❹；或謂許曰：「嘗聞箕山人❺，似不爾耳。」許曰：「筐篚苞苴❻，故當輕於天下之寶❼耳！」

【注　釋】❶許玄度　即許詢。見〈言語〉69注❷。❷永興　縣名。在今浙江蕭山縣西。❸致　招致；引來。❹遺　餽贈。❺箕山人　指高士許由。堯讓天下於許由，由引以為恥，逃隱箕山之下。箕山在今河南登封東南。❻筐篚苞苴　指使用筐、篚裝著或葦、茅包裹著的禮物。❼天下之寶　指帝王之位。

【語　譯】許玄度隱居在永興縣南幽深的洞穴裡，他的盛名時常招來四方諸侯的餽贈；所以有人對許玄度說：「我曾聽說逃隱箕山的高士，他的行徑好像不這樣呢。」許玄度說：「用筐篚草葦包裝著的禮物，一定要比天下的大寶輕微啊！」

【析　評】這一則記事的要點，是有人引用堯讓天下給許由，由恥而不受，立刻逃隱的故事，譏諷許玄度一再招來諸侯的餽贈。這個人用「箕山人」稱許由，一是其人其事，大家耳熟能詳；一是二人同姓，許由應是許玄度的遠祖；許玄度何得不知？而許玄度以為，如果因隱逸成名而招致四方餽贈是罪惡的話，那麼許由的名聲更盛，招來的是天下的大寶——王位，遠比自己招來的日用物品為重，他的罪過必當比自己的大；如果許由的行為是值得敬佩的，自己就沒有理由遭受非議。

14 范宣❶未嘗入公門❷，韓康伯❸與同載，遂誘俱入郡❹，范便於車後趨❺下。

【注釋】❶范宣　晉時隱居豫章的高士。❷公門　官署。❸韓康伯　即韓伯。見〈德行〉38注❷。❹郡　太守的官署；郡署。❺趨　疾走；跑。

【語譯】范宣從來沒進過官衙，有一天韓康伯和他同車，就騙他一齊進入郡署，范宣便從車後跳下跑掉了。

【析評】范宣是一位隱逸的高士，他一生不曾進過公門，必定把它視為骯髒黑暗的所在。韓康伯想把范宣拐入郡署，是想讓他看看內裡殿堂的莊嚴壯麗，人才的俊秀眾多；好扭轉他心中歪曲的印象，延攬他出任公職。但范宣及時警覺，捨命跳車而逃，保住他清白的節操。

15 郗超❶每聞欲高尚隱退者，輒為辦❷百萬資❸，并為造立居宇。在剡為戴公❹起宅，甚精整。戴始往居，與所親書曰：「近在剡，如入官舍❺。」郗為傅約❻亦辦百萬資，傅隱事差互❼，故不果遺❽。

【注釋】❶郗超　見〈言語〉59注❺。❷辦　購買；採辦。❸百萬資　價值一百萬錢的家資。晉沿漢制，用五銖錢。

見《晉書・食貨志》。❹戴公　指戴逵。見本篇12注❶、❸。❺官舍　官吏的住宅；官邸。❻傅約　即傅瑗。見〈識鑒〉25注❷。❼差互　舛錯；雜亂。❽不果遺　沒有贈送得成。事與預期相合稱果，不合稱不果。

【語譯】郗超每次聽說有想清高自重、退隱山林的人，就為他購置一百萬錢的家資，並替他建築住屋。他在剡縣給戴逵起造住宅，非常精緻整齊。戴公剛住進去，給他親信的信中說：「近來我在剡縣，好像住進官邸。」郗超為傅約也購置了百萬家資，但傅約對退隱的事舉棋不定，所以一直沒送得成。

【析評】這一則記郗超禮敬賢德，戴公持志高隱，喜獲清修之所；傅約意志不堅，終致失去鉅資。足見志不立，天下無可成之事。

16 許掾❶好遊山水，而體便登陟。時人云：「許非徒有勝情❷，實有濟勝之具❸！」

【注釋】❶許掾　即許詢。見〈言語〉69注❷。❷勝情　美好的情致。❸濟勝之具　成就勝情的工具。指許矯健的身體。

【語譯】許掾喜歡遊山玩水，而且身體矯健，便於登山。所以當時的人說：「許掾不但有很好的情致，而且也有成就這種情致的工具。」

【析評】這一則記許掾因具有靈活健壯的身體，能完成他遊山玩水的壯志，故為時人所稱羨。

17 郗尚書❶與謝居士❷善，常稱：「謝慶緒識見雖不絕人❸，可以累心處❹都盡[ㄐㄧㄣˋ]。」

【注　釋】❶郗尚書　指郗恢。字道胤，晉高平國（治所在今屬山東金鄉西北四十里）人。官太子左率、雍州刺史。❷謝居士　指謝敷。字慶緒，會稽（今浙江紹興）人。崇信佛教，吃長齋，以供獻神佛、設飯食招待僧人為業。❸絕人　遠勝過常人；為常人所不及。❹累心處　指牽累心性的慾念。

【語　譯】郗恢和謝慶緒很友好，常說：「謝慶緒的知識經驗雖然不能超群絕倫，但是把可以牽累心性的慾念全都排除淨盡了。」

【析　評】道家主張清心寡欲，修道的人，最重要的是向內清除種種牽累自然心性的慾念；對向外追求知識經驗，並不重視。這一則記郗恢讚美謝慶緒，說他「識見雖不絕人」，意思是他的見識並不比別人差；說他「可以累心處都盡」，意思是他修道有成，有了絕人的造詣，為眾人所不及。

賢媛❶第十九

1 陳嬰❷者，東陽❸人。少脩德行，著稱鄉黨。秦末大亂，東陽人欲奉嬰為主。母曰：「不可。自我為汝家婦，少見貧賤❹；一旦富貴，不祥。不如以兵屬人：事成，少受其利；不成，禍有所歸❺。」

【注釋】❶賢媛　多才而有善行的女子。❷陳嬰　秦二世時為東陽令史，後率兵歸附項梁，梁當時奉立楚懷王，任嬰為楚上柱國。見《史記‧項羽本紀》。❸東陽　舊縣名。在今安徽天長西北。❹少見貧賤　自年少即見汝家貧賤。❺禍有所歸　言災禍將有所歸屬，由他人承擔。

【語譯】陳嬰是東陽人。小時候就修養自己的品行，在鄉里中很著名。秦朝末年天下大亂，東陽人想立嬰為首領。他的母親說：「不可以。自從我嫁作你家的媳婦，從年輕時就看到你家的人既貧窮又卑賤；假使忽然富足高貴起來，是不吉祥的。不如把軍隊歸屬到別人名下：事情成功了，可以得到一點利益；不成的話，災禍自然有人承擔。」

【析評】在一般人的觀念裡，興兵起事，成則為王，安享榮華；敗則為寇，授首伏誅。可是陳嬰的母親卻能給兒子選擇一條中庸之道，使他成功時雖不能獲致暴利，卻不會一無所得；然而在失敗時卻不是敵人指名追殺的對象，得以保全殘生。但她又怕兒子執意要成大功、立大業，不聽她的意見；所以先告訴兒子，既生長在一個素來貧賤的家庭，乍富不祥的道理，勸他安貧樂道。大大增強了這番說辭的說服力，充分流露出她的慈愛及智慧。

2 漢元帝❶宮人既多，乃令畫工❷圖之，欲有呼者，輒披圖召之。其中常者❸，皆行貨賂❹。王昭君❺姿容甚麗，志不苟求；工遂毀為其狀❻。後匈奴來和，求美女於漢帝，帝以昭君充行。既召見，而惜之；但名字已去，不欲中改，於是遂行。

【注　釋】❶漢元帝　劉奭，宣帝子，在位十六年。❷畫工　善於繪畫的工匠。❸中常者　姿色中等平常的宮女。❹行貨賂　用財貨賄賂畫工，請他把自己畫得很美。❺王昭君　王嬙（《漢書》作牆），字昭君——晉時避文帝司馬昭諱，改稱明君，故後人也稱明妃，蜀郡秭歸（今湖北秭歸）人。漢元帝竟寧元年，匈奴呼韓邪單于入朝，求為漢皇婿，元帝就把宮人昭君賜給他。昭君入匈奴，號寧胡閼氏（匈奴君長的嫡妻稱閼氏），生一男伊屠智牙師。呼韓邪死，大閼氏所生的長子復株絫若鞮單于立，依胡俗復娶昭君為妻，生二女。❻志不苟求二句　《太平御覽》三八一引作「志不可苟求，工遂毀為甚醜；終身不召」。

【語　譯】漢元帝的宮女太多了，就叫畫工繪出她們的容貌，想喚人陪侍時，就打開圖冊，召見中意的人。所以那些姿色平常的宮女，都去賄賂畫工。王昭君的姿態容貌非常美麗，決心不用不正當的方法求得君王的寵愛；畫工繪她狀貌時，就故意加以破壞。後來匈奴人前來求和，並向漢皇乞求美女為妻，元帝就用昭君充數前行。可是當他召見以後，又捨不得放她；但因名字已經送出去了，不想中途更換，於是昭君就到匈奴去了。

【析　評】從這則記事中，我們得知王昭君不但是一位美麗的女子，更有一種不屑苟且求榮、勇於為國犧牲的高貴心志。由於她無怨無尤的獻身，紓解了匈奴入寇的禍患，更加惹人敬重憐惜，所以王昭君雖然落得「一去紫臺連朔漠，獨留青塚向黃昏」的寂寞境況，卻能名垂青史，成為無數詩歌戲曲吟詠感懷的對象。

3 漢成帝❶幸趙飛燕❷，飛燕讒班婕妤❸祝詛❹，於是考問❺。辭❻曰：「妾聞『死生有命，富貴在天』。脩善尚不蒙福，為邪欲以何望？若鬼神有知，不受邪佞之訴；若其無知，訴之何益？故❼不為也。」

【注釋】❶漢成帝　劉驁，元帝子，在位二十六年。❷趙飛燕　成陽侯趙臨女。初學歌舞，因體態輕盈，號稱飛燕。先入宮為婕妤（女官名，漢武帝時置。位同上卿，秩比列侯。也作「倢伃」），及許后廢，立為后，與其妹專寵十餘年。哀帝立，尊為皇太后。平帝即位，廢為庶人，自殺。❸班婕妤　雁門郡樓煩（今山西崞縣東十五里）班況女，班彪之姑。成帝時被選入宮中為婕妤。後被趙飛燕誣陷，退侍太后於長信宮。帝崩，又派她在園陵中供職。❹祝詛　向鬼神祈禱，使降禍於人。在此為祝詛成帝及自己之意。❺考問　即拷問。考，通「拷」。❻辭　分爭辯訟；分辯。❼故　必定。

【語譯】漢成帝寵愛趙飛燕，趙飛燕誣告班婕妤求鬼神降禍於成帝和自己，於是成帝就拷問她。她分辯道：「我聽說『一個人的死和生都是命中註定的，富與貴也由於上天的安排』。修養美德都還不能承受上天的福佑，去做邪惡的事又想期望甚麼？如果鬼神有知覺，就不會接受奸邪讒佞者的訴求；如果他們沒有知覺，向他們訴求又有甚麼好處？我是絕對不做這種事的。」

【析評】「死生有命，富貴在天」，是孔子的學生子夏所傳述的話（見《論語・顏淵》），是勸人達觀認命，敬慎守禮，不作非分想望的意思。班婕妤是一位有德的才女，所以能把這話加以適度的引申，表明她絕無祝詛他人的邪念。她的說辭充滿了智慧，可謂懇切而感人。

4 魏武帝❶崩，文帝❷悉取武帝宮人自侍。及帝病困，卞后❸出看疾；太后入戶，見直侍並是昔日所愛幸者。太后問：「何時來邪？」云：「正伏魄❹時過。」因不復前，而歎曰：「狗鼠不食汝餘❺，死故應爾！」至山陵❻，亦竟不臨❼。

【注釋】❶魏武帝　曹操，初封魏王，卒諡武；及子丕篡漢，追尊為武帝。❷文帝　曹丕，字子桓。曹操世子。操卒，嗣為魏王，旋篡漢，都洛陽，國號魏。在位六年。❸卞后　魏武帝皇后，琅邪開陽（今山東臨沂北）人。性節儉，不尚華麗，有母儀德行。❹伏魄　招魂。古代人將死，家人持其所穿衣，出招其魂，希望魂歸而復活。伏，通「復」。❺狗鼠不食汝餘　春秋時楚文王伐申過鄧，鄧大夫請殺之，鄧侯不許，曰：「人將不食吾餘。」見《左傳．莊公六年》。人不食吾餘，是說吾必為人所賤；則狗鼠不食汝餘，就是說汝必為狗鼠所賤，也就是汝狗鼠不如的意思。餘，指多餘的食物。❻山陵　帝王的墳墓。秦曰山，漢曰陵。在此借指下葬之時。❼臨　哭弔。

【語譯】魏武帝死了，文帝曹丕命令所有的宮女侍候自己。等到文帝病重的時候，卞太后出來探病；太后進門，見值班侍奉的，全是往日武帝所喜愛寵信的人。太后問：「妳們甚麼時候來的？」宮女們說：「是在為先帝招魂時過來的。」太后就不再前進，而感歎道：「狗和老鼠都不會吃你剩下來的食物，你本當該死！」到下葬的時候，也始終未參加哭弔。

【析評】卞后是文帝的生母，文帝即位，尊她為皇太后。武帝死後，太后退居深宮，一直到文帝病重，才走出後宮，探看她的愛兒。但當她得悉武帝尚未斷氣，家人正忙著給他招魂的時候，文帝已把父親的宮女盡皆據為己有，敗壞人倫；立即棄絕這狗鼠不如的逆子，連葬禮都不肯參加。她秉性的剛正，令人無限景仰；《魏書》只讚美卞后「性約儉，不尚華麗，有母儀德行」（劉孝標注引），是不夠的。

5 趙母❶嫁女，女臨去，敕❷之曰：「慎勿為好！」女曰：「不為好，可為惡邪？」母曰：「好尚不可為，其況惡乎？」

【注釋】❶趙母　又稱趙姬。潁川（今河南許昌）趙氏女，桐鄉令虞韙妻。作《列女傳解》，號趙母注，又號虞真節注。有賦數十萬言。❷敕　告誡。

【語譯】趙母出嫁女兒，當女兒臨別的時候，告誡她說：「千萬不要『做』好事！」女兒說：「不做好事，可以做壞事嗎？」趙母說：「好事都還做不得，何況做壞事呢？」

【析評】「慎勿為好」，是一句涵義精深、不落跡象的警語。「為」是矯情做作、不當做而做的意思。這話是告訴她女兒，凡遇到一件事情，首先要考慮自己該不該去做；如那不該自己做的，縱使是椿好事，也不可為了表現自己或討好他人，勉強從事。否則的話，事敗被人譏為不自量力，事成又被人詆作好出鋒頭、沽名釣譽，招致別人的鄙視、妒嫉和排斥。能明白這道理，對一位即將投身在舅姑妯娌之間的待嫁女兒，是極端重要的。趙母能把握最後關頭，適時垂教，必使女兒受用無窮；而趙母的賢德與慈愛，也從這話裡流露無遺。

6 許允❶婦，是阮衛尉❷女，德如❸妹，奇醜；交禮竟❹，允無復入理，家人深以為憂。會允有客至，婦令婢視之，還答曰：「是桓郎。」桓郎者，桓範❺也。婦云：「無憂，桓必勸入。」桓果語許云：「阮家既嫁醜女與卿，故當有意，卿宜察之。」許便回入內。既見婦，即欲出。婦料其此出，無復入理，便捉裾❻停之。許因謂曰：「婦有四德❼，卿有其幾？」婦曰：「新婦所乏唯容爾。然士有百行❽，君有幾？」許云：「皆備。」婦曰：「夫百行以德為首，君好色不好德，何謂皆備？」允有慚色。遂相敬重。

【注釋】❶許允　字士宗，魏高陽（縣名。今屬河北）人。官至領軍將軍。❷阮衛尉　阮共，字伯彥，魏尉氏（縣名。今屬河南）人。清真守禮。官至衛尉卿。❸德如　阮侃，字德如。阮共的少子。有俊才，與嵇康為友。官至河內太守。❹交禮竟　新婚交拜之禮完畢。❺桓範　字允明，魏沛郡（治相縣，在今安徽宿縣西北）人。官至大司農。❻裾　大襟；衣服的前襟。❼婦有四德　指婦德、婦言、婦容、婦功。見《周禮》。❽士有百行　語見《詩・衛風・氓》鄭《箋》。行，行為。

【語譯】許允的新娘，是阮衛尉的女兒，阮德如的妹妹，長相異常醜陋；所以行過交拜禮後，許允就不再進入洞房去理睬她，家人很為此事擔憂。這時恰巧有許允的客人來訪，新娘就叫婢女去看看是誰，婢女回來答道：「是桓郎。」桓郎，就是桓範。新娘說：「不要擔憂了，桓範一定會勸他進來的。」桓範果然對許允說：「阮家既然把醜女兒嫁給您，必定別有用意，您應該仔細體察。」許允就回到洞房裡。但他見過新娘，馬上又要出去。新娘心想他這次出去，絕不會再進來理睬她，就抓緊衣襟，使他停住。許允就對她說：「婦女應具備四種美德，您有了幾種呢？」新娘說：「我所缺乏的只是美貌而已。然而士人應具備百種品行，您有了幾種呢？」許允說：「全都具備了。」新娘說：「那百種品行，以美德為第一；您卻喜好美色，不好美德，怎能說全都具備呢？」許允面有愧色。於是二人互相敬重起來。

【析評】從這一則故事中，我們了解許妻阮氏，是一位既有自知之明，又具識人之才的賢女。因為自知，她不諱言自己容貌之醜，而肯定自己的才德；「新婦所乏唯容爾」，是多麼莊嚴可敬的宣言啊！緊接著她順口引用《毛詩》鄭《箋》「士有百行」的話，也足以表明她的學養深厚，才思敏銳。因為知人，她信賴桓範，也接納了屈於自己的辭鋒而面現慚色、知過能改的新郎。愛美是人的本性，總不能強把才貌俱無的醜女，匹配給一個英俊的才子吧？

7 許允❶為吏部郎，多用其鄉里，魏明帝❷遣虎賁❸收之。其婦出誡允曰：「明主可以理奪❹，難以情求。」既至，帝覈問❺之。允對曰：「『舉爾所知』❻。臣之鄉人，臣所知也。陛下檢校❼為稱職與不；若不稱職，臣受其罪。」既檢校，皆官得其人，於是乃釋。允衣服敗壞，詔賜新衣。初，允被收，舉家號哭；阮新婦❽自若❾云：「勿憂，尋❿還。」作粟粥待。頃之，允至。

【注釋】❶許允　見前則注❶。❷魏明帝　曹叡，在位十三年。❸虎賁　官名。掌帝王出入儀衛之事。❹奪　奪其志，迫使他改變本志。❺覈問　審問。❻舉爾所知　《論語・子路》：「仲弓問：『焉知賢才而舉之？』孔子告之曰：『舉爾所知。』」❼檢校　查核。❽阮新婦　指許允的妻子。姓阮，漢魏時婦人以「新婦」為自謙之稱。❾自若　鎮定如常。❿尋　隨即；立刻。

【語譯】許允擔任吏部郎的時候，所用的多半是他的同鄉，魏明帝就派虎賁去拘捕他。他的妻子出來告誡他道：「英明的君主可以用道理迫他改變本意，卻難用人情懇求他的寬恕。」到了宮中，明帝審問他。許允回答道：「孔子曾說：『舉用你熟知的賢才。』臣的同鄉，都是臣所熟知的啊。陛下要查核的是他們稱職不稱；如不稱職，臣願接受懲罰。」經過查核之後，每個官職都得到適當的人選，於是就把許允釋放了。這時明帝見到許允的衣服破舊，便命令賜給新衣。當初，許允被拘捕的時候，全家人悲號哀哭；但他的妻子阮氏卻鎮定如常地說：「不要擔憂，不久就會回來。」就煮了小米粥等他。過了一會兒，許允果然到家了。

【析評】這一則記事，承接前面一則，表現阮氏的知人。她知道魏明帝是「可以理奪，難以情求」的明主；也知道許允多用鄉里，不為私利；於是許允在她泰然自若的等待中平安歸來。

8 許允❶為晉景王❷所誅，門生走❸入告其婦。婦正在機中，神色不變，曰：「蚤❹知爾❺耳！」門人欲藏其兒，婦曰：「無豫❻諸兒事。」後徙居墓所，景王遣鍾會❼看之，若才流❽及父，當收。兒以咨母，母曰：「汝等雖佳，才具❾不多；率胸懷❿與語，便無所憂。不須極哀，會止⓫便止。又可多少問朝事。」兒從之，會反，以狀對，卒免。

【注釋】❶許允　見本篇6注❶。❷晉景王　指司馬師。見〈言語〉16注❶。❸走　跑。❹蚤　通「早」。❺爾　如此。❻豫　干係；關係。通「與」。❼鍾會　見〈言語〉11注❷。❽才流　才智如流水之深遠豐盛。即才華之意。❾才具　才能器量。❿率胸懷　率意；依循本意。⓫止　不哭。

【語譯】許允被晉景王殺死，一位學生跑到家裡告訴他的妻子。許妻當時正在織布機上織布，神情臉色毫不改變，說：「我早知道會這樣的！」學生想把她的兒子藏起來；可是許妻說：「無關孩子們的事。」後來孩子們遷居到許允墳墓所在的地方，景王派鍾會去察看，如果才華比得上父親，就要拘捕他們。孩子們便拿這件事和母親商量，母親說：「你們雖然很好，但是才器不大；只要坦率地和他說話，就沒有可憂慮的。不要表現得太悲哀，鍾會不哭了，你們也跟著停止。也可以稍微問一問朝廷裡的事情。」孩子們照她的話做了，等鍾會回朝，把所見的情形報告上去，終於逃脫了災難。

【析 評】據《晉書‧景帝紀》及劉孝標注引〈魏志〉、《魏略》，景王於高貴鄉公司馬髦在位時，疑許允依附中書令李豐等密謀以太常夏侯玄代己輔政，既殺李豐，又把許允流徙邊疆，中途加以殺害。此則所記，續其後事，並承前列二則，再言阮氏知人善斷的智慧。阮氏早知景王胸襟狹小，多猜善疑，以許允的所作所為，免不了被他殺死。也知道鍾會奉命前來，必將據實回報，不致惡意陷害，所以使才情中上的諸兒坦率相對之外，又教他們勿過度哀傷，以免景王疑忌；又讓久與朝廷隔絕的兒子略問朝事，由於問語的淺薄，也可減輕景王的猜嫌。諸兒從命，終於免於劫難。

9 王公淵❶娶諸葛誕❷女，入室，言語始交，王謂婦曰：「新婦神色卑下，殊不似公休！」婦曰：「大丈夫不能仿佛❸彥雲，而令婦人比蹤❹英傑❺！」

【注 釋】❶王公淵 王廣，字公淵，王淩（一作陵）子。淩字彥雲。❷諸葛誕 字公休。見〈品藻〉4注❸。❸仿佛 大體相像。❹比蹤 並駕齊驅。❺英傑 才智傑出的人。指其父公休。

【語 譯】王公淵娶了諸葛誕的女兒為妻，進入洞房後，才開始交談，王公淵就對新娘說：「我看新娘的神情容色低劣，遠不如令尊諸葛公休！」新娘說：「你一個大丈夫都不能媲美令尊王彥雲，卻讓我婦人家去和天下的英傑並駕齊驅呀！」

【析 評】王公淵既瞻仰過岳父諸葛誕的風采，免不了對新娘期望過高，以致一見之下，大為失望，竟開起這樣刻薄無禮的玩笑。飽受嘲弄的新娘，何嘗不然？但是她的反制之辭，堂正敦厚，且出於正當的防衛，必使新郎自慚形穢，贏得他的尊重吧？

10 王經❶少貧苦，仕至二千石❷，母語之曰：「汝本寒家子，仕至二千石，此可以止乎！」經不能用❸。為尚書，助魏，不忠於晉，被收。涕泣辭母曰：「不從母敕❹，以至今日！」母都無慼容，語之曰：「為子則孝，為臣則忠；有孝有忠，何負吾邪？」

【注釋】❶王經　字彥緯，又字承宗。魏清河（今河北清河東）人。臣事魏高貴鄉公曹髦，官至尚書。甘露五年，奉髦討伐晉王司馬昭，兵敗，髦戰死，經與母皆被殺。事詳《三國志・魏志・三少帝紀》。❷二千石　漢代官位的等級，以年俸多少區分。內自九卿郎將，外至郡守尉的年俸，都是二千石。❸用　聽從。❹敕　告誡。

【語譯】王經年少時家境窮苦，後來做到年俸二千石的高官，他母親就勸告他說：「你本是貧賤家族的子弟，已做到二千石的官；到此地就可以退休了吧？」王經不肯聽從。後來他當了尚書，因輔佐魏帝，不肯效忠於晉王，被收押起來。他哭泣著向母親辭別道：「因為不聽母親的告誡，落得今天的下場！」但王母完全沒有憂傷的臉色，告訴他說：「你做兒子就孝順，做人臣就盡忠；忠孝雙全，哪裡辜負了我呢？」

【析評】在司馬昭之心路人皆知的時候，王母見兒子官位已隆，勸他居高思危，急流勇退，表現出她過人的慈愛和智慧。可是王經正受魏高貴鄉公曹髦的倚重，不能只作明哲保身的打算，於是他移孝作忠，沒有聽母親的話；不料竟因此罹禍，母親也受誅連。與母訣別時，王經深憾牽累了母親。但是他母親卻以擁有這忠孝兩全的兒子自傲，毫無愁慘之色，又散發出大仁大勇、通達節義的光輝。

11 山公❶與嵇、阮❷一面，契若金蘭❸。山妻韓氏，覺公與二人異於常交，問公。公曰：「我當年可以為友者，唯此二生耳。」妻曰：「負羈之妻，亦親觀狐、趙❹；意欲窺之，可乎？」他日，二人來，妻勸公止之宿，具酒肉，夜穿墉以視之，達旦忘反。公入，曰：「二人何如？」妻曰：「君才殊不如，正當以識度❺相友耳。」公曰：「伊輩亦常以我度為勝。」

【注釋】❶山公　指山濤。見〈政事〉5注❶。❷嵇阮　嵇康和阮籍。分見〈德行〉16注❷、同篇15注❷。❸契若金蘭　朋友相交，情投意合，其友誼堅貞似金，芬芳如蘭。契，投合。❹負羈之妻二句　《左傳．僖公二三年》，狐偃、趙衰等從晉公子重耳過曹，曹大夫僖負羈之妻說：「吾觀晉公子之從者，皆足以相國。」❺識度　見識與度量。

【語譯】山濤和嵇康、阮籍第一次見面，就情投意合，友誼已固若金石、芬芳如蘭。後來山濤的妻子韓氏，察覺山公和二人的關係與平常的交往不同，就問山公為了甚麼。山公說：「我當年可以結為朋友的，只有這兩位先生而已。」山妻說：「從前僖負羈的妻子，也曾親自看過狐偃、趙衰；我想偷看他們一下，可以嗎？」後來，二人來訪，山妻勸山公留他們住宿，並給他們準備了酒肉，晚上就挖穿了牆壁窺看他們，直到天亮都忘了回去。山公進屋問道：「這兩個人怎麼樣？」山妻說：「您的才德遠不如他們，只該以您淵博的見識和恢弘的度量和他們交往才行。」山公說：「他倆也常認為我的度量超過他們呢。」

【析評】朋友相交，貴在互相砥礪，取人之長，補己之短。山公與嵇、阮的金蘭之交，正是基於此種需求。嵇、阮雖清高自適，但心胸狹小，不容凡俗，一見到這種人，嵇康就「剛腸疾惡，輕肆直言」（見他寫給山濤的〈絕交書〉）；阮籍雖心懷謹慎，口無臧否（見〈德行〉15則），卻會以白眼相對；所以嵇康終遭殺身之禍，阮籍難逃不遇的命運。他們當然知道自己性格上的缺點，對山公的見識和器量非常景仰。

而山濤呢，正如他妻子所說，才德遠不如嵇、阮。他能容人，卻寬容到與人同流合汙的地步；有見識，卻常能阿人所好，因而司馬師初見面就把他比作呂望，後又受到司馬昭的賞識（並見《晉書・山濤傳》）；這都給人一種「過猶不及」的印象。所以這竹林三賢，白白交往一場，空空互相仰慕，到頭來我行我素，誰都沒得到好處。

12 王渾❶妻鍾氏，生女令淑❷，武子❸為妹求簡❹美對❺而未得。有兵家❻子，有儁才，欲以妹妻之，乃白母。曰：「誠是才者，其地可遺❼；然要令我見。」武子乃令兵兒與群小雜處，使母帷中察之。既而，母謂武子曰：「如此衣形者，是汝所擬❽者非邪？」武子曰：「是也。」母曰：「此才足以拔萃❾；然地寒，不有長年❿，不得申其才用。觀其形骨，必不壽，不可與婚。」武子從之。兵兒數年果亡。

【注釋】❶王渾　字玄沖，魏太原晉陽（今山西太原）人。魏司徒昶子，官至司徒。妻名琰之，鍾繇孫，鍾徽女。❷令淑　令姿淑德；品貌美好。❸武子　即王濟，渾之次子。見〈言語〉24注❶。❹簡　選擇。❺美對　佳偶。❻兵家　研究軍事的學者。❼其地可遺　其門第可以不論。地，門地；家世地位。即門第。下「地寒」之地義同。❽擬　計畫；打算。❾拔萃　超出眾人之上。拔，特起。萃，群；類。❿長年　長壽。

【語譯】王渾的妻子鍾氏，生了一個品貌雙全的女兒，王武子為他這位妹妹尋求佳偶，卻始終沒有找到。這時有一位兵學大家的子弟，才德俊秀，就想把妹妹嫁給他，於是稟告母親。母親說：「如果真是有才華的人，可以不論他門第的高低；但是要先讓我看看。」王武子就使兵學家的子弟和一群年輕人雜處在一起，請母親在帷幕中仔細觀察。看過之後，母親對武子說：「穿著這種衣服，長得這個樣子的人，是你想選的不是呢？」王武子說：「是的。」母親說：「這個人才德出眾；但是門第寒微，沒有長壽之命，就不能發揮他的才力功用。我觀察他的容貌骨相，一定不會長壽，不可和他成婚。」王武子聽從了母親的話。兵學家的子弟幾年後果然死了。

【析　評】王母為女擇婿，不計對方門第，是她的曠達處；但她一見兵兒徒有超群的才智，而無健康的身體，即毅然捨棄，卻凸顯她觀察的精微、慮事的長遠，以及愛女的深切。這均是常人所不及的。

13賈充❶前婦，是李豐女❷。豐被誅，離婚徙邊。後遇赦得還，充先已取郭配女❸。武帝❹特聽❺置左右夫人❻；李氏別住外，不肯還充舍。郭氏語充：「欲就省❼李。」充曰：「彼剛介❽有才氣❾，卿往不如不去。」郭氏於是盛威儀❿，多將⓫侍婢。既至，入戶，李氏起迎；郭不覺腳自屈，因跪再拜。既反⓬，語充，充曰：「語卿道何物？」

【注　釋】❶賈充　見〈政事〉6注❶。❷李豐女　名婉，字淑文。豐因得罪晉室被殺後，徙於樂浪。❸郭配女　名槐，又名玉璜。先封廣城君，病篤改封宜城君，卒諡宣。❹武帝　晉武帝司馬炎，字安世。廢魏稱帝，在位二十六年。❺聽　聽任；准許。❻置左右夫人　言立郭氏及李氏為左、右夫人，使別於眾妾，地位平等。❼省　問候。❽剛介　性情剛正耿介。❾才氣　才能氣節。❿威儀　儀仗。⓫將　率領。⓬反　歸來。通「返」。

【語　譯】賈充的前妻，是李豐的女兒。李豐被殺後，她與賈充離婚，被貶謫到邊疆去。後來幸遇大赦回來，賈充卻先已娶了郭配的女兒。武帝特准他設立左右夫人；但李氏別住在外，不肯回賈充的家。郭氏告訴賈充：「我想去問候李氏。」賈充說：「她剛正耿介且有才能氣節，您與其前往不如不去。」郭氏於是盛陳儀仗，率領很多侍女同行。已經到了地方，進入門戶，李氏起身迎接；郭氏卻不覺兩腿發軟，自行屈曲，就跪地叩拜起來。回家後，把實情告訴賈充，賈充說：「我早和您說甚麼來的？」

【析評】李氏是一位有才德、重氣節的女子，雖與賈充離而復合，但賈充既已再婚，且與郭氏同居，自以別住在外為宜，以免郭氏嫉恨，外人譏貶。然就郭氏而言，既與李氏為左右夫人，名分已定，李氏不歸，唯恐招致物議，故急著迎她回府。當郭氏得到「彼剛介有才氣」的警告，原想製造威勢，以眾多的儀仗、侍婢取勝；不料李氏威儀天成，隻身起迎，就把郭氏嚇倒。在這個對比之下，二氏人品的高低，就一覽無遺了。

14 賈充妻李氏❶作《女訓》❷行於世。李氏女❸，齊獻王❹妃。郭氏女❺，惠帝❻后。充卒，李、郭女各欲令其母合葬，經年不決。賈后廢，李氏乃祔❼，葬遂定。

【注釋】❶賈充妻李氏　見前則注❶、注❷。❷女訓　又稱《典戒》、《李夫人訓》。《婦人集》：「李氏至樂浪，遺二女《典式》八篇。」式疑戒之譌誤。❸李氏女　名裒，一名荃。❹齊獻王　即齊王司馬攸。見〈品藻〉32注❷。❺郭氏女　即賈后。賈充妻郭槐所生，字南風。後被趙王所殺。❻惠帝　晉武帝子司馬衷，在位十七年。❼祔　合葬。

【語譯】賈充的妻子李氏作《女訓》一書刊行於世。李氏的女兒，是齊獻王的妃子。賈充後妻郭氏的女兒，是晉惠帝的皇后。賈充死了，李、郭的女兒都想使自己的母親與他合葬，經過幾年都無法決定。一直到賈后被廢，李氏才與夫葬在一起，葬禮的爭議才平息下來。

【析　評】此則言李氏有才德，故終能與夫合葬。

15 王汝南❶少無婚，自求郝普❷女。司空❸以其癡，會❹無婚處，任其意，便許之。既婚，果有令姿淑德，生東海❺，遂為王氏母儀❻。或問汝南：「何以知之？」曰：「嘗見井上取水，舉動容止不失常，未嘗忤觀❼。以此知之。」

【注　釋】❶王汝南　即王湛，司空王昶四子。見〈賞譽〉17注❶。❷郝普　字道匡，襄城人，門第孤陋。其女名未聞。❸司空　指王昶，字文舒。❹會　適；恰巧。❺東海　指王承，官東海太守。見〈政事〉9注❶。❻母儀　為人母親的典範。❼忤觀　忤視；逆視。與人目光相接，正眼看人。

【語　譯】王湛年輕時尚未結婚，自行請求迎娶寒門郝普的女兒。他父親司空王昶認為他太癡獃了，正好當時也無處求婚，順著他的意思，就答應了。等結婚以後，新娘果然有美好的姿容、賢淑的德行，生了王承之後，就成為王家母德的典範。有人問王湛：「你怎麼知道她賢淑呢？」答道：「我曾見她在井旁取水，儀容舉止不失常態，但也端莊得不曾迎視他人的眼光。因為這一點就知道了。」

【析　評】古代水井的周圍，是鄰人聚會之地，絕對見不到大家閨秀的芳蹤。寒門的少女前來取水，不是過於嬌羞，被四周投來的眼光看得手足無措，盡失常度；就是非常狂野，與人四目相接，嬉笑怒罵。這情形王湛見得多了，所以一眼看到從容不迫、端莊穩重的郝女，就知道她是不同凡響、值得終身廝守的佳侶。王湛懷才不露，貌似癡獃，其實不獃啊！

16 王司徒婦❶，鍾氏女，太傅❷曾孫，亦有俊才女德。鍾、郝為娣姒❸，雅❹

相親重。鍾不以貴陵郝，郝亦不以賤下鍾。東海❺家內，則郝夫人之法；京陵❻家內，範鍾夫人之禮。

【注釋】❶王司徒婦　王渾之妻鍾琰之。見本篇12注❶。❷太傅　指鍾繇。見〈言語〉11注❸。❸娣姒　妯娌；兄弟之妻的互稱。❹雅　甚；頗。❺東海　指東海內史王承，王湛之子。母為郝普女，見前則。❻京陵　指京陵侯王渾，王湛之兄，妻鍾氏。見本篇12。

【語譯】司徒王渾的妻子，是鍾氏的女兒，太傅鍾繇的曾孫女，也有超群的文才和賢淑的婦德。鍾、郝兩氏結為妯娌，彼此很能親愛尊重。鍾氏不因家族顯貴欺壓郝氏，郝氏也不因門第微賤屈居鍾氏之下。所以東海家裡，遵守郝夫人的法度；京陵家裡，奉行鍾夫人的禮教。

【析評】此則言鍾、郝二氏各以母儀受家族尊重，不因門第區分高下。

17 李平陽❶，秦州❷子，中夏❸名士，于時以比王夷甫❹。孫秀❺初欲立威權，咸云：「樂令❻民望❼不可殺，減李重者又不足殺。」遂逼重自裁❽。初，重在家，有人走❾從門入，出髻中疏❿示重，重看之色動；入內示其女，女直叫「絕」。了⓫其意，出則自裁。此女甚高明⓬，重每咨⓭焉。

【注釋】❶李平陽　指平陽太守李重。見〈品藻〉46注❻。❷秦州　指秦州刺史李秉，字玄冑。❸中夏　即中原。晉時指黃河下游的地區。❹王夷甫　即王衍。見〈言語〉23注❷。❺孫秀　字俊忠，晉琅邪（今山東諸城）人。助趙王倫幽囚惠帝，僭即帝位，為齊王冏所殺。❻樂令　即樂廣。見〈德行〉23注❹。❼民望　眾民所仰望的模範。❽自

裁　自殺。❾走　奔跑。❿疏　古代臣下寫給帝王的報告。即奏疏。⓫了　了解；明白。⓬高明　高超明智。⓭咨徵詢意見。

【語譯】平陽太守李重，是秦州刺史李秉的兒子，中原地區的名士，當時人把他和王夷甫等量齊觀。孫秀剛想樹立威望權勢的時候，他的黨徒全說：「樂令是人民仰望的模範，不能殺；聲望不如李重的人，又不值得殺。」於是就逼迫李重自殺。起初，李重在家裡，有人從門口跑進來，拿出藏在髮髻中的奏疏給李重看，李重看後臉色大變；到房裡拿給他女兒看，女兒看時一直喊「絕」。李重心知她的意思，出來就自殺了。這個女兒的見解很高明，李重常常徵詢她的意見。

【析評】劉孝標注引《晉陽秋》，言趙王倫篡位，孫秀為中書令，事皆決於孫秀。本則所記，當是孫秀初為中書令時的事。從門口闖入的人拿一封奏疏給李重看，此疏必然深文巧詆，羅織了許多罪狀；但李重聽女兒連連叫絕，才了解事態已嚴重到絕無生理的程度。他素知此女兒見解高明，不致誤斷，只好自了殘生，以免被殺。

18 周浚❶作安東時，行獵，值暴雨，過汝南李氏。李氏富足，而男子不在；有女名絡秀，聞外有貴人，與一婢於內宰豬羊，作數十人飲食，事事精辦❷，不聞有人聲。密覘❸之，獨見一女子，狀貌非常，浚因求為妾。父兄不許，絡秀曰：「門戶❹殄瘁❺，何惜一女？若連姻貴族，將來或大益。」父兄從之。遂生伯仁兄弟。絡秀語伯仁等：「我所以屈節為汝家作妾，門戶計耳；汝若不與吾家作親親❻者，吾亦不惜餘年❼！」伯仁等悉從命。由此李氏在世，得方幅❽齒遇❾。

【注釋】❶周浚　字開林，晉汝南安成（今河南汝南東南）人。惠帝元康初，加安東將軍。❷精辦　專心辦理。❸覘窺視。❹門戶　家世；門第。❺殄瘁　困病；衰微。❻親親　親戚。❼不惜餘年　言將了此殘生。❽方幅　當時口語，本義指形體四方端正。在此引申為堂堂正正、光明正大的意思。❾齒遇　平等的禮遇。即與人享受平等的禮遇。

【語譯】周浚作安東將軍時，外出打獵，正好遇到一場暴雨，就去訪問汝南郡的李家。李家財產豐足，但男子剛好都不在家；有個女兒名叫絡秀，聽說外面有貴賓來訪，就和一個婢女在裡面殺豬宰羊，做了好幾十人的飲食，每件事都精心辦理，聽不到任何人聲。周浚暗中窺看，只見一位女郎，身材容貌美麗非凡，周浚就請求娶她為妾。父親和哥哥原本不許，李絡秀說：「我們家世衰微，何必要憐惜一個女孩呢？如果和貴族結親，將來也許大有好處。」父兄才答應了。於是生了周伯仁兄弟。李絡秀告訴周伯仁等：「我所以委屈自己的志節給你們家作妾，只是為了提高門第而已；你們如果不屑和我家的人作親戚，我也不愛惜我的餘生了！」周伯仁等都服從母命。從此李氏一家在社會上，才能堂堂正正地享受平等的待遇。

【析評】李絡秀是一位才貌雙全的女郎。她原可匹配一個理想的青年，歡度恩愛平等的婚姻生活；可是她卻為了提高家族的地位，犧牲自己，屈身嫁作周浚的妾。周浚固然寵愛她，但周的家族基於當時盛行的門第觀念，必定會鄙視這位寒門弱女；這鄙視之風，甚至搖撼了周伯仁兄弟，使他們也有疏離外家的趨勢。所幸李絡秀及時察覺，把初衷向諸兒傾訴，並且以死為要挾；終於感化他們，完成了自己的心願。參閱〈識鑒〉14則。

19　陶公❶少有大志，家酷貧，與母湛氏同居。同郡范逵❷素知名，舉孝廉，投侃宿。于時冰雪積日，侃室如懸磬❸，而逵馬僕甚多。侃母湛氏語侃曰：「汝但出外留客，吾自為計。」湛頭髮委地，下為二髲❹，賣得數斛❺米；斫諸屋柱，悉割半為薪；剉❻諸薦❼，以為馬草。日夕遂設精食，從者皆無所乏。逵既歎其才辯，又深愧其厚意。明旦去，侃追送不已，且百里許。逵曰：「路已遠，君宜還。」侃猶不返。逵曰：「卿可去矣，至洛陽，當相為美談。」侃迺返。逵及洛，遂稱之於羊晫❽、顧榮❾諸人，大獲美譽。

【注釋】❶陶公　即陶侃。見〈言語〉47注❶。母新淦（今江西清江東北）湛氏女，賢慧有法訓。❷范逵　生平未詳。❸室如懸磬　本指室屋殘破，但見房頂架瓦片的木條相支撐，有如石磬懸空，不見瓦片。後世則誤用此語，形容室中空無所有。❹髲　假髮。或作「髢」。義同。❺斛　容量單位。古以十斗為一斛。❻剉　鍘碎。❼薦　草編的臥墊。❽羊晫　陶侃同鄉，為地方所仰望，時任豫章國郎中令。❾顧榮　豫章（今江西南昌）人，時為豫章國中書郎。

【語譯】陶侃小時候就有遠大的志向，家境非常貧苦，和母親湛氏同住。同郡的范逵，聲名一向為世人所熟知，被選舉為孝廉，有一天到陶侃家借宿。當時冰雪積降了很多天，侃家窮得空空的甚麼也沒有，可是范逵的車馬僕從很多。侃母湛氏告訴他說：「你只管到外面去挽留客人，其他的我來設法。」湛氏的頭髮長長的拖到地上，剪下來做成兩副假髮，賣了買幾斛米；又把屋裡的柱子，全都砍削一半當柴薪；把草墊鍘碎，當作餵馬的草料。天黑時就陳列出精美的食物，隨從的人都很滿足。范逵既讚歎陶侃的才學和善辯，又對他濃厚的情意深感受之有愧。明天早上離去，陶侃隨後追送不捨，走了將近百里。范逵說：「路已走得很遠了，您應該回去了。」陶侃還是不回去。范逵說：「您可以回去啦，我到了洛陽，一定把您的事傳為佳話。」陶侃這才回家。范逵到了洛陽，在羊晫、顧榮等人面前稱讚他，使他得到很多的美譽。

【析　評】由於陶母的機智，使范逵人馬無缺，而「深愧其厚意」；又因為陶侃的才華，令范逵大「歎其才辯」；所以明日陶侃追送百里，一路主客必相談甚歡，直到范逵警覺出行已遠，才請主人留步，陶侃乃依依作別。後來經過范逵的稱頌，陶侃得以大獲美譽，這不得不歸功於他的母親；當時有聽說這件事的人讚歎道：「非此母不生此子！」真是一語中的的知人之論。

20 陶侃❶少時，作魚梁吏❷，嘗以一坩❸鮓❹餉母。母封鮓付使，反書責侃曰：

「汝為吏，以官物見餉！非唯不益，乃以增吾憂也！」

【注　釋】❶陶侃　見〈言語〉47注❶。❷魚梁吏　官名。監管人民堰水取魚。❸坩　盛物的陶器，如缸、罈之類。❹鮓　經過加工，便於貯藏的醃魚、糟魚之類的食品。

【語　譯】陶侃年輕時，擔任監管人民堰水取魚的魚梁吏，曾經用一罐醃魚孝敬母親。他母親把醃魚封好交給使者，並回信責備陶侃說：「你當官，卻拿公物來孝敬我！不但對我沒好處，反會增加我的憂慮啊！」

【析　評】一個監管魚梁的官吏，收受一些魚類食品，普通人認為那是常事；但陶母公私分明，嚴責兒子，深以為憂，唯恐他陷入貪贓枉法的流沙。很有箕子一見紂使用象箸，就恐怕他侈靡成性的遺風。

21 桓宣武❶平蜀，以李勢妹為妾，甚有寵，常著❷齋❸後。主❹始不知，既聞，與數十婢拔白刃襲之。正值李梳頭，髮委❺藉❻地，膚色玉曜，不為動容❼；徐曰：

「國破家亡，無心至此；今日若能見殺，乃是本懷！」主慚而退。

【注　釋】❶桓宣武　即桓溫。見〈言語〉55注❶。溫娶明帝女南康長公主為妻。❷箸　安置。❸齋　古人於正屋偏旁所建，用於齋戒、讀書的房舍。❹主　公主的簡稱，指南康長公主。庾后所生。❺委　垂下。❻藉　分布。❼動容　改變顏色；改變臉上的表情。

【語　譯】桓溫平定蜀地以後，納李勢的妹妹為妾，非常寵愛她，經常叫她住在書齋後休閒的屋子裡。公主起初不知道，聽說以後，就和數十個婢女，拔刀前往襲擊。正遇到李氏在梳頭髮，長髮披下來鋪在地上，膚色像白玉般的耀眼，絲毫不為這突發的事故改變容色；慢慢地說：「國破家亡，我根本無心到這裡來；今天如能被殺，才正合我的本意！」公主很慚愧，就撤退了。

【析　評】李氏容顏可愛，辭色可敬，身世可憫；故雖貴為帝女、位居嫡妻的南康長公主，也自慚而退。

22 庾玉臺❶，希❷之弟也；希誅，將戮玉臺。玉臺子婦，宣武❸弟桓豁女也；徒跣求進，閽禁不內。女厲聲曰：「是何小人？我伯父門，不聽我前❹！」因突入。號泣請曰：「庾玉臺常因人腳短三寸❺，當復能作賊不？」宣武笑曰：「婿故自急❻。」遂原玉臺一門。

【注　釋】❶庾玉臺　即庾友。字惠彥，小字玉臺。司空冰第三子，歷任中書郎、東陽太守。生子宣，娶桓溫弟豁女女幼。❷希　見〈雅量〉26注❺。❸宣武　即桓溫。見〈言語〉55注❶。❹前　進。❺因人腳短三寸　是說腳短不能自行，必須依賴他人扶持而走，明無作亂之心。❻婿故自急　是說宣知友如被殺，己身當受誅連，因而著急；溫並無殺宣之意。

【語　譯】庾玉臺，是庾希的弟弟；所以庾希被殺後，將殺庾玉臺。庾玉臺的兒媳婦，是桓溫的弟弟桓豁的女兒；她急得光著腳去請求進見桓溫，守門的人不讓她進去。桓女嚴厲而大聲地說：「你是甚麼小人？我伯父的門，卻不讓我進！」就衝到裡面去。她對桓溫號泣請求道：「庾玉臺腳短了三寸，走路都得靠人扶持，還能作賊不能？」桓溫笑道：「原本是姪婿自己亂著急的。」於是放過了庾玉臺一家人。

【析評】桓女是庾玉臺的兒媳，庾玉臺被殺，大禍就延連到丈夫庾宣的身上；要救丈夫，就得先救公公；所以她急得鞋都來不及穿，登伯父桓溫的門，為公公乞命。桓女雖來得匆遽，但話說得簡潔中肯。桓溫本是畏忌庾希兄弟貴盛而加以殺戮，現在再殘害一個連路都走不好的侏儒，就不免殺之不武的譏嘲；聽了姪女的詰問，只好把他斬草除根的大計，一笑置之。

23 謝公夫人❶幃❷諸婢，使在前作伎❸，使太傅暫見，便下幃。太傅索更開，夫人云：「恐傷盛德。」

【注釋】❶謝公夫人　太傅謝安妻劉夫人。見〈德行〉36注❶。❷幃　帳。在此引申為張掛帳幕之意。❸作伎　表演歌舞等才藝。

【語譯】謝太傅劉夫人在婢女們的四周張設帳幕，讓她們在幕前表演歌舞，並且使太傅看一下，就把幕垂下來。太傅要求再開幕，夫人說：「恐怕會損傷您的大德。」

【析評】謝安深好聲色，很想別立妓妾（見《太平御覽》五二一引《妒記》），這種事當然是瞞著夫人做的，夫人不好說他。於是她設下特別舞臺，招引太傅上鉤；當他激情不已，原形畢露的時候，才拿話冷冷地刺他一下。真是幽默已極。

24 桓車騎❶不好著新衣，浴後，婦故送新衣與。車騎大怒，催使持去。婦更持還，傳語云：「衣不經新，何由而故？」桓公大笑，著之。

【注　釋】❶桓車騎　即桓沖。見〈夙慧〉7注❺。沖娶琅邪王恬女，字女宗。

【語　譯】車騎將軍桓沖不喜歡穿新衣，洗澡後，他的妻子故意送新衣給他穿。車騎大怒，催來人拿走。他的妻子又派人拿回來，並傳話說：「衣服不經過新的階段，怎麼能變成舊的呢？」桓公聽了大笑，就把新衣穿上了。

【析　評】不好穿新衣，固然基於節儉的美德；但像桓車騎那樣，只穿舊衣而不穿新衣，未免矯情造作。這矯情用莊肅的話語是無法消除的；但賢慧的王氏，利用他不得不穿衣服的時機，以妙語一言點破，破得他心服口服，令人解頤。

25 王右軍郗夫人❶，謂二弟司空❷、中郎❸曰：「王家見二謝❹，傾筐❺倒屐❻；見汝輩來，平平爾。汝可無煩復往。」

【注　釋】❶王右軍郗夫人　王羲之妻郗璿，太傅郗鑒女，字子房。❷司空　指郗愔。見〈捷悟〉6注❶。❸中郎　指郗曇。字重淵，鑒少子，天性沉潛方正，歷任丹陽尹、北中郎將、徐兗二州刺史。❹二謝　指謝安、謝萬。分見〈德行〉33注❷及〈言語〉77注❶。❺傾筐　倒出筐中所有的食物。即盡出其所有的意思。❻倒屐　古人在家，脫鞋席地而坐。客人來，把鞋子倒穿，匆忙出迎。屐，鞋。

【語　譯】王右軍的妻子郗夫人，對她兩位弟弟司空郗愔、中郎將郗曇說：「王家的人見到二謝來訪，傾筐相待，倒屣相迎；見你們來，只是平平常常的招待罷了。你們可以不必煩勞著再去了。」

【析評】二謝之中，謝安貴為太傅，官位最高；謝萬則為中郎將，位在司空郗愔之下，與郗曇等列而已。但王家將謝萬與謝安一體相待，備極殷懃，而冷落了二郗，那是巴結太傅，極其勢利、極其鄙劣的行為。這種差別待遇，二郗渾然不覺；但看在姊姊眼中，羞憤難平。她下了斷絕往來的指令，自然是正當的。

26 王凝之謝夫人❶既往王氏，大薄❷凝之；既還謝家，意大不悅。太傅慰釋❸之曰：「王郎，逸少❹之子，人身❺亦不惡；汝何以恨迺爾？」答曰：「一門❻，叔父則有阿大❼、中郎❽，群從兄弟則有封、胡、遏、末❾；不意天壤之中，乃有王郎！」

【注釋】❶王凝之謝夫人　即王凝之妻謝道蘊。見〈言語〉71注❻。❷薄　輕視。❸慰釋　安慰勸解。❹逸少　王羲之之字。見〈言語〉62注❷。❺人身　即人材、人品。南北朝人習語。❻一門　指謝氏一家之中。❼阿大　指謝尚。見〈言語〉46注❶。❽中郎　指謝據。據字玄道，尚書褒（一作「裒」）第二子，太傅安的次兄，三十三歲時逝世。❾封胡遏末　謝韶、謝朗、謝玄、謝淵的小名。朗見〈言語〉71注❹，玄見同篇78注❺。韶字穆度，萬子，車騎司馬。淵字叔度，奕次子，義興太守。

【語譯】王凝之的妻子謝夫人嫁到王家以後，非常看不起凝之；所以回到了謝家，心裡極不高興。太傅安慰勸導她說：「王郎，是逸少的兒子，人品也不壞啊；妳為何這樣恨他呢？」答道：「王氏一門，叔父輩則有阿大、中郎，諸堂兄弟則有封、胡、遏、末；不料天地之間，竟有王郎這種人物！」

【析評】謝夫人道蘊是一位才女，她幼時用「柳絮因風起」形容白雪紛紛的故事（見〈言語〉71則），最為膾炙人口，一直傳頌到今天。據《晉書·王羲之傳》，王凝之歷任江州刺史、左將軍、會稽內史，人品果不算壞；但他迷信五斗米道，當妖賊孫恩攻會稽時，竟不設兵備，依賴鬼兵相助，因而城陷身死。由此看來，謝夫人才過門就鄙薄他，是獨具隻眼，極有遠見的。

27 韓康伯母❶，隱❷古几❸毀壞；卞鞠❹見几惡❺，欲易之。答曰：「我若不隱此，汝何以得見古物？」

【注釋】❶韓康伯母 即韓伯母殷氏。參見〈德行〉47、〈夙慧〉5。❷隱 收藏。❸几 古人席地而坐時供倚靠的小桌。❹卞鞠 又名範之，字敬祖，濟陰冤句（今山東菏澤西南）人。韓伯母的外孫。桓玄輔政，任範之為丹陽尹。玄敗，被殺。❺惡 醜；難看。

【語譯】韓康伯的母親，收藏的古几已經損壞了；她的外孫卞鞠見几很難看，想把它換掉。韓母答道：「我如不收藏這東西，你怎麼能見到古物呢？」

【析評】古物雖不及今物精巧，但自有它樸拙可愛的地方；而且珍惜古物，也可以培養儉樸的美德。據《晉書·卞範之傳》，桓玄僭位，命卞鞠為侍中，封臨汝縣公；桓玄既奢侈無度，卞鞠也盛營館舍，以富貴驕人。本則所記，應是更早的事，但卞鞠奢侈而喜好新異的天性，已可概見。韓母的答話，雖有譏刺的意味，但她一定也指點出這古几的好處，說得卞鞠心服口服；不然讓他見到古物有甚麼意義呢？從這裡，我們可以想見韓母諄諄善誘的風貌。

28 王江州夫人❶語謝遏❷曰：「汝何以都不復進？為是塵務❸經心❹，天分有限？」

【注釋】❶王江州夫人　王凝之妻謝道蘊。凝之官江州刺史，見〈言語〉71注❻。❷謝遏　即謝玄，道蘊之弟。見本篇26注❾。❸塵務　世俗的事務。❹經心　縈心；煩心。

【語譯】王凝之夫人告誡她弟弟謝遏說：「你為甚麼全都不再長進呢？為的是俗務煩心，還是天資有限呢？」

【析評】謝姊告誡弟弟，措辭委婉，全用問句表達，意在促弟弟自我反省，努力改過。她說「汝何以都不復進」，就表示以前你是時時在進步中，近來為何中止的意思；這比直接罵他毫不長進，好像他從小到大都一樣卑劣的說法，好多了吧？一個有能力長進的人，忽然中止了，不外塵務經心、天分有限而已。謝氏姊弟對彼此的天分，無疑都具有肯定的自信力；謝遏稍微一想，就會了解癥結之所在，在於塵務過多，自必欣然受教，排除無謂的俗事，努力修德進業了。

29 郗嘉賓❶喪，婦弟欲迎姊還，姊終不肯歸，曰：「生縱不得與郗郎同室，死寧不同穴？」

【注釋】❶郗嘉賓　即郗超。見〈言語〉59注❺。娶汝南周閔女，名馬頭。

【語譯】郗嘉賓死了，他妻子的弟弟想接姊姊回娘家住，可是姊姊始終不肯回去，說：「我活著即使不能和郗郎同居一室，死後難道不能同埋一穴嗎？」

【析評】周氏的答辭，是依據《詩・王風・大車》「穀（生）則異室，死則同穴」說的。她堅決守在與丈夫同住過的屋室，等待死後與他同穴長眠，永不離分，完全無懼於寡居的寂寞；這種純情，必使郗郎含笑九泉吧？

30 謝遏❶絕重其姊；張玄❷常稱其妹，欲以敵之。有濟尼者，並遊張、謝二家，人問其優劣，答曰：「王夫人神情散朗❸，故有林下❹風氣❺；顧家婦清心玉映❻，自是閨房之秀❼。」

【注釋】❶謝遏　即謝玄。見〈言語〉78注❺。其姊為謝道蘊，見〈言語〉71注❻。❷張玄　即張玄之。見〈言語〉51注❶。其妹為顧敷妻，故下文稱「顧家婦」。❸散朗　開朗。❹林下　指竹林七賢等名士。❺風氣　風度。❻清心玉映　心地高潔，肌膚光潤如玉。❼閨房之秀　閨房中之秀出者。指富貴人家美好出眾的女子。閨房，女子的臥室。

【語譯】謝遏極尊重他的姊姊；張玄則常稱讚他的妹妹，想拿她和謝姊媲美。有一位叫做濟尼的人，同時與張、謝兩家交往，有人問他二女的優劣，答道：「王夫人神情開朗，所以有竹林賢士的風氣；顧家媳婦心地高潔，玉膚照人，自然是名門閨秀。」

【析評】濟尼的生平，今不可考，但他是善於知人論世的人物。竹林七賢是當代名士之皎皎者，謝道蘊以一女子，而有林下風範，足見她是女子中出類拔萃的名士。張女清麗可人，亦非小家碧玉可比；但稱她為「閨房之秀」，只不過大家女子中的秀出者而已，當然不能與謝道蘊相敵。不言優劣，而高下自見，是濟尼措詞的巧妙處。

31 王尚書惠❶，嘗看王右軍夫人❷，問：「眼耳未覺惡❸不？」答曰：「髮白齒落，屬乎形骸；至於眼耳，關於神明，那可便與人隔？」

【注釋】❶王尚書惠　字令明，琅邪（今江蘇東海）人。導之曾孫，右軍孫行。官至吏部尚書，贈太常卿。❷王右軍夫人　王羲之妻郗璿。見本篇25注❶。❸惡　衰退。

【語譯】尚書王惠，曾經去看望王右軍夫人，問道：「您的眼睛和耳朵還沒有覺得衰退吧？」答道：「頭髮灰白，牙齒脫落，屬於軀體的變化；至於眼耳，屬於精神，哪能就輕易和人隔絕呢？」

【析評】王右軍夫人把人的軀體和精神分開，以為軀體隨時改變，自然老化；但精神超然物外，可以獨立自主，不受時空影響，長保青春。那麼她當時雖髮白齒落，但仍舊耳聰目明，就不言而喻了。

32 韓康伯母殷❶，隨孫繪之❷之衡陽，於闔廬洲❸中逢桓南郡❹。卞鞠❺是其外孫，時來問訊。謂鞠曰：「我不死，見此豎❻二世❼作賊！」在衡陽數年，繪之遇桓景真❽之難也，殷撫尸哭曰：「汝父昔罷豫章❾，徵書朝至夕發❿；汝去郡邑⓫數年，為物不得動，遂及於難，夫復何言？」

【注釋】❶韓康伯母殷　殷，謂殷氏。參見〈德行〉47、〈夙慧〉5。❷繪之　韓康伯子，字季倫，官至衡陽太守。❸闔廬洲　在長江中，地勢險奧。但不詳所在。❹桓南郡　即桓玄。見〈德行〉41注❶。❺卞鞠　見本篇27注❹。卞鞠當時為桓玄謀主，從桓玄作亂。❻豎　對人的鄙稱。相當於今語「小子」。❼二世　兩代人。指桓玄及桓亮叔姪。❽桓景真　桓亮，字景真。大司馬桓溫之孫，給事中桓濟之子。叔父桓玄篡逆被殺，桓亮聚眾於長沙，殺韓繪之等十餘人，終被郭珍所斬。❾罷豫章　指免除豫章太守的職務，入朝任侍中之官。❿徵書朝至夕發　徵召的文書早上到，你父親晚上就出發。是說他因清廉自守，故能無所眷戀。⓫郡邑　一郡的首邑，又稱郡城。指會稽郡城湘鄉，在今湖南湘潭西。

【語　譯】韓康伯的母親殷氏，隨她的孫子韓繪之到衡陽郡赴任，在閭廬洲中遇到桓南郡。桓南郡的參謀卞鞠是她的外孫，時常前來問候。殷氏對卞鞠說：「我不早死，竟眼看著這小子兩代人一同作賊！」在衡陽住了幾年，韓繪之遭遇桓景真的災禍，殷氏撫著他的屍體哭道：「你父親從前在豫章被免職，徵他入朝的公文早晨到，晚上他就出發了；你到郡城去好幾年了，為了守護財物喪失調動的機會，於是遭到大禍，那還有甚麼好說的呢？」

【析　評】韓康伯母殷氏，是一位富有德慧的女子。她明知桓玄、桓亮叔姪蓄意作亂，卞鞠是他們的首席參謀，卻當卞鞠的面痛罵二賊；意在促使外孫醒悟，早日棄暗投明而已。可惜卞鞠不解此心，終與逆賊同死。殷氏說「我不死」，是恨不早死的意思；說「見此豎二世作賊」，是斥責桓氏一家賊種的意思；措辭之嚴，聲色之厲，令人肅然起敬。及韓繪之遇難，殷氏既為親情而撫屍痛哭，又告訴她的孫子，實因不肖其父，自取其禍，不必怨天尤人；哀而不傷，訴諸理智，也非常人所能及。

術解❶第二十

1 荀勗❷善解音聲，時論謂之「闇解」❸，遂調律呂❹，正雅樂❺，每至正會❻，殿庭作樂，自調宮商❼，無不諧韻❽。阮咸❾妙賞❿，時謂「神解」⓫，每公會作樂，而心謂之不調；既，無一言直⓬勗。意⓭忌之，遂出阮為始平⓮太守。後有一田父耕於野，得周時玉尺，便是天下正尺⓯。荀試以校己所治鐘鼓、金石、絲竹⓰，皆覺⓱短一黍⓲。於是伏阮神識。

【注　釋】❶術解　對技術精闢的分析。❷荀勗　見〈言語〉99注❼。❸闇解　暗與理合；自然的理解。❹律呂　樂律的總稱。古代樂律有陽律六，合稱律；陰律六，合稱呂。❺雅樂　古代用於郊廟朝會的正樂。❻正會　古代帝王於元旦朝會群臣，稱作正會。❼宮商　宮、商、角、徵、羽五音的代稱。❽諧韻　聲音諧和。❾阮咸　見〈賞譽〉12注❷。❿妙賞　「妙賞音聲」的略語，善於欣賞樂音。⓫神解　神妙的悟解。⓬直　遇；相合。通「值」。⓭意　荀勗之意。「意」上似奪「勗」字。⓮始平　郡名。故治在今陝西興平東南十里。⓯正尺　標準尺。⓰金石絲竹　泛指鐘、鎛（金）、磬（石）、琴、瑟（絲）、簫、笛（竹）等樂器。⓱覺　比較。通「校」，今通作「較」。⓲一黍　一粒黍米的長度。古代的度量衡，皆以黍米之長為基本單位。

【語　譯】荀勗善於分析樂音，當時的輿論稱之為「闇解」（自然的理解），於是他諧調樂律，訂正朝廷的正樂，每到舉行正會，在宮廷裡奏樂，從調理樂器的五音開始，聲音沒有不和諧的。阮咸善於欣賞樂音，當時的輿論稱之為「神解」（神妙的悟解），每遇到公家聚會演奏音樂，他內心總認為不很諧調；聚會完畢，沒有一句話和荀勗相合。荀勗意覺憎恨，就把阮咸外調為始平郡的太守。後來有一位老農夫在田野耕耘，得到一柄周代的玉尺，就是當時的標準尺。荀勗試用這尺檢查自己所校正的鐘鼓、琴瑟、磬、簫等等的樂器，都比較短了一粒黍米的長度。於是衷心佩服阮咸神妙的見識了。

【析　評】這一則記荀勗和阮咸善解音律的事。荀勗長於理解，能在不知其原理的情況下，推究出條理，暗與原理相合；故時人謂之「闇解」。他依據自己推究出來的條理校正樂器，眾器並奏，聽起來彼此都相和諧；但這些樂器卻具有相同的誤差，荀勗並不知道。阮咸是靠直覺欣賞音樂的，他的音感特別敏銳，音樂有誤，一聽便知，但也說不出錯在哪裡；所以時人謂之「妙解」。他每次聽荀勗校正的音樂，都覺得不對，但他說不出道理，提不出正面的批評，只好與荀勗自說自話，而無一言相值。這團迷霧，直到荀勗得到周時玉尺才揭曉，原來荀勗所用的尺，比標準尺短了一黍之長，但用在律度上的比例都與標準暗合。他們兩位在音樂上的造詣，均非常人可及。

2　荀勗❶嘗在晉武帝❷坐上食筍進飯，謂在坐人曰：「此是勞薪炊也。」坐者未之信。帝密遣問之，外云：「實用故車腳❸。」

【注　釋】❶荀勗　見〈言語〉99注❼。❷晉武帝　見〈德行〉17注❺。❸車腳　車輪。

【語　譯】荀勗曾經在晉武帝宴會的座席上吃筍下飯，對在座的人說：「這筍子是用勞苦的柴火烹調的。」在座的人都不相信。武帝暗中派人查問，外面的人說：「真是用的舊車輪。」

【析　評】車輛靠車輪的運轉而前進，所以古人把車輪叫「車腳」。用車載人運貨，車腳最為勞苦，所以用舊輪劈成的木柴屬於「勞薪」。用火烹菜，菜中必有煙火味，荀勗味覺過人，一嘗便知；但如何知薪的勞逸，實不可解。

3 人有相❶羊祜父❷墓，後應出受命君；祜惡其言，遂掘斷墓後，以壞其勢。相者立視之，曰：「猶應出折臂三公。」俄而祜墜馬折臂，位果至公。

【注釋】❶相　察看。❷羊祜父　名衜，上黨太守。祜見〈言語〉86注❸。

【語譯】有人去察看羊祜父親墓地的風水，說他的後人當出受命天子；羊祜憎惡他的話，就挖斷墓後的穴脈，破壞它的形勢。相士立刻再去察看，說：「還應該出一位跌斷手臂的三公。」不久羊祜從馬上跌下折斷了手臂，後來官位果然到達三公。

【析評】此則記堪輿家的神術，妙不可言；但說羊祜的忠貞果決，卻令人起敬。堪輿家的話如果流傳出去被天子聽到，羊家必遭猜忌，不免滅門之禍；不傳出去，果然應驗，也絕非羊祜所願；所以他當機立斷，破壞了地脈的形勢，杜絕後患。

4 王武子❶善解馬性，嘗乘一馬，箸連錢障泥❷；前有水，終不肯渡。王云：「此必是惜障泥。」使人解去，便徑❸渡。

【注釋】❶王武子　即王濟。見〈言語〉24注❶。❷連錢障泥　飾有連錢的馬韉。連錢，也作「連乾」。花紋名。障泥，馬韉，下垂腹旁，可防止泥水飛濺。❸徑　直捷。

【語譯】王武子善於了解馬的性情，曾經騎著一匹馬，馬上披著飾有連錢的馬韉；當前面有河流的時候，馬始終不肯渡過。王武子說：「這一定是牠愛惜馬韉。」派人解下，馬就立刻過河了。

【析　評】王武子善解馬性，他所騎的馬又愛惜障泥，真是相得益彰、人間少有的奇談。

5 陳述❶為大將軍掾❷，甚見愛重。及亡，郭璞❸往哭之，甚哀，乃呼曰：「嗣祖，焉知非福？」俄而大將軍作亂❹，如其所言。

【注　釋】❶陳述　字嗣祖，晉潁川許昌（今河南許昌東）人。有美名。❷大將軍掾　大將軍王敦的屬官。掾是屬官的通稱。❸郭璞　見〈文學〉76注❶。❹大將軍作亂　晉明帝太寧二年，王敦反，帝親自出征，敦敗死。述先亡，故不及禍。

【語　譯】陳述擔任大將軍的屬官，很受寵愛和器重。等他死了，郭璞前往哭悼，非常悲哀，就高聲喊道：「嗣祖，你早早死了，怎知道不是福氣呢？」不久，大將軍作亂了，果然應了他的話。

【析　評】王敦包藏禍心，覬伺帝位，形跡尚未昭著；可是郭璞明察秋毫，早已看破真相；所以他既為好友的早死而悲哀，又為他不必夥同王敦作亂、保全名節而慶幸。這是他遠勝常人的地方。

6 晉明帝❶解占冢宅❷，聞郭璞❸為人葬，帝微服❹往看；因問主人：「何以葬龍角❺？此法當滅族！」主人曰：「郭云：『此葬龍耳；不出三年，當致天子。』」帝問：「為是出天子邪？」答曰：「非出天子，能致天子問耳。」

【注　釋】❶晉明帝　司馬紹，元帝子，在位三年。❷塚宅　墓地。❸郭璞　見〈文學〉76注❶。❹微服　改穿平民服裝，隱蔽身分，使人不識。❺葬龍角　青烏子《相冢書》：「葬龍之角，暴富貴，後當滅門。」

【語　譯】晉明帝懂得占卜墓地的吉凶，聽說郭璞替人處理喪葬，就化裝成平民前往察看；看過以後，就問墓地的主人：「為甚麼要埋葬在龍角的穴位上？這種葬法，將使全族被殺呀！」主人說：「郭璞說『這是葬在龍耳的穴位；不出三年，一定會招致天子。』」明帝問：「會因此產生天子嗎？」答道：「不是產生天子，只能招致天子訪問而已。」

【析　評】這一則記郭璞堪輿術的精微，遠非明帝可及。

7　郭景純❶過江，居于暨陽❷。母亡安墓❸，去水不盈百步，時人以為近水；景純曰：「將當為陸。」今沙漲，去墓數十里皆為桑田。其詩曰：「北阜烈烈❹，巨海混混❺。壘壘❻三墳，唯母與昆❼。」

【注　釋】❶郭景純　即郭璞。見〈文學〉76注❶。❷暨陽　晉縣名。在今江蘇江陰。❸安墓　安置墳墓。❹烈烈　山高峻險阻的樣子。❺混混　大水湧出的樣子。❻壘壘　重疊的樣子。❼昆　兄。通「晜」。

【語　譯】郭璞渡過長江，住在暨陽。他母親死了，安葬的地方，離河不滿一百步，當時的人認為太接近水了；郭璞卻說：「這兒將來該變成陸地。」如今沙土增高，距墓地數十里的地區都變成了桑田。他的詩說：「北山高峻，大海洶湧。三座墳墓重積在一起，分屬於我的母親和哥哥。」

【析　評】古代的堪輿術，有神祕不可解的一面，也有合乎今日的自然地理，可以按種種規律推測追尋的一面。本書前面一則所說的，屬於前者；此則就屬於後者。一塊安墓的塋域，將來是淪為滄海或變做桑田，是可以依四周的地勢判斷的。近水之地，必定潮溼，輕則棺槨易朽，重則被水淹沒，所以除了精通地理的郭璞敢把母兄葬在那裡，再也沒有別的墳墓。那樣一片依山面海的勝地，只有母兄三人分享，就是郭璞得意賦詩的原因吧？

8 王丞相❶令郭璞❷試作一卦，卦成，郭意色❸甚惡，云：「公有震❹厄！」王問：「有可消伏理❺不？」郭曰：「命駕❻西出數里，得一柏樹，截斷如公長，置床上常寢處，災可消矣。」王從其語。數日中，果震柏粉碎，子弟皆稱慶。大將軍❼云：「君乃復委罪❽於樹木！」

【注釋】❶王丞相 指王導。見〈德行〉27注❸。❷郭璞 見〈文學〉76注❶。❸意色 神色。❹震 雷擊。❺理 法；方法。❻駕 車駕；馬車。❼大將軍 指王敦。見〈文學〉20注❷。❽委罪 推卸罪責。

【語譯】王丞相使郭璞替自己試占一卦，卦完成了，郭璞神色很壞，說：「您有雷擊之災！」王導問：「有可以使它消散隱伏的方法沒有？」郭璞說：「叫您的馬車向西走出幾里，就會見到一棵柏樹；把樹切一段和您一樣高的，放在床上您常躺臥的地方，災就可以消除了。」王導就照著他的話做。沒有幾天，雷果然把那段柏樹打得粉碎，王家子弟都來道賀。大將軍王敦對郭璞說：「你竟又把罪推卸給樹木了！」

【析評】郭璞精於占卦，善於替人消災解厄，屢有奇驗。就以這次截木代死的事情來講，由王敦說他「復委罪於樹木」，可見已有多次前例，令人不能用巧合一詞來否定他的神術。

9 桓公❶有主簿❷善別酒，有酒輒令先嘗。好者謂「青州❸從事❹」，惡者謂「平原❺督郵❻」。青州有齊郡❼，平原有鬲縣❽。「從事」言「到臍❾」；「督郵」言「在膈❿上住」。

【注釋】❶桓公　指桓溫。見〈言語〉55注❶。❷主簿　官名。為掌管文書的官員。❸青州　州名。舊治在今山東益都。❹從事　官名。為州刺史的屬官；但從字面上說，有到職參與其事的意思，故下文說「從事言到臍」。❺平原　漢郡名。晉時為平原國。舊治在今山東平原南二十里。❻督郵　官名。郡守的屬官，掌監督所轄諸縣違法之事。郵，通「尤」。當過失講。但督有駐留監督的意思；古時稱驛站為郵，供往來官員住宿，故下文說「督郵言在膈上住」。❼齊郡　漢郡名。後漢、晉為齊國，舊治在今山東臨淄。❽鬲縣　故城在今山東平原西北。❾臍　肚臍。齊、臍古同音通用。❿膈　橫膈膜，人胸腔與腹腔間的肌膜組織。鬲、膈古同音通用。

【語譯】桓溫有一位主簿善於辨別酒的好壞，有酒就讓他先品嚐一下。他把好的叫做「青州從事」，壞的叫做「平原督郵」。青州有一個齊郡，平原國有一個鬲縣。「從事」有到職辦事的意思，所以「青州從事」是說酒力直到肚臍的位置；「督郵」有監督驛站的意思，監督一個地方就得住在那裡，所以「平原督郵」是說酒力才到橫膈膜上就停住了。

【析評】這一則記桓溫的主簿能以酒力入腹的深淺，辨別酒的好壞。但他非常幽默，利用他豐富的地理知識，和擅長於文字的通假，巧立名目，製造出令人會心一笑的情趣。

10 郗愔❶信道，甚精勤❷。常患腹內惡❸，諸醫不可療。聞于法開❹有名，往迎之。既來，便脈❺云：「君侯❻所患，正是精進❼太過所致耳。」合一劑湯與之。

一服，即大下❽，去數段許紙如拳大❾；剖看，乃先所服符也。

【注釋】❶郗愔　見〈捷悟〉6注❶。愔奉天師道，見劉孝標注〈排調〉51引《中興書》。天師道就是東漢時張天師所創的道教。❷精勤　專心而勤奮。❸惡　惡疾。❹于法開　晉人，精通醫術。❺脈　切脈；把脈。❻君侯　古人對高官的尊稱。❼精進　專心求進。❽下　排泄。❾去數段許紙如拳大　去數段如拳大許紙的倒裝句。去，排出。許，約略估計之詞。

【語譯】郗愔信仰道教，非常專心勤奮地研究教義。他曾經患有肚子裡的惡疾，眾醫師都治不好。聽說于法開很有名，就派人前往迎接。于法開來了以後，立刻把脈診察，說：「您所患的病，純粹是修道太過於專心求進引起的。」便配了一服湯藥給他。一吃下去，就大肆排泄，排出好幾截如同拳頭大小的紙團；剝開一看，竟是先前吞食的紙符。

【析評】道士用符籙給人驅鬼治病，所以修習道教，一定得勤於畫符。郗愔吃了那麼多的符，有的固然為了治病；但絕大多數是他畫得不滿意的。符一畫壞，他總是不經心地、習慣性地往嘴裡一塞，就吞了下去，以致胃腸被紙團塞滿，形成群醫束手的惡疾。難得于法開善於推理，聽說他信道精勤，就察出癥結所在，在於精進太過；於是用一服瀉藥，解除了他的病痛。

11　殷中軍❶妙解經脈❷，中年都廢。有常所給使❸，忽叩頭流血。浩問其故，云：「有死事❹！」終不可❺說。詰問良久，乃云：「小人母，年垂❻百歲，抱疾來❼久；若蒙官❽一脈，便有活理❾。訖就屠戮，無恨。」浩感其至性❿，遂令舁⓫來，為診脈⓬處方⓭。始服一劑湯，便愈。於是悉焚經方⓮。

【注　釋】❶殷中軍　指殷浩。見〈言語〉80注❷。❷妙解經脈　善解血脈閉塞所形成的病症。即精通醫術的意思。經脈本指人體中縱行的血管，後用作動脈和靜脈的總稱。❸給使　供差遣的人。❹死事　犯上當死之事。指請殷浩為母診病的事。❺可　肯。❻垂　將近；接近。❼來　助詞。無義。❽官　對尊長的敬稱。❾活理　生理；謀生之道。❿至性　真誠的性情。⓫舁　抬。⓬診脈　切脈察看病情。⓭處方　開列藥方。⓮經方　醫藥方書的總稱。浩曾著《方書》，見《古今圖書集成·藝術典》，今不傳，當在所焚醫書之列。

【語　譯】殷浩精通醫術，但進入中年以後，全荒廢了。有一位日常供他使喚的侍從，忽然向他磕頭，磕得血都流了出來。殷浩問他甚麼緣故，只回答：「小人該死！」始終不肯直說。殷浩盤問很久，才說：「小人的母親，年紀近一百歲，生病很久了；如果承您的大德，替她把一把脈，就有了生路。事後甘願受刑，絕不悔恨。」殷浩被他的真情感動，就叫他把母親抬來，給她切脈和開藥方。才吃了一服湯藥，病就好了。於是殷浩把他所有的醫藥圖書燒掉，再也不談此道。

【析　評】這一則所讚美的，不僅是殷浩的醫術；更重要的，是稱許他的醫德。他以中年便已廢棄的醫術，為一位百歲老母診脈，是在「感其至性」、姑妄一試的心態下做出來的。雖然僥倖成功了，但他深知這種事可一而不可再，絕不能再拿人命做實驗；所以毅然把經方燒光，斷絕後患。人的道德比技藝更重要，劉義慶用這個故事殿〈術解〉後，是有深意的。

巧藝❶第二十一

1 彈棊❷始自魏宮內，用妝奩❸戲。文帝❹於此伎❺特妙，用手巾角拂之，無不中。有客自云能，帝使為之；客著葛巾角，低頭拂棊，妙踰於帝。

【注　釋】❶巧藝　精妙的技藝。❷彈棊　漢、魏時博戲之一種，此云始自魏，不確。其術宋時已失傳，棊子當用手指彈動。❸妝奩　女子梳妝所用的鏡匣。據《太平御覽》七五五引〈棊經後序〉，獻帝建安中，曹操執政，令博弈之具，皆不得妄置宮中，宮人乃仿照彈棊，以金釵、玉梳，戲於妝奩之上。則彈棊不始於魏宮。❹文帝　曹丕。見〈言語〉10注❸。❺伎　技藝。通「技」。

【語　譯】彈棊創始於魏代的後宮，宮人最初是用金釵、玉梳之類的東西在鏡匣上遊戲。文帝對於這種技藝特別神妙，用手帕的一角拂擊棊子，沒有不打中目標的。有客人自稱能彈棊，文帝就叫他彈；客人戴著有角的葛布頭巾，低頭用巾角拂擊棊子，巧妙勝過文帝。

【析　評】傅玄〈彈棊賦敘〉，說漢成帝好蹋球，劉向認為蹋球耗人體力，非至尊所宜為，就仿照蹋球的體制，作成彈棊，供成帝消遣。則知此棊不起於魏世；魏宮人是用古法在妝奩上遊戲，她們的玩法並非此棊的起源。彈棊既是模仿蹋球的體制作的，那麼玩法應是棋局上雙方各有若干棋子為人，另有一個棋子為球，彈人撞球，攻入對方球門為勝。一般人是用手指彈動棋子的，文帝用手巾角去拂擊棋子，當然需要一些特別的技巧；而來客用頭揮動葛巾的角運棋，無不中的，當然又比文帝「棋高一著」，使人歎為觀止。

2 陵雲臺❶樓觀❷極精巧，先稱平❸眾材輕重當宜❹，然後造構，乃無錙銖❺相負❻。揭臺❼雖高峻，恆隨風搖動，而終無崩隕。魏明帝❽登臺，懼其勢危，別以大材扶持之，樓便頹壞。論者謂輕重力偏故也。

【注釋】❶陵雲臺　魏文帝黃初二年建，在洛陽宣陽門內。❷樓觀　樓臺。❸稱平　衡量修正。平，治。❹當宜　合宜。❺錙銖　二十四分之一兩為一銖，六銖為一錙。極輕微的重量。❻負　違失。❼揭臺　聳立的樓臺。揭，高舉、聳立的樣子。❽魏明帝　曹叡，字元仲，文帝太子。

【語譯】陵雲臺的樓臺建築得極為精巧，當初是先衡量修正了眾多的木材，使它們的輕重合宜，然後才結合在一起的，於是沒有錙銖失衡的地方。聳立的樓臺雖然高峻，經常隨風動搖，可是始終沒有墜毀。魏明帝想要登臺，害怕它那危險的形勢，另用巨大的木材加以支撐，樓就倒坍了。談論此事的人說那是重力失去平衡的緣故。

【析評】這一則記陵雲臺構造精巧，經明帝別以重大的木材扶持，便破壞了它的平衡，致使頹廢。這是後一批工匠，不懂力學的緣故，令人浩歎。

3 韋仲將❶能書，魏明帝❷起殿，欲安榜❸，使仲將登梯題❹之。既下，頭鬢皓然❺；因敕❻兒孫勿復學書。

【注釋】❶韋仲將　韋誕，字仲將。晉京兆杜陵（在今陝西西安東南）人。官至光祿大夫。善楷書，精文學。❷魏明帝　曹叡，字元仲，文帝太子。❸安榜　修正題在匾額上的文字，使看起來更為平衡安穩。安，使穩定。榜，匾額。

❹題　書寫。引申為描寫修飾之意。❺皓然　潔白的樣子。❻敕　告誡。

【語譯】韋仲將擅長書法，魏明帝興建宮殿，想改正匾額上的字體，使它們更加安穩好看，就叫韋仲將爬上梯子去修飾。韋仲將下梯以後，嚇得鬚髮都變白了；於是告誡兒孫們不要再學習書法。

【析評】這一個故事，古書上有兩種不同的說明。衛恆《四體書勢》上說：韋仲將善寫楷書，魏代宮觀上的榜額，多為韋仲將所題。明帝建陵霄觀，誤把空白的榜額先釘上去，就用轆轤和竹籠把韋仲將送上去題字，離地二十五丈，嚇得他落地後告誡子孫，勿學楷法。但《書法錄》卻說凌雲臺初成，韋仲將題的榜，字體的格局略欠完美，就叫他上去修正。陵霄觀和凌雲臺，當是同一建築的異名，即前面一則所述的陵雲臺。這樣偉大的臺觀，竟釘未書之榜，絕不可能；應以後說為是。臺高榜大，卸下不易，只好把書家送到高處潤飾描正。但此則說韋仲將上下之間就嚇得「頭鬢皓然」，也未免誇張過實，不合常理。

4　鍾會❶是荀濟北❷從舅❸，二人情好❹不協。荀有寶劍，可直❺百萬金❻，常在母鍾太夫人❼許❽。會善書，學荀手跡，作書與母取劍，仍竊去不還。荀勗知是鍾，而無由得也，思所以報之。後鍾兄弟以千萬起一宅，始成，甚精麗，未得移住；荀善畫，乃潛往畫鍾門堂，作太傅形象❾，衣冠狀貌如平生❿。二鍾⓫入門，便大感慟⓬，宅遂空廢。

【注釋】❶鍾會　見〈言語〉11注❷。❷荀濟北　即荀勗。見〈言語〉99注❼。❸從舅　母親的叔伯兄弟。❹情好　感情；交誼。❺直　價值。通「值」。❻金　古代的貨幣單位。秦以黃金一鎰（二十兩，一說二十四兩）為一金；漢以一斤（十六兩）為一金。❼鍾太夫人　荀肹妻。❽許　處所。❾作太傅形象　《太平御覽》卷一八〇、三四三引，作上有並字，當從之。太傅，指會父鍾繇。⑩平生　平時。指在世時。⑪二鍾　鍾毓、鍾會兄弟。⑫感慟　傷感哀痛。

【語　譯】鍾會是荀勗的從舅，兩個人的感情不好。荀勗有一柄寶劍，價值一百萬金，經常放在母親鍾太夫人處。鍾會善於書法，模仿荀勗的筆跡，寫信給鍾母套取寶劍，就竊據不還了。荀勗明知是鍾會幹的，可是無法證明，就想辦法報復他。後來鍾毓、鍾會兄弟用一千萬金建築一所住宅，剛才落成，非常精美華麗，還沒有搬進去住；荀勗工於繪畫，就暗中前往，在大門和廳堂牆上作畫，都繪了太傅鍾繇的遺像，衣冠相貌如生時一樣。二鍾一進大門，就大大傷感哀痛，新宅就空空地被廢棄了。

【析　評】這一則記荀勗善畫，得報舊怨的故事。由於他的畫像，使怨家損失一所千萬金的華美巨宅，十倍於自己被騙的百萬金寶劍，可知此像的逼真感人。

5 羊長和❶博學工書，能騎射，善圍棊❷。諸羊後多知書，而射、弈餘蓺❸莫逮❹。

【注　釋】❶羊長和　即羊忱。見〈方正〉19注❶。❷圍棊　棋類的一種，相傳堯造圍棋，教他的兒子丹朱。古時棋局縱橫各十七道，共二百八十九個交叉點，黑白子各一百五十枚。唐以後縱橫各十九道，共三百六十一個交叉點。雙方各持黑白子對弈，以圍困對方，吃子多少定勝負，故稱圍棋。❸餘蓺　末藝；小技藝。餘，末。蓺，通「藝」。❹逮　及；比得上。

【語　譯】羊長和學識廣博且擅長書法，又能騎馬射箭，善於下圍棋。他眾多的子孫大都精通詩書寫字，但在射箭、下棋等小才藝方面都比不上他。

【析　評】這一則記羊長和的學藝精深廣博，超群出眾；孝子賢孫只能學得他讀書、寫字的正業，無法兼顧他騎射、圍棋的餘藝。據《文字志》的記載，羊長和能寫草書，也善於行、隸，著稱於當時。

6 戴安道❶就范宣❷學，視范所為：范讀書亦讀書，范抄書亦抄書。唯獨好畫，范以為無用，不宜勞思於此；戴乃畫〈南都賦❸圖〉。范看畢咨嗟❹，甚以為有益，始重畫。

【注釋】❶戴安道 即戴逵。見〈雅量〉34注❶。❷范宣 見〈德行〉38注❶。❸南都賦 東漢張衡作。南陽郡治宛（今河南南陽），在京都洛陽之南，故稱南都。此都是光武帝所起之處，又有上代宗廟。桓帝時欲廢南都，衡作此諷諫。❹咨嗟 讚歎。

【語譯】戴安道到范宣門下求學，一切都效法范宣的作為：范宣讀書他也讀書，范宣抄書他也抄書。只是他喜歡繪畫，范宣認為沒有用處，不應該在這方面白費心思；戴安道就因此畫了一幅〈南都賦圖〉。范宣看完圖大加讚歎，認為很有助益，開始重視繪畫。

【析評】戴安道以他傳神的妙筆，把張衡用文字傳達的意象，透過圖形，具體表現於畫幅；於是賦中的山川草木、宮室人物，莫不躍然紙上，匯聚成地靈人傑的感人景象。披圖讀賦，無煩注釋，自然有助於了解文詞的意義，領悟全篇的宗旨，而使范宣茅塞頓啟，確認圖畫的功能。

7 謝太傅❶云：「顧長康❷畫，有蒼生❸以來所無！」

【注釋】❶謝太傅 指謝安。見〈德行〉33注❷。❷顧長康 即顧愷之。見〈言語〉85注❹。❸蒼生 指人類。

【語　譯】謝太傅說：「顧長康的畫，是自有人類以來都沒有見過的！」

【析　評】顧愷之精於繪畫，所作人物及佛像，筆意綿密，神態生動，論者說他「意存筆先，畫盡意在」。每畫人成，或數年不點眼睛；因他認為傳神寫照的成敗，盡在雙目之中，所以不肯輕意著墨。由於作畫如此執著求真，時稱顧愷之有三絕：才絕、畫絕、癡絕；謝安讚美他的畫獨步古今，也是「畫絕」的意思；這絕非溢美之詞。

8　戴安道❶中年畫行像❷甚精妙，庾道季❸看之，語戴云：「神明❹太俗，由卿世情❺未盡。」戴云：「唯務光❻當免❼卿此語耳！」

【注　釋】❶戴安道　即戴逵。見〈雅量〉34注❶。❷行像　佛像。❸庾道季　即庾龢。見〈言語〉79注❷。❹神明　神祇。❺世情　世俗的心意。❻務光　古代清高的隱士。相傳湯要把天下讓給他，他都不肯接受，自投盧水而死。❼免　逃避；避免。

【語　譯】戴安道中年所畫的佛像很精妙，庾道季看過，告訴戴安道說：「您畫的神祇太俗氣了，因為您的俗念還沒有終了。」戴安道說：「只有務光可能避免您這句評語吧！」

【析　評】神的模樣，是人想像出來的，總不免帶些人間煙火氣；要求畫家把神佛描繪得俗氣全無，未免過於苛刻。戴安道雖然說超塵絕俗的務光「當免卿此語」，當是應該、可能的猜測之詞，並不表示他一定能夠做到。他這樣說，只顯示他是一位溫厚的長者，不願使對手過於難堪。如此有德的畫家，畫出來的佛像，必非常人可及吧！

9 顧長康❶畫裴叔則❷，頰上益三毛。人問其故，顧曰：「裴楷儁朗❸有識具❹，正此是其識具。」看畫者尋❺之，定❻覺益三毛如有神明，殊勝未安❼時。

【注　釋】❶顧長康　即顧愷之。見〈言語〉85注❹。❷裴叔則　即裴楷。見〈德行〉18注❸。❸儁朗　英俊爽朗。儁，通「俊」。❹識具　見識；見解。❺尋　探求。❻定　確實。❼安　安置；畫上。

【語　譯】顧長康畫裴叔則的像，在面頰上加畫三根鬚毛。有人問加畫的緣故，顧長康說：「叔則英俊爽朗而有見識，這正是代表他見識的東西。」看畫的人用心探索，確實覺得加畫三根鬚毛以後如有神明相助，比未畫上時好多了。

【析　評】裴叔則大概沒留鬍鬚，顧長康既畫出他的儁朗，仍覺相貌太年輕了，缺少一種有智慧的成熟感；所以在他原本無鬚的頰上，增益三毛。這細微的三根鬚毛，不足以改變裴叔則的形像，使畫像依然存真；卻神奇地使他成熟，在他那英俊爽朗的風采中充滿了智慧。看畫者明白這番道理，自然能體會加繪三毛前後的差異，為畫家的絕技傾倒。

10 王中郎❶以圍棊❷是坐隱❸，支公❹以圍棊為手談❺。

【注　釋】❶王中郎　指王坦之。見〈言語〉72注❶。❷圍棊　見本篇5注❷。❸坐隱　在座席間猜謎語。坐，通「座」。隱，謎語。❹支公　指支遁。見〈言語〉63注❶。❺手談　以手交談。

【語　譯】王中郎認為下圍棋是在座席間猜謎語，支公認為下圍棋是用手交談。

【析　評】坐著下圍棋的時候，每著一子，必有一子的用意；對弈的人，就得推測這個用意，加以破解，如同猜謎；故王坦之稱之為「坐隱」。下棋的時候，雙方噤聲不語，但用手中的棋子交相示意；故支遁稱之為「手談」。二說都異常精妙，且相映成趣，於是自此以後，圍棋就有了「坐隱」和「手談」的雅號。

11 顧長康❶好寫起人形。欲圖殷荊州❷，殷曰：「我形惡❸，卿不煩耳。」顧曰：「明府❹正❺為眼爾。但明點童子❻，飛白❼拂其上，使如輕雲之蔽日。」

【注釋】❶顧長康　即顧愷之。見〈言語〉85注❹。❷殷荊州　指殷仲堪。見〈德行〉40注❶。仲堪眇一目，故說「我形惡」。❸惡　醜。❹明府　漢魏以來，稱太守為府君；或稱明府君，省稱明府。❺正　僅；止。❻童子　瞳孔。童，通「瞳」。❼飛白　書法運筆方式的一種。筆勢飛舉，使筆畫中絲絲露白，似枯筆所寫。為東漢蔡邕所創。

【語譯】顧長康喜歡描繪起立的全身人形。他想給殷仲堪畫像，殷仲堪說：「我的形相醜惡，您不必麻煩了。」顧長康說：「您僅僅為了眼睛這樣想而已。只要先畫出瞳孔，再筆蘸淡墨用飛白的筆法在上面掠過，就如同一抹輕薄的浮雲掩蔽了白日，別具一種朦朧玄奧之美。」

【析評】殷仲堪只因一隻眼睛有毛病，便自覺形相醜惡、不及常人；但是好畫站立人形的顧長康，卻對他作過整體的考量，不作如是觀。一目之微，在殷仲堪的身上，原本無關輕重；可是這隻生了白翳的眼睛，長在殷仲堪英俊的臉上，有如「輕雲蔽日」，形成一個最引人注目的焦點，在他已有的英俊之上，又添增一層淵博奧妙、深藏若虛的色彩。這是常人得未曾有的缺陷美，也是常人領略不到的缺陷美，卻被畫家顧長康捕捉到；而且胸有成竹，著墨之前便已想好表現的手法，明白告訴殷仲堪，解除他的疑慮。

12 顧長康❶畫謝幼輿❷在巖石裡。人問其所以，顧曰：「謝云：『一丘一壑，自謂過之❸。』此子宜置丘壑中。」

【注　釋】❶顧長康　即顧愷之。見〈言語〉85注❹。❷謝幼輿　即謝鯤。見〈文學〉20注❸。❸一丘一壑二句　見〈品藻〉17。

【語　譯】顧長康畫了一幅謝幼輿在巖石中間的圖畫。有人問他原因，顧長康說：「謝幼輿曾說：『在縱情丘壑方面，我自以為勝過庾亮。』所以應該把這人放在丘壑之中。」

【析　評】這一則記顧長康為人畫像，背景各從其志。

13 顧長康❶畫人，或數年不點目精❷。人問其故，顧曰：「四體妍蚩❸，本無關於妙處；傳神寫照❹，正在阿堵❺中。」

【注　釋】❶顧長康　即顧愷之。見〈言語〉85注❹。❷目精　眼球；眼珠子。❸妍蚩　美醜。蚩，通「媸」。❹寫照　寫真；畫人物的肖像。❺阿堵　當時俗語，即今日這個、此處的意思。此指目精。

【語　譯】顧長康畫人像，有的好幾年不畫眼珠。有人問他緣故，顧長康說：「四肢的美醜，根本就和繪畫的巧妙處沒有關係；要使畫像逼真地傳達人的神態，全在這眼珠裡。」

【析　評】顧愷之善畫人物，所以一語道盡傳神寫真的巧妙。四肢雖能做出不同的姿勢，卻不能明確地表達情意；所以四肢畫得好壞，相差無幾，本無關於妙處。但人的雙睛是能夠傳達心聲、宣洩情意的，所以孟子早就說過「存乎人者，莫良於眸子；眸子不能掩其惡」（見《孟子・離婁上》。是說觀察人的善惡，沒有比察看他眼珠更好的法子了；因為眼珠不能掩藏他心中的惡念）的話。眼珠不能掩藏惡念，當然也不能掩藏善意；所以我們只要懂得觀察他人的眼神，就能洞察他的用心；畫家倘能確切點出一個人的眼神，就能徹底表露他的情態，所以說寫真的巧妙，全在這裡。本篇下則記顧長康論畫的難易，也是基於此理。

14 顧長康❶道❷畫：「『手揮五絃』易，『目送歸鴻』難❸。」

【注　釋】❶顧長康　即顧愷之。見〈言語〉85注❹。❷道　談論。❸手揮五絃易二句　「目送歸鴻，手揮五弦」，是嵇康〈兄秀才公穆入軍贈詩十九首〉之十五中的詩句。顧愷之常據嵇康的四言詩作畫，故有此論。

【語　譯】顧長康談論繪畫：「畫一幅『手揮五絃』的圖畫容易，但畫一幅『目送歸鴻』的圖畫卻很困難。」

【析　評】基於本篇13則「析評」欄所論，手揮五絃琴，描繪的是肢體的動作，照實畫下來就成了，沒有甚麼巧妙，故而容易；可是目送南來的鴻雁回到北方，就得傳出遊子思鄉的眼神，這眼神微妙難傳，表達當然不易。

寵禮❶第二十二

1 元帝❷正會❸，引王丞相❹登御床❺，王公固辭，中宗❻引之彌苦❼。王公曰：「使太陽與萬物同暉❽，臣下何以瞻仰❾？」

【注釋】❶寵禮　寵異禮遇。❷元帝　司馬睿。司馬懿的曾孫，在位六年。❸正會　指正月一日的集會。正，正旦。劉孝標注引《中興書》：「元帝登尊號，百官陪位，詔王導升御坐，固辭然後止。」則此為元帝大興元年元旦時事。❹王丞相　指王導。見〈德行〉27注❸。❺御床　皇帝的座位。古代凡與皇帝有關的事物，都冠一御字。❻中宗　晉元帝的廟號。❼苦　急切。❽暉　光彩照耀。❾瞻仰　仰望。

【語譯】晉元帝正月初一朝會即位的時候，拉著丞相王導同登御座，王公堅決地推辭，元帝拉扯得更加急切。王公說：「假使太陽和萬物同樣的照耀，臣下還仰望甚麼呢？」

【析評】晉元帝即位，強牽著王導同登御座，真稱得上是空前絕後的寵遇。所幸王公深識大體，固辭不就，維持了君臣的禮義。試想帝王即位的大典，龍床上竟有二人並坐，還成甚麼體統呢？元帝登基以前為瑯琊王，居建康，王導勸其普招賢俊，廣結民心，以致政通人和，戶口殷實；故朝野依賴，稱為仲父。及帝踐阼，以導為丞相，備加寵禮，由來有自；但王導並沒有恃寵而驕，破壞法度，使主上蒙羞，這是最值得我們讚揚的。

2 桓宣武❶嘗請參佐❷入宿❸，袁宏❹、伏滔❺相次而至；莅名❻府中，復有袁參軍。彥伯疑焉，令傳教❼更質❽。傳教曰：「參軍，是『袁伏』之袁，復何所疑？」

【注釋】❶桓宣武　即桓溫。見〈言語〉55注❶。❷參佐　部下；僚屬。❸入宿　入邸住宿夜談。❹袁宏　見〈言語〉83注❶。❺伏滔　見〈言語〉72注❷。❻莅名　賓客到達而唱名。莅，臨。名，唱名；高聲傳報來賓的姓名官銜。❼傳教　郡吏名。主管傳達教令。❽更質　再去察問。

【語譯】桓溫曾邀請僚屬們到他的府邸住宿夜談，袁宏、伏滔兩位參軍先後到達了；但來到府中被唱名的，又有一位袁參軍。袁宏感到懷疑，就叫傳教再去察問新來的是哪一位袁參軍。傳教說：「既然是參軍，當然就是『袁伏』兩位參軍中的袁參軍了，還有甚麼可疑的呢？」

【析評】據《晉書・文苑傳》，袁宏與伏滔同受桓溫的禮遇，府中合稱「袁伏」。當時桓溫為大司馬，伏滔為他的參軍，袁宏任他的記室；但袁宏曾任安西將軍、豫州刺史謝尚的參軍，既然袁、伏齊名，府中也就以參軍相稱。本則記事中，那位後到的袁參軍，可能是唱名者的誤報。袁宏從來沒聽說過，府中除他以外，還有一位袁參軍；所以非常驚奇，命傳教探問。這位傳教，可能久仰袁、伏的大名，卻不認識他們的尊容；而且也沒注意到，剛才傳報的是第二位袁參軍；於是他憑自己的經驗回話。由他的回話，我們可以了解到袁宏、伏滔所受的寵禮之隆。

3 王珣❶、郗超❷並有奇才，為大司馬❸所眷拔❹。珣為主簿，超為記室參軍。超為人多須❺，珣形狀短小；于時❻荊州為之歌❼曰：「髯參軍，短主簿；能令公喜，能令公怒。」

【注釋】❶王珣 見〈言語〉102注❸。❷郗超 見〈言語〉59注❺。❸大司馬 指桓溫。見〈言語〉55注❶。❹眷拔 愛重提升。❺須 鬚的本字。統指鬚髯。分別言之，在頤為鬚，在頰為髯。❻于時 指桓溫任荊州刺史之時。❼歌作歌。宋本「歌」作「語」。

【語譯】王珣、郗超都有奇才，被大司馬桓溫所愛重提拔。王珣擔任主簿，郗超擔任記室參軍。郗超的特徵是長了很多鬍鬚，王珣的體格又矮又小；當時荊州人士因此作一首歌說：「大鬍子的參軍，矮小的主簿；能使桓公歡喜，也能使桓公憤怒。」

【析評】這一則所述的，是桓溫當初任荊州刺史時的事。文中稱他為大司馬，用的是他最後的職稱。桓公以王珣、郗超的喜怒為喜怒，可見他們影響桓公之深，以及桓公倚任之重。

4 許玄度❶停都一月，劉尹❷無日不往，乃歎曰：「卿復少時不去，我成輕薄❸京尹❹！」

【注釋】❶許玄度 即許詢。見〈言語〉69注❷。❷劉尹 指劉惔。見〈德行〉35注❶。❸輕薄 放蕩。❹京尹 官名。又稱京兆尹。京師所在地區的行政長官。參見本篇6注❸。

【語譯】許玄度在京都停留一個月，劉惔沒有一天不去拜訪，最後感歎道：「您如果短時間還不離開，我就得變成放蕩的京兆尹了。」

【析評】劉惔當時任丹陽尹，故本文稱他為劉尹，他自稱為京尹。這位京尹每天都放下自己繁重的工作，前往拜訪許玄度，深知日子再久，必定要招致不務正業、輕薄放蕩的譏諷，所以發此感歎。但感歎歸於感歎，許玄度不走，他仍將輕薄放蕩下去；從這兒，我們就了解他對許玄度寵禮之深了。

5 孝武❶在西堂會，伏滔❷預坐❸。還，下車呼其兒❹，語之曰：「百人高會❺，天子臨坐，未得他語，先問：『伏滔何在？在此不？』此故未易得！為人作父如此，何如？」

【注　釋】❶孝武　晉孝武帝。見〈言語〉89注❷。❷伏滔　見〈言語〉72注❷。❸預坐　參與在座。❹兒　指系。又名系之。❺高會　盛大的宴會。

【語　譯】晉孝武帝在西廂宴會群臣，伏滔也參加在座。回到家裡，一下車就把兒子叫來，告訴他說：「一百多人的盛會，當天子光臨，還沒說其他的話，就先問：『伏滔在哪裡？在這裡嗎？』此原是不容易得到的寵榮啊！像我這樣為人、做父親，怎麼樣呢？」

【析　評】這一則記伏滔受孝武寵禮，回家告訴兒子的事。他那欣喜、得意之情，全從他那繪影繪聲的言辭中流露了出來。

6 卞範之❶為丹陽❷尹❸，羊孚❹南州❺暫還，往卞許，云：「下官疾動❻，不堪坐。」卞便開帳拂褥，羊徑上大床，入被須❼枕。卞迴❽坐傾睞❾，移晨達暮。羊去，卞語曰：「我以第一理❿期卿，卿莫負我！」

【注　釋】❶卞範之　見〈賢媛〉27注❹。❷丹陽　郡名。治建鄴，在今江蘇江寧東南五里。《晉書・地理志》作丹楊郡。❸尹　東晉郡皆置太守；丹陽郡為京師建鄴所在，獨稱尹。❹羊孚　見〈言語〉104注❷。❺南州　泛指南方地區。

❻動　發作。❼須　等待。通「須」。❽迥　遠。一作「回」。❾睞　察視；注視。❿第一理　終極的真理。因其至高無上，故稱第一。

【語　譯】卞範之擔任丹陽尹的時候，羊孚從南方暫時回來，前往卞範之處拜訪，說：「卑職的病發作了，不能坐。」卞範之就親自給他打開蚊帳，拂除褥子上的塵土，羊孚也不謙讓，直接登上大床，鑽到被裡，等卞範之送枕頭來。當天卞範之遠遠坐在床前，傾身注視著他，從早晨一直到傍晚。羊孚辭別的時候，卞範之告訴他道：「我希望您成為『第一理』(無人可及的賢才)，您不要辜負我呀！」

【析　評】這一則描寫卞範之以京尹之尊，禮賢下士，慇懃懇切，真摯感人。

任誕❶第二十三

1 陳留阮籍❷，譙國嵇康❸，河內山濤❹，三人年皆相比❺，康年少亞❻之。預此契❼者，沛國劉伶❽，陳留阮咸❾，河內向秀❿，琅邪王戎⓫。七人常集于竹林之下，肆意酣暢，故世謂「竹林七賢」。

【注釋】❶任誕　任性放縱，不拘禮法。❷阮籍　見〈德行〉15注❷。❸嵇康　見〈德行〉16注❷。❹山濤　見〈政事〉5注❶。❺比　近。❻亞　次於；少於。❼契　指情意相投合的人。❽劉伶　見〈文學〉69注❶。❾阮咸　見〈賞譽〉12注❷。❿向秀　見〈言語〉18注❷。⓫王戎　見〈德行〉16注❶。

【語譯】陳留阮籍，譙國嵇康，河內山濤，三人的年紀都接近，嵇康略小一點兒。參加這一夥的，有沛國劉伶，陳留阮咸，河內向秀，琅邪王戎。這七個人經常聚集在竹林下，任性地酣飲暢談，所以世人稱他們為「竹林七賢」。

【析評】這一則敘述「竹林七賢」的成員與行跡。今河南輝縣西南六十里有竹林寺，初名七賢祠，即七賢經常遊宴的地方。《水經・清水注》云：長泉水流經七賢祠東，左右筠篁列植，冬夏長青。竹林的幽勝，猶可想見。

2 阮籍❶遭母喪，在晉文王❷坐進酒肉；司隸❸何曾❹亦在坐，曰：「明公❺方以孝治天下，而阮籍以重喪，顯❻於公坐飲酒食肉！宜流之海外❼，以正風教。」文王曰：「嗣宗毀頓❽如此，君不能共憂之，何謂？且有疾而飲酒食肉，固喪禮也❾！」籍飲噉不輟，神色自若。

【注釋】❶阮籍　見〈德行〉15注❷。❷晉文王　即司馬昭。見〈德行〉15注❶。❸司隸　官名。負責管理奴隸、俘虜，使服勞役，兼捕盜賊。❹何曾　字穎孝，陳郡陽夏（今河南太康）人。高雅仁孝，官至太宰。❺明公　舊時對權貴長官的尊稱。❻顯　公然；明目張膽，無所顧忌。❼海外　古人認為我國四周環海，故稱中國以外的地方為海外。❽毀頓　哀毀委頓。指因居喪過於哀傷而毀壞健康，不能起立。❾且有疾二句　《禮記・曲禮上》：「有疾則飲酒食肉，疾止復初。不勝喪，乃比於不慈不孝。」又〈喪大記〉：「有疾，食肉飲酒可也。」

【語譯】阮籍遭遇到母親的喪事，在晉文王的筵席上飲酒吃肉；司隸何曾也在座中，就說：「明公正用孝道治理天下，可是阮籍竟在居母喪的時期，公然在您的座中飲酒吃肉！應該把他放逐到四海之外，用以端正風俗教化。」文王說：「嗣宗已經這樣哀毀衰弱了，你不能和他一同憂慼也罷，為甚麼說這樣的話呢？而且有病時飲酒吃肉，本來是喪禮中規定的啊！」這時阮籍吃喝不停，神情容態和平時一樣。

【析評】阮籍居喪，何曾見他照常參加宴會，飲酒吃肉，以為違背孝道；而忽視他心中悲傷，形體損毀，精神委頓。司馬昭雖為他據理力爭，說明聖人制禮，當孝子生有重病，為了保全他的性命，也允許吃肉喝酒，補養身體。陳義與孔子所說「喪，與其易也，寧戚」（喪禮，與其著重外表的虛文，寧可內心哀慼些好。見《論語・八佾》）的話相合；但《禮記・喪大記》還有「食肉飲酒，不與人樂之」的規定，阮籍公然參加宴會，總是不應該的。可是當司馬昭與何曾在他面前爭論時，他居然能飲食不輟，神色自若，就難免被納入《世說》的〈任誕〉篇中了。

3 劉伶❶病酒渴甚，從婦求酒。婦捐❷酒毀器，涕泣諫曰：「君飲太過，非攝生❸之道，必宜斷之！」伶曰：「甚善。我不能自禁，唯當祝❹鬼神自誓斷之耳。便可具❺酒肉。」婦曰：「敬聞命。」供酒肉於神前，請伶祝誓。伶跪而祝曰：「天生劉伶，以酒為名❻。一飲一斛❼，五斗解酲❽。婦人之言，慎不可聽。」便引酒進肉，隗然❾已醉矣。

【注釋】❶劉伶　見〈文學〉69注❶。❷捐　棄。❸攝生　養生。保養身心，以期延年益壽。❹祝　以言詞告神祈福。❺具　供置；準備。❻名　生命。通「命」。❼斛　十斗。❽酲　酒醒後感到的不適症狀。❾隗然　酒醉欲倒的樣子。

【語譯】劉伶的酒癮發作，非常乾渴，就向妻子討酒喝。他的妻子把酒倒掉，把酒器搗毀，哭泣著勸道：「您喝得太過分了，這不是養生的方法，一定得戒掉！」劉伶說：「很好。可是我不能自己戒絕，只有在神明前禱告發誓才行。你現在就可以準備酒肉了。」他的妻子說：「遵命。」就把酒肉供在神前，請劉伶禱告發誓。劉伶跪地禱告說：「老天生下劉伶，把酒當做生命。一喝就是一斛，再喝五斗來解除酒病。婦人所說的話，千萬不要聽從。」就灌酒吃肉，不一會兒就醉得搖搖欲墜了。

【析評】劉伶是一個逃避現實，以酒為命的典型人物。用喝酒來解酲，大概是他發明的方法。這方法應該是有效的。因為大醉初醒，總會有些頭暈不適；再少喝些酒，小醉一番，用酒精麻醉一下，病痛就紓解了。所以後世的酒客，往往如法炮製，孟浩然的〈晚春〉詩中，就有「酒伴來相命，開樽共解酲」的敘述。從這次騙取酒肉的事件，我們也可以看到他滑稽多智、放蕩不羈的一面。不但是人，連鬼神他都不放在眼中啊！

4 劉公榮❶與人飲酒，雜穢非類❷。人或譏之，答曰：「勝公榮者，不可不與飲；不如公榮者，亦不可不與飲；是公榮輩者，又不可不與飲❸。」故終日共飲而醉。

【注釋】❶劉公榮　劉昶，字公榮，晉沛國（治蕭，在今江蘇蕭縣西北）人。為人通達，官至兗州刺史。❷雜穢非類　指三教九流，品類繁雜，才德醜陋，與公榮全不相似的人物。❸勝公榮者六句　參閱〈簡傲〉2。

【語譯】劉公榮和別人一起喝酒，大多是亂七八糟，才德和他不相稱的人物。有人譏笑他，他回答道：「才德勝過我的人，不能不和他飲酒；不如我的，也不能不和他飲酒；和我一樣的，更不能不和他飲酒。」所以他整天和人同飲，酩酊大醉。

【析評】一般人總以為做任何事情，都該選擇才德勝過自己或和自己相當的人為伴侶，才不失自己的身分；所以對劉公榮不擇酒伴，加以譏笑。可是劉公榮以為和才德相當的人共飲，是天經地義的事情；和勝過自己的人共飲，是自己的榮幸，不可錯過良機；那麼以己心比人心，怎忍棄不如己的人於不顧，斷絕他們和高明共飲的快樂和機會？他與人終日共飲而醉，跡近放誕；但是這番議論，卻是無懈可擊。

5 步兵校尉❶缺❷，廚中有貯酒數百斛；阮籍❸乃求為步兵校尉。

【注釋】❶步兵校尉　官名。掌管宿衛兵。❷缺　官員出缺。❸阮籍　見〈德行〉15注❷。

【語譯】步兵校尉出缺了，官署的廚房中有貯存的美酒好幾百斛；阮籍就請求去當步兵校尉。

【析評】阮籍甚受晉文帝的愛重，他如貪圖榮華富貴，本可以求取更高的職位；但他放誕傲世，只為廚中貯酒，求作校尉，於廨已足。真是特立獨行，舉世無雙啊。

6 劉伶❶恆縱酒放達❷，或脫衣裸形在屋中。人見，譏之。伶曰：「我以天地為棟宇❸，屋室為幝衣❹，諸君何為入我幝中？」

【注釋】❶劉伶　見〈文學〉69注❶。❷放達　放任曠達，不拘禮俗。❸棟宇　指房屋。屋的大梁叫棟，簷叫宇。❹幝衣　即幝。有襠的褲子。

【語譯】劉伶經常恣意飲酒，放任不羈，有時候在屋中竟脫光衣服，赤身露體。有人進去看見了，就譏笑他。劉伶說：「我拿天地當房屋，居室當褲子，諸位為甚麼鑽到我褲子裡來呢？」

【析評】只有劉伶這種縱酒放達的人，才能有如此浪漫的思想，脫口就發出如此荒唐的言論吧？

7 阮籍❶嫂嘗還家，籍相見與別。或譏之❷，籍曰：「禮豈為我輩設耶？」

【注釋】❶阮籍　見〈德行〉15注❷。❷或譏之　《禮記・曲禮》：「嫂、叔不通問。」故譏之。

【語譯】阮籍的嫂子曾回家省親，阮籍和她相見道別。有人譏諷阮籍，阮籍說：「禮儀哪裡是為了我這種人設立的呢？」

【析評】禮儀應依據天理人情而制定，可是有的卻違反這個原則。兄弟在家庭中的關係何等親密，但叔嫂不通問的規矩，硬要小叔把嫂嫂視同陌路，寧合人情之常？假使沒有阮籍之類的名士對這些不合道理的禮儀加以排斥，我們今天仍受局限，豈不哀哉？

8 阮公❶鄰家婦有美色，當壚❷酤❸酒。阮與王安豐❹常從婦飲酒，阮醉，便眠其婦側。夫始殊疑之，伺察終無他意。

【注釋】❶阮公　指阮籍。見〈德行〉15注❷。❷壚　酒店放酒罈的土墩。❸酤　賣。通「賈」。❹王安豐　即王戎。見〈德行〉16注❶。

【語譯】阮籍鄰居的妻子很漂亮，親自在壚前賣酒。阮籍和王安豐常到這婦人的店裡飲酒，阮籍醉了，就睡在這婦人的旁邊。她的丈夫起初很懷疑阮籍，暗中察看多時，才知他始終沒有邪念。

【析評】阮籍愛美色，好醇酒，都是人情之常；但他能發乎情，止於禮，樂而不淫，才成為一位風流倜儻的名士。使得鄰家婦的丈夫，見他醉眠嬌妻之側，也能不在意。

9 阮籍❶當葬母，蒸一肥豚，飲酒二斗，然後臨訣❷，直言：「窮矣❸！」都得一號❹，因吐血，廢頓❺良❻久。

【注釋】❶阮籍　見〈德行〉15注❷。❷訣　與死者告別。❸窮矣　晉時洛陽附近的風俗，父母之喪，孝子呼窮。是說自己生命終結，痛不欲生之意。❹都得一號　言用盡全力，才能發出一聲哭號。都，總。得，能。❺廢頓　廢墜委頓，倒地不起。❻良　甚。

【語譯】阮籍在葬母親的時候，蒸一隻肥豬吃飽，並且喝了二斗酒，然後臨訣別時，一直不斷地說：「我也活不成了！」最後用盡全力才能發出一聲哭號，就口吐鮮血，倒在地上很久，爬不起來。

【析評】阮籍葬母，照常飲酒吃肉，不循常禮，人都以為不孝；但當他竭力一哭，吐血廢頓，世間所謂孝子，幾人能夠？

10 阮仲容❶、步兵❷居道南，諸阮居道北；北阮皆富，南阮貧。七月七日，北阮盛曬衣❸，皆紗羅錦綺❹；仲容以竿挂大布❺犢鼻褌❻於中庭。人或怪之，答曰：「未能免俗，聊❼復爾耳！」

【注釋】❶阮仲容　即阮咸。見〈賞譽〉12注❷。❷步兵　指阮籍。見〈德行〉15注❷。❸七月七日二句　舊俗於七月七日，曬經書衣裘，以防蟲蛀。見《太平御覽》三一引《韋氏月錄》及崔寔《四民月令》。盛，大。❹紗羅錦綺　皆華貴絲織衣料的名稱。紗羅皆輕細而薄，但羅有椒眼紋。織彩為文的叫錦，織素為文的叫綺。❺大布　粗布。❻犢鼻褌　古代貧賤者所穿長至膝蓋的短褲。因形如犢鼻而得名。❼聊　姑且。

【語譯】阮仲容、阮步兵住在道路南側，其他阮氏宗親住在道路北側；北側的阮氏都富有，南側的阮氏卻貧窮。到了七月七日，路北的阮氏依照習俗大曬衣裳，都是華貴的紗羅錦綺；阮仲容卻在庭院中用竹竿掛起一條粗布犢鼻褲。有人感到奇怪去問他，答道：「我不能超脫世俗，姑且也這樣曬曬罷了。」

【析評】這一則記阮仲容雖未能免俗，但所作所為也不同流俗。

11 阮步兵❶喪母，裴令公❷往弔之。阮方醉，散髮坐床，箕踞❸不哭；裴至，下席於地。哭弔唁❹畢，便去。或問裴：「凡弔，主人哭，客乃為禮；阮既不哭，君何為哭？」裴曰：「阮方外❺之人，故不崇❻禮制；我輩俗中人，故以儀軌❼自居。」時人歎為兩得其中❽。

【注　釋】❶阮步兵　步兵校尉阮籍。見〈德行〉15注❷。❷裴令公　指裴楷。見〈德行〉18注❸。❸箕踞　直伸兩足而坐，其形如箕，故稱箕踞。古時坐於薦上，跪而置臀於小腿上叫坐，膝行而前叫行，足皆向後，才合禮貌。箕踞則是傲慢不敬的姿態，不合禮貌。❹弔喭　同「弔唁」。哀悼死者叫弔，安慰死者的家屬叫唁。❺方外　世俗之外。❻崇尊重。❼儀軌　禮儀法度。❽兩得其中　在崇禮、非禮兩極端間執守中正之道。

【語　譯】阮步兵的母親逝世了，裴令公前往弔唁。阮籍正在醉酒，披散著頭髮坐在床上，兩腿伸直，沒有哭泣；當他看見裴令公來到，只離開薦子坐在地上，沒有起身致敬。裴令公哭著弔唁完畢，就離開了。有人問裴令公：「凡是哀悼死者，主人先哭，客人才行禮致哀；阮步兵既然不哭，您為甚麼哭呢？」裴令公說：「阮步兵是世俗以外的人，所以不尊重禮制；我們是世俗之中的人，所以得遵循禮法。」當時的人都讚歎他能在兩個極端間執守中道。

【析　評】裴令公弔喪，本來該等阮步兵先哭，才行禮致哀；可是阮既不哭，遵守禮法的裴令公也不憤然棄絕，仍舊哀哭弔唁而後去。他這樣做，既不嚴斥方外之人，也不盡違世俗的禮儀，所以時人讚歎他善守中庸之道。

12 諸阮皆能飲酒，仲容❶至宗人❷間共集，不復用常桮❸斟酌❹，以大甕❺盛酒，圍坐，相向大酌❻。時有群豬來飲，直接去上❼，便共飲之。

【注　釋】❶仲容　阮咸字。見〈賞譽〉12注❷。❷宗人　同族的人。❸桮　同「杯」。❹斟酌　盛酒。篩酒不滿叫斟，深叫酌。❺甕　陶製大口盛器。❻酌　飲酒。❼直接去上　《晉書・阮咸傳》作「咸直接去其上」。

【語譯】阮氏宗親都能喝酒，所以有一天阮仲容到同族親屬間一起集會，就不再用普通的杯子酌酒，改用大甕盛裝，大家環坐四周，相對豪飲。這時有一群豬也來喝酒，阮仲容直接爬過去趴在甕上，就和豬一同喝了起來。

【析評】讀罷此文，想想阮仲容與群豬圍甕共飲的盛況，也能體會他「天地與我並生，而萬物與我為一」的那種放達不羈的豪氣。

13 阮渾❶長成，風氣韻度❷似父，亦欲作達❸。步兵❹曰：「仲容❺已預❻之，卿不得復爾！」

【注釋】❶阮渾　字長成，阮籍子。見〈賞譽〉29注❷。❷風氣韻度　風度氣質。❸作達　行為放達。❹步兵　指阮籍。見〈德行〉15注❷。❺仲容　阮咸字。阮籍兄之子。見〈賞譽〉12注❷。❻預　參與。

【語譯】阮渾長大成人，風度氣質很像他的父親阮籍，也想能行為放達，不拘禮俗。阮籍說：「仲容已經夠放達了，你不能再學他！」

【析評】《名士傳》說阮仲容「任達不拘，當世皆怪其所為」。阮籍以為一個人的任達，應該出於天性，本乎自然，不能矯揉造作到令世人感到怪異的程度；所以不願自己的兒子去步阮仲容的後塵，作一些矯枉過正的事情出來。

14 裴成公❶婦，王戎❷女。王戎晨往裴許❸，不通徑前。裴從床南下，女從北下，相對作賓主，了無異色❹。

【注　釋】❶裴成公　即裴頠。見〈言語〉23注❸。❷王戎　見〈德行〉16注❶。❸許　住所。❹了無異色　神色自如，完全沒有不同。了，完全。

【語　譯】裴成公的妻子，是王戎的女兒。王戎一大早到裴成公的住所，不經人通報就直接闖了進去。裴成公從床的南邊下來，女兒從北邊下來，和王戎相向行賓主之禮，臉上一點兒也沒有異常的神色。

【析　評】《禮記・曲禮上》說：「將上堂，聲必揚。戶外有二屨，言聞則入，言不聞則不入。」這都是為尊重別人的隱私權而設的。大堂是辦理正事的地方，登堂都如此慎重，進入私室，就不言而喻了。王戎一大早未經通報就闖入女婿的臥房，真夠「任達」了；但也未免太孟浪了！所幸裴氏夫婦服裝還算整齊，一見王戎，立即分頭下床接待，不敢少有怠慢，維持了體統。經由二人的處變不驚，也可窺見他們任達的修養，已經到了爐火純青的境界。

15 阮仲容❶先幸❷姑家鮮卑❸婢，及居母喪，姑當遠移，初云當留婢；既發，定將去❹。仲容借客驢著重服❺自追之，累騎❻而返，曰：「人種❼不可失！」即遙集❽之母也。

【注　釋】❶阮仲容　即阮咸。見〈賞譽〉12注❷。❷幸　與女子交合。❸鮮卑　古民族名。為東胡的一支。初居遼東，後漢時移居匈奴故地；晉初分作數部，以慕容、拓跋二氏最著。隋、唐以後，漸與中原民族融合。❹定將去　一定要跟去。《晉書・任愷傳》作「自從去」。❺著重服　穿著重孝之服。著，穿。今作「著」。子女為父母服斬衰，為五等喪服中最重者，故稱重服。❻累騎　二人同騎。❼人種　植物的種子可孕育幼苗，今此鮮卑婢已懷孕，故稱人種。❽遙集　即阮孚。見〈雅量〉15注❷。

【語　譯】阮仲容起先和姑母家一位鮮卑族的婢女私通，到了為母親守制期間，姑母將搬到遠方去，最初說一定留下婢女；可是出發時，她決定要跟去。阮仲容借了客人的驢子，穿著重孝之服，親自去追趕，然後同騎一驢回來，說：「這人種可不能丟掉！」那就是阮遙集的母親。

【析　評】阮仲容服重孝追婢妾，稱孕婦為「人種」，是輕忽孝道，蔑視他人尊嚴的行為。無怪阮籍告誡兒子，要以他為鑑戒（見本篇13則）。

16 任愷❶既失權勢，不復自檢括❷。或謂和嶠❸曰：「卿何以坐視元裒敗，而不救？」和曰：「元裒如北夏門❹，拉攞❺自欲壞，非一木所能支。」

【注　釋】❶任愷　字元裒，晉樂安博昌（在今山東博興南）人。見識高雅，精通治術。尚魏明帝女齊長公主。晉武帝以為侍中。後為賈充黨所讒失職，遂縱酒逸樂，一食萬錢，猶稱無可下筯處。❷檢括　遵守法度。❸和嶠　見〈德行〉17注❷。❹北夏門　即洛陽城北門大夏門。洛陽城門樓皆兩重，獨大夏門樓三層，去地二十丈，最為壯麗，故舉以為喻。❺拉攞　謂分崩離析。拉，摧折。攞，撕裂。

【語　譯】任愷已經失去權位勢力，就不再自我約束遵守禮法。有人對和嶠說：「您為甚麼眼看著任元裒走向敗亡，不去援救呢？」和嶠說：「任元裒好像雄偉的北夏門，想要分崩離析，自行敗壞，不是一根柱子能支撐得住的。」

【析　評】晉初禮教尚嚴，所以任愷放縱不拘，和嶠斥為自甘墮落，不可救藥。武帝元康以後，世人始縱恣越禮，綱紀蕩然。

17 劉道真❶少時，常漁草澤；善歌嘯，聞者莫不留連❷。有一老嫗識❸其非常人，甚樂其歌嘯，乃殺豚進之。道真食豚盡，了不謝。嫗見不飽，又進一豚，食半餘半，迺❹還之。後為吏部郎❺，嫗兒為小令史❻，道真超用❼之。不知所由，問母，母告之；於是齎❽牛酒詣道真，道真曰：「去，去！無可復用相報！」

【注釋】❶劉道真　即劉寶。見〈德行〉22注❶。❷留連　留戀；依戀不忍離去。❸識　知道。❹迺　同「乃」。❺吏部郎　官名。即吏部郎中，主管選舉。❻令史　官名。主管文書。❼超用　越級任用。❽齎　攜帶。

【語譯】劉道真小時候，時常在草澤裡捕魚；他擅長歌唱和長嘯，聽到的人無不流連忘返。有一位老太太知道他不是平常的人，又非常喜歡他的歌唱和長嘯，就殺了小豬給他吃。劉道真把小豬吃完，始終沒有道謝。老太太見他沒有吃飽，又奉上一隻小豬，他吃了一半剩下一半，就還給老太太了。後來劉道真當了吏部郎，老太太的兒子卻是小小的令史，劉道真破格給他升官。那老太太的兒子不知道為了甚麼，去問他的母親，母親就把實情告訴他；於是他牽牛攜酒去拜謝劉道真，劉道真說：「去吧，去吧！沒有甚麼值得再來報答的了！」

【析評】劉道真受老嫗的恩惠，卻以超用她的兒子相報，破壞法度，假公濟私，不可奉為準則。

18 阮宣子❶常步行，以百錢挂杖頭，至酒店，便獨酣暢；雖當世貴盛❷，不肯詣也。

【注　釋】❶阮宣子　即阮修。見〈文學〉18注❶。❷貴盛　位尊權盛的人。

【語　譯】阮宣子經常徒步行走，把一百錢掛在拐杖頂端，到了酒店，就獨自開懷痛飲；雖然是當時的權貴人士，他也不肯前去拜訪。

【析　評】這一則記阮宣子清高自適，不阿附權貴。

19 山季倫❶為❷荊州❸，時出酣暢。人為之歌曰：「山公時一醉，徑造高陽池❹。日莫❺倒載歸，茗艼❻無所知。時復乘駿馬，倒箸白接䍦❼。舉手問葛彊：何如并州❽兒？」高陽池在襄陽；彊是其愛將，并州人也。

【注　釋】❶山季倫　即山簡。見〈賞譽〉29注❽。❷為　作；擔任。❸荊州　本為州名，治襄陽（今湖北襄陽）。在此則為荊州刺史的省稱。❹高陽池　漢習郁所作的魚池，池邊有高隄，遍植竹木，是遊宴的勝地。池在襄陽峴山南，本名習郁池、習家池；山簡鎮襄陽，每臨此池，必置酒暢飲，醉呼「此是我高陽池」，故改用此名。西漢酈食其是高陽人，自稱高陽酒徒；簡亦嗜酒，即用此典稱習池為高陽。❺莫　「暮」的本字。❻茗艼　同「酩酊」。大醉懵懂無知的樣子。❼接䍦　飾有鷺羽的白帽。也作「接籬」、「睫攡」。❽并州　州名。治晉陽（今山西太原）。

【語　譯】山季倫擔任荊州刺史的時候，常常到郊外開懷痛飲。有人因此作了一首歌說：「山公每想喝一個大醉，就直接到高陽池去。日落時倒在車上回來，已懵懵懂懂，甚麼都不知道。有時候他又騎著駿馬，倒戴著白帽。舉手問葛彊說：我比起并州兒郎們來怎麼樣？」高陽池在襄陽；葛彊是他心愛的將領，并州人。

【析評】這一則借用一首民歌，敘述嗜酒的山季倫喜愛高陽池，每次想喝酒就去遊玩，每去遊玩必大醉而歸；醉後或懵懂無知，或豪情萬丈；放浪已極。

20 張季鷹❶縱任不拘，時人號為「江東步兵❷」。或謂之曰：「卿乃可縱適一時，獨不為身後名邪？」答曰：「使我有身後名，不如即時一桮酒！」

【注釋】❶張季鷹 即張翰。見〈識鑒〉10注❶。❷江東步兵 步兵，指步兵校尉阮籍。張翰是江東吳人，故稱「江東步兵」。

【語譯】張季鷹曠達放任，不受禮法的拘束，當時的人把他叫做「江東步兵」。有人對他說：「您這樣只能放縱安適於一時，難道不為死後不朽的盛名著想嗎？」答道：「使我擁有死後的盛名，不如讓我現在擁有一杯美酒！」

【析評】這一則記世人貪戀名利，生時不得，仍將寄望於死後；不知張季鷹任性自適，既已逃名於當世（參閱〈識鑒〉10則），怎會顧惜身後的虛譽？問答之間，清濁立見。

21 畢茂世❶云：「一手持蟹螯，一手持酒桮，拍浮❷酒池中，便足了一生❸。」

【注釋】❶畢茂世 畢卓，字茂世，晉新蔡鮦陽（今河南新蔡東北）人。少放達，晉武帝太興末年，為吏部郎，曾因飲酒廢職。後為平南長史，卒於官。❷拍浮 用手拍水浮游。即游泳。❸足了一生 足夠終此一生；終生滿足。

【語　譯】畢茂世說：「天天一手拿著蟹螯，一手拿著酒杯，在酒池中往來浮游，終生就滿足了。」

【析　評】畢茂世希求不多，應可逍遙自適，終其一生。

22 賀司空❶入洛赴命，為太孫舍人❷，經吳昌門❸，在船中彈琴。張季鷹❹本不相識，先在金昌亭❺，聞弦甚清❻，下船就賀，因共話，便大相知說。問賀：「卿欲何之？」賀曰：「入洛赴命，正爾進路❼。」張曰：「吾亦有事北京❽。」因路寄載❾，便與賀同發。初不告家，家追問乃知。

【注　釋】❶賀司空　指賀循。見〈言語〉4注❶。❷為太孫舍人　按《晉書・賀循傳》，循為武康令，陸機薦補太子舍人。是循此次赴洛，當為愍懷太子舍人，而非太孫舍人；然永康元年太子廢死，立其子為皇太孫，太子官屬，即轉為太孫官屬，此言太孫亦通。舍人，官名。掌宮中之政。❸昌門　也作「閶門」。吳縣（今屬江蘇）城的西門。❹張季鷹　見〈識鑒〉10注❶。❺金昌亭　也作「金閶亭」。在吳縣昌門內。❻清　樂聲清朗。❼正爾進路　此地正好在我前進的路上。即我正好經過此地。爾，助詞。無義。❽北京　洛陽的代稱。賀、張皆吳人，故稱京師洛陽為北京。❾載　交通工具的總稱，在此指車。

【語　譯】賀司空奉命到洛陽上任，去當皇太孫舍人，經過吳縣的昌門，在船裡彈琴。張季鷹本來不認識他，起先在金昌亭中，聽到琴聲非常清朗，就下船去拜訪賀司空，於是交談起來，兩人大相悅服，頓成知己。張問賀：「您要到哪兒去？」賀說：「奉命到洛陽上任，正好經過此地。」張說：「我也有事要到北京去。」於是他把車乘寄存在路旁店家，就和賀司空同船出發。這事張季鷹起初沒有告訴家人，家人追問後才知道。

【析　評】知交難遇，張季鷹既得賀循，不忍驟別，就慌忙同舟赴洛，連家人都來不及告知。所謂「有事北京」，是他編造的託辭，並非事實。這從他返自洛陽、家人追問可知。張季鷹迢迢千里，遠棄妻子，追隨新知，果真任性得可以。

23 祖車騎❶過江時，公私儉薄❷，無好服玩❸。王、庾❹諸公共就祖，忽見裘袍重疊，珍飾盈列❺，諸公怪而問之。祖曰：「昨夜復南塘❻一出❼。」祖于時恆自使健兒鼓行❽劫鈔❾，在事❿之人亦容而不問。

【注　釋】❶祖車騎　指祖逖。見〈賞譽〉43注❷。❷儉薄　不豐裕。❸服玩　衣服和玩好。指供玩賞的物品。❹王庾　王導、庾亮。分見〈德行〉27注❸、31注❶。❺盈列　滿座。列，位。❻南塘　秦淮河南岸地。為當時流離不落名籍的豪族聚集之處。❼一出　出行一次；去了一次。指前往搶劫一次。❽鼓行　古代行軍，擊鼓則進，鳴金（鉦）則止，故稱進軍為鼓行。❾劫鈔　劫掠。鈔亦劫奪之意。❿在事　居官任事；在職。

【語　譯】祖車騎渡江來到建康時，公私都很困乏，沒有精美的衣服玩好。王導、庾亮等人一同到祖家去，忽然見到皮裘長袍重重疊疊地堆積著，珍貴的飾物擺得滿座都是，大家覺得奇怪，就向他追問。祖逖說：「昨晚又到南塘去了一次。」祖逖當時常常親自命令麾下的健兒結夥搶劫，在職的人也都寬容他，不加追問。

【析　評】這一則記事，可與〈政事〉23則參看。晉室東渡之初，公私貧困，祖逖不得不劫鈔豪族，充實糧餉。他所以親自指揮，意在控制士卒，作有限度的出擊，不使散兵游勇，四出為虐，殘害一般的民眾。在這顧全大局的情勢下，居位的王、庾諸公，容而不問，我們是可以體諒的；但我們仍然要問，中原喪亂了，竟然得容忍搶劫暴亂的行為，那還成甚麼世界？

24 鴻臚卿❶孔群❷好飲酒。王丞相❸語云：「卿恆飲酒，不見酒家覆瓿❹布，日月久糜爛❺邪？」群曰：「公不見糟中肉，乃更堪久。」群嘗與親舊書云：「今年田❻得七百斛秫米❼，不了麴糵事❽。」

【注釋】❶鴻臚卿　古代朝廷中的禮賓官。❷孔群　見〈方正〉36注❷。❸王丞相　指王導。見〈德行〉27注❸。❹瓿　盛酒的瓦器；酒罈。圓口，深腹，圈足。❺日月久糜爛　言時間久則因酒浸而腐爛。日月，指時間。糜，通「靡」。也是腐爛的意思。❻田　耕種。❼秫米　秫的粒仁。秫，又稱黍，我國北方主要的雜糧之一，可以釀酒。❽不了麴糵事　忙不完用酒麴釀酒的事。麴、糵皆酒母之名。今稱酒麴，釀酒的發酵物。在此作動詞用。

【語譯】鴻臚卿孔群喜歡喝酒。王丞相對他說：「您經常喝酒，沒看見酒家覆蓋酒罈的布，日子一久就被酒漚爛了嗎？」孔群說：「您沒看見醃在酒糟裡的肉，卻更能經久不壞嗎？」孔群曾寫信給親戚老友說：「今年種出七百斛秫米，忙不完釀酒的事務。」

【析評】孔群回王導的話，雖然強辭奪理，卻也清新可喜，令人玩味，很能透露他任性放蕩的性格。及他種得七百斛秫米，不為免於饑餒欣喜，而為有料釀酒興奮，也十足表明他嗜酒的情態。

25 有人譏❶周僕射❷：「與親友言戲❸，穢雜❹無檢節❺。」周曰：「吾若萬里長江，何能不千里一曲？」

【注　釋】❶譏　誹；非議。❷周僕射　指周顗。見〈言語〉30注❷。❸言戲　戲謔；開玩笑。❹穢雜　骯髒雜亂。❺檢節　約束節制。

【語　譯】有人批評周顗：「他和親友開玩笑，骯髒雜亂，不知節制。」周顗說：「我的胸懷浩浩蕩蕩，如萬里長江，怎能直流千里而沒有一個曲折？」

【析　評】魏、晉世風敗壞，無官職的貴族子弟，至於會聚裸飲，對弄婢妾（見沈約《宋書・五行志》）。周顗處此環境，雖言語戲謔放蕩，而大節尚未損傷，所以當他受人非議，坦然用長江有曲自解，並不文過飾非。

26 溫太真❶位未高時，屢與揚州❷淮❸中估客❹樗蒱❺，與輒不競❻。嘗一過❼，大輸物❽，戲屈❾，無因得反❿。與庾亮⓫善，於舫中大喚亮曰：「卿可贖我！」庾即送直⓬，然後得還。經此數四⓭。

【注　釋】❶溫太真　即溫嶠。見〈言語〉35注❸。❷揚州　州名。約有今江蘇、安徽、江西、浙江、福建諸省地。❸淮　淮水，發源於河南省的桐柏山，舊時經安徽、江蘇二省北部東入於海。❹估客　商人。❺樗蒱　也作「摴蒲」。古代博戲之一。以投擲五子決勝負，得采有盧、雉、犢、白等稱，晉時極為盛行。參見〈忿狷〉4注❹、注❺。❻競　強；高強。❼一過　一度；一次。❽大輸物　繳納很多的財物。即下了很大的賭注。❾屈　敗。❿無因得反　無由得返。即沒有辦法脫身回家。反，通「返」。⓫庾亮　見〈德行〉31注❶。⓬直　錢財。通「值」。⓭數四　三四次；多次。

【語　譯】溫嶠的官位還不很高時，屢次和在揚州淮水中過往的商人玩樗蒱，每次玩都因技術不夠高強，不能取勝。有一次，他下了很大的賭注，卻玩輸了，沒有辦法回家。他和庾亮交情很好，就在船中大聲叫庾亮說：「您可以把我贖回去！」庾亮就送錢給他，然後才能回去。這樣的事前後發生過好幾次。

【析　評】這一則記溫嶠初入仕途，嗜賭之事。

27 溫公❶喜慢語❷，卞令❸禮法自居；至庾公❹許，大相剖擊❺。溫發口❻鄙穢，庾公徐曰：「太真終日無鄙言！」

【注　釋】❶溫公　指溫嶠。見〈言語〉35注❸。❷慢語　說倨傲不遜的話。慢，倨。❸卞令　指卞壼。見〈賞譽〉54注❻。❹庾公　指庾亮。見〈德行〉31注❶。❺剖擊　批判和攻擊。❻發口　出口；發言。

【語　譯】溫嶠喜歡說倨傲不遜的話，卞壼一向以禮儀法度自任；他們到庾亮家，互相強烈地批判攻擊。溫嶠發言粗俗骯髒，庾亮卻慢慢地說：「太真整天沒說過粗俗的話。」

【析　評】溫嶠雖發言輕慢鄙穢，但陳義高雅放達，非淺薄鄙陋的談話可比，故庾公不覺得粗俗。卞壼是個不苟言笑的人，他「正色立朝，百僚嚴憚（百官敬畏）；貴游子弟，莫不祗肅（恭敬）」（劉孝標注引〈卞壼別傳〉語），故對溫嶠違背禮法的說辭，嚴加駁斥。

28 周伯仁❶風德❷雅重，深達危亂。過江積年❸，恆大飲酒，嘗經三日不醒；時人謂之「三日僕射❹」。

【注　釋】❶周伯仁　即周顗。見〈言語〉30注❷。❷風德　品行。❸積年　多年。❹三日僕射　時伯仁為僕射，因有三日不醒的紀錄，故名。

【語　譯】周伯仁的品行高雅莊重，深通人間充滿危險禍亂的道理。隨晉室東渡長江很多年，經常大量酗酒，曾連醉三天不醒；所以當時的人稱他為「三日僕射」。

【析　評】這一則記周伯仁深達危亂，藉酒逃名的事。「三日僕射」的盛名，必曾助他度過不少難關；但身逢亂世，終為王敦所害（參〈尤悔〉6則），仍不免受「風德雅重」之累，令人浩歎。

29 衛君長❶為溫公❷長史，溫公甚善❸之，每率爾❹提酒脯就衛，箕踞❺相對彌日。衛往溫許，亦爾。

【注　釋】❶衛君長　即衛永。見〈賞譽〉107注❹。❷溫公　指溫嶠。見〈言語〉35注❸。❸善　友好。❹率爾　輕率、隨意的樣子。❺箕踞　伸直兩腿坐著，是一種很隨意的坐法。

【語　譯】衛君長擔任溫嶠的長史，溫公對他很友好，時常隨意地提著美酒乾肉去看衛，兩個人整天自由自在地伸直雙腿對坐著。衛君長到溫公住所去，也是這樣。

【析　評】長官和部屬之間，只剩下醇厚的友情，不再有上下的隔別，是令人欽羨的。溫嶠喜愛善道而忘了自己的權勢，衛永喜愛善道而忘了溫嶠的權勢，再加上他們思想一樣放達不拘，所以能這樣簡易自如地相交。

30 蘇峻❶亂，諸庾逃散。庾冰❷時為吳郡，單身奔亡；民吏皆去，唯郡卒獨以小船載冰出錢塘口❸，籧篨❹覆之。時峻賞募❺覓冰，屬❻所在搜檢甚急；卒捨船市渚❼，因飲酒醉還，舞棹向船曰：「何處覓庾吳郡？此中便是！」冰大惶怖，然不敢動。監司❽見船小裝狹❾，謂❿卒狂醉，都不復疑。自送過淛江⓫，寄山陰⓬魏家，得免。後事平，冰欲報卒，適⓭其所願。卒曰：「出自廝下⓮，不願名品⓯。少苦執鞭，恆患不得快飲酒；使其酒足餘年畢⓰矣，無所復須⓱。」冰為起大舍，市奴婢，使門內有百斛酒，終其身。時謂此卒非唯有智，且亦達生⓲。

【注釋】❶蘇峻　見〈方正〉25注❹。❷庾冰　見〈方正〉41注❷。❸錢塘口　在今浙江海寧東南。浙江至舊錢塘縣（今浙江杭縣）城南稱錢塘江。❹籧篨　粗竹席。❺募　徵召人民。❻屬　囑付。通「囑」。❼市渚　到渚上買東西。渚，水中的小塊陸地。❽監司　司監察的官吏。❾裝狹　容量狹小。❿謂　以為；認為。通「為」。⓫淛江　即浙江。⓬山陰　舊縣名。屬今浙江紹興。⓭適　安適；滿足。⓮廝下　廝，析薪養馬的賤役。下，出身卑賤。⓯名品　顯達著名的官品地位。⓰畢　終止。指心願已了。⓱須　期待。通「䇓」。⓲達生　曠達的生活態度。

【語譯】蘇峻作亂的時候，各庾家的宗親都逃散了。庾冰當時擔任吳郡太守，獨自逃亡；人民和官吏都離他而去，只有一個郡裡的小卒用小船載庾冰逃出錢塘口，用一張粗竹席蓋住他。當時蘇峻懸賞通緝庾冰，命令所在地方的吏民搜索檢查，非常急切；這時小卒下船到小洲上去買東西，順便喝醉了酒回來，竟揮舞著船槳指著船說：「到哪兒去找庾吳郡？這裡面就是啦！」庾冰極度驚恐，但是不敢亂動。監察人員看見船身很小，容量不大，以為小卒發酒瘋了，都不再懷疑。自從小卒把庾冰送過浙江後，就寄居在山陰縣的魏家，終能逃過大難。等亂事平定了，庾冰想報答小卒，滿足他的心願。小卒說：「我給人養馬，出身卑賤，不希望得到顯達的官位。我從小常苦於執鞭趕馬，老厭恨不能痛快地喝酒；能讓我的酒足夠晚年飲用，我就心願已了，再也沒有甚麼期待的了。」庾冰就給他興建一所大住宅，買了奴婢，使他家裡經常有百斛藏酒，讓他終生享受。當時的人認為，這位小卒不但有智慧，而且有曠達的生活態度。

【析　評】雖然小卒酒後失態，幾乎斷送庾冰的性命；但是在「民吏皆去」的情況下，若無小卒獨自挺身相救，庾冰也無法逃過此劫。庾冰厚報小卒，乃是理所當然。可是小卒當時若不知檢討自己犯下的大錯，貪圖富貴，勒索無饜，縱使能不觸怒庾冰，也不能使他深受感動，獲得如許的重賞。所以不求重賞，而悉聽庾冰定奪，是小卒的聰明處。由小卒只願逍遙自在，有酒安度餘生，別無所求看來，時人說他達生，也是知心之論。

31 殷洪喬❶作豫章郡，臨去，郡人因附❷百許❸函書。既至石頭❹，悉擲水中，因祝曰：「沉者自沉，浮者自浮；殷洪喬不能作致書郵❺！」

【注　釋】❶殷洪喬　殷羨，字洪喬，陳郡（故治在今河南淮陽）人。官至豫章郡（故治在今江西南昌）太守。❷附　捎；順便寄帶。❸許　約略估計之詞。❹石頭　渚名。在今江西新建西北，贛江西岸。又名沉書浦。❺郵　傳遞書信文件的人。

【語　譯】殷洪喬擔任豫章郡太守，臨別的時候，郡人託他捎帶一百多封信件。但船到石頭渚時，他把信件全部投入水中，且禱告道：「該沉的就沉下去，能浮的就浮起來；恕我殷洪喬不能當送信的郵差！」

【析　評】這一則的意趣，全賴「浮」、「沉」二字表達。郡人不顧殷洪喬的困難，託他轉一百多封私信，諸信的內容，有可告人的，也有不足為外人道的，當殷洪喬憤而違背諾言，想把它們全部投入贛江時，未免擔心這些信萬一流入他人手中的後果；於是禱告神明，讓那些可能闖禍的信沉下去，不會闖禍的才浮起來，以減輕內心的愧疚。這意思，《說郛・五〇》引《豫章古今記》：「羨將至石頭，沉之；內有囑托事，擲於水中曰：『有事者沉，無事者浮。』」就說得更為明白。

32 王長史❶、謝仁祖❷同為王公❸掾❹。長史云：「謝掾能作異舞❺。」謝便起舞，神意甚暇❻。王公熟視，謂客曰：「使人思安豐❼！」

【注釋】❶王長史　指王濛。見〈言語〉54注❹。❷謝仁祖　即謝尚。見〈言語〉46注❶。❸王公　指王導。見〈德行〉27注❸。❹掾　古代屬官的通稱。❺異舞　指鴝鵒舞。見《語林》。❻暇　悠閒。❼安豐　即王戎。見〈德行〉16注❶。

【語譯】王長史、謝仁祖同為王導的屬官。王長史說：「仁祖能跳新奇的鴝鵒舞。」謝仁祖就起身跳舞，神情非常悠閒。王公仔細看了很久，對客人說：「使人想念起王安豐來！」

【析評】這一則記謝仁祖神態似王安豐。

33 王、劉❶共在杭南❷，酣宴於桓子野❸家。謝鎮西❹往尚書❺墓還，葬後三日反哭❻，諸人欲要❼之。初遣一信❽，猶未許，然已停車；重要，便回駕❾。諸人門外迎之，把臂❿便下。裁⓫得脫幘⓬，箸帽酣宴；半坐，乃覺未脫衰⓭。

【注釋】❶王劉　王濛與劉惔。分見〈言語〉54注❹、〈德行〉35注❶。❷杭南　大桁南。指烏衣巷。王、謝諸名族所居處。參見〈捷悟〉5注❸。❸桓子野　即桓伊。見〈方正〉55注❷。❹謝鎮西　指謝尚。見〈言語〉46注❶。❺尚書　指謝裒。尚叔父。見〈方正〉25注❼。❻反哭　還返於廟而哭。反，通「返」。❼要　邀約。❽信　使者。❾回駕　掉轉車頭，走向歸途。❿把臂　握人手臂，以示親密。⓫裁　方才。通「才」。⓬幘　包頭巾。⓭衰　指齊衰，五種喪服之一。姪為叔父服齊衰一年。用粗麻布製成，緝邊縫齊，故名。見《儀禮・喪服》。

【語　譯】王濛、劉惔一同住在大桁南邊，有一天在桓子野家盡情宴飲。當時謝鎮西到他叔父謝尚書墓地送殯回來，在安葬後第三天，正要回到家廟去哭悼，這幾個人卻想邀他喝酒。起初派遣一個使者去，謝鎮西還沒有答應，但是已經停車不進；再去邀請，他就掉轉車頭回來了。這幾個人到門外迎接他，親切地握著他的手臂，他就自行下車。進屋以後，他才脫下頭巾，又戴上帽子盡情宴飲起來；等吃了一半的時候，才發覺還沒有脫下喪服。

【析　評】這一則記謝尚嗜酒，在服喪期間經不起朋友的誘惑，一次邀請就怦然心動，再次邀請即翩然而來，甚至不脫喪服就和朋友酣宴起來。這群人如此「任達」，未免太不合人情吧？

34 桓宣武❶少家貧，戲大輸，債主敦求❷甚切，思自振❸之方，莫知所出。陳郡❹袁耽❺，俊邁❻多能。宣武欲求救於耽，耽時居艱❼，恐致疑，試以告焉；應聲便許，略無嫌恪❽。遂變服懷布帽，隨溫去與債主戲。耽素有藝名，債主就局曰：「汝故當不辦作❾袁彥道邪？」遂共戲。十萬一擲，直上數百萬；投馬❿絕叫，傍若無人。探⓫布帽擲對人⓬曰：「汝竟識袁彥道不？」

【注　釋】❶桓宣武　即桓溫。見〈言語〉55注❶。❷敦求　催討。敦，有督促意。❸振　救濟。通「賑」。❹陳郡郡名。參見本篇31注❶。❺袁耽　耽字彥道，陳郡陽夏（今河南太康）人。魁梧爽朗，倜儻不羈，有奇才，官至司徒從事中郎。❻俊邁　英俊出眾。❼居艱　居喪；守喪。遭父母之喪，在家守制。❽嫌悋　疑惑顧慮。悋，同「吝」。❾辦作　假裝；冒充。❿馬　籌碼。⓫探　摸取。⓬對人　對手。指債主。

【語　譯】桓溫年少時家裡很貧窮，賭博輸了很多錢，債主催討得非常急切，他想找個自救的方法，卻不知道怎麼辦才好。陳郡人袁耽，英俊出眾，很有才能。桓溫想向袁耽求救，袁耽當時正在家守喪，恐怕引起他的疑慮，就試著向他求告；可是袁耽一聽了桓溫的請求，立刻就答應了，絲毫沒有難色。於是袁耽改穿常服，懷裡揣著一頂布帽，隨桓溫去和債主賭博。袁耽一向有善於賭博的盛名，債主臨局開賭時說：「你該不是冒充袁彥道來唬我的吧？」就一同賭了起來。他們每擲一次骰子，賭注以十萬錢為基數，一直累積到數百萬錢；袁耽一邊投擲籌碼，一邊拚命高叫，好像旁邊沒有他人一樣。等他大贏之後，掏出布帽擲向對手說：「你究竟認不認識袁彥道呀？」

【析　評】這一則記袁耽素有善於賭博之名，可是那位債主瞧不起他，始終不相信眼前的對手正是威名遠播的袁彥道。對局的時候，袁彥道投馬絕叫，一擲數百萬，雖是賭博，也真賭得豪氣千雲。當他大贏替桓溫討回了公道，向對手擲帽，以報復他對自己的蔑視；問他認識袁彥道否，是責他竟敢班門弄斧，自討沒趣的意思。為善賭而自負如此，可謂放任已極。

35

王光祿❶云：「酒，正❷使人人自遠。」

【注　釋】❶王光祿　指王蘊。見〈賞譽〉137注❷。❷正　誠；確實。

【語　譯】王光祿說：「酒，確實能使每個人的意境自然高遠。」

【析　評】此則與本篇48則王衛軍所言，意旨相近，請參看。

36 劉尹❶云：「孫承公❷狂士，每至一處，賞翫❸累日，或迴至半路卻返。」

【注釋】❶劉尹　指劉惔。見〈德行〉35注❶。❷孫承公　即孫統。見〈品藻〉59注❶。❸賞翫　同「賞玩」。觀賞玩味。

【語譯】劉尹說：「孫承公真是一個放肆自縱的人，他每到一個地方，都要賞玩多日，但有時候又只轉到半路上就退了回來。」

【析評】孫承公性好山水，《中興書》說他「縱意游肆，名阜勝川，靡不畢覽」。那麼他每到一處，累日賞玩，就沒有甚麼稀奇；卻奇在他乘興而來，半路上又興盡而返的這種放任不羈的性格了。

37 袁彥道❶有二妹：一適殷淵源❷，一適謝仁祖❸。語桓宣武❹云：「恨不更有一人配卿！」

【注釋】❶袁彥道　見本篇34注❺。❷殷淵源　即殷浩。見〈言語〉80注❷。娶彥道大妹女皇。❸謝仁祖　即謝尚。見〈言語〉46注❶。娶彥道小妹女正。❹桓宣武　即桓溫。見〈言語〉55注❶。

【語譯】袁彥道有兩個妹妹：一個嫁給殷淵源，一個嫁給謝仁祖。他又告訴桓宣武說：「真恨不能再有一個許配給您！」

【析評】殷浩、謝尚、桓溫，都是一時的俊傑，袁彥道恨少一個妹妹嫁給桓溫，正是「樂得淑女，以配君子」的意思；可見他對桓溫景仰之深，與愛護二妹之重。

38 桓車騎❶在荊州，張玄❷為侍中，使至江陵❸，路經陽岐村❹，俄見一人，持半小籠生魚，徑來造❺船，云：「有魚，欲寄❻作膾❼。」張乃維❽舟而納之。問其姓字，稱是劉遺民❾。張素聞其名，大相忻❿待。劉既知張銜命⓫，問：「謝安⓬、王文度⓭並佳不？」張甚欲話言，劉了無停意；既進膾，便去，云：「向⓮得此魚，觀君船上當有膾具，是故來耳。」於是便去。張乃追至劉家。為設酒，殊不清旨；張高其人，不得已而飲之。方共對飲，劉便先起云：「今正伐荻⓯，不宜久廢。」張亦無以留之。

【注　釋】❶桓車騎　指桓沖。見〈夙慧〉7注❺。❷張玄　見〈言語〉51注❶。❸江陵　縣名。今屬湖北。❹陽岐村　村名。在今湖北石首西陽岐山下，長江南岸。❺造　到。❻寄　委託；拜託。❼膾　細切的魚或肉。❽維　繫。❾劉遺民　即劉驎之。見〈棲逸〉8注❷。❿忻　喜悅。通「欣」。⓫銜命　奉命。銜有領受之意。⓬謝安　見〈德行〉33注❷。⓭王文度　即王坦之。見〈言語〉72注❶。⓮向　不久以前。通「曏」。⓯荻　草名。似蘆，葉較蘆稍闊，與蘆同為禾本科而異種。

【語　譯】桓車騎在荊州時，張玄在朝裡當侍中，出使到江陵去，路過陽岐村，不久就看見一個人，拿著半小籠生魚，一直來到船邊，說：「我有幾條魚，想拜託您做成膾。」張玄就繫了船，讓他上來。問他的姓名，他說是劉遺民。張玄老早就聽說他的大名，非常歡喜地招待他。劉遺民得知張玄奉命前來以後，就問：「謝安和王文度都好嗎？」張玄很想和他談論，劉遺民卻絲毫沒有久留的意思；吃完膾，就要走，說：「剛才得到這些魚，我看您的船上應該有做膾的用具，所以才來的。」說完便走了。張玄就追到劉家。劉遺民給他擺了些酒菜，酒既不清，味也不美；可是張玄敬重他，不得已，只好吃喝一些。正要互相對飲的時候，劉遺民便先起身說：「現在正在割荻，不該長久荒廢時間。」張玄也沒有理由留住他。

【析評】劉遺民是個非常任性的人。與人相處時，只知有己，不知他人，來去皆由己便；但他行之自然，毫無矯飾，雖張玄兩度和他共處，互易賓主之位，也無法改變他的真率。

39 王子猷❶詣郗雍州❷，雍州在內。見有毾㲪❸，云：「阿乞那得此物？」令左右送還家。郗出覓之，王曰：「向有大力者負之而趨❹。」郗無忤色❺。

【注釋】❶王子猷　即王徽之。見〈雅量〉36注❶。❷郗雍州　郗恢，字道胤，小字阿乞，晉高平（國名。治昌邑，在今山東金鄉西北四十里）人。恢身高八尺，美鬚髯，風神魁梧。官至雍州刺史。❸毾㲪　彩紋細毛毯。❹趨　疾行；跑。❺忤色　違逆不順、很不高興的臉色。

【語譯】王子猷去拜訪郗雍州時，郗雍州正在屋裡。王子猷看見屋外有一張細緻的彩紋毛毯，說：「阿乞怎麼得到這東西的？」就使左右的人送回家去。當郗雍州出來尋找毛毯，王子猷說：「剛才有一個大力士背著它跑掉了。」郗雍州沒有絲毫不高興的臉色。

【析評】由王子猷「阿乞那得此物」一語看來，這張毾㲪是非常精美貴重的。當他謊報毾㲪被力士背走，卻不曾高呼示警，應知郗雍州心中早已有數，明白誰在作怪，可是當行為乖張的王子猷發現郗雍州面上終無忤色的時候，也不免要佩服他的曠達瀟灑吧？

40 謝安❶始出西戲，失車牛，便杖策❷步歸。道逢劉尹❸，語曰：「安石將無❹

傷？」謝乃同載而歸。

【注　釋】❶謝安　字安石。見〈德行〉33注❷。❷杖策　拄著枴杖。策，手杖。❸劉尹　指劉惔。見〈德行〉35注❶。❹將無　晉人常語，今時「莫非」之意。

【語　譯】謝安起初出城到西郊遊玩，所乘的牛車不見了，就拄著枴杖步行回去。路上遇到劉尹，劉尹對他說：「安石莫非受了傷嗎？」謝安就和劉尹同乘一車回家。

【析　評】謝安這一次到西郊遊玩，捨車尋幽，不覺迷路，再也找不到坐來的牛車。當他杖策步歸，道遇劉尹的時候，一定因為跋涉辛苦，內心焦急，以致步履蹣跚，面無人色；才嚇了劉尹一跳，忙問謝安是否受傷。謝安以那樣貴重的名位，卻縱情山水，流連忘返，無怪義慶要把他譜入〈任誕〉之篇了。

41 襄陽羅友❶有大韻❷，少時多謂之癡。嘗伺人祠，欲乞食；往太蚤❸，門未開。主人迎神出見，問以非時，何得在此？答曰：「聞卿祠，欲乞一頓食耳。」遂隱門側；至曉，得食便退，了無怍容❹。為人有記功❺：從桓宣武❻平蜀，按行❼蜀城闕❽觀宇❾，內外道陌❿廣狹，植種果竹多少，皆默記之。後宣武溧洲⓫與簡文⓬集⓭，友亦預焉。共道蜀中事，亦有所遺忘，友皆名列，曾⓮無錯漏；宣武驗以蜀城闕簿⓯，皆如其言。坐者歎服，謝公⓰云：「羅友詎⓱減魏陽元⓲！」後為廣州刺史，當之鎮，刺史桓豁⓳語令莫⓴來宿。答曰：「民已有前期；主人貧，或有酒饌之費。見與甚有舊，請別日奉命。」征西密遣人察之，至夕，乃往荊州門下書佐㉑家，處之怡然，不異勝達㉒。在益州㉓語兒云：「我有五百人食器。」家中大驚，其由來清，而忽有此物，定是二百五十沓烏樏㉔。

【注　釋】❶羅友　友字宅人，晉襄陽（縣名。今屬湖北）人。少好學，嗜酒放誕，初在桓溫府，不得任用；後以為襄陽太守，遷廣、益二州刺史。為政張舉宏綱，不察小目，甚受吏民愛戴。❷大韻　特殊的韻致。❸蚤　通「早」。❹怍容　愧色。❺記功　特出的記憶力。❻桓宣武　即桓溫。見〈言語〉55注❶。❼按行　巡行；出外視察。❽城闕　宮闕；帝王居處。❾觀宇　宮殿樓閣。❿道陌　大小道路。⓫溧洲　《晉書・桓溫傳》作洌洲。在今江蘇江寧西南長江中，因有洌山而得名。⓬簡文　晉簡文帝司馬昱，元帝子，在位二年。⓭集　聚會；相會。事在晉哀帝興寧三年（西元三六五年）。是時鮮卑攻洛陽，冠軍將軍陳祐出奔，簡文帝輔政，會溫於洌洲，議征討事，上去穆帝永和三年（西元三四七年）溫之平蜀，凡十九年。⓮曾　乃；居然。⓯簿　簿書；官署的文書。⓰謝公　指謝安。見〈德行〉33注❷。⓱詎　豈；何。⓲魏陽元　即魏舒。見〈賞譽〉17注㉖。⓳桓豁　見〈豪爽〉10注❶。時為荊州刺史。又稱征西。⓴莫　「暮」的本字。㉑書佐　主辦文書的佐吏。㉒勝達　名流達官。㉓益州　郡名。今四川省地。永和中治成都，今四川成都。㉔二百五十沓烏樏　沓，量詞。二器相重疊為一沓。樏，分成若干格子的食盒。烏樏，但塗為黑色而無彩飾，為窮人所用。這種食盒，每格各置盛菜的小碟一個，與底格合稱一沓。羅友實有烏樏若干具，總共二百五十沓，本可供二百五十人使用；但取出其碟，格中也可盛菜，故二百五十沓可勉強充作五百人食器。家人以為友誇大其辭，實際所有，不過此數而已。

【語　譯】襄陽人羅友有很特殊的風韻，但他小時候，別人大都認為他很癡獃。他曾守候別人祭祀，想乞討食物；可是去得太早，人家門還沒有開。當主人迎神時出來看到他，問他還不到時候，為甚麼待在此地？答道：「聽說您要祭神，想討一頓飯吃。」就躲閃在大門旁邊；到天亮，得到食物就退了出來，面上毫無愧色。他這個人有極特出的記憶力：隨從桓宣武平定了蜀地，巡視成漢王城的宮殿樓閣，凡是宮闕內外大小道路的寬窄、種植竹木的多少，都暗記心中。後來宣武到溧洲與簡文帝聚會，羅友也參加了。他們一同追述蜀中的舊事，還有些想不起來，友一一指名列舉，居然沒有錯誤遺漏；宣武據蜀地宮廷文書查證，都如他所說的。在座的人莫不讚歎佩服，謝安說：「羅友哪裡不如魏陽元啊！」羅友後來任廣州刺史，當他要去任所的時候，荊州刺史桓豁告訴他，讓他晚上到家裡來住宿宴飲。答道：「我早先已有了約會；主人很窮，也許已花了不少酒食的費用。今天因我和他舊交很深，不忍辜負他，請讓我改天再應命吧。」桓豁暗中派人察看，到晚上，竟是到桓豁屬下一位書佐的家裡；羅友和悅地與他共處，與對待達官名流一樣。他在益州時告訴兒子說：「我有可供五百人用的餐具。」家裡的人大吃一驚，認為他一向清廉，卻突然有這些東西；那一定是二百五十沓烏樏，把底格和小碟分開盛菜，才夠五百人用呢。

【析評】這一則，共記了羅友四件往事：「了無怍容」以上，記友早年乞食事。一方面說明為甚麼別人多認為他癡獃，一方面說明他的放達而不拘小節，一方面也表露他的清貧，為第四節埋下伏筆。謝公云云以上，寫羅友超人的記憶力。桓宣武平蜀，指桓溫滅成漢而言。成漢為東晉時十六國之一。先是氐族李特在蜀地起事，他的兒子李雄占據成都，稱成都王，後稱帝，建號成；後來李雄的姪子李壽又改號為漢；故史稱成漢。「不異勝達」以上，言羅友顧念貧賤之交，婉謝桓荊州的宴請。荊州和書佐均有酒饌之費，羅友不能兼顧，捨富就貧，處之怡然，在放達中顯現他超拔的風韻，和本則第一句羅友有大韻相應和。末段述羅友在益州事，當時他貴為刺史，自稱有五百人食器，家人猶以為定是二百五十沓烏樏，給他打了對折。那麼羅友為官的清廉，可以想見。

42 桓子野❶每聞清歌❷，輒喚「奈何」❸！謝公聞之曰：「子野可謂一往❹有深情。」

【注釋】❶桓子野　即桓伊。見〈方正〉55注❷。❷清歌　不用樂器伴奏的歌唱。❸奈何　在此為無義之聲詞。歌者唱罷，聽者欣賞之餘，呼此相和。❹一往　有一去不返，心神專注之意。

【語譯】桓子野每次聽人清歌，就高呼著「奈何」相和。謝安聽說以後道：「子野可說是心思專注，具有深情了。」

【析評】謝安這句話，後來被濃縮成「一往情深」，流傳千古，搶盡了桓子野放達的風光。

43 張湛❶好於齋前種松柏；時袁山松❷出遊，每好令左右作挽歌❸。時人謂：「張屋下陳屍，袁道上行殯。」

【注釋】❶張湛　字處度，小字驎，高平（縣名。今屬山西）人，官至中書郎。❷袁山松　陳郡（治陳縣，在今河南淮陽）人。善音樂。歷祕書監、吳國內史。❸挽歌　即輓歌。古時送葬，執紼挽喪車前進的人，所唱哀悼死者的詩歌。

【語譯】張湛喜歡在書齋前種植松、柏；當時袁山松出去遊玩，往往喜歡叫左右的人唱輓歌。所以當時的人說：「張湛在屋前陳屍，袁山松在路上出殯。」

【析評】古人在墳地種松柏，出殯時唱輓歌，今張、袁所好，任誕違俗，故時人出語相謔。

44 羅友❶作荊州從事❷，桓宣武❸為王車騎❹集別❺。友進坐良久，辭出。宣武曰：「卿向欲咨事❻，何以便去？」答曰：「友聞白羊肉美❼，一生未曾得喫，故冒求前❽耳，無事可咨。今已飽，不復須駐❾。」了無慚色。

【注　釋】❶羅友　見本篇41注❶。❷從事　州刺史的佐吏如別駕、治中、主簿、功曹等，均稱從事史，省稱從事。❸桓宣武　即桓溫。見〈言語〉55注❶。❹王車騎　指王洽。見〈賞譽〉114注❷。❺集別　集合友好給洽餞行。❻咨事　商量事情。❼美　滋味鮮好。❽冒求前　冒昧求進。言作不速之客。❾駐　停留。

【語　譯】羅友任荊州從事時，桓宣武邀集友好給王車騎餞行。羅友入席坐了很久，告辭離去。宣武說：「您剛才要跟我商量事情的，為甚麼就走了呢？」答道：「我聽說白羊的肉滋味鮮美，一生不曾吃過，所以冒昧請求前來，並沒有事情可議。現在已吃飽了，不必再停留了。」臉上毫無愧色。

【析　評】這一則記羅友不擇手段，騙吃白羊肉，真情吐露而面無慚色事。

45 張驎❶酒後挽歌甚悽苦，桓車騎❷曰：「卿非田橫❸門人，何乃頓爾❹至致❺？」

【注　釋】❶張驎　即張湛。見本篇43注❶。❷桓車騎　指桓沖。見〈夙慧〉7注❺。❸田橫　秦末，田廣為齊王，橫為相國；及韓信破齊，橫自立為齊王，率從屬五百人逃往海島。劉邦稱帝，遣使前往招降。橫至尸鄉亭（今河南偃師西，距洛陽三十里），羞為漢臣，自刎奉首，從者攜至洛陽宮中，不敢哭而不勝哀，作歌以寄哀音。見《史記・田儋列傳》及譙周《法訓》。❹頓爾　直捷的樣子，今語一下子的意思。爾為詞尾，無義。❺致　極致；最高的境界。

【語　譯】張驎酒後所作的輓歌異常悽涼哀苦，桓車騎說：「您又不是田橫的門客，所作的輓歌，為甚麼一下子就達到了最高的境界？」

【析 評】輓歌的起源很早，最先見於紀錄的一首叫做〈虞殯〉，載於《左傳・哀公十一年》。但據《史記・田儋列傳》，田橫自刎，從者二人既奉首獻高帝，即在橫墓旁自殺；消息傳至海島，從屬五百人也都自剄。他們的得人之深、死事之烈，莫不震驚古今。二從者忍痛完成使命，心不勝哀而不敢哭，只好以歌當哭，所作詞曲的悽苦，必應到達極致；故桓車騎評品輓歌，引田橫門人的故事為喻。

46 王子猷❶嘗暫寄人空宅住，便令種竹。或問：「暫住何煩爾❷？」王嘯詠❸良久，直指竹曰：「何可一日無此君？」

【注 釋】❶王子猷 即王徽之。見〈雅量〉36注❶。❷爾 如此；這樣。❸嘯詠 歌詠；歌唱。

【語 譯】王子猷曾暫時借別人的空宅居住，一搬去就下令種竹。有人問道：「暫時居住，何必這樣麻煩？」王子猷歌唱很久，便指著竹子說：「怎能一天沒有此君相伴？」

【析 評】王子猷的愛竹，勝似桓子野的愛聞清歌（見本篇42則），都可謂一往情深，世罕其匹。

47 王子猷❶居山陰❷，夜大雪，眠覺，開室，命酌酒。四望皎然，因起仿偟❸，詠左思❹〈招隱詩〉❺，忽憶戴安道❻。時戴在剡❼，即便夜乘小船就之。經宿❽方至，造門不前而返。人問其故，王曰：「吾本乘興而行，興盡而返，何必見戴？」

【注 釋】❶王子猷 即王徽之。見〈雅量〉36注❶。❷山陰 縣名。今浙江紹興。❸仿偟 徘徊。也作「傍偟」、「彷徨」、「方皇」。❹左思 字太沖，西晉臨淄（縣名。今屬山東）人。曾作〈三都賦〉。詩今僅存十四篇。後人輯有《左太沖集》。❺招隱詩　左思有〈招隱詩〉二首，第一首有云：「杖策招隱士，荒塗橫古今。巖穴無結構，丘中有鳴琴。白雪停陰岡，丹葩曜陽林。」❻戴安道　即戴逵。見〈雅量〉34注❶。❼剡　剡溪，在今浙江嵊縣南。又稱戴溪、雪溪。❽宿　一宿；一夜。

【語　譯】王子猷隱居在山陰，有一天夜裡下著大雪，一覺醒來，就打開房門，出去叫僕人給他斟酒。他舉目四望，一片皎潔，就索興起床在室內徘徊，吟詠著左思的〈招隱詩〉，又忽然想起戴安道來。這時戴安道住在剡溪，他立刻就在深夜乘小船去看他。經過一夜才到那裡，可是抵達門口，他不進去就回來了。有人問他緣故，王子猷說：「我原本是趁著興致好的時候出發的，現在興致盡了就可以回去，何必要見到戴安道呢？」

【析　評】據《中興書》，王徽之任性放達，棄官東歸，隱居山陰。這天夜晚，王徽之四望皎然，見到「白雪停陰岡」的美景，就信口吟詠起〈招隱詩〉來；吟到「杖策招隱士」的詩句，又忽然憶起隱居剡溪，屢辭徵命，時稱通隱（曠達的隱士）的戴安道來（見劉孝標注引〈晉安帝紀〉）；於是他一時興起，就去尋訪戴安道，形成這一段韻事。

48 王衛軍❶云：「酒，正自❷引人箸❸勝地❹。」

【注　釋】❶王衛軍　即王薈。見〈雅量〉26注❷。❷正自　誠；確實。正、自均有誠的意思。❸箸　歸附；附著。❹勝地　勝境。指美好的意境。

【語　譯】王衛軍說：「酒，確實能引人沉浸於美好的意境。」

【析　評】這一則，可與本篇35則參看。酒，可使一般人亂性作惡；但可使有德的人榮辱兩忘，清高自適，把他的心靈引領到一個美妙超遠的境界。王光祿、王衛軍的話，可謂深得其中的奧妙。

49 王子猷❶出都，尚在渚❷下。舊聞桓子野❸善吹笛，而不相識；遇桓於岸上過，王在船中，客有識之者云：「是桓子野！」王便令人與相聞❹，云：「聞君善吹笛，試為我一奏。」桓時已貴顯，素聞王名，即便迴下車，踞❺胡床❻，為作三調❼；弄畢，便上車去。客主不交一言。

【注釋】❶王子猷　即王徽之。見〈雅量〉36注❶。❷渚　小洲。此指青溪渚，在今江蘇江寧東北。❸桓子野　即桓伊。見〈方正〉55注❷。❹相聞　互通信息；互通姓名。❺踞　坐。❻胡床　交椅。❼調　曲調。

【語譯】王子猷離開都城，船還泊在青溪渚旁。從前聽說桓子野善於吹笛，卻不認識他；這一天恰好桓子野在岸上經過，王子猷正在船裡，客人中有認得桓子野的說：「這就是桓子野啊！」王子猷就派人去和他互通姓名，並說：「聽說您善於吹笛，請為我奏一曲吧。」桓子野當時官位已很尊貴，但早已聽說王子猷的大名，立刻就掉轉車頭走下車來，坐在交椅上，給王子猷吹奏三曲；吹完，就登車離去。賓主二人沒有交談一句話。

【析評】王、桓二人雖不相識，但既久仰對方的大名，必已互相傾慕。當他們不期而遇的時候，桓子野仕途顯達，王子猷卻棄官出都，這隱、顯之別，形成他們不可解的心結。武陵王聽說戴逵善鼓琴，使人召見，戴逵便對使者把琴摔碎，說：「戴安道不為王門伶人！」（見《晉書・隱逸傳》）可是下野的王子猷召在朝的桓子野吹笛，桓子野居然迴車奉召，都不是拘泥常禮的人做得出來的。他們互相尊重，了解對方的心意，感激對方的盛情，就用直率的方式表達；而把那解不開的結，投入不交一言中。

50 桓南郡❶被召作太子洗馬❷，船泊荻渚❸。王大❹服散❺後已小醉，往看桓。桓為設酒，不能冷飲，頻語左右：「令溫酒來！」桓乃流涕嗚咽，王便欲去。桓以手巾掩淚，因謂王曰：「犯我家諱❻，何預卿事？」王歎曰：「靈寶❼故自達❽！」

【注釋】❶桓南郡　指桓玄。見〈德行〉41注❶。❷太子洗馬　太子的屬官，為迎接賓客的近侍，太子出行則為前導。❸荻渚　渚名。當在江陵。❹王大　即王忱。見〈德行〉44注❷。時為荊州刺史。❺散　寒食散，又稱五石散。服散後忌忍酒渴，否則藥勢不行，故必飲酒。❻犯我家諱　指觸犯其父溫的名諱。舊俗子孫在說話或行文中，避免提到父祖的名字，稱為家諱。❼靈寶　桓玄小字。❽自達　自然通達，不拘禮教。

【語譯】桓南郡被徵召擔任太子洗馬，當時他乘的船停泊在荻渚。王大服下五石散後已經有些醉意，去看桓南郡。桓南郡給他擺了酒菜，但他不能喝冷酒，一再囑咐左右的人：「叫人送溫酒來！」桓南郡聽了就嗚咽流淚，王大也就想要離去。桓南郡於是用手帕遮住淚水，對王大說：「我是為了聽到家諱才哭的，干您甚麼事呢？」王大歎息道：「靈寶原本是自然通達、不拘禮教的啊！」

【析評】聞家諱而哭，本是魏晉舊俗；據《晉書・安帝紀》，桓玄感情豐富，每哀樂發作，必嗚咽失聲；所以王忱一說「溫」酒，桓玄便應聲流淚，不顧客人在座——這當然是一種「任誕」的行為。可是王忱得悉原由之後，卻以為桓玄一向自達，不當拘此小節；那麼他的「任誕」，又勝桓玄一籌。

51 王孝伯❶問王大❷：「阮籍❸何如司馬相如❹？」王大曰：「阮籍胸中壘塊❺，故須酒澆之❻。」

【注釋】❶王孝伯　即王恭。見〈德行〉44注❶。❷王大　即王忱。見〈德行〉44注❷。❸阮籍　見〈德行〉15注❷。❹司馬相如　字長卿。見〈品藻〉80注❻。❺壘塊　比喻心中鬱悶不平之氣。❻澆之　灌之使薄。即沖淡之意。

【語譯】王孝伯問王大：「阮籍比起司馬相如來怎麼樣？」王大說：「阮籍胸中只多了些鬱悶不平之氣，所以得用酒把它沖淡。」

【析評】王大言阮籍除胸中多壘塊，須飲酒，其他都與司馬相如無異。因阮籍身處魏晉之際，天下多事，名士少有保全性命的；所以不涉世務，經常酣飲。

52 王佛大❶歎言：「三日不飲酒，覺形神不復相親。」

【注釋】❶王佛大　即王忱。見〈德行〉44注❷。

【語譯】王佛大歎道：「三天不喝酒，就覺得身體和精神分離，不再互相親近。」

【析評】形神不相親，即是俗語「魂不守舍」的意思。三日不飲酒，心神全在思酒，怎能和形體相親？王佛大真是酒客的代言人！

53 王孝伯❶言：「名士不必須奇才，但使常得無事，痛飲酒，熟讀〈離騷〉❷，便可稱名士。」

【注釋】❶王孝伯　即王恭。見〈德行〉44注❶。❷離騷　《楚辭》篇名。戰國時楚大夫屈原作。離騷即遭憂之意。屈原事楚懷王，忠而見疑，信而被謗，慘遭放逐江南，故作〈離騷〉表明心跡。篇中充滿怨誹憂時、忠君愛國之情。

【語　譯】王孝伯說：「所謂名士，不一定要具備奇特的才華，只要使自己經常能無所事事、盡情地飲酒，反覆地誦讀〈離騷〉，就可以稱為名士了。」

【析　評】王孝伯以為名士應備的要件，如此而已，故敘列於本篇；若謂他託言諷刺，以為當代名士不過如此附庸風雅而成，就與「任誕」的篇名不合，顯非作者原意。〈賞譽〉155則云：「王恭有清辭簡旨，而讀書少。」就因他讀書少，所以才認為無事飲酒為風流，熟讀〈離騷〉為文雅，不學無術的輕薄少年皆可以稱名士。這話如被信以為真，可要誤盡天下蒼生啊！

54 王長史❶登茅山❷，大慟哭曰：「琅邪王伯輿，終當為情死！」

【注　釋】❶王長史　指王廞。字伯輿，琅邪郡（東晉置，在今江蘇東海）人，曾任司徒左長史。❷茅山　山名。在今江蘇句容東南四十五里，跨金壇界。

【語　譯】王伯輿登到茅山上，非常悲痛地哭道：「我琅邪王伯輿，終將為多情而死啊！」

【析　評】晉安帝即位，王國寶事會稽王道子，參管朝政，威震中外；王恭惡其亂政，舉兵討伐。時王廞在吳居母喪，恭令起軍聲援。廞即聚眾響應，以為義兵一動，天下不安，可乘機獵取富貴。不料未及旬日，國寶賜死，恭罷兵符，廞亦去職。因他起兵之初，大殺異己，此時勢不得已，於是倒戈討恭，兵敗，不知所終。事詳《宋書・王華傳》、《晉書》王薈（附〈王導傳〉）、王國寶（附〈王湛傳〉）傳。就此而言，王廞只能算是貪圖名利、不擇手段的人物，而非多情種子；他登山大呼為情死，只怕也是刻意求名的手段。

簡傲❶第二十四

1 晉文王❷德盛功大❸，坐席❹嚴敬，擬❺於王者；唯阮籍❻在坐，箕踞嘯歌，酣飲❼自若。

【注釋】❶簡傲 疏略傲慢。❷晉文王 即司馬昭。陳留王咸熙元年進爵為晉王。見〈德行〉15注❶。❸德盛功大 宋本作「功德盛大」，此據《藝文類聚》一九、《白氏六帖》一八、《太平御覽》三九一引《世說》改。❹坐席 坐位；席位。❺擬 比；類似。❻阮籍 見〈德行〉15注❷。❼飲 宋本作「放」，此據《太平御覽》三九二引《世說》改。

【語譯】晉文王司馬昭才德豐隆，功業盛大，座席前的氣勢莊嚴肅敬，類似帝王；但阮籍在座時，竟伸直兩腿坐著，或嘬口長嘯，或引吭高歌，盡情飲酒，和平常一樣。

【析評】這一則記阮籍在功德盛大的顯貴之前，傲然自若，視同尋常。

2 王戎❶弱冠❷詣阮籍❸，時劉公榮❹在坐。阮謂王曰：「偶有二斗美酒，當與君共飲；彼公榮者無預❺焉。」二人交觴酬酢❻，公榮遂不得一桮；而言語談戲，三人無異。或有問之者。阮答曰：「勝公榮者，不得不與飲酒；不如公榮者，不可不與飲酒；唯公榮，可不與飲酒❼。」

【注　釋】❶王戎　見〈德行〉16注❶。❷弱冠　古時男子二十歲成人，行冠禮；體尚未壯，故稱弱冠。後沿用為年在二十左右之稱。❸阮籍　見〈德行〉15注❷。❹劉公榮　見〈任誕〉4注❶。❺預　加入；參與。❻交觴酬酢　賓主互相敬酒。交觴，互相舉杯敬酒。觴，盛有酒的杯。敬酒時，主獻客叫酬，客答主叫酢。❼勝公榮者六句　參閱〈任誕〉4。

【語　譯】王戎年輕時去拜訪阮籍，正好劉公榮也在座中。阮籍對王戎說：「我恰巧有兩斗美酒，將和你一同喝，那公榮可沒有份。」於是二人互相敬酒，喝了起來，劉公榮始終得不到一杯；可是言談嬉戲，三個人都沒有異樣。有人問起這件事，阮籍答道：「才德勝過公榮的人，不能不和他飲酒；不如公榮的，也不能不和他飲酒；只有公榮這種人可以不和他飲酒。」

【析　評】這一則，當與〈任誕〉4則合看。阮籍故意冷落劉公榮不給他酒喝，顯然是針對劉公榮與人飲酒、不擇酒伴的事而發。意思是：才德勝劉公榮或不如劉公榮的人，應受尊敬和獎掖，均應和他們共飲交談。可是劉公榮既不羞與雜穢非類的人物飲酒，就不會把別人的尊敬或獎掖放在心上，與不與他飲酒，他也不會在意；那麼美酒當前，何必多此一舉，分他一杯，虐待在意的人呢？

3 鍾士季❶精有才理❷，先不識嵇康❸；鍾要于時賢儁之士，俱往尋康。康方大樹下鍛❹，向子期❺為佐鼓排❻。康揚槌不輟，傍若無人，移時不發一言。鍾起去，康曰：「何所聞而來？何所見而去？」鍾曰：「聞所聞而來，見所見而去。」

【注　釋】❶鍾士季　即鍾會。見〈言語〉11注❷。❷才理　才思；才能與思路。❸嵇康　見〈德行〉16注❷。❹鍛　打鐵製造器具。❺向子期　即向秀。見〈言語〉18注❷。❻排　鼓風吹火的革囊，與後世的風箱功用相同。通「韛」。

【語譯】鍾士季精明而且有才思，原先不認識嵇康；後來鍾士季邀請當時的賢俊人士，一同去探訪嵇康。嵇康正在大樹下打鐵，向子期幫助他鼓鞴吹火。嵇康不斷地舉鎚打鐵，好像旁邊沒有人似的，過了很久都未說一句話。鍾士季起身要走了，嵇康才說：「聽到甚麼才來到此地？又看見甚麼便要離去？」鍾士季說：「聽到所聽到的就來到此地，看見所看見的便要離去。」

【析評】據劉孝標注引《文士傳》，嵇康善打鐵，為人打造器具，向來不收費用，親舊只要帶些雞酒，一同吃喝清談就行了。《太平御覽》四〇九引〈向秀別傳〉，說向秀曾與嵇康偶鍛於洛邑。則鍾會與時賢往尋康，應是嵇康在洛邑之時。劉注引《魏氏春秋》說：鍾會以才能顯貴，為司馬昭所親幸，乘肥馬，衣輕裘，賓從如雲，造訪嵇康；嵇康正箕踞打鐵，見鍾會前來，簡傲相待，使鍾會銜恨而歸；後嵇康因好友呂安為兄枉訴，牽連入獄，鍾會乘機向司馬昭進讒，將二人殺害。本則所記，就是鍾會往訪嵇康的情形。嵇康以為鍾會那種貴公子來訪，必定是聽了傳聞，一時好奇，前來看看而已，並沒有甚麼好談的；所以直到鍾會要走時才問了那兩句話。鍾會「見所見而去」的答辭，卻也機警有鋒，暗藏著看了人後，不過如此而已的意味，表露他極度的失望與不滿。

4 嵇康❶與呂安❷善，每一相思，千里命駕❸。安後來，值康不在，喜❹出戶延❺之，不入，題門上作「鳳」字而去。喜不覺，猶以為欣。故作「鳳」字，凡鳥也。

【注釋】❶嵇康 見〈德行〉16注❷。❷呂安 字仲悌，晉東平國（治所在今山東東平）人。風度脫俗，心志開曠。❸命駕 命令御者駕車出行。❹喜 嵇喜，字公穆，嵇康的哥哥，曾任揚州刺史。❺延 引進；接待。

【語　譯】嵇康和呂安交情很好，每次一想到對方，縱使相隔千里，也會乘車去拜訪。後來呂安來拜訪，恰好嵇康不在，嵇喜出門接待；可是呂安不進屋，只在大門上題字，寫了一個「鳳」字就走了。嵇喜不明白他的意思，還滿高興的。其實呂安在譏諷嵇喜是一隻凡鳥，所以寫了一個由凡、鳥組成的「鳳」字。

【析　評】《說文》云：鳳，神鳥也。从鳥，凡聲。嵇喜天真地從字義上著想，所以覺得欣喜；怎知呂安在玩拆字的把戲，將一個鳳字拆成凡、鳥二字，罵他是個俗不可耐的人呢？此則最後的「故作鳳字，凡鳥也」二語，是作者刻意雕琢的警句，是「凡鳥也，故作鳳字」的倒裝句；而「凡鳥也」又是一語雙關，既用以比喻嵇喜，又藉它說明題字的意義；極具巧思。

5　陸士衡❶初入洛，咨張公❷所宜詣，劉道真❸是其一。陸既往，劉尚在哀制❹中，性嗜酒；禮畢，初無它言，唯問：「東吳有長柄壺盧❺，卿得種來不？」陸兄弟❻殊失望，乃悔往。

【注　釋】❶陸士衡　即陸機。見〈言語〉26注❶。❷張公　指張華。見〈德行〉12注❻。❸劉道真　即劉寶。見〈德行〉22注❶。❹哀制　居父母之喪，在家守制。❺壺盧　即葫蘆。果實中間細小，上下部膨大，下部大於上部。成熟後果皮木質化，可作容器，大多用以盛酒。❻陸兄弟　陸機與其弟陸雲。雲見〈賞譽〉20注⑳。

【語　譯】陸士衡剛到洛陽，向張華請問應去拜訪的人物，劉道真便是其中的一位。陸氏兄哥去拜訪時，劉道真還在家居喪守制，天生喜歡喝酒；所以行完禮，開頭甚麼話都沒有說，只是問：「東吳有一種長柄的葫蘆，您種了一些沒有？」陸氏兄弟非常失望，就後悔去看他了。

【析　評】劉道真雖有才學，但對遠自東吳慕名來訪的陸氏兄弟，不說別的，劈頭就問酒葫蘆，使得他們後悔失望，可謂咎由自取了。

6 王平子❶出為荊州，王太尉❷及時賢送者傾路❸。時庭中有大樹，上有鵲巢，平子脫衣巾，徑❹上樹取鵲子；涼衣❺拘閡❻樹枝，便復脫去。得鵲子還，下弄，神色自若，傍若無人。

【注釋】❶王平子　即王澄。見〈德行〉23注❶。❷王太尉　指王衍。見〈言語〉23注❷。❸傾路　使道路坍塌。極言送行者之多。❹徑　直捷。❺涼衣　貼身穿著的單衣。即內衣。❻拘閡　掛礙；牽掛。

【語譯】王平子離開京城，去當荊州刺史，太尉王衍和一時的賢俊齊來相送，幾乎把道路都壓坍了。當時庭院中有一棵大樹，上面有鵲巢，王平子就脫下外衣和頭巾，直接爬上樹去掏取巢裡的小鵲；內衣被樹枝掛住，便又脫了。等他取得小鵲回來，下樹玩弄，神色如常，好像四周沒有人一樣。

【析評】王平子身為新任刺史，在太尉和群賢給他送行的時候，居然在眾目睽睽之下，做出這樣的事來，不但簡傲得無以復加，也著實幼稚可笑，令人不敢領教。

7 高坐道人❶於丞相❷坐，恆偃臥❸其側；見卞令❹，肅然改容，云：「彼是禮法人。」

【注釋】❶高坐道人　即尸黎密。見〈言語〉39注❶。❷丞相　指王導。見〈德行〉27注❸。❸偃臥　仰臥。❹卞令　指卞壼。見〈賞譽〉50注❶。

【語　譯】高坐道人在丞相王導的座席上，經常仰臥在他的旁邊；但一見卞壺，臉色就變得非常恭敬，說：「他是個謹守禮法的人。」

【析　評】這一則記經常在丞相席間簡傲不可一世的高坐道人，一旦見到真正守禮的卞壺，也會肅然起敬。

8 桓宣武❶作徐州，時謝奕❷為晉陵。先粗經❸虛懷，而乃無異常；及桓遷荊州，將西之間❹，意氣❺甚篤❻，奕弗之疑；唯謝虎子婦王❼悟其旨，每曰：「桓荊州用意殊異，必與晉陵俱西矣！」俄而引奕為司馬。奕既上，猶推布衣交❽，在溫坐，岸幘❾嘯詠，無異常日；宣武每曰：「我方外❿司馬。」遂因酒，轉無朝夕禮⓫，桓舍⓬入內，奕輒復隨去；後至奕醉，溫往主⓭許避之。主曰：「君無狂司馬，我何由得相見？」

【注　釋】❶桓宣武　即桓溫。見〈言語〉55注❶。❷謝奕　見〈德行〉33注❶。❸粗經　治事粗疏。❹間　時候；時際。❺意氣　意志與氣概。❻篤　厚實；安定。❼謝虎子婦王　虎子，奕弟謝據小字。其妻王氏，名綏。為太原王韜之女。❽推布衣交　謂以貧賤之交相待。❾岸幘　把頭巾高高推上頭頂，露出前額。形容衣冠不整、放蕩不拘。❿方外　世俗之外。⓫朝夕禮　早晚當行的常禮。《晉書．謝奕傳》作「朝廷禮」。⓬舍　止息；休息。⓭主　桓溫妻南康長公主，元帝之女。

【語　譯】桓宣武任徐州刺史，當時謝奕做晉陵郡太守。桓宣武起初做事粗疏，心地謙虛，可是沒有不同於平常的表現；等到他移鎮荊州，將要西行的時候，神情很為篤定，謝奕雖沒有感到懷疑；但謝虎子的妻子王氏卻領會到他的意思，常說：「桓荊州的意向和往常大不相同，必定是要帶謝晉陵一同去上任了！」不久桓宣武果然引用謝奕為荊州司馬。謝奕已經上任，仍以貧賤之交相待，在桓宣武座上，隨隨便便地把頭巾高高推到頭頂上，長嘯歌唱，和往常一樣；桓宣武只好常常對人說：「這是我世俗之外的司馬。」於是謝奕依靠著酒力，轉變得不守常禮，桓宣武想到臥房休息，謝奕也常跟著進去；後來每逢謝奕醉了，桓溫乾脆到公主房裡躲避。公主說：「您如沒有一位狂司馬，我怎能見到您呢？」

【析　評】這一則記述謝奕傲慢而不識大體，使桓溫處境尷尬，痛苦非常。結局錄南康長公主語，卻因狂司馬把夫婿時常趕回而欣喜；讀來不禁莞爾。桓溫「粗經虛懷」，大概原想以謝奕精細而自信的個性補足；怎料他竟是一位自信有餘、精細不足的人物，使自己落得如此的下場！

9 謝萬❶在兄前，欲起，索便器；于時阮思曠❷在坐曰：「新出門戶❸，篤而無禮。」

【注　釋】❶謝萬　太傅謝安弟。見〈言語〉77注❶。❷阮思曠　即阮裕。見〈德行〉32注❶。❸新出門戶　新興的顯貴家族。門戶，即門第。

【語　譯】謝萬在他哥哥謝安面前，想要起床，叫人送上夜壺；當時阮思曠在座，告訴人說：「一個新興的貴族，篤實卻不懂禮教。」

【析　評】晉初王、謝兩大家族並稱，但謝氏在晉以前，門品不盛，直到謝衡為晉國子祭酒，經謝鯤、謝尚而後興盛；故至謝萬時，因為無禮，被阮裕譏貶為新興的貴族，不認為謝氏是第一流門閥，可與王氏媲美。阮裕因謝萬索便器，譏他「新出門戶，篤而無禮」，除了前述表面的批評，似另含有戲謔的隱喻，讀者不難據「欲起，索便器」一語理會。

10 謝中郎❶是王藍田❷女婿，嘗著白綸巾❸，肩輿❹徑至揚州❺聽事❻見王，直言曰：「人言君侯❼癡，君侯信自癡！」藍田曰：「非無此論，但晚令❽耳。」

【注釋】❶謝中郎　指謝萬。見〈言語〉77注❶。娶王述女荃。❷王藍田　即王述。見〈文學〉22注❼。❸綸巾　用青絲帶編的頭巾。相傳為三國時諸葛亮所創，又名諸葛巾。❹肩輿　即轎子，又稱平肩輿。在此謂乘轎。❺揚州　州名。治建康（今江蘇江寧南）。時王述為揚州刺史。❻聽事　官府治事之所。❼君侯　對尊貴者的敬稱，和後世「大人」之稱相當。❽令　聽說。通「聆」。

【語譯】謝中郎是王藍田的女婿，曾戴著白色的綸巾，坐著轎子直接到揚州官廳去拜見王藍田，毫不隱瞞地說：「人家說大人很癡獃，大人果真是很癡獃！」王藍田說：「不是沒有這種評論，但是我晚年才聽說呢。」

【析評】謝中郎這位女婿，乘著轎子直入官廳，去揭他岳丈的短處，真是輕狂傲慢到極點了。可是王藍田回話時，先是退讓一步，坦承時人對他確實有此評論，給女婿留下情面；然後從容地說明此論在他晚年發生，表示自己的癡獃，實因年老昏聵所致，少壯時並不如此，又為自己洗雪了怨情。這話說得無比圓通，充滿智慧，足證他晚年並不癡獃。劉孝標注引〈述別傳〉說：「述少（純）真（孤）獨（謙）退（沉）靜，人未嘗知；故有『晚令』之言。」此語只能用來證實「人言君侯癡」是他晚年的事，不可當作「君侯信自癡」的論據。

11 王子猷❶作桓車騎❷騎兵參軍，桓問曰：「卿何署？」答曰：「不知何署；時見牽馬來，似是馬曹❸。」桓又問：「官❹有幾馬？」答曰：「不問馬❺，何由知其數？」又問：「馬比❻死多少？」答曰：「未知生，焉知死❼？」

【注　釋】❶王子猷　即王徽之。見〈雅量〉36注❶。❷桓車騎　指桓沖。見〈夙慧〉7注❺。❸馬曹　管理馬匹的官署。❹官　官署。❺不問馬　語本《論語・鄉黨》：「廄焚，孔子退朝曰：『傷人乎？』不問馬。」注：「貴人賤畜，故不問也。」❻比　近來；最近。❼未知生二句　語本《論語・先進》：「子路問死，孔子曰：『未知生，焉知死？』」馬融注：「死事難明，語之無益，故不答。」

【語　譯】王子猷做桓車騎的騎兵參軍，桓車騎問道：「你在哪一個官署辦公？」答道：「不知哪一署；常常看見人牽著馬來，似乎是馬曹。」桓車騎又問：「官署裡有幾匹馬？」答道：「不過問馬，怎能知道馬的數目？」又問：「馬近來死了多少？」答道：「不知道活的有多少，怎能知道死的呢？」

【析　評】王子猷「不問馬」、「未知生，焉知死」的答辭，雖然引經據典，卻是強詞奪理，一派胡言。孔子為政治民，故貴人賤畜，重生輕死；但當他身為委吏（管倉廩的小吏）、乘田（管苑囿芻牧的小吏）時（見《孟子・萬章下》），怎能不知自己的職守和經管的黍稷、牛羊的數目呢？

12 謝公❶嘗與謝萬❷共出西❸，過吳郡❹，阿萬欲相與❺共萃❻王恬❼許。太傅云：「恐伊不必酬，汝意不足爾。」萬猶苦要，太傅堅不回❽，萬乃獨往。坐少時，王便入閣❾內，謝殊有欣色，以為厚待己；良久，乃沐頭散髮而出，亦不坐，仍❿據胡床，在中庭曬頭，神氣傲邁，了無相酬對意。謝於是乃還。未至船，逆⓫呼太傅。安曰：「阿螭不作⓬爾？」

【注釋】❶謝公　指謝安。見〈德行〉33注❷。❷謝萬　謝安弟。見〈言語〉77注❶。❸出西　到西方去。東晉都建康，以會稽為東；二謝居會稽，故以入吳（今江蘇）為出西。❹吳郡　郡名。約有今江蘇長江以南全部，及長江以北的南通、海門諸地。治所吳，即今江蘇吳縣。❺相與　相偕。❻萃　聚集。❼王恬　見〈德行〉29注❹。時為吳郡太守。小字螭虎。❽回　答應。❾閤　內室。入閤料理私事，必將復出，故謝心喜。❿仍　而；卻。通「乃」。⓫逆　迎。⓬作　起立。

【語譯】謝安曾和謝萬一同離會稽到西方去，經過吳郡時，謝萬想和謝安一齊去王恬處拜訪。太傅謝安說：「恐怕他不一定答理，不能使你滿意呢。」謝萬仍竭力要求，太傅硬不答應，謝萬就獨自前去。坐了一會兒，王恬就進入內室裡，謝萬臉上很有欣喜的神情，以為王恬待自己很厚道；很久以後，王恬竟洗了頭披散著頭髮出來，也不坐下相伴，卻坐靠在交椅上，在庭院中曬髮，神態驕傲放縱，一點也沒有理會他的意思。於是謝萬就回來。還沒有到船旁邊，謝萬一面迎向太傅，一面呼喚他。謝安說：「那阿螭不肯站起來吧？」

【析評】晉時重舊門第，王氏家人並不把謝家人放在眼裡，所以謝萬去見王恬，只是自討沒趣。當他碰壁歸來，「未至船，逆呼太傅」，應是急於傾訴怨情的表現，所以謝安明白他的心意，以阿螭傲慢得連站起來都不肯相對。參見本篇9則「析評」欄。

13 王子猷❶作桓車騎❷參軍，桓謂王曰：「卿在府日久，比當相料理❸。」初不答，直高視；以手版❹拄頰❺云：「西山❻朝來❼，致有爽氣！」

【注釋】❶王子猷　即王徽之。見〈雅量〉36注❶。❷桓車騎　指桓沖。見〈夙慧〉7注❺。❸料理　照顧；安排。❹手版　即笏。古代官吏上朝或謁見長官時所執，用以記事。❺拄頰　用手或他物支頰，形容人有所思的神態。❻西山　此用殷末伯夷、叔齊隱於首陽山，作歌曰「登彼西山兮，採其薇矣」，義不食周粟而餓死的故事。❼朝來　訪人歸來。古時凡訪人皆稱朝。

【語譯】王子猷做桓車騎的參軍時，桓車騎曾對王子猷說：「您在府署裡很久了，最近將給您安排一個較高的職位。」王子猷起初並不回話，只是看著高處；後來才用笏支撐著面頰，若有所思地說：「我才去參見過西山回來，以致胸中有一種清爽開闊的氣勢！」

【析評】這一則記桓沖念王子猷追隨日久，要主動給他調升職位；王子猷聽了不但不表感謝，反而沉迷在神遊西山，與夷、齊相友的幻境中。他說「西山朝來，致有爽氣」的言外之意，當然是講這種爽氣，現在已被你「料理」得烏煙瘴氣，大殺風景！如此對待長官的美意，不是太放肆了嗎？

14 謝萬❶北征❷，常以嘯詠自高，未嘗撫慰眾士。謝公甚器愛❸萬，而審❹其必敗，乃俱行，從容❺謂萬曰：「汝為元帥❻，宜數喚諸將宴會，以悅眾心。」萬從之，因召集諸將；都無所說，直以如意❼指四坐云：「諸君皆是勁卒！」諸將甚忿恨之。謝公欲深箸❽恩信，自隊主❾將帥以下，無不身造，厚相遜謝；及萬事敗，軍中因欲除之，復云：「當為隱士。」故幸而得免。

【注 釋】❶謝萬 見〈言語〉77注❶。❷北征 萬為豫州刺史，北伐入寇的氐、羌、鮮卑等蠻族，兵敗，晉簡文帝把他廢為庶人。❸器愛 重視其才能而加以愛護。❹審 確知；明知。❺從容 和緩；不慌不忙。❻元帥 全軍的主將。❼如意 見〈雅量〉41注⓫。❽箸 明。通「著」。❾隊主 隊長；部隊的首長。

【語 譯】謝萬北伐的時候，常以善於長嘯歌詠自抬身價，不曾慰勉過將士。謝安對謝萬非常器重愛護，可是明知他一定會失敗，就陪他同行，很和緩地對謝萬說：「你身為元帥，應該經常召請諸將聚會宴飲，使大家高興。」謝萬聽從他的建議，就請諸將集合；可是他甚麼也沒說，只是用如意指著四周座上的人說：「諸位都是強兵！」諸將心裡非常憤恨。謝公想要深切地表明恩德信義，自擔任部隊首長的將帥以下，大小長官沒有一個不親自拜訪，極謙遜地向他們致謝；所以等到謝萬兵敗，軍中將帥想藉此剷除他的時候，謝公又說：「他將要當隱士去了。」所以他能僥倖地免於一死。

【析 評】這一則記謝萬恃才傲物，幸賴謝安從旁協助，得免一死的經過。在極端重視門第的時代，兵卒的地位是最卑賤的；謝萬用如意指點著四座上的將領，說「諸君皆是勁卒」，正如俗語所謂「指著和尚罵禿驢」一樣，怎能不惹人忿恨！

15 王子敬兄弟❶見郗公❷，躡履❸問訊，甚脩❹外生❺禮。及嘉賓死，皆箸高屐❻，儀容輕慢；命坐，皆云：「有事，不暇坐。」既去，郗公慨然曰：「使嘉賓不死，鼠輩❼敢爾！」

【注 釋】❶王子敬兄弟 即王獻之、王徽之。分見〈德行〉39注❶及〈雅量〉36注❶。❷郗公 指郗愔。子超（字嘉賓）有盛名，且得桓溫寵信，故王氏兄弟為超而尊敬愔。❸躡履 穿著皮鞋。謂服裝整齊。古代穿禮服時躡履。❹脩遵守。通「修」。❺外生　即外甥。王羲之娶愔姊妹為妻，故子敬兄弟是愔的外甥。❻高屐　高齒的木屐，便裝時穿著。❼鼠輩　罵人的話。指行為不正的小人。

【語　譯】王子敬兄弟拜見郗公，總是服裝整齊，穿著皮鞋，恭問安好，很守外甥的禮節。等到郗嘉賓死後，他們都改穿高齒的木屐，容貌姿態輕率傲慢；郗公叫他們坐，都說：「有事情，沒空兒坐。」離開以後，郗公很感慨地說：「假使嘉賓不死，這兩個鼠輩怎敢這樣無禮！」

【析　評】這一則記子敬兄弟不肖，只知依附權勢，不明長幼有序的人倫大道，無怪要被郗公斥為「鼠輩」了。

16 王子猷❶嘗行過吳中❷，見一士大夫❸家，極有好竹；主已知子猷當往，乃灑埽❹施設❺，在聽事❻坐相待。王肩輿徑造竹下，諷嘯良久，主已失望，猶冀還當通❼；遂直欲出門，主人大不堪，便令左右閉門不聽❽出。王更❾以此賞主人，乃留坐，盡歡而去。

【注　釋】❶王子猷　即王徽之。見〈雅量〉36注❶。❷吳中　今江蘇吳縣，春秋時為吳國國都，古亦稱吳中。❸士大夫　泛指有官職的人。❹埽　「掃」的本字。❺施設　安排。指準備酒饌。❻聽事　本指官府治事之所，在此則指客廳而言。❼通　通問；互相問候。❽聽　任憑。❾更　愈發；更加。

【語　譯】王子猷曾經路過吳中，看到一個仕宦人家，種有很多的美竹；主人已知道王子猷會去欣賞，就灑掃園庭，準備酒筵，在客廳裡坐著等候。王子猷乘坐轎子直接到竹林下，吟詠長嘯甚久，主人已很失望，但仍希望他回去時應來問候；不料王子猷又想徑自出門離開，主人非常難堪，就叫左右的人關門不讓他出去。王子猷卻因此愈加欣賞主人，就留下入座，賓主盡歡而散。

【析評】愛竹愛到「何可一日無此君」的王子猷（見〈任誕〉46則），在當時已名滿天下；所以極有好竹的主人，知道他行經吳中，必當來訪。誰料狂傲的過客，全不顧同好之誼，賞完美竹，便欲出門，視主人如無物，這令設筵相待的主人情何以堪？於是主人性起，以其人之道，加諸其人之身，關閉園門，迫他就範；王子猷受此當頭棒喝，頓悟己非，不但不以為忤，反而對這位「樂其道而忘人之勢」（見《孟子．盡心上》）的主人大為欣賞。所謂「物以類聚」，果非虛語。

17 王子敬❶自會稽❷經吳❸，聞顧辟彊❹有名園，先不識主人，徑往其家。值顧方集賓友酣燕❺園中，而王遊歷既畢，指麾好惡❻，傍若無人。顧勃然❼不堪曰：「傲主人，非禮也；以貴驕人，非道也。失此二者，不足齒❽之傖❾耳！」便驅其左右出門。王獨在輿上展轉顧望，左右移時不至；然後令送箸❿門外，怡然不屑。

【注釋】❶王子敬　即王獻之。見〈德行〉39注❶。❷會稽　郡名。治所在今浙江紹興。❸吳　郡名。治所在今江蘇吳縣。❹顧辟彊　東晉吳郡人。曾任郡功曹、平北參軍。❺燕　宴飲。通「宴」。❻指麾好惡　用手指點而評論其美醜。❼勃然　因生氣而變色的樣子。❽齒　重視。❾傖　吳人對中州（泛指黃河中游地區）人的鄙賤之稱。❿箸　置。

【語譯】王子敬從會稽路經吳中，聽說顧辟彊有一所著名的花園，起先雖不認識主人，卻直接到他家去。恰好顧辟彊正邀集貴賓好友在園中歡暢地宴飲，而王子敬自行遊覽完畢，又指點著各處大加批評，好像四周無人一樣。顧辟彊勃然變色，非常難堪地說：「對主人這樣傲慢，是無禮；倚仗地位尊貴而瞧不起人，是不合正道；喪失了這兩種美德，就是個不值得重視的賤人了！」就把他左右的人趕出門去。王子獻獨自在轎子上前後左右地張望，左右的人隔了很久還不回來，大為著急；然後顧辟疆才叫人把他送到門外，臉上帶著怡然自得、不屑理他的神態。

【析 評】這一則記王獻之傲慢無禮，自取其辱的故事。本篇述王氏兄弟劣行甚多，可參看。

排調❶第二十五

1 諸葛瑾❷為豫州，遣別駕❸到臺❹，語云：「小兒知談，卿可與語。」連往詣恪❺，恪不與相見。後於張輔吳❻坐中相遇，別駕喚恪「咄咄郎君❼」；恪因嘲之曰：「豫州亂矣，何咄咄之有❽？」答曰：「君明臣賢❾，未聞其亂。」恪曰：「昔唐堯在上，四凶在下❿。」答曰：「非唯四凶，亦有丹朱⓫！」於是一坐大笑。

【注　釋】❶排調　戲謔嘲笑。排，通「俳」。調，通「啁」。❷諸葛瑾　見〈品藻〉4注❶。❸別駕　官名。刺史的佐吏。❹到臺　入朝。魏晉時稱朝廷禁中為臺。❺恪　諸葛恪，字元遜，瑾的長子。少有美名，辯才無礙。仕吳，官至太傅。後為孫峻所害。❻張輔吳　指張昭。字子布，忠正有才義。仕吳，為輔吳將軍。❼咄咄郎君　咄咄，大感意外的驚歎之詞。門生故吏稱長官或師門子弟為郎君。❽豫州亂矣二句　言豫州已亂，哪有令人咄咄稱奇的人物。譏別駕為凡人。❾君明臣賢　君喻諸葛瑾。臣為別駕自喻。❿昔唐堯在上二句　據《書・舜典》，堯禪位於舜，舜流放共工於幽州、驩兜於崇山、三苗於三危、鯀於羽山，懲四凶而天下服。⓫丹朱　帝堯之子，言論荒謬而好爭論，故堯禪位於舜。別駕用他比喻諸葛恪。

【語　譯】諸葛瑾當豫州刺史的時候，派遣別駕入朝辦事，告訴他說：「我的兒子很善辯，您可以和他舌戰一番。」別駕接連幾次去拜訪諸葛恪，諸葛恪都不和他見面。後來兩人在張輔吳座中相逢了，別駕把諸葛恪叫做「咄咄郎君（令人咄咄稱奇的郎君）」；諸葛恪就嘲笑他說：「豫州亂了，哪有令人咄咄稱奇的人物？」別駕答道：「主上英明，臣下賢能，從未聽說哪裡有亂事。」諸葛恪說：「從前唐堯在位，下面還有四個凶惡的人呢。」別駕答道：「不僅四個凶惡的人，還有一個喜歡胡說八道的丹朱呢！」於是在座的人都大笑起來。

【析評】這是一場極富機趣的論戰。知談善辯的諸葛恪，一句「豫州亂矣，何咄咄之有」，就把傾服於他、把他稱為「咄咄郎君」的別駕貶了進去；別駕驚愕之餘，只好以「君明臣賢，未聞其亂」自守。諸葛恪又進攻道：「昔唐堯在上，四凶在下。」這是以古喻今的說法，意思是我父雖在上聖明，下面怎能沒有凶惡作亂的人；別駕因為《書‧堯典》有堯批評丹朱「嚚訟」——口不道忠信之言為嚚，爭論為訟——的話，反擊道：「非唯四凶，亦有丹朱！」就使諸葛恪難以招架，在闔堂大笑中敗下陣來。至於諸葛瑾囑別駕與恪論難，是瑾知別駕善辯的緣故；別駕連往詣恪而恪不與相見，是恪知別駕善辯，避之唯恐不及的緣故。作者一開始就為別駕的能言善辯埋下伏筆，行文非常巧妙。

2 晉文帝❶與二陳❷共車，過喚鍾會❸同載，即駛車委去；比❹出，已遠。既至，因嘲之曰：「與人期行，何以遲遲❺？望卿『遙遙』❻不至！」會答曰：「『矯』然❼『懿』『實』❽，何必同『群』❾？」帝復問會：「皋繇❿何如人？」答曰：「上不及堯舜，下不逮周孔，亦一時之『懿』士⓫！」

【注釋】❶晉文帝　即司馬昭，司馬懿的次子。見〈德行〉15注❶。❷二陳　騫與泰。分見〈方正〉7注❸、8注❸。❸鍾會　見〈言語〉11注❷。❹比　及。❺遲遲　舒緩的樣子。❻遙遙　遼遠。鍾會之父名繇（魏時音ㄧㄠˊ，今音ㄧㄡˊ），故以「遙遙」相戲。❼矯然　堅守正道的樣子。也可解作矯揉造作的樣子。騫父名矯。❽懿實　美而篤實。文帝父名懿。泰祖父名實。❾何必同群　言不必與文帝等結為朋輩。泰父名群。❿皋繇　舜的賢臣，為士師，掌刑獄之事。也作「皋陶」。⓫懿士　德行美好的人。

【語　譯】晉文帝和陳騫、陳泰同車，過訪鍾會並叫他同乘，但又立刻開車棄他而去；等鍾會出來，車已走了很遠。當鍾會趕到以後，文帝就調笑他說：「和人約好同行，為甚麼又慢吞吞的，讓人眼巴巴望著您『遙遙』落在後面追趕不上！」鍾會答道：「您們『矯』然『懿』『實』，何必要和您們同『群』呢？」文帝又問鍾會：「皋繇是怎樣的人？」答道：「較遠的比不上堯、舜，較近的比不上周公、孔子，但也算是一代的『懿』士呀！」

【析　評】文帝既邀鍾會同車共行，又駛車委去，當然是想開他玩笑，看他急忙追趕的窘態，再加以戲謔。當文帝講「望卿遙遙不至」的時候，應是有意觸犯鍾會的家諱，直呼他父親的名字；於是鍾會用「矯然懿實，何必同群」的話作答，把文帝和二陳的父祖名諱，一網打盡，全巧妙地包羅進去。這句話從好的方面講，是說您們堅守著美好篤實的美德，我哪敢和您們同群沾譽；但從壞的方面講，卻說的是你們假裝出德行美好篤實的樣子來騙人，我又何必要和你們同群。《論語‧微子》載有孔子「鳥獸不可與同群」的話，不知司馬昭和二陳當時可曉得自己被笑罵得如此悽慘？可是文帝聽到父諱「懿」字，就想到會父名鍾繇，是襲取皋繇的名字而成，於是考問皋繇是何等人物；鍾會仍用「懿」士作答，執著地玩他的文字遊戲（參閱〈賞譽〉24則「析評」）。

3　鍾毓❶為黃門郎❷，有機警❸。在景王❹坐燕飲，時陳群子玄伯❺、武周子元夏❻同在坐，共嘲毓。景王曰：「皋繇何如人？」對曰：「古之『懿』士。」顧謂玄伯、元夏曰：「君子『周』而不比❼，『群』而不黨❽。」

【注　釋】❶鍾毓　鍾繇的長子。見〈言語〉11注❶。❷黃門郎　官名。掌侍從帝王之職。❸有機警　機巧警覺；反應敏捷。有，助詞。無義。❹景王　即司馬師。司馬懿的長子。見〈言語〉16注❶。❺玄伯　陳泰字。見〈方正〉8注❸。❻元夏　武陔字。見〈賞譽〉14注❶。❼君子周而不比　見《論語・為政》。普愛大眾為周。偏袒循私為比。❽群而不黨　見《論語・衛靈公》。言與人和睦相處，而不結黨營私。

【語　譯】鍾毓做黃門郎，為人機警，反應很快。在景王座中宴飲，當時陳群的兒子陳玄伯、武周的兒子武元夏一同在座，共同嘲笑鍾毓。景王說：「皋繇是怎樣的人？」鍾毓答道：「古代的『懿』士。」又回頭對陳玄伯、武元夏說：「君子『周』而不比（普愛大眾而不偏袒循私），『群』而不黨（與人和睦相處而不結黨營私）。」

【析　評】本則景王和鍾毓問答的意思，請參閱前則注❿注⓫及「析評」欄。鍾毓回頭對陳玄伯、武元夏所說的話，意在阻止他們繼續幫景王的腔，因為玩笑已開到雙方父親的身上，再鬧下去就要傷感情了；可是他還是把二人父親的名諱「周」和「群」給叫了出來，以為報復。

4　嵇、阮、山、劉❶在竹林❷酣飲，王戎❸後往；步兵曰：「俗物❹已❺復來敗人意❻！」王笑曰：「卿輩『意』，亦復可敗邪？」

【注　釋】❶嵇阮山劉　嵇康、阮籍、山濤、劉伶。見〈任誕〉1各人注。❷竹林　見〈任誕〉1「析評」欄。❸王戎　見〈德行〉16注❶。❹俗物　魏晉名士以超脫世務為清高，罵意見與自己不合的人為俗物。阮籍以為王戎未能超俗，故以此為稱。❺已　又。❻敗人意　是說破壞人家的清興雅意。

【語　譯】嵇康、阮籍、山濤、劉伶在竹林中暢飲，王戎後去；阮籍說：「這凡俗的東西又再來破壞人家的清興雅意！」王戎笑道：「你們這些人的『清興雅意』，也還有可以破壞的嗎？」

【析評】王戎的意思，是說阮、嵇之流，低俗不堪，全無清興雅意可供破壞。

5 晉武帝❶問孫皓❷：「聞南人好作〈爾汝歌〉❸，頗❹能為不？」皓正飲酒，因舉觴勸帝而言曰：「昔與汝為鄰❺，今為汝作臣；上汝一桮酒，令汝壽萬春❻！」帝悔之。

【注釋】❶晉武帝　即司馬炎。見〈德行〉17注❺。❷孫皓　皓字元宗。一名彭祖，字皓宗。吳大帝孫權孫，嗣吳景帝孫休立，為晉所滅，封歸命侯。皓，宋本作「晧」，與《三國志・吳志》本傳不合，今從各本。❸爾汝歌　魏晉間南方狎昵嘲弄的一種民歌。爾與汝是交談時稱對方的親昵之詞，缺少敬意，相當於今語「你」。❹頗　稍微；略微。❺昔與汝為鄰　言吳未亡時與晉為鄰國。❻萬春　即萬年。

【語譯】晉武帝問孫皓：「聽說你們南方人喜歡唱〈爾汝歌〉，你能不能唱一唱呢？」孫皓正在喝酒，就舉杯向武帝敬酒，並且說：「從前和你是鄰國，現在給你當臣子；敬你一杯酒，讓你長壽萬年！」武帝很後悔請他唱歌。

【析評】〈爾汝歌〉是一句一個「爾」或一句一個「汝」，從頭唱到底的民歌。武帝以國主之尊，被亡國之臣汝啊汝的嘲弄一番；既是自己授命叫人唱的，當然得忍氣吞聲，不好發作，只能暗中悔恨。

6 孫子荊❶年少時欲隱，語王武子❷曰「當枕石漱流❸」，誤曰「漱石枕流」。王曰：「流非可枕，石非可漱。」孫曰：「所以枕流，欲洗其耳❹；所以漱石，欲礪其齒❺。」

【注　釋】❶孫子荊　即孫楚。見〈言語〉24注❷。❷王武子　即王濟。見〈言語〉24注❶。❸枕石漱流　頭枕山石，以清流漱口。比喻棄絕世務，過隱逸的生活。❹欲洗其耳　言想要清洗我被俗務汙染的耳朵。其，我的，下同。典出上古堯讓天下給許由，許由不受，遁耕箕山；堯又召為九州之長，由不願聽他的話，洗耳於潁水濱。見皇甫謐《高士傳》上。❺欲礪其齒　言想要磨礪我的口齒，使更鋒利，好和鄙俗的人士爭辯。後世稱以口舌相爭為「摩（或作磨）牙」，疑本此語。

【語　譯】孫子荊年輕時想要隱居山林，他要告訴王武子說「我將頭枕山石，以清流漱口」，卻誤說成「我將頭枕清流，以山石漱口」。王武子說：「清流不是可枕的東西，山石也不能用以漱口啊。」孫子荊說：「所以要頭枕清流，是想清洗我的耳朵；所以要用山石漱口，是想要磨利我的口齒。」

【析　評】這一則記孫子荊話說錯了，卻能將錯就錯，說出一番清高絕倫的道理來，令人欽佩。

7 頭責秦子羽❶云：「子曾不如太原溫顒❷、潁川荀寓❸、范陽張華❹、士卿劉許❺、義陽鄒湛❻、河南鄭詡❼。此數子者，或謇吃❽無宮商❾，或尪陋❿希言語，或淹伊⓫多姿態，或讙譁⓬少智諝⓭，或口如含膠飴⓮，或頭如巾齏杵⓯；而猶以文采⓰可觀，意思詳序⓱，攀龍附鳳⓲，並登天府⓳。」

【注　釋】❶頭責秦子羽　《張敏集》載有〈頭責子羽文〉一篇，假託秦子羽的頭和子羽互相責難，而加以記錄。《世說》此則，即節錄其尾段譏貶溫顒等六人的文辭，供後世作知人論世的參考。子羽應是虛設的人物。❷溫顒　爵里不詳，名見《晉書・任愷傳》，與任愷、張華、向秀、和嶠等為友。❸荀寓　字景伯，仕晉至尚書。❹張華　見〈德行〉12注❻。❺士卿劉訏　字文生，晉范陽國（治所在今河北涿縣）人。惠帝時為宗正卿。宗正卿又稱士卿，官名，掌王室親族的事務。❻鄒湛　字潤甫。晉新野郡（魏時稱義陽郡。治新野，今河南新野）人，仕至侍中。❼鄭詡　字思淵，晉滎陽郡開封縣（今屬河南）人，為衛尉卿。❽謇吃　口吃；結巴。❾無宮商　五音不全；口齒不清楚。宮與商，五音中的二音。❿尪陋　畸形而醜陋。尪，本指一脛偏曲的人。後凡胸、背彎曲或瘠瘦短小者均稱尪。⓫淹伊　遲滯。伊，助詞。無義。⓬讙譁　喧譁；大聲吵鬧。⓭智諝　智慧；聰明。諝，才智。⓮口如含膠飴　有口難開之意。黏膠和糖膏皆為粘黏之物，故以之喻。⓯頭如巾齏杵　是說他的頭小而尖，如把東西搗碎的杵，戴著頭巾。齏，把東西搗碎。⓰文采　才華。⓱詳序　周全而有條理。⓲攀龍附鳳　比喻依附有聲望的人而揚名天下。⓳天府　天庭；天子的宮廷。

【語　譯】秦子羽的頭責備秦子羽道：「您竟比不上太原溫顒、潁川荀寓、范陽張華、士卿劉訏、義陽鄒湛、河南鄭詡啊。這幾位先生，有的好說話卻口吃而五音不全，有的畸形醜陋很少說話，有的思想遲頓卻善於表態，有的喜歡吵鬧而缺乏智慧，有的發言時好像嘴裡含著膠飴無法張開，有的頭又小又尖有如戴著頭巾的木杵；但還是因為才華大有可觀，思想周全而有條理，攀龍附鳳，一同進入朝廷當了大官。」

【析　評】本則「或謇吃無宮商，或尪陋希言語」等語，依序指明溫顒、荀寓等六人的缺陷，故《文士傳》說「（張）華為人少威儀，多姿態」，與本文「或淹伊多姿態」相合。但他們的小疵，瑕不掩瑜，所以這六個人都有出頭之日。作者假託秦子羽兼眾人之長而無諸子之短，深惜他終生潦倒不遇，可能是自我哀憐的意思；劉義慶見他品評六子，語俱中肯，故採入《世說》之中。

8　王渾❶與婦鍾氏❷共坐，見武子❸從庭過，渾欣然謂婦曰：「生兒如此，足慰人意！」婦笑曰：「若使新婦得配參軍❹，生兒故❺可不啻❻如此！」

【注釋】❶王渾　見〈賢媛〉12注❶。❷鍾氏　同前注。❸武子　即王濟。見〈言語〉24注❶。❹參軍　指王淪。字太沖，王渾弟。曾為晉文王大將軍參軍，年二十五病故，大將軍為之流涕。❺故　必定。❻啻　但；止。

【語譯】王渾和妻子鍾氏一起閒坐著，看見武子從庭院中經過，王渾很高興地對妻子說：「生了這樣的兒子，真令人感到安慰！」他的妻子笑道：「假如能讓我嫁給參軍，生的孩子一定不止這樣！」

【析評】這一則記述王氏夫婦閨中閒情。王渾「生兒如此，足慰人意」的話中，充滿了他對家庭生活的滿足之意，以及對賢妻愛子的欣賞憐愛之情；鍾氏的回話，無非開開丈夫的玩笑，在他興頭上澆澆冷水，叫他不要得意忘形而已，這是無傷大雅的；偏有衛道之士把她的話形容成連娼家蕩婦都難以啟齒的穢語，未免太過嚴肅了吧？

9　荀鳴鶴❶、陸士龍❷二人未相識，俱會張茂先❸坐，張令共語；以其並有大才，可勿作常語。陸舉手曰：「雲間陸士龍❹。」荀答曰：「日下荀鳴鶴❺。」陸曰：「既開青雲睹白雉❻，何不張爾弓，布❼爾矢？」荀答曰：「本謂雲龍騤騤❽，乃是山鹿野麋；獸微❾弩彊，是以發❿遲。」張乃撫掌大笑。

【注釋】❶荀鳴鶴　荀隱，字鳴鶴，晉潁川（郡名。治許昌，在今河南許昌西南）人，曾任太子舍人、廷尉平。❷陸士龍　即陸雲。見〈賞譽〉20注⑳。❸張茂先　即張華。見〈德行〉12注❻。❹雲間陸士龍　士龍名雲，取《易・乾・文言》「雲從龍」之義；他又是雲間（吳地名。唐天寶十年改稱華亭。即今江蘇松江）人；故這句話語義雙關，不同凡響。❺日下荀鳴鶴　姓荀，字鳴鶴，而「荀」中有「日」字。潁川又靠近帝都洛陽，因稱日下。故這句話也涵義繁複，而意境比士龍語更高。❻既開青雲睹白雉　是說青雲既散，白雉顯現。古人貴鶴賤雉，而「日」、「雉」語音相近，故士龍取鳴鶴所說的「日」，諧音作「雉」，又加「白」字與上文「青雲」相對為文，表示荀只是一隻魚目混珠的白雉，並非白鶴，用作嬉笑。❼布　施；發射。❽騤騤　雄健的樣子。❾微　弱小。❿發　放箭。

【語　譯】荀鳴鶴和陸士龍兩個人本不相識，有一天在張茂先的座中相遇，張茂先叫他們交談；因他倆都有很高的才智，請他們可以不使用平常的語言。陸士龍舉手指著天空說：「我是雲間的陸士龍。」荀鳴鶴答道：「我是日下的荀鳴鶴。」陸士龍說：「青雲已經散開看見白雉了，為甚麼不拉開你的弓，射出你的箭？」荀鳴鶴答道：「本來以為是雄健的雲中龍，竟只是山野間的麋鹿；野獸弱小，弓弩強勁，所以遲遲放箭。」張茂先聽了就拍手大笑起來。

【析　評】陸雲舉手自我介紹的話，駕空來說，表示他才華高超，有如雲中的神龍；但落實了講，雲間只是一個罕為人知的小地方，出生在那裡，並沒有值得驕傲的地方；所以言辭雖靈巧，意思卻不夠高妙。難得的是荀隱聞言，立刻破解他話中的重重機關，而作了既巧又妙的回答。《詩・小雅・鶴鳴》云：「鶴鳴于九皋，聲聞于野。」又云：「鶴鳴于九皋，聲聞于天。」聲傳曠野皇天，則九皋當指極高處；荀隱把自己的鳴叫處置於日下，自然遠高於陸士龍所處的雲間；而且落實了說，荀鳴鶴的家鄉潁川，是貼近帝居的大郡，有如日下的明星，生長於此，也足以自豪。陸士龍聽了荀鳴鶴的答辭，顯然察覺自己已屈居下風，有點驚慌，勉強利用諧音的技巧，硬把「日」換成了「雉」，把白鶴貶成了白雉，說出「既開青雲」云云的話來；荀鳴鶴一聽這話說得幼稚，並把自己比作低賤的雉雞，就老實不客氣地直接把陸士龍比作不值得用強弩射獵的麋鹿。這應使陸士龍自取其辱之餘，悔與荀鳴鶴相識；而荀鳴鶴的辭鋒銳利，也引起張華的鼓掌大笑。

10 陸太尉❶詣王丞相❷，王公食以酪❸，陸還遂病；明日，與王牋云：「昨食酪小過❹，通夜委頓❺；民雖吳人，幾為傖鬼❻。」

【注釋】❶陸太尉 指陸玩。見〈政事〉13注❶。❷王丞相 指王導。見〈德行〉27注❸。❸酪 發酵的乳漿。自古以來是北方游牧民族的主要食物。❹小過 稍過；略多。❺委頓 疲乏狼狽。❻傖鬼 北地野蠻的鬼。吳人稱江淮以北的人為傖。傖本鄙野不文之人的通稱，無地域的分別。

【語譯】陸太尉去拜訪王丞相，王公拿乳酪請他吃，陸太尉回家就生病了；第二天，寫信給王公說：「昨天乳酪吃得稍微多了些，整夜因腹瀉而疲乏狼狽；在下雖是吳地的人，幾乎變成了北方的野鬼。」

【析評】魏晉時吳人自詡文明，稱江淮以北的人為傖夫，鬼為傖鬼；食酪也是北人帶到江南的習慣，南人無福消受。王導用乳酪款待陸玩，使他通宵顛沛流離，疲困不堪；而陸玩以「傖鬼」自戲，讓王導勿忘自己是個傖夫，真可謂「謔而不虐」了。

11 元帝皇子❶生，普賜群臣。殷洪喬❷謝曰：「皇子誕育❸，普天同慶；臣無勳焉，而猥❹頒厚賚❺。」中宗❻笑曰：「此事豈可使卿有勳邪？」

【注釋】❶元帝皇子 指晉元帝司馬睿的兒子昱。後為簡文帝，在位二年。❷殷洪喬 即殷羨。見〈任誕〉31注❶。❸誕育 誕生。誕也是育的意思。❹猥 辱。舊時自謙的套語。❺賚 賜予。❻中宗 晉元帝的廟號。

【語譯】晉元帝在皇子降生以後，遍賜群臣。殷洪喬拜謝道：「皇子誕生了，天下所有的人都共同慶賀；臣下沒有任何功勞，卻辱承您分賞這樣厚重的恩賜。」元帝笑著說：「這種事哪能叫你有功勞呢？」

【析評】皇帝的兒子，通稱皇子。元帝有六個兒子，只有么兒昱生於即位以後；他的誕生，使元帝格外欣喜，才忘形地說出這有傷皇后之尊的話來。

12 諸葛令❶、王丞相❷共爭姓族❸先後，王曰：「何不言葛王，而云王葛❹？」令曰：「譬言驢馬，不言馬驢，驢寧❺勝馬邪？」

【注　釋】❶諸葛令　指諸葛恢。見〈方正〉25注❶。❷王丞相　指王導。見〈德行〉27注❸。❸姓族　即姓氏。❹何不二句　意謂王姓的人比較優秀。❺寧　豈；難道。

【語　譯】諸葛令和王丞相互相爭姓氏排列的先後，王丞相說：「為甚麼不說葛王，卻說王葛呢？」諸葛令說：「譬如都說驢馬，不說馬驢，驢難道比馬強嗎？」

【析　評】諸葛是一個複姓，本為葛氏，舊居琅邪郡的諸縣，後徙居陽都；陽都先有葛氏，遂稱諸縣的葛氏為諸葛（見〈品藻〉4則劉孝標注引《吳書》）。因此之故，諸葛恢與王導爭姓族先後，王以「葛王」為言，葛即包含諸葛在內。由諸葛恢答辭有「驢寧勝馬邪」的話，則王導既強調「王葛」，當時必曾有王勝於葛的說辭。余嘉錫說：「凡以二名同言者，如其字平仄不同，而非有一定之先後，如夏商、孔顏之類；則必以平聲居先，仄聲居後，此乃順乎聲音之自然。……故言王葛、驢馬，不言葛王、馬驢，本不以先後為勝負也。如公穀、蘇李、嵇阮、潘陸、邢魏、徐庾、燕許、王孟、韓柳、元白、溫李之屬皆然。」（見《世說新語箋疏》本則下）極有見地。然諸葛恢捨此不論，而以「驢寧勝馬」為言，隱然以驢喻王，以馬喻葛，借驢本不勝馬，言葛必勝之。其語極為機巧。

13 劉真長❶始見王丞相❷，時盛暑之月，丞相以腹熨❸彈棊❹局，曰：「何如乃淘❺？」劉既出，人問：「見王公如何？」劉曰：「未見他異，唯作吳語耳！」

【注釋】❶劉真長 即劉惔。見〈德行〉35注❶。❷王丞相 即王導。見〈德行〉27注❸。❸熨 貼。❹彈棊 漢魏時博戲之一種。見〈巧藝〉1注❷。❺淘 吳語稱清涼為淘。

【語譯】劉真長初次拜見王丞相，當時正值酷熱的夏月，丞相把肚皮貼在彈棋棋盤上，說：「怎樣才能『淘』（涼快）一點呢？」劉真長辭出以後，有人問他：「見到王公了，感覺怎樣？」劉真長說：「沒看出其他的差異，只是口操吳地的方言而已！」

【析評】俗語說「人靠衣裝」，可是劉真長在酷夏初次拜見到的王丞相，正打著赤膊，把肚皮貼在可能是石製的棋盤上取涼，就和普通人無異了；王丞相在這情況下被來客撞見，當然會不好意思，於是倉促搭訕著用吳語說：「何如乃淘？」情急之下，甚至把日用的官話都忘了。於是口作吳語的琅邪王丞相，留給來客一個不良的印象。

14 王公❶與朝士共飲酒，舉瑠璃❷盌❸謂伯仁❹曰：「此盌腹殊空，謂之寶器，何邪？」答曰：「此盌英英❺，誠為清徹，所以為寶耳。」

【注釋】❶王公 指王導。見〈德行〉27注❸。❷瑠璃 青色寶石，瑩徹有光。❸盌 同「碗」。❹伯仁 即周顗。見〈言語〉30注❷。❺英英 優美有氣派的樣子。

【語譯】王導和朝中人士一起飲酒，舉著一隻瑠璃碗對周伯仁說：「這隻碗肚裡空空毫無文采，大家卻把它叫做寶器，為甚麼呢？」答道：「這隻碗造型優美而有氣派，質地極為清徹，所以是寶物啊。」

【析評】王導原想借瑠璃盌調笑周伯仁，冤枉他空有大腹，沒有才學；周伯仁了解他的意思，也用讚揚盌來說明自己的長處。從他的答辭，可見他不但有足以自傲的容儀和品德，也有足夠的才學，絕非腹中空無一物的庸才可比。請參看本篇18則。

15 謝幼輿❶謂周侯❷曰：「卿類社樹❸：遠望之，峨峨❹拂青天；就而視之，其根則群狐❺所託，下聚溷❻而已。」答曰：「枝條拂青天，不以為高；群狐亂其下，不以為濁。聚溷之穢❼，卿之所保❽，何足自稱❾？」

【注釋】❶謝幼輿　即謝鯤。見〈文學〉20注❸。❷周侯　即周顗。見〈言語〉30注❷。❸社樹　社神（土地之神）神壇旁所植的大樹。❹峨峨　高聳的樣子。❺狐　比喻小人。❻溷　汙物；髒亂的東西。❼穢　汙濁；骯髒。❽保　擁有。❾稱　宣揚。

【語譯】謝幼輿對周侯說：「您好像一株社樹：遠遠看去，巍峨高聳拂拭著青天；走近察看，它的根卻是群狐寄居的地方，在下面藏汙納垢罷了。」答道：「枝條拂拭青天，它並不認為太高；群狐使下面混亂，它也不認為汙濁。聚集汙物的骯髒，是您所保有的特色，哪裡值得自我宣揚呢？」

【析評】謝鯤以社樹比喻周侯，譏笑他虛有其表，而事實上只能庇護群小，藏汙納垢而已。周侯的答辯，是說樹原本是要長高的東西，雖上拂青天，它也不以為高；至於群狐亂其下，過在群狐，非樹之罪，它當然不以為濁。既已明辨是非，周侯又直接斥責謝鯤本身才有聚溷之穢的汙點，告誡他不必自揭瘡疤。措辭異常凌厲。

16 王長豫❶幼便和令❷，丞相愛恣❸甚篤。每共圍棊，丞相欲舉行❹，長豫按指不聽。丞相笑曰：「詎❺得爾？相與❻似有瓜葛❼！」

【注釋】❶王長豫　即王悅。丞相王導的長子。見〈德行〉29注❶。❷和令　性情和善。❸愛恣　喜愛放縱。❹舉行　指舉手落子。❺詎　豈；怎麼。❻相與　相互；彼此間。❼瓜葛　瓜和葛皆是蔓生植物，有藤蔓相糾結，故寓有牽連、糾纏之意。

【語譯】王長豫從小就溫和善良，非常受他父親王丞相的寵愛放縱。常常同下圍棋，丞相想舉手落子的時候，長豫就按住他的手指不讓他動。丞相只是笑嘻嘻地說：「怎能這樣子呢？好像瓜葛的藤蔓互相纏在一起了呢！」

【析評】這一則所記的事雖極瑣碎，卻由王導的話中傳出舐犢的深情，令人倍感溫馨。

17 明帝❶問周伯仁❷：「真長❸何如人？」答曰：「故是千斤犗特❹。」王公笑其言。伯仁曰：「不如捲角牸❺，有盤辟❻之好。」

【注釋】❶明帝　晉明帝司馬紹，元帝子，在位三年。❷周伯仁　即周顗。見〈言語〉30注❷。❸真長　即劉惔。見〈德行〉35注❶。❹千斤犗特　體重千斤的割除睪丸不能生殖的牡牛。❺牸　牝牛。❻盤辟　慢慢地周旋進退。

【語譯】晉明帝問周伯仁：「劉真長是怎樣的人？」答道：「莫非是一隻體重千斤被騸的公牛。」王導聽了，一直譏笑他的話。周伯仁說：「但不如說他是老得角都捲曲起來的母牛，有盡如人意、慢慢周旋進退的好處。」

【析　評】公牛被騙過之後，就失去春情發動時那種不可駕御的野性，而且長得更為壯大，只要懂得驅使，就能讓牠任重致遠。周伯仁舉以為喻，是說劉真長年事方壯，已能克制自己的性情，有能力擔當重任；有向明帝推薦他的意思。但王公生長在富貴之家，不懂農事，覺得周伯仁的說法粗鄙可笑；以為「千斤犗特」只是一頭不公不母的大笨牛而已。周伯仁不得已，只好改口，以捲角牸為喻，強調劉真長的溫馴易使。

18 王丞相❶枕周伯仁❷膝，指其腹曰：「卿此中何所有？」答曰：「此中空洞❸無物，然足容卿輩數百人。」

【注　釋】❶王丞相　指王導。見〈德行〉27注❸。❷周伯仁　即周顗。見〈言語〉30注❷。❸空洞　空無所有。

【語　譯】王丞相枕著周伯仁的雙膝，指著他的大肚子說：「您這裡頭有些甚麼東西？」答道：「這裡頭空空的一無所有，但足夠容納您們好幾百人。」

【析　評】王公問周伯仁腹中何有，應是見他肚子特大引起的。周伯仁謙虛地表示，肚中空洞沒有學問，但有容人的度量而已。看樣子王公等常以他的肚子取笑，他從來都沒有生過氣。本篇14則記王公舉瑠璃盌謂周伯仁：「此盌腹殊空，謂之寶器，何邪？」應是繼周伯仁「此中空洞無物」的話而發的，請參看。

19 干寶❶向劉真長❷敘其《搜神記》❸。劉曰：「卿可謂鬼之董狐❹！」

【注　釋】❶干寶　字令升，晉新蔡（郡名。治所在今河南新蔡）人。元帝時以著作郎領修國史，著《晉紀》二十卷，已佚。又作《搜神記》二十卷，南宋時亦失傳。❷劉真長　即劉惔。見〈德行〉35注❶。❸搜神記　書名。干寶撰，二十卷。原書不傳，今本係後人輯錄附益而成，記敘神仙鬼怪故事，雜以宗教迷信；但保存了很多古代的傳說和民間故事，仍不失為魏晉志怪小說的代表作。❹鬼之董狐　鬼神世界的良史。董狐，春秋時晉太史，孔子稱他為「古之良史」，事見《左傳・宣公二年》。

【語譯】干寶向劉真長敘述他撰寫的《搜神記》，劉真長說：「您可以說是鬼神界的良史董狐了！」

【析評】春秋時晉靈公無道，趙盾屢次犯顏直諫，公欲殺盾，盾出奔，未出國界，聽說族人趙穿已殺靈公而還。太史董狐因盾逃亡未出邊境，回朝又不討賊，就在史策上寫道：「趙盾弒其君。」不因他的權高位重而有絲毫忌諱，所以孔子讚美他為「古之良史」，後世也以董狐為秉筆直書、不少隱諱的良史的代稱。鬼神之事，多為人所諱言，而干寶說來，知無不言，言無不盡，故劉真長譽為「鬼之董狐」，極為妥帖。

20 許思文❶往顧和❷許，顧先在帳中眠，許至，便徑就床角枕共語。既而喚顧共行；顧乃命左右取几上新衣，易己體上所箸。許笑曰：「卿乃復有行來衣❸乎？」

【注釋】❶許思文　即許璪。見〈雅量〉16注❶。❷顧和　見〈言語〉33注❶。❸行來衣　外出服。來，助詞。無義。

【語譯】許思文到顧和家去，顧和原先在帳子裡睡覺，許思文到了，就直接躺在床角的枕頭上和他說話。後來許思文叫顧和一同外出；顧和就讓左右的人把几上的新衣拿來，換下自己身上所穿的。許思文笑著說：「您竟還備有外出服嗎？」

【析評】魏晉名士，放達任性，不注重外表，致捫蝨而言，旁若無人的事，史不絕書。所以許思文見顧和易衣出行，立加譏笑；實由一代風氣使然。

21 康僧淵❶目深而鼻高，王丞相❷每調之。僧淵曰：「鼻者面之山，目者面之淵❸；山不高則不靈，淵不深則不清。」

【注釋】❶康僧淵　見〈文學〉47注❶。❷王丞相　指王導。見〈德行〉27注❸。❸淵　深潭。

【語譯】胡人康僧淵雙目深陷，而鼻梁高聳，王丞相常嘲弄他。康僧淵說：「鼻子是臉上的山，眼睛是臉上的淵；山不高就不靈通，淵不深就不清明。」

【析評】目深而鼻高，是西域胡人相貌的特徵，康僧淵雖屢受嘲笑，卻不失民族自尊，巧妙地以山淵為喻，道出二者美感的所在，王丞相聽了，必然為之語塞。他的話也感動了後世的文學家，梁簡文帝〈答安吉公主餉胡子（胡奴）書〉「山高水深，宛在其貌」（李詳引，見余嘉錫《世說新語箋疏》。《藝文類聚》三五譌作「山高水遠，宛在其邈」，義不可通）；唐劉禹錫〈陋室銘〉「山不在高，有仙則名；水不在深，有龍則靈」；都是此語的反響。

22 何次道❶往瓦官寺❷禮拜❸甚勤，阮思曠❹語之曰：「卿志大宇宙❺，勇邁❻終古❼！」何曰：「卿今日何故忽見❽推？」阮曰：「我圖❾數千戶郡，尚不能得；卿迺圖作佛❿，不亦大乎？」

【注　釋】❶何次道　即何充。見〈言語〉54注❶。❷瓦官寺　佛寺名。在建康（今南京市）鳳凰臺。又名慧方寺。❸禮拜　向神佛致敬。❹阮思曠　即阮裕。見〈德行〉32注❶。❺宇宙　天地。四方上下叫宇，舟輿所至叫宙。❻邁　超越。❼終古　自古以來的人。❽見　詞頭。用在動詞前，有指示稱代作用，表示動詞下省略「我」字。❾圖　謀取。❿佛　佛家語「佛陀」（梵文 Buddha 的音譯）的省稱，義譯為覺者，即使群生覺悟的人。

【語　譯】何次道到瓦官寺去拜佛，非常勤懇，阮思曠對他說：「您的志願大過天地，勇氣超越自古以來的人！」何次道說：「您今天為甚麼忽然推崇起我來？」阮思曠說：「我只是謀求一個數千戶的郡，還不能得到；您卻想要做普渡眾生的佛陀，不是很偉大嗎？」

【析　評】阮思曠推崇何次道的話，雖有挖苦的意思；但宗教家普救世人的志量，遠大於意圖雄長一方的政治家，也是事實；若何次道禮佛，果真有濟世之心，不僅自求多福，此語便可受之無愧。

23 庾征西❶大舉征胡，既成行，止鎮襄陽❷；殷豫章❸與書，送一折角如意❹以調之。庾答書曰：「得所致，雖是敗物，猶欲理而用之。」

【注　釋】❶庾征西　指庾翼。見〈雅量〉24注❶。❷襄陽　今湖北襄陽。❸殷豫章　指殷羨。見〈任誕〉31注❶。❹折角如意　折斷一角的如意。戲言征胡之事不能全如其意。如意參見〈雅量〉41注⓫。

【語　譯】征西將軍庾翼率領大軍征討胡人，出發以後，卻滯留在襄陽鎮守；殷豫章給他寫了一封信，附贈一隻折損一角的如意嘲笑他。庾翼回信道：「得到您的贈品，雖是破損的東西，仍想修理好再使用。」

【析　評】庾翼率軍入沔（漢水上游地），謀伐狄。已至襄陽，狄勢甚強，不便決戰；適逢康帝駕崩，兄庾冰亦死；乃留長子庾方之守襄陽，獨自馳還夏口（今漢口市）。事見劉孝標注引《晉陽秋》。則庾翼止鎮襄陽，雖不盡如人意，亦未損兵折將，仍將大有可為；故答書云「雖是敗物，猶欲理而用之」。

24 桓大司馬❶乘雪欲獵，先過王、劉❷諸人許，真長見其裝束❸單急❹，問：「老賊❺欲持❻此何作？」桓曰：「我若不為此❼，卿輩亦那得坐談❽？」

【注　釋】❶桓大司馬　指桓溫。見〈言語〉55注❶。❷王劉　王導與劉惔。分見〈德行〉27注❸、35注❶。❸裝束　穿著；衣服。❹單急　單薄而緊身。急，緊縮。❺老賊　對桓溫的戲稱。《論語・憲問》：「原壤夷俟，子曰：『幼而不孫弟，長而無述焉，老而不死，是為賊。』」此但取末句為言，責溫似已活夠，要去尋死。❻持　古時稱服喪守孝為「持服」，故「持」有穿著之意。❼為此　為，做。此，指田獵練兵的事。古代於四季農閒的時候，召集丁壯，行獵習武。見《左傳・隱公五年》、《周禮・夏官・大司馬》。❽坐談　安坐清談。

【語　譯】桓大司馬趁著下雪想要出去打獵，先經過王導、劉真長等人的住所，劉真長看他穿的是單薄的緊身衣，問道：「老賊，想穿著這些去幹甚麼？」桓溫說：「我如不做這事，你們這些人哪能安坐清談呢？」

【析　評】桓大司馬在嚴寒的大雪天穿著單薄緊身的獵裝來訪，劉真長不明就裡，大吃一驚，口不擇言地冒出「老賊欲持此何作」的話來，言外之意應是「你想去找死呀？」桓溫心想，只告訴他去做甚麼，那縮在爐旁坐談的劉真長是不會了解的，於是說出保家衛國的道理來壓他，讓他知道這個秉持全國兵權的老賊是死不得的。在這次的交談中，也可以看出二人友誼的深厚。

25 褚季野❶問孫盛❷：「卿國史❸何當成？」孫云：「久應竟；在公❹無暇，

故至今日。」褚曰：「古人『述而不作』❺，何必在蠶室中❻？」

【注　釋】❶褚季野　即褚裒。見〈德行〉34注❸。❷孫盛　見〈言語〉49注❶。❸國史　指盛所作《晉陽秋》。原書已佚，清湯球有輯本。❹在公　在職；辦理公事。❺述而不作　言傳述成說而不自創新義。是孔子所說的話，見《論語・述而》。❻在蠶室中　言效法司馬遷發憤作《史記》而撰國史。漢時李陵降匈奴，武帝甚怒，太史令司馬遷盛讚陵的忠誠，帝認為遷替陵遊說，處以腐刑，遷因身毀不用，乃發憤作成《史記》，垂法後世。腐刑又稱宮刑，是切除男子睪丸的酷刑；受刑者畏風須暖，牢房密封蓄火如飼蠶之室，故稱為蠶室。

【語　譯】褚季野問孫盛說：「您撰述的國史將在甚麼時候完成呢？」孫盛說：「早該寫完了；只因辦公沒有閒暇，所以拖到今天還完不了。」褚季野說：「古人『述而不作』，您何必要在蠶室中發憤著作，步司馬遷的後塵呢？」

【析　評】晉人崇尚清談，主張清靜無為，所以褚季野把利用公餘撰寫國史的孫盛，比作陷身在蠶室中受盡折磨的司馬遷，勸他趕緊放棄。孫盛沒有接受他的好意，終於完成了《晉陽秋》、《魏氏春秋》、《魏世籍》三書，可惜都已亡佚。孫盛地下有知，必定後悔莫及。

26 謝公❶在東山❷，朝命屢降而不動；後出為桓宣武❸司馬，將發新亭❹，朝士咸出瞻送。高靈❺時為中丞❻，亦往相祖❼；先時，多少❽飲酒，因倚如醉，戲曰：「卿屢違朝旨，高臥❾東山，諸人每相與言：『安石不肯出，將如蒼生何❿？』今亦蒼生將如卿何？」謝笑而不答。

【注　釋】❶謝公　指謝安。見〈德行〉33注❷。❷東山　山名。在今浙江上虞西南四十五里。❸桓宣武　即桓溫。見〈言語〉55注❶。❹新亭　亭名。故址在今江蘇江寧南。當代名士，常在此宴飲。❺高靈　即高崧。靈是他的小字，《晉書》本傳作「酃」。見〈言語〉82注❹、注❽。❻中丞　官名，為御史臺首長，專司彈劾之職。❼祖　出行時祭祀路神叫祖。此處假借為餞行之意。❽多少　稍微。❾高臥　高枕而臥。謂隱居而安閒無事。❿如蒼生何　怎麼對得起老百姓。蒼生，黔首；眾民。

【語　譯】謝安石在東山隱居，朝廷屢次下令徵召，他都不肯出仕。後來他獻身擔任桓宣武的司馬，將從新亭出發，朝中人士都出來瞻仰送行。高靈當時擔任中丞，也前往餞行；事先他稍微喝了一些酒，就依仗著似醉未醉的樣子，嘲弄道：「您屢次違背朝廷的旨意，在東山安閒地高枕而臥，大家常互相抱怨道：『安石不肯出仕，怎麼對得起天下的百姓？』如今天下的百姓又怎麼對得起您？」謝安笑一笑卻沒有回答。

【析　評】謝安原本隱居東山，忽又變節出仕，他的行為自相矛盾，招致高靈的嘲弄，只好苦笑不答。春秋時楚大夫成得臣伐陳有功，鬬子文就把自己的官位令尹（最高的政、軍長官）讓給他；但是蔿呂臣認為得臣不堪重任，沒有資格當令尹，就責問子文說：「子若國何？」意思是：你把這樣重要的職位讓給得臣，怎麼對得起國家？（事見《左傳・僖公二三年》）所以本則「如蒼生何」、「如卿何」，應是怎麼對得起蒼生、怎麼對得起卿的意思。而「蒼生將如卿何」一語，把謝安變節的責任歸咎於蒼生的苦苦逼迫，真是諷刺入骨，巧妙絕倫，使謝安難以啟齒作答。其實他的出仕，自有不得已的苦衷，參閱本篇32則便知。

27 初，謝安在東山❶居，布衣。時兄弟已有富貴者❷，翕集❸家門，傾動人物；劉夫人戲謂安曰：「大丈夫不當如此❹乎？」謝乃捉鼻❺曰：「但恐不免耳！」

【注釋】❶謝安在東山　見前則注❶、注❷。❷兄弟已有富貴者　時謝尚、謝奕、謝萬皆為刺史，盛於一時。分見〈言語〉46注❶、〈德行〉33注❶、〈言語〉77注❶。❸翕集　聚集。❹如此　言如此富貴，令人欽羨。❺捉鼻　捏著自己的鼻頭，不屑的樣子。

【語譯】從前，謝安在東山隱居，身上穿著平民的布衣。當時兄弟中已有不少大富大貴的人，他們每次聚集在自家門口，都要使鄉人傾慕轟動；謝安的妻子劉夫人有一回和謝安開玩笑說：「大丈夫不應這樣嗎？」謝安很不屑地捏著鼻頭說：「就怕免不了這樣啊！」

【析評】謝安初隱東山，安貧樂道的心意十分堅定，所以劉夫人半開玩笑半認真地試探他是否已受富貴誘惑的時候，他的反應是安如泰山，令人起敬的。

28

支道林❶因人就深公❷買岇山❸，深公答曰：「未聞巢、由❹買山而隱！」

【注釋】❶支道林　即支遁。見〈言語〉63注❶。❷深公　指竺道潛。字法深，晉丞相王敦之弟。年十八出家，時隱跡剡山。❸岇山　山名。在今浙江嵊縣境。❹巢由　堯時隱士巢父和許由。相傳堯欲讓位給二人，皆不受；後世奉為隱居高士的典範。

【語譯】支道林託人向深公買岇山，深公答道：「沒聽說巢父、許由購買山林才隱居的！」

【析評】支道林買山，應以即將隱居為理由，故招致深公的譏諷。隱者遺世孤立，逍遙自在，要擁有山林做甚麼呢？

29

王、劉❶每不重蔡公❷，二人嘗詣蔡，語良久，乃問蔡曰：「公自言何如夷甫❸？」答曰：「身不如夷甫。」王、劉相目❹而笑曰：「公何處不如？」答曰：「夷甫無君輩客！」

【注釋】❶王劉　王濛和劉惔。分見〈言語〉54注❺、〈德行〉35注❶。❷蔡公　指蔡謨。見〈方正〉40注❸。❸夷甫　即王衍。見〈言語〉23注❷。❹相目　相視。

【語譯】王濛和劉惔常常不尊重蔡謨，兩個人曾去拜訪蔡謨，說了很久的話，就問蔡公說：「您自己說，您比起王夷甫來怎麼樣？」蔡公答道：「我不如王夷甫。」王、劉互相看了一眼就笑著說：「您哪裡不如他呢？」蔡公答道：「王夷甫沒有像你們這樣的客人！」

【析評】聽了「身不如夷甫」的話，王、劉相視而笑。那是一種深以為蔡公業已入吾彀中，極為得意的微笑。當他們繼續發問，希望蔡公自揭其短的時候，引起蔡的反彈，自討沒趣而歸；這是他們始料所不及的。

30 張吳興❶年八歲虧齒❷，先達❸知其不常❹，故戲之曰：「君口中何為開狗竇❺？」張應聲答曰：「正使君輩從此中出入！」

【注釋】❶張吳興　指張玄之。見〈言語〉51注❶。❷虧齒　脫落乳牙；兒童換牙。❸先達　前輩；長輩。❹不常　不凡。常，平庸。❺狗竇　狗洞。穿壁供狗出入的洞穴。

【語譯】張吳興八歲時才開始換牙，長輩知道他不同凡響，所以戲弄他說：「你嘴裡為甚麼開了一個狗洞？」張吳興隨聲回答說：「就是要讓你們這種人從這裡進出啊！」

【析評】兒童換牙，一般六、七歲就開始了；張玄之八歲才換，於是長輩們把他日常不凡的表現和換牙較遲聯想在一起，以為換牙遲的孩子一定不凡；這想法是很靠不住的。可是張玄之確實聰明伶俐，他的應答足與晏子「使狗國者從狗門入」（見《晏子春秋・雜下》）的辭令相媲美。

31 郝隆❶七月七日❷，出日中仰臥。人問其故，答曰：「我曬書❸。」

【注釋】❶郝隆　字佐治，晉汲郡（治所汲縣，在今河南汲縣西二十里）人。曾任桓溫的參軍。❷七月七日　舊俗於此日曝經書及衣裳。❸書　指腹中書。

【語譯】郝隆在七月七日那天，到屋外太陽下仰臥著。有人問他緣故，答道：「我要曬肚子裡面的書。」

【析評】郝隆說的「我曬書」，是一句諷世妒俗的話。富有的人不讀書，卻偏愛買書來裝門面，到了曬書的日子，全搬出來向人炫耀，好像有了書就有學問似的；但是窮書生滿腹《詩》、《書》，卻買不起昂貴的書籍，無書可曬，只好免俗居家、望書興歎；獨有郝隆不甘寂寞，要在日光下展示他的真學問，向那些有書的人挑戰！

32 太傅❶始有東山之志❷，後嚴命❸屢臻❹，勢不獲已，始就桓公❺司馬。于時人有餉❻桓公藥草，中有「遠志」❼，公取以問謝：「此藥又名『小草』，何以一物而有二稱？」謝未即答。時郝隆❽在坐，應聲答曰：「此甚易解：處則為遠志，出則為小草。」謝甚有愧色❾。桓公目謝而笑曰：「郝參軍此通❿乃不惡⓫，亦極有會⑫。」

【注　釋】❶太傅　指謝安。見〈德行〉33注❷。❷東山之志　隱居於東山的志願。❸嚴命　對長上命令的敬稱。❹臻　至；到達。❺桓公　指桓溫。見〈言語〉55注❶。❻餉　饋贈。❼遠志　藥用植物。草本，常綠，多年生。其葉名小草。❽郝隆　見前則注❶。❾謝甚有愧色　因隱而復出，為郝隆譏為小草。❿通　陳述。⓫惡　劣；醜。與「好」相對。⓬會　興會；興味。

【語　譯】太傅謝安當初有隱居東山的志願，後來長上的命令屢次下達，情勢無法推辭的時候，才就任桓溫的司馬。當時有人贈藥草給桓公，其中有一種叫「遠志」的，桓公拿來問謝安說：「這藥又叫『小草』，為甚麼一種東西卻有兩個名稱？」謝安未能立刻回答。這時郝隆正好在座，隨聲答道：「這很容易解釋：隱居時就是遠志，出仕時就是小草。」謝安露出非常慚愧的臉色。桓公看著謝安笑道：「郝參軍這一番說明真是不錯，也極有興味。」

【析　評】謝安在東山隱居二十餘年（見劉孝標注引《婦人集》），但因兄弟已有富貴者（見本篇27則），盛名上達，以致嚴命屢下，終於出仕。他不能堅守初志，固然有無可奈何的因素；但難免受諸兄弟顯達的影響而不能貫徹，於心有愧。所以就任桓溫司馬後，不時受人嘲笑，他不是「笑而不答」（見本篇26則），便就是「甚有愧色」。他退處東山時，朝命屢降而不動，當然要以志向清高遠大為名；但一旦出山做官，便頓失立場，與卑賤平凡如同小草的凡人無異。出處之間，邈如天壤，竟被郝隆一語道破；難怪桓溫要挺身而出，用讚美的語句把話頭岔開，以免再說下去對謝安造成更重的傷害。桓發言前所以目謝，意在察看謝安是否能夠招架；所以對著謝安笑，是表達安慰體恤的意思。

33 庾園客❶詣孫監❷，值行，見齊莊❸在外，尚幼而有神意❹。庾試之，曰：

「孫安國何在?」即答曰:「庾穉恭❺家。」庾大笑曰:「諸孫大『盛』,有兒如此❻?」又答曰:「未若諸庾之『翼翼』❼。」還,語人曰:「我故❽勝,得重喚奴❾父名!」

【注釋】❶庾園客　庾爰之的小字。見〈識鑒〉19注❷。❷孫監　指孫盛(字安國)。見〈言語〉49注❶。❸齊莊　即孫放。盛次子。見〈言語〉50注❶。❹神意　指精神風韻、與眾不同的神情意態。❺庾穉恭　園客父名翼,字穉恭。見〈雅量〉24注❶。❻諸孫大盛二句　譏齊莊不肖。❼翼翼　愚昧無知的樣子,但亦為莊嚴恭慎的樣子。齊莊言此,似褒實貶。❽故　必定;絕對。❾奴　對園客的鄙稱。

【語　譯】庾園客要去拜訪孫盛,當他出發的時候,看見孫盛的兒子孫齊莊在外面,年紀還小,但神情意態非常出眾。庾想試探他一下,便說:「孫安國在哪裡?」孫齊莊立刻答道:「在庾穉恭家。」庾大笑道:「孫家兄弟德業很『盛』,怎麼有這樣的孩子?」孫齊莊又答道:「還比不上庾家兄弟那樣『翼翼』呢。」回家以後,告訴人說:「我絕對得勝了,我把那奴才的父名連叫了兩次!」

【析　評】這一則記述孫齊莊負氣爭勝的故事。庾園客故意當面叫出孫齊莊父親的字;孫齊莊立刻答「庾穉恭家」,也叫出庾園客父親的字相報。庾園客說「諸孫大『盛』」,叫出孫齊莊父親的名,犯了他的家諱(參閱〈任誕〉50則);孫齊莊答道「未若諸庾之『翼翼』」,把庾園客的父名連叫了兩次,比庾園客多叫一次,所以孫齊莊沾沾自喜,自以為獲勝。不僅如此,「翼翼」這個詞可以拿來形容莊嚴恭慎的樣子,也可以形容愚昧無知的樣子;「未若諸庾之翼翼」,表面上似乎是自謙之辭,事實上卻在痛罵諸庾,其中也暗藏玄機;但一再冒犯諸庾家諱是更重的報復,這件事孫齊莊就略過不談了。

34 范玄平❶在簡文❷坐，談欲屈❸，引❹王長史❺曰：「卿助我！」王曰：「此非拔山力所能助❻！」

【注釋】❶范玄平　范汪，字玄平，晉潁陽（在今河南許昌西南）人。通敏博學，享有時譽。曾任吏部尚書，徐、兗二州刺史。❷簡文　晉簡文帝。見〈德行〉37注❶。❸屈　辭窮理虧。❹引　牽引；拉。❺王長史　指王濛。見〈言語〉54注❹。❻此非拔山力所能助　嘲玄平辭理甚屈，絕對無法挽救。《史記・項羽本紀》云：項羽被漢兵包圍，夜起悲歌：「力拔山兮氣蓋世，時不利兮騅不逝。」

【語譯】范玄平在簡文帝座上清談，快要沒有理由可說了，便拉著王長史說：「您幫我吧！」王長史說：「這可不是拔山的神力所能幫助的！」

【析評】拔山力，本指超人的氣力，在此借指超人的才力。王長史說「此非拔山力所能助」，表面上雖表示自己沒有這種神力，不能相助；骨子裡卻暗藏著譏貶范玄平，認為他已經無理可說，任誰也不能挽回的意思。措辭巧妙，有如羚羊掛角，無跡可求。

35 郝隆❶為桓公❷南蠻參軍❸，三月三日❹會，作詩，不能者罰酒三斗。隆初以不能受罰，既飲，攬筆❺便作一句云：「娵隅躍清池。」桓問：「娵隅是何物？」答曰：「蠻名魚為娵隅。」桓公曰：「何為作蠻語？」隆曰：「千里投公，始得一蠻府參軍，那得不作蠻語也！」

【注　釋】❶郗隆　見本篇31注❶。❷桓公　指桓溫。見〈言語〉55注❶。❸南蠻參軍　鎮守南蠻官府的參軍。時桓溫為征西大將軍，鎮守荊楚南蠻之地。❹三月三日　漢以前，於每年三月上旬的巳日（魏以後固定為三月三日），群聚水邊嬉遊採蘭，飲酒賦詩，以驅除不祥，稱為修禊。❺攬筆　取筆；拿起筆來。

【語　譯】郗隆任桓溫鎮守南蠻官府的參軍，在三月三日那天修禊聚會，大家作詩，作不出來的就罰他飲酒三斗。郗隆起初因為作不出詩來受到處罰，喝了酒後，拿起筆來就寫下一句：「娵隅躍清池。」桓公問他：「娵隅是甚麼東西？」答道：「南蠻把魚叫做娵隅。」桓公說：「為甚麼用蠻語呢？」郗隆說：「跋涉千里來投奔您，才得到一個蠻府參軍的職位；哪能不用蠻語呀！」

【析　評】郗隆才思敏捷，工於心計，由本篇31、32兩則記事，可以概見。所以他初以不能受罰，非不能也，是不為也；已存借酒裝瘋，大發牢騷的用心。「千里投公，始得一蠻府參軍」，是說參軍位甚卑賤，而「蠻府參軍」更是次人一等，與自己千里來奔的意願相去懸遠。再說既為蠻府的參軍，不受提拔，哪得不披髮左衽，淪為蠻夷，學作蠻語？這一番表態，真是惹人哀憐啊！

36　袁羊❶嘗詣劉惔❷，惔在眠未起；袁因作詩調之曰：「角枕❸粲❹文茵❺，錦衾❻爛❼長筵❽。」劉尚❾晉明帝女❿；主見詩，不平⓫曰：「袁羊，古之遺狂⓬！」

【注　釋】❶袁羊　袁喬小字。見〈文學〉78注❸。❷劉惔　見〈德行〉35注❶。惔，各本譌作「恢」。據《晉書》改。❸角枕　立長方形有八角的枕頭。兩頭呈方形，繡有花紋。❹粲　鮮明的樣子。❺文茵　華麗有花紋的褥子。❻衾　被。❼爛　鮮明的樣子。❽筵　竹席。❾尚　本為匹配之意，後專指娶帝王之女。❿晉明帝女　廬陵長公主南弟。⓫不平　憤慨不滿。⓬古之遺狂　傳統的狂徒。

【語　譯】袁羊曾去拜訪劉惔，劉惔正在睡覺還沒有起床；袁羊於是作詩嘲笑他說：「燦爛的八角繡枕襯以華麗的茵褥，鮮明的織花錦被蓋著修長的竹席。」劉惔娶晉明帝的女兒廬陵長公主為妻；公主看了這詩，憤憤不平地說：「那袁羊，真是個傳統的狂徒！」

【析評】袁羊的詩句，是把高臥未起的劉惔當作死人哀悼，所以廬陵長公主見後非常氣憤。《詩・唐風・葛生》是一首悼念夫君陣亡的詩，第三章說：「角枕粲兮，錦衾爛兮。予美亡此，誰與？獨旦！」敘述為妻的睹物思人：見角枕、錦衾鮮麗如昔，而良人已遠離人間；因而感到無人陪伴，獨自哀傷到天明。袁羊的詩就是取前兩句增益而成的，使讀過《詩經》的人，自然聯想到「予美亡此」（我的良人離開此地——人間）的意思，而達到他惡作劇的目的。至於公主罵袁羊為「古之遺狂」，是模仿孔子讚美晉大夫叔向為「古之遺直」（見《左傳・昭公十四年》）、讚美鄭大夫產為「古之遺愛」（見《左傳・昭公二十年》）的句法說的，罵得非常嚴正，也罵得非常有學問。

37 殷洪遠❶答孫興公❷詩云：「聊復放❸一曲。」劉真長❹笑其語拙❺，問曰：「君欲云那放？」殷曰：「榻臘❻亦放，何必其鎗鈴❼邪？」

【注釋】❶殷洪遠　即殷融。見〈文學〉74注❷。❷孫興公　即孫綽。見〈言語〉84注❶。❸放　放聲高歌。❹劉真長　即劉惔。見〈德行〉35注❶。❺拙　粗劣。❻榻臘　鼓聲。❼鎗鈴　鐘聲和鈴聲。

【語譯】殷洪遠酬和孫興公的詩說：「姑且再放聲和上一曲。」劉真長笑他用語粗劣，問道：「你想說的是哪種『放聲』法？」殷洪遠說：「打鼓發出榻臘的聲音也叫放聲，何必非得敲鐘搖鈴的鎗鎗鈴鈴聲呢？」

【析評】吟詠詩歌，有種種不同的形式和技巧，如柳永的〈雨霖鈴〉詞，只合十七八女郎手執紅牙板曼聲輕唱；而蘇軾的〈念奴嬌〉詞，則須關西大漢配著銅琵琶、鐵綽板放懷高歌（見《吹劍錄》）。所以殷洪遠說「聊復放一曲」，劉真長就笑他「放」字用得太粗劣，要追問究竟是怎麼個「放」法。殷洪遠的回答，是用榻臘的鼓聲比喻單調粗劣的詩篇，用鎗鎗鈴鈴的鐘、鈴聲比喻音律和協、精美細緻的創作；以為詩在達意而已，只須放聲高歌，讓人聽懂就夠了，不必計較形式技巧的精粗美醜。

38 桓公❶既廢海西❷，立簡文❸，侍中謝公❹見桓公，拜；桓驚笑曰：「安石，卿何事至爾❺？」謝曰：「未見君拜於前，臣立於後❻！」

【注釋】❶桓公 指桓溫。見〈言語〉55注❶。❷海西 晉廢帝司馬奕，字延齡，成帝子。為大司馬桓溫所誣害，降封海西縣公。在位五年。❸簡文 晉簡文帝。見〈德行〉37注❶。❹謝公 指謝安。見〈德行〉33注❷。❺至爾 《晉書・桓溫傳》作「乃爾」。❻未見君拜於前二句 典出《公羊傳・文公十三年》：「周公（廟）何以稱大廟于魯？封魯公（指周公子伯禽）以為周公也。周公拜乎前，魯公拜乎後。……然則周公之魯乎？曰：不之魯也；封魯公以為周公主（祭祀的主持人）。然則周公曷為不之魯？欲天下之一乎周也。」言桓溫之功德既上比周公，己自當執臣子之禮相隨，共尊晉室，不敢懷二心異志。

【語譯】桓溫已經廢了海西公，另立簡文帝，侍中謝安見到桓溫，向他行跪拜禮；桓溫吃驚地笑著說：「安石，您為甚麼竟行起這樣重的大禮？」謝安說：「我從來沒見過君父在前面跪拜，臣子卻在後面站著不動的事！」

【析評】桓溫心懷不軌，向崇德太后誣廢帝不能人道，使宮人與左右嬖臣淫通生子；遂宣太后令，廢帝為東海王，旋又降封海西縣公，立簡文帝，希望簡文終將禪位於己，否則即代理王政，做個現代的周公。簡文帝詔溫依諸葛亮故事，甲仗百人入殿，多所賞賜，於是溫威勢隆盛，總攬朝政。事見《晉書・廢帝海西公紀》及同書〈桓溫傳〉。本則記謝安在這樣的背景下見桓溫跪拜，並以「未有君拜於前，臣立於後」之語，諷諫桓溫，勉勵他戢斂野心，效法周公，忠於王室。桓溫先是見拜受驚；聞言之後，內心的震悸，就可想而知了。

39 郗重淵❶與謝公❷書，道：「王敬仁❸聞一年少❹懷問鼎❺；不知桓公❻德衰，為復後生可畏❼？」

【注釋】❶郗重淵　即郗曇。見〈賢媛〉25注❸。❷謝公　指謝安。見〈德行〉33注❷。❸王敬仁　即王脩。見〈文學〉38注❷。❹年少　即年輕人。❺問鼎　春秋時楚莊王在王畿邊界外閱兵示威，周定王使王孫滿犒勞莊王，莊王問周傳國寶九鼎的大小輕重，有圖謀王位之心，見《左傳・宣公三年》。後來就稱圖謀王位為問鼎。❻桓公　表面上指齊桓公，實際上指桓溫。齊桓公是春秋時齊國的國君，名小白，五霸之一，盡心維護王室；晚年怠於政事，及死，諸公子爭位，霸業遂廢。桓溫，見〈言語〉55注❶，當時心懷異志，圖謀篡位。❼後生可畏　《論語・子罕》：「子曰：後生可畏，焉知來者之不如今也？」後生，年輕人。畏，敬畏。來者，後起之秀。今，現在的人。

【語譯】郗重淵給謝安寫了一封信，說：「王敬仁聽說一個年輕人胸中包藏著問鼎中原、篡奪王位的野心；不知道是因為桓公的德望已經衰微，還是因為『後生可畏』的緣故？」

【析評】郗重淵所說的，是一個借古諷今、編造得極其精巧的故事。當時桓溫意圖篡位，是人所共知的事實；但他權高威重，誰敢批判？於是傳出了王敬仁所聽到的說辭。由於「桓公德衰」承接在「問鼎」之後，聽者很容易誤據《左傳》把二事串連在一起，把「桓公」當作春秋時的齊桓公看待；但說者所言的，實指當代的桓公——桓溫而言。因為在《左傳》中，問鼎的故事發生在魯宣公三年（當周定王元年、西元前六〇六年），而齊桓公早在魯僖公十七年（當周襄王十年、西元前六四三年）就死了。楚莊王問鼎時，齊桓公早已人亡政息，他的霸權也輾轉經由晉文公轉移到楚莊王的手上；楚莊的作為，再也和齊桓拉不上關係了。所以說者的真意在於表明：這年輕人懷問鼎之志的可畏，在於它正發生在桓溫惡名昭彰的時候。當桓溫蓄勢待發之際，這年輕人也懷問鼎的異心，要和他一爭短長；究竟是因為桓溫的野心少戢呢？還是這年輕人的野心比桓溫還大，令人覺得可畏呢？這不是教人大惑不解嗎？當聽者仔細思索答案的時候，自然能了解桓溫的篡國之心正自方興未艾，絕無戢斂的可能；說者大繞圈子，大放年少懷問鼎的煙幕，無非用來保護揭發桓溫陰謀的自己，免受奸雄的殘害而已。

40 張蒼梧❶是張憑❷之祖，嘗語憑父❸曰：「我不如汝。」憑父未解所以。蒼梧曰：「汝有佳兒。」憑時年數歲，斂手❹曰：「阿翁❺，詎宜❻以子戲父？」

【注釋】❶張蒼梧　指張鎮。字義遠，三國吳國吳（今江蘇吳縣）人。忠恕寬明，簡正貞粹。曾任蒼梧郡太守，封興道縣侯。❷張憑　事跡未詳。《晉書》有傳，但取本書〈文學〉53及本則二事聯綴成文，別無增益。❸憑父　名未詳。❹斂手　拱手。表示恭敬。❺阿翁　祖父。阿，詞頭。孫稱祖父為翁。❻詎宜　豈當；怎可。

【語譯】張蒼梧是張憑的祖父，曾對張憑的父親說：「我不如你。」張憑的父親不了解為甚麼。張蒼梧說：「你有好兒子呀！」張憑當時年齡只有幾歲，恭敬地拱手說：「爺爺，怎麼可以用兒子戲弄父親呢？」

【析評】張蒼梧開兒子的玩笑，意在抬舉孫子，沒想到會傷害兒子的自尊。張憑年紀雖小，善體人意，及時用「戲父」加以化解，強調祖父所講的只是戲言而已，使二者都不可認真。張憑之父有如此乖巧可愛的佳兒，無怪張蒼梧要自歎弗如了。

41 習鑿齒❶、孫興公❷未相識，同在桓公❸坐。桓語孫：「可與習參軍共語。」孫云：「『蠢❹爾蠻荊❺』，敢與『大邦為讎』？」習云：「『薄❻伐獫狁❼』，至于太原❽！』」

【注　釋】❶習鑿齒　見〈言語〉72注❸。襄陽縣（今屬湖北）人。❷孫興公　即孫綽。見〈言語〉84注❶。太原郡（治所在今山西太原西南）人。❸桓公　指桓溫。見〈言語〉55注❶。❹蠢　愚蠢妄動的樣子。❺蠻荊　即「荊蠻」。荊地的蠻夷。南夷曰蠻。春秋楚國，古稱荊國，因其原建國於荊山（今湖北南漳西）一帶而得名。❻薄　發語詞，無義。❼獫狁　即「玁狁」。漢代稱匈奴。北方民族之一。❽太原　古地名。在今甘肅固原北界。與孫綽出生地太原縣異地而同名，習鑿齒借指孫綽的出生地。

【語　譯】習鑿齒和孫興公還未相識的時候，同在桓溫的客座上。桓溫對孫興公說：「您可以和習參軍交談一下。」孫興公引《詩經》開玩笑說：「『蠢爾蠻荊』，怎敢和我『大邦為讎』（你們這些愚蠢妄動的荊楚蠻夷，怎麼敢和我中原的大國作對）？」習鑿齒也引《詩經》回答說：「『薄伐獫狁，至于太原（我要討伐玁狁，一直攻到太原）！』」

【析　評】習鑿齒和孫興公，都是精通《詩》、《書》的人，所以初次見面，互通姓名年里之後，就引用《詩》句，開起玩笑來。孫所引的見於《詩・小雅・采芑》，意在把生在楚地襄陽的習鑿齒說成「荊蠻」，不敢與自己為敵。習所引的見於《詩・小雅・六月》，更為精確地指出太原本是北狄玁狁盤踞之地，自己討伐玁狁的後裔孫綽，要直接打到他的老家去。二人引《詩》都很妥帖，但一見面就把對方斥為蠻夷，格調極為低劣。

42 桓豹奴❶是王丹陽❷外生❸，形似其舅，桓甚諱❹之；宣武❺云：「不恆相似，時似耳！恆似是形，時似是神。」桓逾❻不說❼。

【注　釋】❶桓豹奴　桓嗣的小字。嗣字恭祖，車騎將軍沖的兒子。官至江州刺史。❷王丹陽　指王混。字奉正，中將軍恬的兒子。官至丹陽尹。❸生　通「甥」。❹諱　因顧忌而不願意說。因其舅才能低劣，官位卑微故。❺宣武　即桓溫。見〈言語〉55注❶。❻逾　更加。❼說　喜悅；高興。今作「悅」。

【語　譯】桓豹奴是丹陽尹王混的外甥，形貌像他的舅舅，桓豹奴很不願意談起這件事情；桓溫安慰他說：「其實也不常相像，只是有時候相像罷了！經常相像的是形貌，偶而相像的是神情。」桓豹奴更加不高興。

【析　評】王混是中將軍王恬的兒子，在那重視門第的時代，門望是不低了，可是只能當丹陽郡尹（晉時郡置太守，丹陽郡為京師建康所在，特稱尹），並非高級的中央官吏，應該是才華有限的緣故。可是他的外甥桓嗣長得偏偏像他這位舅舅，內心不免充滿自卑之情。舅甥長得很像，往往是親友見面閒談的話題，桓嗣越忌諱，越會引起別人的注意；所以他的伯父桓溫用「不恆相似」、偶而神情相似的話寬慰他。大概王混的相貌並不壞，所缺的是尊貴風雅的神情；所以說桓嗣的神情有時與舅父相似，更傷他的自尊，使他不悅。

43 王子猷❶詣謝萬❷，林公❸先在坐，瞻矚❹甚高。王曰：「若林公鬚髮並全，神情當復勝此不？」謝曰：「脣齒相須❺，不可以偏亡；鬚髮何關於神明❻？」林公意色❼甚惡，曰：「七尺之軀，今日委❽君二賢！」

【注釋】❶王子猷　即王徽之。見〈雅量〉36注❶。❷謝萬　見〈言語〉77注❶。❸林公　指支遁。見〈言語〉63注❶。❹瞻矚　指眼光。瞻矚甚高，謂眼光高抬，非常高傲的樣子。❺須　需要。通「需」。《左傳．僖公五年》：「諺所謂『輔車相依，脣亡齒寒』者，其虞、虢之謂也。」❻神明　神情；精神意態。❼意色　意態神色。❽委　付託；交給。

【語譯】王子猷去拜訪謝萬，林公早已在座，眼光抬得很高，一副了不起的樣子。王子猷說：「如果林公鬚髮俱全，神情會不會比現在的樣子更好呢？」謝萬說：「脣齒相依，不可以偏缺一樣；那鬚髮和神情有甚麼關係呢？」禿頂豁脣的林公聽了，意態神色非常惡劣，便說：「我這七尺長的身子，今天就交在您二位大賢手上，由二位去品頭論足了！」

【析評】林公容貌醜惡，由本書〈容止〉31則可見端倪。從本則記事中，我們又可以推知他有禿頂豁脣的缺陷。古代稱胸骨凸出、仰面朝天的病人為「尪」（見《左傳．僖公二一年》），林公「瞻矚甚高」，或許就是這種病人也未可知；但王子猷和謝萬見了他古怪的樣子，覺得他太驕傲了，就針對著他身體的缺陷譏笑起來。無怪林公氣得要把七尺之軀全扔給他們，看他們有多少廢話好說了。

44 郗司空❶拜北府❷，王黃門❸詣郗門拜，云：「應變將略，非其所長❹。」驟詠❺之不已。郗倉❻謂嘉賓❼云：「公今日拜，子猷言語殊不遜❽，深不可容❾！」嘉賓曰：「此是陳壽❿作諸葛評；人以汝家⓫比武侯⓬，復何所言？」

【注　釋】❶郗司空　指郗愔。見〈捷悟〉6注❶。❷拜北府　謂被任命為徐、兗二州刺史。晉室初遷建康，徐州刺史王舒兼中郎將，後因稱建康以北徐州刺史的軍府為北府。❸王黃門　指王子猷。即王徽之。見〈雅量〉36注❶。❹應變將略二句　語見《三國志・蜀志・諸葛亮傳》陳壽評。將略，統率軍隊的謀略。❺驟詠　反覆長聲朗誦。❻郗倉　即郗融。字景山，小字倉。愔的次子。❼嘉賓　即郗超。愔的長子。見〈言語〉59注❺。❽不遜　不恭敬；不客氣。❾容　寬容；原諒。❿陳壽　字承祚，晉巴西安漢（在今四川南充南）人，官至中庶子。撰《三國志》。⓫家　「家尊」的省稱。指其父郗愔。⓬武侯　指諸葛亮。見〈方正〉5注❶。

【語　譯】郗愔被任命為北府首長的時候，王子猷到郗家拜見，引《三國志》上的話說：「應付事變以及制定統率軍隊的謀略，不是他所擅長的。」並且拉長了調子反覆朗誦個不停。郗愔的次子郗倉對他大哥郗嘉賓說：「爸爸今天受命任職，子猷說的話太不客氣，實在不能原諒！」郗嘉賓說：「這話是陳壽對諸葛亮所作的評論；別人把你爸爸比作武侯，還有甚麼好說的？」

【析　評】陳壽作《三國志》，《晉書》本傳雖謂「時人稱其善敘事，有良史之才」；但據王隱《晉書》，陳壽之父曾任馬謖的參軍，諸葛亮因馬謖失守街亭而殺他，且剃光壽父的頭髮以示懲罰；諸葛亮子諸葛瞻也看不起陳壽；所以陳壽撰寫〈諸葛亮傳〉，以個人的愛憎，作不公正的評斷，懷疑諸葛亮連年動眾，未能成功，「蓋應變將略，非其所長歟」？王子猷就借用這話來譏刺郗司空，說他雖有文才，卻無武略；而且驟詠不已，自鳴得意，使郗倉惱怒非常。可是博學多聞的郗嘉賓，知道這話的由來，也知道這批評無論對武侯或己父都不致造成傷害；反而是王子猷把自己身為地方軍政首長的父親，和蜀漢一朝的賢相武侯相比，已經高抬了己父的身價，顯示出他的淺薄；所以勸弟弟不必和他爭辯。

45　王子猷❶詣謝公❷，謝曰：「云❸何七言詩❹？」子猷承問，答曰：「昂昂若千里之駒，汎汎若水中之鳧❺。」

【注　釋】❶王子猷　即王徽之。見〈雅量〉36注❶。❷謝公　指謝安。見〈德行〉33注❷。❸云　語助詞。無義。❹七言詩　詩體的一種。每句七字，或以七字為主。起於漢魏，至六朝趨於成熟。❺昂昂若千里之駒二句　語本《楚辭・卜居》「寧昂昂若千里之駒乎？將氾氾若水中之鳧乎」，而去其首尾。戲言時人所謂七言詩，即將普通文句截頭去尾改作七字句而成，並無詩律章法可循。昂昂，挺拔出眾、志行高遠的樣子。汎汎，通「氾氾」。浮游不定的樣子。鳧，野鴨。

【語　譯】王子猷去拜訪謝安，謝安說：「甚麼叫七言詩？」王子猷聽了，就回答道：「例如：昂昂若千里之駒，汎汎若水中之鳧。」

【析　評】從這則記事中，可知七言詩在東晉時還是一種新興的詩體；寫這種詩的人很多，卻毫無規律可循，連謝安那樣學識淵博的人，也覺得莫名其妙，向王子猷請教。王子猷的回答，雖是遊戲之言，卻也切中時弊。昂昂若千里之駒，汎汎若水中之鳧，是從〈卜居〉「寧昂昂若千里之駒乎？將氾氾若水中之鳧乎，與波上下，偷以全吾軀乎」一節割裂出來的，不僅韻味盡失，而且語義不足。這大概就是當代七言詩作者取材賦詩的方法。可是青出於藍，冰寒於水，經過他們努力地探索開拓，六朝以後終於在這片園地上綻放出奇葩。這是淺薄的王子猷始料所不及的。

46　王文度❶、范榮期❷俱為簡文❸所要❹，范年大而位小，王年小而位大。將前，更相推在前；既移久，王遂在范後。王因謂曰：「簸之揚之❺，糠秕❻在前。」范曰：「洮之汰之❼，沙礫在後。」

【注　釋】❶王文度　即王坦之。見〈言語〉72注❶。❷范榮期　即范啟。見〈文學〉86注❸。❸簡文　即晉簡文帝。見〈德行〉37注❶。❹要　約見。❺簸之揚之　謂播動簸箕揚棄穀類中的糠秕。❻糠秕　穀皮和中空的穀。❼洮之汰

之　清洗米粒，除去其中的沙礫或雜物。洮，義同汰，沖洗。通「淘」。

【語　譯】王文度和范榮期一同受到簡文帝的約見，范年長而官位小，王年少而官位大。將上前朝拜的時候，他們就互相把對方推讓到前面去；但推移的時間一久，王就落在范的後面。於是王文度對范榮期說：「把米放在簸箕中播揚，糠和秕就移在前面。」范榮期說：「把米加以淘洗，沙礫就留在最後。」

【析　評】《書・仲虺之誥》說：「肇我邦于有夏，若苗之有莠，若粟之有秕。」孔安國傳：「始我商家，國於夏世，欲見翦除，若莠生苗，若秕在粟，恐被鋤治簸揚。」王文度的話，即出於此傳。他戲用簸揚到前面的糠秕，比喻走在他之前的范榮期；所以范用淘米為喻，把他比喻作沉在最下、留在最後的沙礫，加以報復。這一則記事，《世說》和《晉書・孫綽傳》均有載敘，但都說是孫綽、習鑿齒的對話，與此不同。

47　劉遵祖❶少為殷中軍❷所知，稱❸之於庾公❹。庾公甚忻❺，便取❻為佐❼。引見，坐❽獨榻❾上與語；劉爾日❿殊不稱⓫，庾小失望，遂名之為「羊公鶴」。昔羊叔子⓬有鶴能舞，嘗向客稱之；客⓭至，試使驅來，氃氋⓮而不能舞。故稱比之。

【注　釋】❶劉遵祖　劉爰之，字遵祖，晉沛郡（治所蕭縣，在今江蘇蕭縣西北）人。少有才學，善說理。曾任中書郎、宜城太守。❷殷中軍　指殷浩。見〈言語〉80注❷。❸稱　稱讚；頌揚。❹庾公　指庾亮。見〈德行〉31注❶。❺忻　欣喜。通「欣」。❻取　採用；錄用。❼佐　僚屬；屬官。❽坐　宋本「坐」下有「之」字；《事類賦》一八、《太平御覽》三一六引《世說》無，據刪。❾獨榻　日常一人所坐的小榻。❿爾日　當天。⓫不稱　不符合。指劉當天的言行失常，與殷所言不合。⓬羊叔子　即羊祜。見〈言語〉86注❸。⓭客　《事類賦》一八、《太平御覽》三一六引《世說》，「客」下有「至」字，今據補。⓮氃氋　羽毛鬆散下垂的樣子。

【語　譯】劉遵祖從小就受到殷浩的賞識，殷浩就在庾亮面前稱讚他。庾亮很高興，便錄用他為屬官。殷浩領著劉遵祖前來拜見，庾亮坐在一張獨座的便榻上和他說話；可是劉遵祖當天的表現和殷浩所說的很不相合，庾亮略感失望，殷浩就戲稱他為「羊公鶴」。從前羊叔子有一隻鶴能跳舞，曾向客人誇讚過牠；但客人到羊叔子家，試著叫人把鶴趕來表演，鶴卻羽毛鬆散下垂，一副沒精打彩的樣子，不能跳舞。所以用這隻鶴來稱呼和比喻劉遵祖。

【析　評】榻是狹長而低矮的坐臥用具，所以「獨榻」應是如同凳子一般的短榻。庾亮坐在這種榻上接見劉遵祖，是接待熟客、極為親信的表示，按理說劉遵祖應該感覺輕鬆自在，從容應對；可是他還是緊張失常，使得庾亮有些失望，招致殷浩的譏刺。「坐獨榻上與語」，宋本「坐」下有「之」字，那麼這句話的語意就變成使劉遵祖坐在獨榻上而和他談話；那會使劉遵祖大為緊張，與上下文意不合，故不取。

48 魏長齊❶雅❷有體量❸，而才學非所經❹。初宦當❺出，虞存❻嘲之曰：「與卿約法三章❼：談❽者死，文筆❾者刑，商略❿抵罪。」魏怡然⓫而笑，無忤⓬於色。

【注　釋】❶魏長齊　魏顗，字長齊，晉會稽（郡名。治所在今浙江紹興）人。官至山陰令。❷雅　甚；極。❸體量　氣量；度量。❹經　經心；注意。❺當　將。❻虞存　見〈政事〉17注❷。❼約法三章　約定三條法規，使人共同遵守。語本《史記・高祖本紀》劉邦入咸陽，與民約法三章：殺人者死，傷人及盜抵罪（薄施懲罰，抵償其應負的罪責）。❽談　清談。作清雅的言談議論。❾文筆　作詩文。韻文叫文。散體叫筆。❿商略　討論事理。⓫怡然　和樂自得的樣子。⓬忤　牴觸；不順從。

【語　譯】魏長齊很有氣度，可是才德和學問卻不是他所經意的。當他開始當官將要離家的時候，虞存嘲笑他說：「我和您約法三章：作高雅清談的人處以死罪，作詩文的人科以重刑，討論事理曲直是非的人按情節的輕重加以適當的懲罰。」魏長齊怡然自得地笑了一笑，沒有絲毫不高興的臉色。

【析評】虞存和魏長齊約法三章，因為魏長齊不注意才學的修養，所以禁止他去清談、作詩文、商略是非，簡直欺人過甚，把他貶得一無是處；難得魏長齊對虞存的毀譽，無動於心，仍舊怡然自得地笑著，充分顯示出氣度的恢宏，反襯出虞存的傲慢自大。

49 郗嘉賓❶書與袁虎❷，道戴安道❸、謝居士❹云：「恆任❺之風❻，當有所弘❼耳。」以袁無恆，故以此激❽之。

【注釋】❶郗嘉賓　即郗超。見〈言語〉59注❺。❷袁虎　袁宏的小字。見〈言語〉83注❶。❸戴安道　即戴逵。見〈雅量〉34注❶。❹謝居士　指謝敷。見〈棲逸〉17注❷。❺恆任　持久負責。❻風　作風。❼弘　擴大。通「宏」。❽激　激發；刺激使奮發。

【語譯】郗嘉賓寫信給袁虎，講戴安道和謝居士曾說他：「持久負責的作風，有些地方還應該加強才好。」因為袁虎沒有恆心，所以用這話刺激他，使他努力奮發。

【析評】此則記袁虎做事無恆，郗嘉賓盡心激勉的事。他不直接用自己的名義勸諫，而間接引述戴、謝二友人的話，在於表達所說的是朋友們的公意，而非自己主觀的私心，使袁虎樂於接受。他的作為，可謂深合良友互相切磋之道。

50 范啟❶與郗嘉賓❷書曰：「子敬❸舉體❹無饒縱❺，掇皮❻無餘潤❼！」郗答曰：「舉體無餘潤，何如舉體非真者❽？」范性矜假❾多煩❿，故嘲之。

【注釋】❶范啟 見〈文學〉86注❸。❷郗嘉賓 即郗超。見〈言語〉59注❺。❸子敬 即王獻之。見〈德行〉39注❶。❹舉體 全體；全身。❺饒縱 多餘的放縱之心。饒，多餘。❻掇皮 削去其皮。掇，削。通「剟」。❼餘潤 多餘的潤色之意。❽舉體非真者 義不可通，疑當作「舉體無非真者」。「非真」乃虛偽之意。❾矜假 天性矜持，多做作。❿煩 指繁瑣的意見。

【語譯】范啟寫信給郗嘉賓說：「子敬太樸實無華了，全身沒有一絲多餘的放縱之心，剝了皮也不見一毫多餘的潤色之意！」郗嘉賓答道：「說他全身沒有一絲多餘的潤色之意，哪裡比得上說全身都是純真的呢？」范啟天性矜持虛偽，有很多雜亂的意見，所以郗嘉賓嘲笑他。

【析評】這一則記天性矜假多煩的范啟，譏笑沉默寡言的王子敬過於質樸乏味（參見〈品藻〉74則），郗嘉賓加以反嘲的故事。郗嘉賓的答語，本是王子敬雖「舉體無餘潤」，總比你這「舉體非真」的人好些的意思；但像他那樣省略主詞，微辭諷諫，就顯得和婉許多，不再刺耳傷人了。勸諫別人的話，要說得如此含蓄，使「言之者無罪，聞之者足以戒」，才算上乘。

51 二郗奉道❶，二何❷奉佛，皆以財賄❸。謝中郎❹云：「二郗諂❺於道❻，二何佞❼於佛❽。」

【注釋】❶二郗奉道 郗愔及弟曇信奉天師道。見〈術解〉10注❶及〈賢媛〉25注❸。❷二何 何充及弟準。見〈言語〉54注❶及〈棲逸〉5注❷。❸財賄 財物。泛指動產。❹謝中郎 指謝萬。見〈言語〉77注❶。❺諂 獻媚；巴結。❻道 指道君。道教所奉的最高天神元始天尊。❼佞 諂諛；逢迎。❽佛 指佛祖釋迦牟尼。

【語　譯】郗愔和郗曇兄弟二人信奉道教，何充與何準兄弟二人信奉佛教，都用奉獻大量財物表示虔誠。謝萬批評道：「二郗巴結道君，二何逢迎佛祖。」

【析　評】奉道事佛，在於清心寡慾，慈悲為懷，積聚陰德，以蒙仙佛福祐；不當包藏私心，以不正當的手段，討好仙佛，求取恩寵。二郗、二何雖信教甚誠，但過度地施捨財物，崇修寺觀，難免有阿諛仙佛的企圖；招致謝萬的譏諷，實是咎由自取。

52 王文度❶在西州❷，與林法師❸講，韓❹、孫❺諸人並在坐。林公理每欲小屈❻，孫興公曰：「法師今日如著弊絮在荊棘❼中，觸地❽挂閡❾！」

【注　釋】❶王文度　即王坦之。見〈言語〉72注❶。❷西州　晉時揚州刺史治所。在今江蘇江寧西。❸林法師　指支遁。見〈言語〉63注❶。❹韓　指韓伯。見〈德行〉38注❷。❺孫　指孫綽。見〈言語〉84注❶。❻屈　短少；不足。❼荊棘　叢生有刺的灌木。❽觸地　隨地；到處。❾挂閡　牽掣。

【語　譯】王文度住在西州，和林法師談論玄理，韓康伯、孫興公都在座。每逢林公的理由常常不足，孫興公就說：「林法師今天好像披著破棉絮在荊棘叢中走動，到處都受到牽掛！」

【析　評】破棉絮表面不平，最容易受到牽掛。披著這種東西在多刺的荊棘中，真是寸步難行；用以形容一個人辭窮理屈，進退維谷的慘狀，真是再恰當不過。

53 范榮期❶見郗超❷俗情不淡❸，戲之曰：「夷、齊❹、巢、許❺，一詣❻垂名；

必勞神苦形，支策據梧邪❼？」郗未答。韓康伯曰：「何不使遊刃皆虛❽？」

【注　釋】❶范榮期　即范啟。見〈文學〉86注❸。❷郗超　見〈言語〉59注❺。❸淡　淡薄；減少。❹夷齊　伯夷、叔齊。見〈言語〉9注⓭。❺巢許　巢父、許由。見本篇28注❹。❻詣　晉見。指晉見天子。❼必勞神苦形二句　語本《莊子・齊物論》：「昭文之鼓琴也，師曠之枝策也，惠子之據梧也，三子之知幾乎。」郭象注：「夫三子者，皆欲辯非己所明以明之，故知（通「智」）盡慮窮，形勞神倦，或枝策假寐，或據梧而瞑。」昭文，人名。古代善彈琴者。師曠，春秋時晉平公樂師，精通音律；策，打拍子的短杖；故疲乏即枝（通「支」，拄）策假寐。惠施，戰國時宋人，好談名理，倦怠則據（凭）梧几而瞑（通「眠」）。❽使遊刃皆虛　使刀刃皆遊行於空虛處。即棄絕俗情，本道家崇尚自然、清靜無為的道理行事。不必刻意學夷、齊、巢、許，或師曠、惠子等，形疲神倦，徒勞無功。韓語出《莊子・養生主》：庖丁為文惠君（即梁惠王）解牛，他的刀已用了十九年，但刀刃鋒利，和才磨過一樣。他對文惠君說：「彼節者有閒，而刀刃者無厚。以無厚入有閒，恢恢乎，其於遊刃，必有餘地矣。」（那牛的骨節間有空隙，而刀口沒有厚度。用沒有厚度的刀刃插入骨節間的空隙，刀刃遊行其中，自然寬寬綽綽的有運轉的餘地了。）

【語　譯】范榮期眼見郗超貪圖名利的世俗之情不能日漸淡薄，就嘲弄他說：「您想像伯夷、叔齊或巢父、許由那樣，一見聖王而留名後世呢？還是一定得使自己的精神疲勞身體痛苦，效法師曠拄策假寐、惠施凭几而眠呢？」郗超沒有回答。韓康伯勸他說：「為甚麼不讓你的精神像庖丁手中的刀刃，遊行於空虛無礙的玄理？」

【析　評】郗超有求名的俗情，所以范榮期舉了兩種成名的模式供他選擇效法。夷、齊當周武王伐紂時，曾一度叩馬而諫（見《史記・伯夷叔齊列傳》）；帝堯曾一度讓天下給巢、由，巢、由不受；所以說這四個人「一詣垂名」。但他們的遭遇，千載難逢，後人怎能效法？師曠和惠施，都是勞神苦形，堅苦自厲，發揮天分而成名的；沒有他們的才情，還是不能效法。郗超不知范榮期故意出難題捉弄自己，一時陷入苦思，未能作答。韓康伯見了不忍，從旁加以點化；但所陳的境界過高，未知郗超能否領會？

54 簡文❶在殿上行，右軍❷與孫興公❸在後。右軍指簡文語孫曰：「此啖名客❹！」簡文顧曰：「天下自有利齒兒❺！」後王光祿❻作會稽，謝車騎❼出曲阿❽祖❾之，王孝伯❿罷祕書丞在坐。謝言及此事，因視孝伯曰：「王丞齒似不鈍！」王曰：「不鈍，頗有驗⓫！」

【注釋】❶簡文 晉簡文帝。見〈德行〉37注❶。❷右軍 指王羲之。見〈言語〉62注❷。❸孫興公 即孫綽。見〈言語〉84注❶。❹啖名客 指好名如好飲食的人。舊稱專門從事某種活動的人為客。❺利齒兒 指牙齒比自己更銳利的啖名客。反譏右軍之辭。❻王光祿 指王蘊。見〈賞譽〉137注❷。❼謝車騎 指謝玄。見〈言語〉78注❺。❽曲阿 晉縣名。即今江蘇省丹陽縣治。❾祖 餞行。❿王孝伯 即王恭。見〈德行〉44注❶。⓫驗 效驗；功效。

【語譯】簡文帝在殿上行走，王右軍和孫興公跟在後面。王右軍指著簡文帝告訴孫興公說：「這是一位貪吃美名的怪客！」簡文帝回頭對他們說：「天下必然有利齒兒，比我吃得更厲害！」後來王光祿當會稽郡太守，謝車騎到曲阿去給他餞行，王孝伯當時辭去祕書丞的職位也在座上。謝車騎談到這件往事，就看著王孝伯開玩笑說：「王祕書丞的牙齒好像不鈍嘛！」王孝伯故作迷糊地說：「不鈍，很有用！」

【析評】此則所載王右軍戲稱簡文為啖名客事，應在簡文即位前，尚為會稽王時。《晉書》稱他「沖虛簡貴，歷宰三世」（平和淡泊，簡略平易，地位尊貴，歷任晉穆帝、哀帝、廢帝三朝宰輔），「而無濟世大略」；所以有人認為王右軍未必敢如此戲侮他，而把「右軍指簡文語孫曰」，改為「右軍指孫曰」（見余嘉錫《世說新語箋疏》引《類說》四九載《殷芸小說》引《世說》），實屬多事。此言簡文平易近人，故與王右軍相戲，正可與《晉書》的描寫相呼應。

55 謝遏❶夏月❷嘗仰臥，謝公❸清晨卒❹來，不暇著衣，跣❺出屋外，方躡❻履問訊❼。公曰：「汝可謂『前倨而後恭』❽。」

【注釋】❶謝遏 即謝玄。見〈言語〉78注❺。❷夏月 夏季。❸謝公 指謝安。見〈德行〉33注❷。❹卒 忽然。通「猝」。❺跣 光著腳。❻躡 穿著。❼問訊 問候。❽前倨而後恭 前時傲慢而後來謙恭有禮。

【語譯】謝遏曾於夏季仰臥在床上，謝安清早忽然來訪，他沒時間穿好衣服，光著腳跑出屋外，才穿了衣鞋上前問候。謝公說：「你可以說是『前倨而後恭』了。」

【析評】戰國時，蘇秦遊說秦惠王不成，黃金百斤用盡，大困而歸，妻不下機，嫂不為炊。後為縱約長，路過洛陽，妻側目不敢視，嫂匍匐蛇行而謝罪，蘇秦說：「嫂，何前倨而後卑也？」見《戰國策‧秦策一》。《史記‧蘇秦列傳》引，「卑」作「恭」，即謝安所本。謝遏猝見謝安入室，匆忙披了衣服，光腳跑出屋外，連招呼都不打，故云「前倨」；及他穿了衣履，再回屋問候，故云「後恭」。

56 顧長康❶作殷荊州❷佐，請假還東❸。爾時例不給布颿❹，顧苦求之，乃得發。至破冢❺，遭風大敗❻；作牋與殷云：「地名破冢，真破冢而出！行人安穩，布颿無恙❼。」

【注釋】❶顧長康 即顧愷之。見〈言語〉85注❹。❷殷荊州 指殷仲堪。見〈德行〉40注❶。❸東 指顧祖籍晉陵（今江蘇武進），在荊州之東。❹颿 船桅上借風力使船前進的布蓬。通「帆」。❺破冢 洲名。在今湖北江陵東三十里長江東岸。❻敗 毀壞。❼無恙 無疾無憂。

【語　譯】顧長康當殷荊州的佐吏，請假回東方晉陵的老家。那時照例是不發給布帆的，顧長康盡力乞求，才發給他。船到破冢洲，遇到狂風把帆毀壞得很厲害，顧長康就寫信給殷荊州說：「這地方名叫破冢，船真像突破墳冢衝了出來！行人安定穩妥，布帆沒有生病、發愁。」

【析　評】顧牋「真破冢而出」，頗能說出船被風浪掩覆，又幸能死裡逃生、平安超脫的情狀；非身歷其境者，絕對寫不出這般感興的文句。漢、晉時稱人無病無憂為「無恙」，「安穩」則是表示事物安定平穩的形容詞。按理說，顧長康要寫「布帆安穩，行人無恙」，遣詞才算正確；但是帆已「遭風大敗」，哪裡還談得上安穩？然而帆是物而不是人，既不會生病，也不會發愁，說它「無恙」亦不為過吧？於是他寫成「行人安穩，布颿無恙」這樣幽默的詭辭，令人了解實情後發出會心的微笑。

57 苻朗❶初過江，王咨議❷大好事❸，問中國人物及風土❹所生，終無極已❺；朗大患之。次復問奴婢貴賤，朗云：「謹厚❻有識、中❼者，乃至十萬；無意❽為奴婢、問者，止數千耳。」

【注　釋】❶苻朗　朗字元達，苻堅堂兄的兒子。堅為慕容沖所圍，朗降謝玄，用為員外散騎侍郎。恃才傲物，不容於世，終為王國寶所讒害。❷王咨議　指王肅之。字幼恭。右將軍羲之第四子。曾任中書郎、驃騎咨議。❸好事　喜歡多管閒事。❹風土　風俗習慣和地理環境。❺已　止。❻謹厚　謹慎篤實。❼中　合用。❽無意　無所知解。與「有識」相對。

【語　譯】苻朗初隨晉室渡過長江來到建康，王咨議非常喜歡多事，向他詢問中原的人物和各地的物產、習俗，一直問個沒完沒了；苻朗非常傷腦筋。後來又問起奴婢市價的貴賤，苻朗說：「謹慎忠厚、有見識、合用的人，就貴到十萬錢；愚昧無知、只能當奴婢、凡事都要問的人，只要幾千錢就夠了。」

【析評】據《晉書・食貨志》，西晉沿漢制，用五銖錢。元帝過江，採用孫權嘉禾五年所鑄一當五百五銖錢的中錢，謂之四文；及孫權赤烏元年所鑄當千錢的大錢，謂之比輪。本則所謂「十萬」、「數千」，不知究為何種；但苻朗所言，意在表明無知多問者賤，用以諷刺王肅之，市價未必如此。

58 東府❶客館是版屋❷，謝景重❸詣太傅❹，時賓客滿中，初不交言，直仰視云：「王乃復西戎其屋❺。」

【注釋】❶東府　東晉揚州刺史的治所。在今南京市東。❷版屋　用木板建築的房屋。版，同「板」。❸謝景重　即謝重。見〈言語〉98注❹。❹太傅　指會稽王司馬道子。見〈言語〉98注❶。❺西戎其屋　把您的房屋弄成西戎的樣式。

【語譯】東府的賓館是一所木板屋，謝景重去晉見會稽王，當時賓客充斥其中，起初他不和他們交談，只仰視屋頂說：「王竟又把您的房屋弄成了西戎的樣子！」

【析評】《詩・秦風・小戎》有「在其板屋，亂我心曲」句，毛《傳》云：「西戎板屋。」這兩句詩的意思應是：在那西戎的板屋中，使我心靈的深處一團紛亂。當謝景重進了賓館的板屋，雖然賓客滿堂，卻全是些鄙陋如戎狄的人物，使他心生不快，不願和他們接談，並想到〈小戎〉的詩句，而說出「王乃復西戎其屋」這句不勝感慨的話，諷諫會稽王多交君子。

59 顧長康❶啖甘蔗，恆自尾❷至本❸。人問所以❹，云：「漸入佳境❺。」

【注　釋】❶顧長康　即顧愷之。見〈言語〉85注❹。❷尾　末梢。❸本　根。❹人問所以　「人問所以然之故」的略語。❺漸入佳境　宋本「入」作「至」，今據《藝文類聚》八七引《世說》改。甘蔗根部最甜，越近末梢越淡，故云。

【語　譯】顧長康吃甘蔗，總是從末梢吃到根部。有人問他這樣吃的緣故，他說：「可以漸漸進入更好的境界。」

【析　評】「漸入佳境」，已成為我們日常應用最廣的成語之一，無論境況漸好或興會漸濃，都可以它形容。而倒吃甘蔗的做法，也告訴我們做任何事，必須先歷經辛苦，才能逐漸嘗到甜美的成功，使我們努力奮進，不致半途而廢。太史公說：「此言雖小，可以諭大。」（見《史記・李將軍列傳》）正是此文的寫照。

60 孝武❶屬❷王珣❸求女婿，曰：「王敦❹、桓溫❺，磊砢❻之流，既不可復得；且小如意❼，亦好豫❽人家事❾；酷❿非所須⓫。正⓬如真長⓭、子敬⓮比⓯，最佳。」珣舉謝混⓰。後袁山松⓱欲擬謝婚⓲，王曰：「卿莫近『禁臠』⓳。」

【注　釋】❶孝武　晉孝武帝。見〈言語〉89注❷。❷屬　囑託。通「囑」。❸王珣　見〈言語〉102注❸。❹王敦　見〈文學〉20注❷。❺桓溫　見〈言語〉55注❶。❻磊砢　樹木多節。比喻人有奇才異能。❼小如意　言自幼得志，萬事如意，不免傲氣淩人。❽豫　參與；過問。通「與」。❾家事　家庭事務。❿酷　極；甚。⓫須　意所欲求。⓬正　止；僅。⓭真長　即劉惔。見〈德行〉35注❶。⓮子敬　即王獻之。見〈德行〉39注❶。⓯比　輩；類。⓰謝混　見〈言語〉105注❶。⓱袁山松　晉陳郡（治所在陳縣，今河南淮陽）人。歷任祕書監、吳國內史。⓲擬謝婚　自比於謝混而與晉陵公主結為夫妻。擬，比。⓳禁臠　晉元帝渡江，始鎮建業，公私窘困，每得一豚，奉為珍饈，項上一臠（切成大塊的肉叫臠。一臠即一大塊肉）滋味尤美，獻於元帝，群臣不敢食，當時稱為「禁臠」。此處借指已有歸屬，他人不得非分據有的公主而言。

【語　譯】孝武帝託王珣給他找一個女婿，說：「王敦、桓溫，屬於有奇才異能之類的人，已經不能再得；而且他們從小事事如意，未免高傲，也喜歡過問別人的家庭事務；絕不是我想尋求的。只要像劉真長、王子敬之輩，就很好了。」王珣便推薦了謝混。後來袁山松想自比於謝混和公主結婚，王珣對他說：「您不得再靠近這塊『禁臠』。」

【析　評】王珣舉謝混事，劉孝標注引《續晉陽秋》云：「初，帝為晉陵公主訪婿於王珣，珣舉謝混云：『人才不及真長，不減子敬。』帝曰：『如此，便已足矣。』」與本文互足。

61 桓南郡❶與殷荊州❷語次❸，因共作了語❹。顧愷之❺曰：「火燒平原無遺燎❻。」桓曰：「白布纏棺樹旒旐❼。」殷曰：「投魚深淵放飛鳥。」次復作危語❽。桓曰：「矛頭淅米劍頭炊。」殷曰：「百歲老翁攀枯枝。」顧曰：「井上轆轤臥嬰兒。」殷有一參軍在坐，云：「盲人騎瞎馬，夜半臨深池。」殷曰：「咄咄逼人❾！」仲堪眇目❿故也。

【注　釋】❶桓南郡　指桓玄。見〈德行〉41注❶。❷殷荊州　指殷仲堪。見〈德行〉40注❶。❸語次　交談告一段落。次，停止。❹了語　說到盡頭、了無餘義的話。❺顧愷之　見〈言語〉85注❹。❻燎　火炬；火把。❼旒旐　出殯時在靈柩前引路的招魂幡。旒，旗下懸垂的飾物。旐，招魂幡。❽危語　敘述極度危險之事、令人聞而生畏的話。❾咄咄逼人　咄咄，感歎聲。逼人，盛氣淩人，使人畏避。❿眇目　瞎一隻眼睛。仲堪父久病，他親手為父料理湯藥，誤以沾藥的手拭淚，遂眇一目。見劉孝標注引《中興書》。

【語　譯】桓南郡和殷荊州等人談話告一段落，於是一同作「了語」的遊戲。顧愷之說：「大火燒盡了平原，沒剩下做一支火把的材料。」桓玄說：「白布纏繞著棺木，前面豎立著招魂幡。」殷荊州說：「把魚擲入深淵，把飛鳥放上青天。」其次又作「危語」的遊戲。桓玄說：「在矛頭下淘米，劍頭下煮飯。」殷荊州說：「一百歲的老公公，爬上枯木的枝頭。」顧愷之說：「水井的轆轤上，有一個嬰孩躺著。」殷荊州有一位參軍在座，插嘴說：「盲人騎著瞎馬，半夜走到深池的旁邊。」殷荊州說：「嘿嘿，這氣勢太逼人了！」因為他瞎了一隻眼睛的緣故。

【析　評】「了語」、「危語」，都是類似「聯句」的文字遊戲，參加的人，每人各說一句末尾押韻的話。「了語」必須把話說盡，不留餘義；「危語」必須說得可怕，令人憂懼難安。本則所記顧、桓、殷等人的話，雖均合乎規定，但皆語意平平，毫無出奇之處；唯獨那位參軍，說到人馬俱瞎，面臨深池，令人惻隱之心油然而生，至今傳為名句；當時眇目的殷仲堪，尤其同情那位盲者，一聲「咄咄逼人」的驚歎，立刻就成了眾人口頭常語，如王羲之讚美王獻之的隸書咄咄逼人，王獻之也讚美王脩的法書咄咄逼人（見《書法要錄》卷十及卷二）等是。

62 桓玄❶出射，有❷劉參軍❸與周參軍❹朋賭❺，垂成❻，唯少一破❼。劉謂周曰：「卿此起❽不破，我當撻❾卿！」周曰：「何至受卿撻！」劉曰：「伯禽之貴，尚不免撻❿，而況於卿？」周殊無忤色⓫。桓語庾伯鸞⓬曰：「劉參軍宜停讀書，周參軍且⓭勤學問。」

【注　釋】❶桓玄　見〈德行〉41注❶。❷有　宋本「有」下有「一」字。《藝文類聚》二五引《世說》無，據刪。❸劉

參軍　疑指劉簡之。名見〈言語〉107析評劉孝標注引《晉紀》。❹周參軍　未詳。❺朋賭　二人合成一朋，與他朋賭射。一朋，即一組。周時貨幣五貝為一系，二系為一朋（鐘鼎文作菲，象形）；漢王莽製貨幣五品，均以二枚為一朋。❻垂成　將成。垂為將近之意。❼破　「破的」的省稱，射中箭靶的中心。❽起　發；發射。❾撻　用鞭杖打人。❿伯禽之貴二句　伯禽是周公的長子，代周公受封於魯，貴為國君。伯禽受撻的原因有二，一是周公輔導成王，成王有過，周公不能懲罰，就打伯禽給他看，加以警戒；一是伯禽晉見周公，不合禮法，三見而三受鞭笞；後來他去拜見商子，商子教以為子之道；當他再見周公，一入大門就快步前進，登上大堂就跪地參拜，周公喜而賜食。見《禮記·文王世子》及《尚書大傳》。⓫忤色　不服的神色。⓬庾伯鸞　庾鴻，字伯鸞，晉潁州郡（治許昌，今屬河南）人。⓭且　當；應該。

【語　譯】桓玄外出練習射箭時，有劉參軍及周參軍合成一組與他組賭射，他們快得勝了，只要再射中一箭就行了。劉參軍對周參軍說：「您這一發如果不中，我可要打您一頓！」周參軍說：「豈有挨您打的道理！」劉參軍說：「像伯禽那樣高貴的人，還免不了挨打，何況您呢？」周參軍聽了絕無不服的神色。桓玄對庾伯鸞批評他們道：「劉參軍應該停止讀書，周參軍應該勤勉求學。」

【析　評】射禮並沒有不破的就受撻的規定，《儀禮·鄉射禮》雖說「射者有過，則撻之」；但過指射時誤中他人而言，與中的與否無關。所以劉參軍說「卿此起不破，我當撻卿」，是沒有依據的。但當周參軍問「何至受卿撻」時，他又胡亂舉伯禽的故事作答。須知周公和伯禽是父子，劉和周為朋友，周公教訓兒子可以撻，劉某卻沒有撻朋友的資格；再說周公教子，根本與射事無干，也不該引為例證，做為打人的依據。像劉參軍這樣不倫不類地亂引古書，所以桓玄說他「宜停讀書」，以免讀多了反而傷教害義；可是周參軍聽了劉某的詭辯，了無忤色，不知抗辯，可知他根本不知道伯禽並非因射箭不中而挨打、打伯禽的是他父親而非朋友的事實，所以桓玄說他「且勤學問」。

63 桓南郡❶與道曜❷講❸《老子》，王侍中❹為主簿❺在坐。桓曰：「王主簿，可『顧名思義❻』。」王未答，且大笑。桓曰：「王思道，故能作大家兒❼笑。」

【注釋】❶桓南郡　指桓玄。見〈德行〉41注❶。❷道曜　年里不詳。❸講　談論。❹王侍中　指王楨之。小字思道。王徽之之子。❺主簿　官名。郡守屬吏之首，掌管文書簿籍與印鑑。❻顧名思義　見到名稱而想到其涵義。語出《三國志・魏志・王昶傳》。《老子》申明道體，楨之小名思道，故云「顧名思義」。❼大家兒　大孩兒。

【語譯】桓南郡和道曜談論《老子》，王侍中思道當時任南郡主簿也在座中。桓玄說：「王主簿，您可以『顧名思義』了。」王思道沒有回答，而且大笑起來。桓玄又說：「王『思』道，所以只能像大孩兒笑一笑。」

【析評】《老子》一書，主要在闡釋「道」的本體，說明「道」是宇宙萬物的根源。王主簿既名「思道」，自然應對「道」體會甚深，所以桓玄請他按照自己的小字，想想「道」的意義，發表精闢的議論。不料王思道卻無辭以對，只為了自己的名字與桓玄、道曜講論的話題相同而大笑；桓玄很失望，嘲笑這位王主簿尚在「思」道的階段，還沒有絲毫的心得，故云「王『思』道，故能作大家兒笑」。

64 祖廣❶行恆縮頭。詣桓南郡❷，始下車，桓曰：「天甚晴朗，祖參軍如從屋漏中來。」

【注釋】❶祖廣　字淵度，晉范陽國（在今河北涿縣）人。官至護軍長史。❷桓南郡　指桓玄。見〈德行〉41注❶。

【語譯】祖廣經常縮著頭走路。有一天他去拜訪桓南郡，才下車，桓南郡對他說：「今天天氣非常晴朗，可是祖參軍卻好像從屋漏中走出來似的。」

【析評】人在屋漏下，一定會把頭縮在衣領中，以免水沿頸而下，通體不適。祖廣才下車，就把頭縮了起來，觸發桓玄的聯想，作此妙喻，令人解頤。

65 桓玄❶素輕桓崖❷。崖在京下❸有好桃，玄連就求之，遂❹不得佳者。玄與殷仲文❺書，以為嗤笑❻，曰：「德之休明❼，肅慎貢其楛矢❽；如其不爾❾，籬壁間物，亦不可得也。」

【注釋】❶桓玄　見〈德行〉41注❶。❷桓崖　桓脩小名。脩字承祖，晉譙國龍亢（在今安徽懷遠西）人。娶簡文帝女武昌公主，官至中護軍。❸京下　指東晉京城建康（今南京市）。下，表示屬於京城的範圍。❹遂　終。❺殷仲文　見〈言語〉106注❷。❻嗤笑　譏笑。在此指自嘲。❼休明　美好而顯著。❽肅慎貢其楛矢　肅慎，商、周時北方民族名。分布在黑龍江、松花江流域。楛矢，用楛木枝做桿的箭。《國語・魯語下》：「昔武王克商，……於是肅慎氏貢楛矢、石砮，其長尺有咫。」❾不爾　不然；不如此。

【語譯】桓玄一向看不起桓崖。桓崖在京都住所種有很美的桃樹，桓玄接二連三地去乞討，始終得不到最好的。後來桓玄寫信給殷仲文，當做自嘲，他說：「周武王因為道德的美好顯著，遠在北疆的肅慎族都來進貢他們的楛矢；如果道德不好，近在籬笆牆壁之中的東西，也沒有辦法得到。」

【析評】劉孝標注引《續晉陽秋》及〈晉安帝紀〉（見〈仇隙〉8則「析評」欄），都說桓脩從小就受桓玄的欺侮，經常被他輕視譏嘲，內心非常怨恨。可見桓玄一再求桃不得，實屬咎由自取。桓玄寫信給殷仲文，作自嘲語；但也具有自我反省、悔不當初的意思。

輕詆❶第二十六

1 王太尉❷問眉子❸：「汝叔❹名士，何以不相❺推重❻？」眉子曰：「何有名士終日妄語❼？」

【注釋】❶輕詆　稍加詆毀。❷王太尉　指王衍。見〈言語〉23注❷。❸眉子　王玄小字。見〈識鑒〉12注❸。❹汝叔　指王澄。見〈德行〉23注❶。❺相　關係詞。有指示稱代的作用，在此指第三身。❻推重　推許尊重。❼妄語　胡說八道；專講些沒道理、沒根據的話。

【語譯】王太尉問眉子：「你叔叔也算是一位名士，為甚麼不推許尊重他呢？」眉子說：「哪有名士整天胡言亂語的呢？」

【析評】這一則記眉子輕詆其叔整天胡說，不能稱他為名士。魏、晉時稱鄙棄禮法、善談玄理的知名之士為名士。

2 庾元規❶語周伯仁❷：「諸人皆以君方❸樂。」周曰：「何樂？謂樂毅❹邪？」庾曰：「不爾，樂令❺耳。」周曰：「何乃刻畫無鹽❻，以唐突❼西子❽也！」

【注釋】❶庾元規　即庾亮。見〈德行〉31注❶。❷周伯仁　即周顗。見〈言語〉30注❷。❸方　比擬。❹樂毅　戰國時中山國（在今河北定縣、唐縣一帶）人。賢能善戰，燕昭王任為上將，率諸侯伐齊。《史記》有傳。❺樂令　即樂廣。見〈德行〉23注❹。❻無鹽　指鍾離春。戰國時齊國醜女。無鹽邑（在今山東東平東）人。四十未嫁，自謁齊宣王，責其奢淫腐敗；宣王感悟，立為正后。詳《列女傳》六、《新序・雜事二》。後世用作極醜女子的代稱。❼唐突　冒犯。❽西子　即西施。春秋時越國苧蘿山（在今浙江諸暨南）採薪女子，貌絕美；越王句踐敗於會稽，把她獻給吳王夫差，夫差終為迷其美色，反被越王所滅。事詳《吳越春秋・句踐陰謀外傳》、《越絕書》等書。後世用作絕色美女的代稱。

【語　譯】庾元規告訴周伯仁說：「大家都把您和樂氏相比。」周伯仁說：「哪一位樂氏？說的是樂毅嗎？」庾元規說：「不對，說的是樂廣啊。」周伯仁說：「大家為甚麼竟精心描摹無鹽，以醜為美，來冒犯我這西子呢！」

【析　評】一般人講到無鹽、西施，只比較她們姿容的美醜，而不論她們才德的高下。但周伯仁刻劃無鹽、唐突西子的話，則是借她們的姿容比喻自己和樂廣的才德。他以為樂廣才德低劣，醜如無鹽，原是不值得刻劃，無足掛齒的；眾人竟加以細緻的描摹，刻意加以美化，想把他說得和自己的一樣，美如西施，這簡直是不倫不類，對自己作了最大的冒犯和汙辱。這番說辭，就內涵講，周伯仁未免責人太甚、自視過高；但就表面看，卻曲折委婉，傷人不重，歸入「輕詆」之列，還很合宜。

3 深公❶云：「人謂庾元規❷名士，胸中柴棘❸三斗許。」

【注　釋】❶深公　即竺道潛。見〈排調〉28注❷。❷庾元規　即庾亮。見〈德行〉31注❶。❸柴棘　零碎的荊棘。比喻尖酸的心計。柴，小木散材。

【語　譯】深公說：「有人說庾元規是一位名士，但他胸中卻充塞著三斗多零碎的荊棘。」

【析　評】荊棘有刺，可以傷人；而庾元規恃才傲物，尖酸刻薄，隨時隨地出口傷人，表現自己的不凡，也招致別人的譏刺。

4 庾公❶權重，足傾❷王公❸；庾在石頭❹，王在冶城❺坐❻。大風揚塵，王以扇拂❼之曰：「元規塵汙人！」

【注釋】❶庾公 指庾亮。見〈德行〉31注❶。❷傾 壓倒；傾覆。❸王公 指王導。見〈德行〉27注❸。❹石頭城名。故址在今江蘇江寧西石頭山後。❺冶城 城名。故址在今江蘇江寧西。❻坐 鎮守。❼拂 搧動；驅散。

【語譯】庾公的權力很大，足以壓倒王公；庾公駐守石頭城，王公在冶城坐鎮。一陣大風揚起了灰塵，王公就用扇子搧除面前的灰塵說：「這庾元規的塵土可把人弄得髒死了！」

【析評】石頭在冶城西，這一陣大風起自西方（見《晉書・王導傳》），塵土來自庾公駐守的地帶，故王公稱之為「元規塵」。塵土落在身上，弄得人灰頭土臉；恰似庾公權力蓋過王公，也使王公光采盡失；所以「元規塵汙人」一語，亦隱寓著連塵土都仗勢凌人，令人憎惡的意味，流露出王公的情懷。

5 王右軍❶少時甚澀訥❷，在大將軍❸許，王、庾❹二公後來，右軍便起欲去；大將軍留之曰：「爾家司空、元規，復何所難！」

【注釋】❶王右軍 指王羲之。見〈言語〉62注❷。❷澀訥 說話遲頓且難於出口。❸大將軍 指王敦。見〈文學〉20注❷。❹王庾 王導、庾亮。即下文司空、元規。分見〈德行〉27注❸、31注❶。

【語譯】王右軍小時候說話很遲頓且難於出口，有一天在大將軍王敦處，王司空、庾元規二公隨後來到，王右軍就起身想要離開；大將軍挽留他說：「你家的司空和元規來了，和他們說話還有甚麼困難呢！」

【析評】王導是王羲之的伯父，而庾亮是羲之家的常客。王羲之澀訥，形成自卑的心理，見到這兩位熟識的長輩都想迴避，王敦覺得他有些過分，就硬把他留下。「爾家司空、元規，復何所難」這句話，有寬慰王羲之的用心，但也有責備他過於自卑的意味。劉義慶把這一則記事歸入「輕詆」類，是很恰當的。

6 王丞相❶輕蔡公❷，曰：「我與安期❸、千里❹，共遊洛水邊，何處聞有一蔡克❺兒！」

【注釋】❶王丞相　指王導。見〈德行〉27注❸。❷蔡公　指蔡謨。見〈方正〉40注❸。❸安期　即王承。見〈政事〉9注❶。❹千里　即阮瞻。見〈賞譽〉29注⓫。❺蔡克　蔡謨父。字子尼，曾任成都王東曹掾。

【語譯】王丞相看不起蔡公，說：「我和安期、千里一同在洛水邊遨遊，哪裡聽說過有一個蔡克的兒子！」

【析評】王導妻曹夫人生性妒嫉，王導就背著她私營別館，群妾羅列，兒女成行。夫人後來發現，率領奴婢，持刀往討；導急乘牛犢車，親揮麈尾助御者打牛，前去搶救，幸得成功。事後蔡謨戲弄王導說：「朝廷想賜九錫給您，您知道嗎？」王導信以為真，說了不少客氣話。蔡謨才說：「我只聽說要賜短轅犢車和長柄麈尾，沒聽說有別的東西。」王導愧憤不已，故有此輕視蔡謨之言。事見劉孝標注引《妒記》。所謂「共遊洛水邊」，言東渡前已在洛陽為官，甚為顯貴；謂不聞蔡克兒，是說蔡謨當時尚沒沒無聞，不知身在何處。

7 褚太傅❶初渡江，嘗入東❷，至金昌亭❸；吳中❹豪右❺，燕集❻亭中。褚公雖素有重名❼，于時造次❽不相識別；敕左右多與茗汁，少箸粽❾，汁盡即益，使終不得食。褚公飲訖，徐舉手共語云：「褚季野！」於是四坐驚散，無不狼狽❿。

【注釋】❶褚太傅　指褚裒。見〈德行〉34注❸。❷東　東晉都建康，以會稽、吳郡為東。此指吳郡。❸金昌亭　在今江蘇吳縣閶門內。也作「金閶」。❹吳中　今江蘇吳縣的古稱。❺豪右　豪門大族。❻燕集　宴會。❼重名　盛名。❽造次　倉卒；急遽。❾粽　當作「粽」。蜜漬瓜果。即蜜餞。見余嘉錫《箋疏》。❿狼狽　狽，傳說中的獸名。似狼，前足極短，須駕在狼身上才能行動。在此比喻非常窘迫。

【語譯】褚太傅剛隨晉室渡過長江，曾進入東邊的吳郡，到金昌亭遊覽；吳中的豪門人士，正在亭中舉行宴會。褚公雖然一向享有盛名，當時倉卒相見，互不相識；所以主人令左右的人多給他茶水，略附一點蜜餞，茶水喝完就給他添上，讓他始終不能吃飯。褚公飲完茶，慢慢舉起手來和大家說：「在下是褚季野！」於是四周的座上客大驚逃散，沒有一個不惶恐窘迫的。

【析評】在這則記事中，褚季野從容應付吳中豪右的歧視，未加一言半辭的指責；但他才把大名報出，這些豪右莫不狼狽而逃，使得整篇的記述，洋溢著譏刺的意味，符合〈輕詆〉篇的名義。

8 王右軍❶在南❷，丞相❸與書，每歎子姪不令❹，云：「虎豘❺、虎犢❻，還其所如❼。」

【注釋】❶王右軍　指王羲之。見〈言語〉62注❷。❷南　指江州。治所在豫章，今江西南昌。❸丞相　指王導。見〈德行〉27注❸。❹令　善；賢。通「靈」。❺虎豘　即王彭之。字安壽，小字虎豘。父彬。官至黃門郎。❻虎犢即王彪之。字叔虎，小字虎犢。彭之的三弟。官至左光祿大夫。❼還其所如　言二人幼時長相不凡，年紀越大表現越像㹠（同豚）、犢。

【語　譯】王右軍在南方任江州刺史的時候，丞相王導寫信給他，常歎子姪不賢，說：「虎㹠、虎犢，越來越像他們的小名了。」

【析　評】大概王彭之小時很胖，像個小豬；王彪之小時很壯，像個牛犢；父祖望他們長大雄健如虎，故小名稱為虎㹠、虎犢。可是長大之後，發現王彭之越來越笨得像豬，王彪之越來越固執得像牛，正和父祖們的願望相反，所以王導說他們「還其所如」。這雖是輕詆之辭，卻說得精妙絕倫，值得再三玩味。

9 褚太傅❶南下❷，孫長樂❸於船中視之；言次，及劉真長❹死，孫流涕，因諷詠曰：「人之云亡，邦國殄瘁❺！」褚大怒曰：「真長平生❻，何嘗相比數❼？而卿今日作此面向人！」孫回泣向褚曰：「卿當念我！」時咸笑其才而性鄙❽。

【注　釋】❶褚太傅　指褚裒。見〈德行〉34注❸。❷南下　時褚裒伐石季龍，自彭城還鎮京口。事詳《晉書・外戚傳》。❸孫長樂　指孫綽。見〈言語〉84注❶。❹劉真長　即劉惔。見〈德行〉35注❶。❺人之云亡二句　見《詩・大雅・瞻卬》。人，指賢人。殄、瘁，皆病、困苦的意思。❻平生　一生。❼比數　相提並論。❽鄙　鄙陋；庸俗淺薄。

【語　譯】褚太傅從彭城南下京口，孫長樂到船中探看他；言談之間，說到劉真長死了，孫長樂不禁流下眼淚，於是背誦道：「人之云亡，邦國殄瘁！」（賢人沒有了，整個國家都陷於困境！）褚太傅大怒道：「真長這一生，甚麼時候曾想和賢人相提並論過？您今天卻對人做出這種嘴臉來！」孫長樂回頭哭泣著向褚太傅說：「您該體念我的為人！」當時的人全都笑他雖有才氣卻生性鄙陋。

【析評】「卿當念我」，是怕人加害、請求饒恕的話；但就上文看來，褚裒雖大怒叱責，並無施暴的意圖，孫如此說，甚為突兀，令人費解，其間也許有些訛奪。魏晉崇尚玄學，深受老子「絕聖棄知（通「智」）」之說的影響，以為必須從心中棄絕自以為聖、智的執著，才能真正達到聖人、智者的境界。所以褚裒知道劉真長在世，絕不曾自比於賢人；而孫綽賦詩，硬把他比作賢人，時人自然要笑他庸俗淺薄。

10 謝鎮西❶書與殷揚州❷，為真長❸求會稽❹。殷答曰：「真長標同伐異❺，俠❻之大者。常謂使君❼降階❽為甚，乃復為之驅馳❾邪？」

【注釋】❶謝鎮西 指謝尚。見〈言語〉46注❶。❷殷揚州 指殷浩。見〈言語〉80注❷。❸真長 即劉惔。見〈德行〉35注❶。❹會稽 郡名。治所在山陰。即今浙江紹興。❺標同伐異 標榜同道而排斥異己。即黨同伐異之意。❻俠 俠客。指出言必信，敢做敢當，勇於法外救人之難的人。❼使君 漢以後對州郡長官的尊稱。❽降階 指走下堂階相迎。❾驅馳 鞭馬疾馳，在此引申為盡心效命之意。

【語譯】謝鎮西寫信給殷揚州，替劉真長乞求會稽郡守的職位。殷浩回信說：「真長黨同伐異，只能算是一位敢做敢當的大俠。我時常認為您每次降階迎接他是太過分了，您竟還要為了他而盡心效命嗎？」

【析評】殷浩的意思，以為劉真長勇於法外行俠，標同伐異，並不是一位大中至正，具有大仁、大智、大勇的聖者。《史記．游俠列傳》說：「韓子曰：『儒以文亂法，而俠以武犯禁。』二者皆譏，而學士多稱於世云。至如以術取宰相、卿、大夫，輔翼世主，功名俱著於春秋（史籍的通稱），固無可言者。」韓子，指韓非；由太史公看來，學士稱於世的，是以武力觸犯法禁、仗義行俠人；功名俱著於春秋的，是那些有真正才德而不為世俗所重的君子。殷浩以為謝尚所患的，正是「學士」們的通病。

11 桓公❶入洛，過淮、泗，踐北境，與諸僚屬登平乘樓❷眺矚❸中原❹，慨然❺曰：「遂❻使神州❼陸沉❽，百年丘墟❾，王夷甫❿諸人，不得不任其責！」袁虎⓫率爾⓬對曰：「運自有廢興，豈必諸人之過？」桓公懍然⓭作色⓮，顧謂四坐曰：「諸君頗⓯聞劉景升⓰不？有大牛重千斤，噉芻豆十倍於常牛，負重致遠，曾不若一羸牸⓱。魏武⓲入荊州，烹以饗士卒，于時莫不稱快。」意以況袁⓳；四坐既駭，袁亦失色⓴。

【注釋】❶桓公　指桓溫。見〈言語〉55注❶。❷平乘樓　大船上的樓臺。❸眺矚　自高處遠望。❹中原　指黃河中下游地區。❺慨然　憤激的樣子。❻遂　竟。意料不及之詞。❼神州　指中國。❽陸沉　大陸無水而沉。比喻國土陷入敵手。❾丘墟　廢墟。❿王夷甫　即王衍。見〈言語〉23注❷。⓫袁虎　即袁宏。見〈言語〉83注❶。⓬率爾　輕浮不加思索的樣子。⓭懍然　嚴肅莊正的樣子。⓮作色　臉上因生氣而變色。⓯頗　皆；全都。⓰劉景升　劉表，字景升，東漢山陽高平（今山西高平）人。官至鎮南將軍、荊州刺史。⓱羸牸　瘦弱的母牛。⓲魏武　指曹操。⓳意以況袁　溫意以牛比喻袁宏。況，比喻。⓴失色　因恐懼而臉色蒼白，失去血色。

【語譯】桓溫要回洛陽時，經過淮水、泗水，到達北方，和僚屬們登上大船樓頂，遙望中原，很憤慨地說：「竟要使得中國淪亡，永久化作廢墟，王夷甫等人，不得不負責任！」袁宏輕率地回答道：「國家的命運自然有興有衰，哪裡一定是他們的過錯呢？」桓溫很嚴肅地變了臉色，環視著四周的人說：「諸位都聽說過劉景升沒有？他有一隻大牛重一千斤，吃的草料比普通的牛多十倍；可是負載重物到遠方，竟不如一隻瘦母牛。後來曹操進入荊州，就把牠煮熟了給將士們吃，當時的人沒有不說痛快的。」他的意思是用大牛比袁宏；在座的人全都大吃一驚，袁宏也嚇得面無人色。

【析　評】王夷甫是一代風流名士，身為太尉，但高談老莊，羞言名教，不理政務；諸屬下受他影響，也都認為沉默不言、拱手無為才算高明；當時四海雖尚安寧，但有識之士已知天下將亂。（本劉孝標注引《八王故事》、《晉書・殷浩傳》。）這就是桓溫所以要歸咎於王夷甫的原因。至於桓溫以大牛比袁宏，是責袁宏祿厚功少，當殺了以謝國人的意思；以桓溫的權勢，這是他辦得到的，所以在座的人既因此吃驚，當事的袁宏更是膽戰心寒，面無人色。

12 袁虎❶、伏滔❷同在桓公❸府，桓公每遊燕❹，輒命袁、伏，袁甚恥之，恆歎曰：「公之厚意，未足以榮國士❺；與伏滔比肩❻，亦何辱如之！」

【注　釋】❶袁虎　即袁宏。見〈言語〉83注❶。❷伏滔　見〈言語〉72注❷。❸桓公　指桓溫。見〈言語〉55注❶。❹遊燕　遊樂宴飲。燕，通「醼」。❺國士　國中才德出眾的人。❻比肩　並肩。比喻地位相等。

【語　譯】袁虎和伏滔一同在桓溫的官府裡工作，桓溫每次遊樂宴飲，都叫他倆參加，袁宏覺得非常可恥，常歎著氣說：「桓公厚重的情意，不足以使國士更加光榮；和伏滔並肩等列，甚麼恥辱比得上啊！」

【析　評】袁虎認為自己是無雙的國士，桓溫不能委以重任，使他為國建功立業，一味叫他和才德不如自己的伏滔參加遊宴，表示寵信，私情雖厚，卻不足以光耀其身，對他無益；而桓溫把自己與伏滔等量齊觀，更是對他莫大的汙辱。懷著這種心情在二人之間周旋，必然痛苦日深，無法調適。其實他的痛苦，都是自視過高造成的。孟子說：「待文王而後興者，凡民也；若夫豪傑之士，雖無文王猶興。」（《孟子・盡心上》）要仰賴別人提拔才能興起的袁虎，算是甚麼國士呢？

13 高柔❶在東❷，甚為謝仁祖❸所重；既出，不為王、劉❹所知。仁祖曰：「近見高柔，大自敷奏❺，然未有所得。」真長云：「故不可在偏地居，輕在角觕❻中，為❼人作議論。」高柔聞之，云：「我就伊無所求。」人有向真長學此言者，真長曰：「我實亦無可與伊者。」然遊燕❽猶與諸人書：「可要❾安固。」安固者，高柔也。

【注釋】❶高柔　字世遠，晉樂安（國名。治高苑，在今山東桓臺東）人。曾任司空參軍、安固令等職。❷東　見本篇7注❷。❸謝仁祖　即謝尚。見〈言語〉46注❶。❹王劉　王濛、劉惔。分見〈言語〉54注❹、〈德行〉35注❶。❺敷奏　普遍陳述治國之道。敷，普。奏，告。❻角觕　屋隅；角落。❼為　與。❽遊燕　遊樂宴飲。燕，通「讌」。❾要　邀請。

【語譯】高柔隱居於東方的會稽，很受謝仁祖的看重；出來做官以後，卻未得王濛、劉惔的優遇。謝仁祖說：「最近見到高柔，自己大大陳述他的治國要道，可是並沒有甚麼收穫。」劉惔說：「本來就不能住在偏僻的地方，隨便在角落裡和人大發議論。」高柔聽說之後，就說：「我對他又沒有甚麼乞求。」有人向劉惔學高柔說這話的神情語氣，劉惔說：「我實在也沒有甚麼可以給他的東西。」可是每逢遊樂宴飲還是寫信給諸友好：「可以邀請安固參加。」安固，就是高柔。

【析評】高柔「大自敷奏」，目的在取得在位者的拔擢；故「未有所得」，就是毫無所獲、未能如願的意思。劉真長「故不可在偏地居」云云，是譏詆高柔見解鄙陋，自暴其短，不能怪人沒有知人之明。高柔說「我就伊無所求」，是怪劉真長多管閒事的意思。人向劉真長學此言，劉真長亦深自反悔，且知高柔畢竟非等閒之輩；所以除了回應高柔的抗議，並時向友人推薦。

14 劉尹❶、江虨❷、王叔虎❸、孫興公❹同坐，江、王有相輕色；虨以手歙❺叔虎云：「酷吏❻！」詞色甚彊❼。劉尹顧謂：「此是瞋❽邪？非特❾是醜言聲、拙視瞻❿！」

【注釋】❶劉尹 指劉惔。見〈德行〉35注❶。❷江虨 見〈方正〉42注❶。❸王叔虎 即王彪之。見本篇8注❻。❹孫興公 即孫綽。見〈言語〉84注❶。❺歙 抓緊兩脅（腋下至肋骨盡處）。通「脅」。❻酷吏 用嚴刑峻法殘害人民的官吏。❼彊 強橫；兇暴。❽瞋 發怒；生氣。通「謓」。❾特 僅；只。❿視瞻 看東西的樣子。

【語譯】劉尹、江虨、王叔虎、孫興公坐在一起，江虨、王叔虎有互相瞧不起的臉色；江虨忽然用手抓緊王叔虎的兩脅說：「酷吏！」聲色非常兇暴。劉尹看著他說：「這是在生氣嗎？不只是說話的聲音醜惡、看人的樣子難看啊！」

【析評】江、王等同坐閒談，本當是輕鬆愉快的事情；江虨居然抓住王叔虎，聲色俱厲地罵他酷吏，實在是豈有此理！所以劉尹要斥責他，意思是大家在這兒又不是生氣吵架，你不但醜言聲、拙視瞻，人品尤其鄙劣！只是他把痛詆江虨品德的話隱忍未發，所以劉義慶把他的話列入〈輕詆〉。

15 孫綽❶作〈列仙商丘子❷贊❸〉曰：「所牧何物？殆非真豬。儻遇風雲❹，為❺我龍攄❻。」時人多以為能。王藍田❼語人云：「近見孫家兒作文，道何物、真豬也！」

【注　釋】❶孫綽　見〈言語〉84注❶。❷列仙商丘子　漢劉向撰《列仙傳》二卷，記傳說中的仙人七十一人，各附贊語。列仙，諸仙的意思。據《列仙傳》四庫全書本，商丘子名胥（劉孝標注引則作「晉」），高邑（在今河北柏鄉北）人，好牧豬吹竽，年七十不娶妻，也不老。他的養生之術，只是吃朮和昌蒲根、飲水而已。❸贊　文體的一種。通「讚」。多用於讚美人物。孫綽作的贊文，與劉向原來的贊文不同。❹風雲　比喻人的良好際遇。❺為　使；令。❻攄　騰躍。❼王藍田　即王述。見〈文學〉22注❼。

【語　譯】孫綽作了一篇〈列仙商丘子贊〉說：「他所放養的是甚麼東西？恐怕並不是真正的豬。倘若遭逢到良好的際遇，就能使我像龍一樣騰躍升空。」當時的人大多認為他有才能。王藍田卻告訴別人說：「最近我看見孫家小兒作文，說的『甚麼東西』、『真正的豬』！」

【析　評】我國人無分古今，都認為豬是一種愚蠢的家畜；可是仙人商丘子喜歡放的是豬，所以孫綽把他放的豬加以神化，說成可以使人升天的仙豬，並非人世所有的真豬。然而王藍田看不起這篇贊文，把它視為小兒的作品，並從原文中斷章取義地割裂出「何物」、「真豬」四字，組合成「道何物、真豬也」這個一語雙關的句子，表面上在陳述全文的大要，骨子裡卻是罵孫綽不知所云、笨得真像豬一樣。

16　桓公❶欲遷都❷，以張拓定之業❸；孫長樂❹上表❺諫❻此議，甚有理。桓見表心服，而忿❼其為異，令人致意❽孫云：「君何不尋❾〈遂初賦〉❿，而彊⓫知⓬人家國事？」

【注　釋】❶桓公　指桓溫。見〈言語〉55注❶。❷欲遷都　欲將國都由建康遷回洛陽。❸拓定之業　指粗平黃河以南地區的功業。❹孫長樂　即孫綽。見〈言語〉84注❶。❺表　古代奏章的一種，多用於陳述衷情。❻諫　止；勸阻。❼忿　怨恨。❽致意　表達自己的心意。❾尋　探求；思考。❿遂初賦　孫綽作〈遂初賦〉，見〈言語〉84。遂初，謂辭官隱居，得遂其初願。⓫彊　勉強；堅決。⓬知　掌管；干涉。

【語　譯】桓公想把都城遷回洛陽，好擴大已經開拓的安定基業；可是孫長樂上表諫阻這項建議，說得很有道理。桓公看了表誠心佩服，卻恨他提出異議，就使人向孫長樂表達自己的意思說：「您為甚麼不去想想您的〈遂初賦〉怎樣說的，卻硬要干涉別人主持的國家大事？」

【析　評】《晉書．孫楚傳》載：「時大司馬桓溫欲經緯（規劃治理）中國，以河南粗平，將移都洛陽。朝廷畏溫，不敢為異；而北土蕭條，人情疑猜；雖並知不可，莫敢先諫。綽乃上疏。」並錄出孫表全文，可參看。桓溫令人致意孫綽云云，是責他言行不合，叫他罷官退隱，勿再多管自家的閒事。

17 孫長樂兄弟❶就謝公❷宿，言至駁雜❸；劉夫人❹在壁後聽之，具聞其語。謝公明日還，問：「昨客何似❺？」劉對曰：「亡兄門，未有如此賓客！」謝深有愧色。

【注　釋】❶孫長樂兄弟　孫綽及他的哥哥孫統。分見〈言語〉84注❶、〈品藻〉59注❶。❷謝公　指謝安。見〈德行〉33注❷。❸駁雜　雜亂無章。駁，宋本作「款」，《太平御覽》四〇五作「駿」，皆非。❹劉夫人　謝安妻，劉惔妹。見〈德行〉36注❶。❺何似　何如；怎樣。

【語　譯】孫長樂兄弟二人到謝公家寄宿，言談極為雜亂；劉夫人在牆壁後傾聽，把他們的話全聽到了。謝公第二天回到自己的屋裡，問夫人說：「昨天來的客人怎麼樣？」劉夫人答道：「亡兄的家裡，不曾有這樣的客人！」謝公現出很慚愧的臉色。

【析　評】朋友以類相聚，所以想了解一個人的才德，只要看他交的朋友怎樣就行了。孫氏兄弟能到謝安家住宿，可見他們的交情很深；謝安徵詢夫人對他們的觀感，恐怕帶有炫耀的意味。劉夫人說「亡兄門，未有如此賓客」，一定是配合著鄙夷的聲色說的，隱含著「我死去的哥哥才不像你那樣沒有出息，要和這種人鬼混」的意思。劉夫人是才德很高的女子，素為謝安所敬畏；所以謝公被她搶白一頓，立刻深有愧色，臉紅到脖子裡去了。

18 簡文❶與許玄度❷共語，許云：「舉君、親❸以為難。」簡文便不復答。許去後而言曰：「玄度故可不至於此！」

【注　釋】❶簡文　晉簡文帝。見〈德行〉37注❶。❷許玄度　即許詢。見〈言語〉69注❷。❸親　本指父母。在此則專指父親。

【語　譯】簡文帝和許玄度交談，許玄度說：「在君王和父親之間選擇一位事奉，人人都認為是困難的。」簡文帝就不再答話。許玄度離開以後才說道：「玄度原本可以不要談到這問題啊！」

【析　評】劉孝標注引〈邴原別傳〉：「魏五官中郎將嘗與群賢共論曰：『今有一丸藥，得濟（可治好）一人疾；而君、父俱病，與君邪？與父邪？』諸人紛葩（盛多的樣子。對此比喻，諸人議論紛紛，莫衷一是），或父、或君。原勃然（生氣的樣子）曰：『父子，一本也。亦不復難（父子同出一源，比君臣密切。大家也不必再為難了）！』」忠君、孝親，是人倫中最重大的兩件事，當忠、孝不能兩全的情況下任選其一，要視種種不同的情況才能決定，不是憑邴原「父子，一本也」一句話就能作成定論。試問大敵當前，君生則國存，君死則國滅的時候，你能用這粒丸藥救治一己的父親嗎？像這樣的難題，在一般人面前討論是可以的，但在君、父面前爭辯，未免使他們難堪。因此簡文聽了許玄度的話很不高興，不再搭話；事後仍怪他和自己說到這件事情。

19 謝萬❶壽春❷敗後，還書與王右軍❸云：「慙❹負宿顧❺！」右軍推書曰：「此禹、湯之戒❻！」

【注　釋】❶謝萬　見〈言語〉77注❶。❷壽春　晉縣名。在今安徽壽縣。❸王右軍　即王羲之。見〈言語〉62注❷。❹慙　同「慚」。羞愧。❺宿顧　平素的照顧。❻禹湯之戒　《左傳・莊公十一年》：「禹、湯罪己（歸罪於自己），其興也悖（盛大的樣子。通「勃」）焉。」此言禹、湯能以罪己為誡，不再犯過，萬恐不能。戒，通「誡」。

【語　譯】謝萬在壽春戰敗後，回信給王右軍說：「很慚愧辜負了您平素對我的照顧！」王右軍看了把信推開道：「這只合大禹、商湯歸罪於自己的告誡啊！」

【析　評】據《晉書・穆帝記》，謝萬壽春之敗，發生在升平之年，西元三五九年。同書〈王羲之傳〉載：「萬為豫州都督，王羲之遺（給與）書誡之曰：『願君每與士之下者同，則盡善矣。』萬不能用，果敗。」謝萬回信云「慙負宿顧」，指此而言。王右軍看了這話，心有餘憾，故推信不願再讀；所謂「此禹、湯之戒」，意謂謝萬的罪己雖合禹、湯罪己的大道，但恐他虎頭蛇尾，知過不能改，也是枉然。

20 蔡伯喈❶睹睞❷笛椽❸，孫興公❹聽妓，振且❺攞折。王右軍聞，大嗔❻曰：「三祖壽樂器❼，虺瓦❽弔❾；孫家兒打折❿！」

【注　釋】❶蔡伯喈　即蔡邕。見〈品藻〉1注❻。❷睹睞　察看；相看。❸笛椽　可以製笛的竹椽。椽是屋頂架瓦的木條。東漢蔡邕曾經過會稽柯亭（又名高遷亭、千秋亭），見竹椽甚美，取以為笛，音聲無雙。此笛晉時為桓子野所得。見伏滔〈長笛賦敘〉、《後漢書・蔡邕傳》注引《文士傳》、《太平御覽》一九四引《郡國志》。❹孫興公　即孫綽。

見〈言語〉84注❶。❺且 將。❻嗔 生氣。❼三祖壽樂器 流傳三世之久的樂器。❽朏瓦 具有朏文的瓦當，在此泛指屋瓦。朏，似龍蛇蜴之屬。❾弔 悲傷。❿打折 打斷；斷。指斷歌妓的腰。

【語譯】蔡伯喈察看屋頂可以製笛的竹椽，看中了就抽下來做成長笛；孫興公聽歌女唱歌，興起時就把她抖動得腰都要搖斷了似的。王右軍聽說，非常生氣地說：「這支傳世三代之久的樂器，當初曾使得屋瓦悲傷；孫家的小子快把人家的腰折斷了，豈不令人痛斷肝腸！」

【析評】這一則記事，各家都認為難解，疑有譌誤；但細玩全文，結構嚴謹，辭理明備，清朗可誦。我們由孫興公聽妓後，以「振且擺折」的方式對待她，就可以看出「蔡伯喈睹睞笛椽」句下，省了一句他如何處理這笛椽的記述；由王右軍說蔡伯喈抽下竹椽，使屋瓦失據而悲弔的話，就可以看出「孫家兒打折（歌女的腰）」句下，省了一句歌女如何反應的記述；閱讀時若不代為補足，當然就不知所云了，所以都在譯文中試加填充。蔡伯喈愛笛而毀屋，孫興公喜歌而傷妓，因小失大，厚此薄彼，所以王右軍大為生氣，微言輕詆。

21 王中郎❶與林公❷絕不相得❸，王謂林公詭辯❹；林公道王云：「箸膩顏帢❺，緆❻布單衣，挾❼《左傳》❽，逐鄭康成❾車後。問是何物❿塵垢囊⓫！」

【注釋】❶王中郎 指王坦之。見〈言語〉72注❶。❷林公 指支遁。見〈言語〉63注❶。❸相得 互相投合。❹詭辯 用不合道理的言辭與人辯論。❺顏帢 魏時的一種便帽。在帽子的前方縫上橫線，以別於後，故名。及晉懷帝永嘉年間，取消前面的縫線，不分前後，改稱無顏帢。見《晉書・五行志》。帢，便帽。❻緆 套。宋本譌作「綸」。❼挾 以腋夾持。❽左傳 《春秋左氏傳》的省稱，春秋時魯國左丘明撰。是一部闡發《春秋》的微言大義，並詳載春秋一代歷史的偉大著作。❾鄭康成 即鄭玄。見〈文學〉1注❶。❿何物 晉時謂何等、甚麼為何物。⓫囊 口袋。比喻人的軀殼。

【語譯】王中郎和林公一點也合不來，王中郎說林公只曉得與人詭辭辯論；而林公批評王中郎說：「戴著一頂油膩過時的便帽，套著一件寬大的粗布單衣，腋下夾了一本《左傳》，妄想步鄭康成的後塵。請問這是個甚麼布滿塵土汙垢的臭皮囊啊！」

【析評】林公用「箸膩顏帢，緆布單衣」二語，形容王中郎衣裝骯髒且不合身；所戴的顏帢，又是永嘉以前過時的舊物；表示他的憎惡。又用「挾《左傳》，逐鄭康成車後」二語，表示他的鄙夷。最後才用反語把王中郎罵成無比汙穢、毫無用處的臭皮囊。可說是深得罵人的訣竅。從林公的話中，可知王中郎好讀《左傳》。鄭康成本想注《左傳》的，後來發現服虔說解《傳》意，多與自己相同，就把寫成的手稿贈給服虔，服虔納入所著的《春秋左氏傳解》（見〈文學〉2則、《後漢書・儒林傳》）。此書是當時最享盛譽的《傳》注，所以王中郎讀後飲水思源，願「逐鄭康成車後」，步其後塵，繼承他的志業，但林公把他的志願看做異想天開的奇思妄想，以為他絕對無力勝任。

22 孫長樂❶作〈王長史❷誄❸〉，云：「余與夫子❹，交非勢利❺。心猶澄水❻，同此玄味❼。」王孝伯❽見曰：「才士❾不遜❿！亡祖何至與此人周旋⓫？」

【注釋】❶孫長樂　即孫綽。見〈言語〉84注❶。❷王長史　指王濛。見〈言語〉54注❹。❸誄　文體名。累記死者功德並致哀悼之意的文辭。❹夫子　對男子的尊稱。指王長史。❺勢利　權勢和利益。❻澄水　平靜而清徹的水。❼玄味　玄妙的旨趣。指老、莊的宗旨和大意。❽王孝伯　即王恭。見〈德行〉44注❶。❾才士　有才藝的人。指孫長樂。❿遜　謙讓；客氣。⓫周旋　應酬；交往。

【語譯】孫長樂作了一篇〈王長史誄〉，寫道：「我和先生，不是為了權勢利益相交。我們的心如同平靜清徹的水，共同愛好這玄妙的旨趣。」王孝伯後來看了以後對人說：「這位才子太不客氣了！先祖怎會無聊到和這個人交往呢！」

【析　評】王濛死於穆宗永和三年，年三十九（見《書法要錄》九引《書斷》），王孝伯尚未誕生；本則所記，是後來的事。王孝伯肯定孫綽的文才，所以稱他為「才士」；但是認為他的思想、品德，萬萬不及王濛，卻在誄辭中把自己抬得和王濛同等高超，是非常不謙遜、非常無聊的行為，所以出言譏詆。王孝伯不可能見到他早死的祖父；但據本書〈排調〉54則，曾在王光祿座上見過孫綽；他對祖父的印象是間接得來，而對孫綽卻是直接得來的。再證以本書〈方正〉48則所載孫綽作〈庾公誄〉事，他的批評應該是公正的。

23　謝太傅❶謂子姪曰：「中郎❷始是獨有千載❸！」車騎❹曰：「中郎衿抱❺未虛，復那得獨有？」

【注　釋】❶謝太傅　指謝安。見〈德行〉33注❷。❷中郎　即謝萬。見〈言語〉77注❶。❸千載　千年。指不朽的美名。❹車騎　指謝玄。見〈言語〉78注❺。❺衿抱　懷抱；心意。

【語　譯】謝太傅對子姪們說：「中郎才是獨享千年美名的人物！」謝玄說：「中郎的心意不夠謙虛，哪還能獨享美名？」

【析　評】謝玄的意思，是說謝萬心意未虛，餘地不多，故不能獨自享有千年的盛譽，只能享有暫短的時譽而已。貶抑得極有分寸，令人激賞。

24 庾道季❶詫❷謝公❸曰：「裴郎云❹：『謝安謂裴郎：乃可不惡，何得為復飲酒？』裴郎又云：『謝安目支道林❺：如九方皋之相馬，略其玄黃，取其儁逸❻。』」謝公云：「都無此二語，裴自為此辭耳。」庾意甚不以為好，因陳東亭❼《經酒壚下賦》❽；讀畢，都不下賞裁❾，直云：「君乃復作❿裴氏學⓫！」於此《語林》遂廢。今時有者，皆是先寫，無復謝語。

【注　釋】❶庾道季　即庾龢。見〈言語〉79注❷。❷詫　告知。❸謝公　指謝安。見〈德行〉34注❶。❹裴郎云　指裴啟《語林》所說。見〈文學〉90及注❶。❺支道林　即支遁。見〈言語〉63注❶。❻如九方皋之相馬三句　言支道林講學，常標舉其要點，而不作章句細部的解釋；有如春秋時善於相馬的九方皋，往往忽略馬的毛色，但論牠俊秀出眾的特徵。雋，通「儁」(同「俊」)。見劉孝標注引〈支遁傳〉及《列子・說符》。❼東亭　王東亭，即王珣。見〈言語〉102注❸。❽經酒壚下賦　賦名。即〈文學〉90〈經黃公酒壚下賦〉的省稱。❾賞裁　賞識裁斷。❿作　研究。⓫裴氏學　裴氏一家的專門學問。指他的造假之學。

【語　譯】庾道季告訴謝公說：「裴郎說：『謝安評論裴郎：只可以不討厭他，怎麼能再和他一起飲酒？』裴郎又說：『謝安品評支道林：他講學問的時候，好像九方皋察看駿馬，忽略牠毛色是黑、是黃的細節，但取牠俊秀出眾的特長。』」謝公說：「這兩段話我都沒有說過，是裴郎自己編出來的。」庾道季心中認為這話說的很不應該，於是又把王東亭的傑作〈經酒壚下賦〉拿給他看，以證《語林》所記不虛；可是謝公讀完，並不讚賞批評，只說：「您竟又研究起裴氏學來了！」從此以後，《語林》就逐漸被廢棄。現(指劉宋時)有的傳本，都是早先抄寫的，沒有再見到謝安的話。

【析　評】本書〈傷逝〉2則所載王戎過黃公酒壚事，原為民間傳言，並非實錄。但王珣不察，據以作賦於先；裴啟沿襲其誤，收入《語林》於後。此與謝安謂裴郎語、目支道林語，俱屬裴啟一家的無稽之談，謝公既斥之為造假的「裴氏學」的一部分，自然認為無論文字的好壞，都沒有再加賞裁的必要。後人聞《語林》所錄三事皆虛，疑所錄其他諸事全出裴啟杜撰，就沒有人再去閱讀，終至失傳。劉義慶既知黃公酒壚事是虛構的，但《世說》仍一再敘述其事，大概基於保存異說，以備參證的意願；同時假造的王戎「今日視此雖近，邈若山河」二語，很能道出生死永隔的哀慨，也令人很難捨棄。

25 王北中郎⓬不為林公⓭所知⓮，乃著〈沙門⓯不得為高士論〉。大略云：高士必在於縱心調暢⓰；沙門雖云俗外⓱，反更束於教，非情性自得⓲之謂也。

【注釋】❶王北中郎　指王坦之。見〈言語〉72注❶。❷林公　指支遁。見〈言語〉63注❷。❸知　知遇；賞識。❹沙門　和尚。梵語 Sramana 音譯的省略。指依佛教戒律出家修道的人。❺調暢　調和通暢。❻俗外　世俗之外。佛教稱世間或在家為俗，與出家為僧相對。❼自得　內心自然有所收穫。做一件事而有所獲叫做得。

【語譯】王北中郎沒有受到林公的賞識，就寫了一篇〈沙門不得為高士論〉。大意是說：所謂高士，就在於能諧和通暢地任意而行；沙門雖說已超出世俗之外，但反而更受宗教的拘束，不合高士順著天性去做、內心就自然能有收穫的道理。

【析評】王坦之把自己不受林公的賞識，歸咎於林公是一個沙門，處處受戒律的拘束，他自身根本不可能成為一個「縱心調暢」、率性自得的高士；自己不是高士，當然沒有資格評論別人是不是高士。這番議論中規蹈矩，非常有理；可是王坦之如此在意林公對他的觀感，並且為文和林公計較，就和他所謂「情性自得」無須外求的標準相去甚遠；不為林公所知，也是咎由自取，理所當然。

26 人問顧長康❶：「何以不作洛生詠❷？」答曰：「何至❸作老婢聲❹？」

【注釋】❶顧長康　即顧愷之。見〈言語〉85注❹。❷洛生詠　見〈雅量〉29注⓭。❸何至　豈有。❹老婢聲　洛陽書生吟詠，沙啞重濁，有如老年婢女，故云老婢聲。

【語譯】有人問顧長康說：「為甚麼不用洛陽書生的方式吟詠呢？」答道：「哪有故意去裝老婢聲調的道理？」

【析評】「洛生詠」是當時最盛行、帶有鼻濁音的吟詠方式，而顧長康不同流俗，斥為老婢之聲，以為讀書的男子無須效法。這種詠法，發源於語音沉濁的洛陽，後因少有鼻疾的謝安模仿，又加入濃重的鼻音（參見〈雅量〉29則注⓭），時人輾轉效法，成為一種病態的吟誦法；只有年老體衰的婢女，由於長年在勞動時或回應主人呼喚、問話時必須高聲呼喊，終致語音重濁，而且配合著顫顫悠悠、上氣不接下氣的情形，與之相似。所以顧長康所作的比喻，不僅極其傳神，發人猛省；也使我們對「洛生詠」有了更進一步的認識。

27 殷顗❶、庾恆❷並是謝鎮西❸外孫。殷少而率悟❹，庾每不推❺；嘗俱詣謝公❻，謝公熟視殷曰：「阿巢❼故似鎮西！」於是庾下聲❽語曰：「定❾何似？」謝公續復云：「巢頰似鎮西。」庾復云：「頰似足作健❿不？」

【注釋】❶殷顗　見〈德行〉41注❹。❷庾恆　字敬則，祖父亮（見〈德行〉31注❶），父龢。官至尚書僕射。❸謝鎮西　指謝尚。見〈言語〉46注❶。尚長女僧要嫁給庾龢，即庾恆之母；次女僧韶嫁給殷康，即殷顗之母。❹率悟捷悟；速悟。❺不推　不服；不願意承認。❻謝公　指謝安。見〈德行〉33注❷。❼阿巢　巢是殷顗的小名。阿，詞頭。❽下聲　低聲。❾定　究竟。❿足作健　言才德可以算一樣好。足，可以。作，為；算是。健，善。

【語　譯】殷顗和庾恆都是謝鎮西的外孫。殷顗年紀較小，但悟性很高，庾恆往往不服；他倆曾一同去晉見謝安，謝安仔細看了殷顗以後說：「阿巢的確很像鎮西！」於是庾恆低聲問道：「究竟哪裡像呢？」謝安又接著說：「阿巢的面頰像鎮西。」庾恆又問：「面頰像，才德就能算一樣好嗎？」

【析　評】謝公「阿巢故似鎮西」的讚歎，語義不明，可能指殷顗面貌才德都媲美謝鎮西而言；果真如此，可說是對殷顗很大的恭維，這令庾恆大為不服。於是他小心翼翼地一問再問，問出「巢頰似鎮西」的回話，就確定阿巢與鎮西相似的，只是面貌的一部分而已，與二者的才德毫無關聯。於是他再明知故問一句「頰似足作健不」？這答案當然是否定的。其實他的本意是藉此告訴殷顗：頰似並不能表示你和外祖父一樣好，你且別忙得意！

28 舊目韓康伯❶：「將肘❷無風骨❸。」

【注　釋】❶韓康伯　即韓伯。見〈德行〉38注❷。❷將肘　肥大不見骨的臂肘。將，大。通「壯」。肘，上下臂交接的關節處。❸風骨　性格；骨氣。

【語　譯】從前有人評論韓康伯：「他整個人就像他那肥嘟嘟的臂肘，毫無骨氣可言。」

【析　評】韓康伯體型肥大，所以范啟說他活像一隻「肉鴨」（見劉孝標注引《說林》）。人既癡肥，一般必然露骨的臂肘，也被肥肉包裹得異常臃腫，毫無骨感可言；因而討厭韓康伯，認為他沒有骨氣的人，便就地取材，拿他有肉無骨的手臂來譏諷他。但愛護他的人，也有「韓康伯雖無骨幹，然亦膚立」的讚辭，請參看〈品藻〉66則。

29 苻宏❶叛來歸國❷，謝太傅❸每加接引❹，宏自以有才，多好上人❺，坐上無折之❻者。適王子猷❼來，太傅使共語，子猷直熟視良久，回語太傅云：「亦復竟不異人！」宏大慚而退。

【注釋】❶苻宏　晉時前秦君主苻堅的太子。堅被姚萇所殺，宏叛前秦與母妻歸晉。後因謀反被殺。❷國　本國。指晉。❸謝太傅　指謝安。見〈德行〉33注❷。❹接引　接待。❺上人　超越他人。❻折之　使之挫敗。❼王子猷　即王徽之。見〈雅量〉36注❶。

【語譯】苻宏背叛前秦來歸附本國，謝太傅時常親自接待，苻宏自己認為很有才能，喜歡處處勝過別人，當天在座的人沒有一個能壓倒他。正好王子猷來了，太傅就讓他們交談，王子猷目不轉睛地細看他很久，回頭告訴太傅說：「畢竟和別人也還沒有兩樣啊！」苻宏非常慚愧，就回去了。

【析評】王子猷「亦復竟不異人」這一句話，意思很簡單，就是說看來看去，無論如何也看不出苻宏有甚麼異於常人的地方。但在修辭方面，發揮了他的長才，他連用「亦」、「復」、「竟」三個限制詞於否定副詞「不」上，造成一種絕對不容懷疑的效果；苻宏被他的氣勢所折，乖乖地敗下陣來。

30 支道林❶入東❷，見王子猷兄弟❸，還，人問：「見諸王何如？」答曰：「見一群白頸烏❹，但聞喚啞啞聲❺。」

【注釋】❶支道林　即支遁。見〈言語〉63注❶。❷東　指會稽。見本篇7注❷。❸王子猷兄弟　即王徽之、王獻之。分見〈雅量〉36注❶、〈德行〉39注❶。❹白頸烏　烏頸有白環者。王氏子弟多服白領衣，故以此為喻。❺但聞喚

啞啞聲　王氏子弟本北方人，卻口操吳語；支遁喻作群鴉聒噪，譏其忘本。

【語　譯】支道林進入東方的會稽，見到了王子猷兄弟，回到建康以後，有人問他：「見過王家子弟們，怎麼樣？」答道：「看見一群白頸烏鴉，只聽到啞啞呼叫的聲音。」

【析　評】本書〈排調〉13則，載劉真長譏王導作吳語事，可見王氏門風如此。北齊楊愔曾讚歎裴讞之說：「河東士族，京官不少，唯此家兄弟，全無鄉音。」（見《北史・裴佗傳》）是讚美他們能盡改鄉音、入境隨俗的意思。王導籍隸琅邪（治所在今山東臨沂北十五里），生於洛陽，當他初抵建康，國家基業未固，偶作吳語，以示提倡，用來收攬江東人心，原有政治上的需要；但他和子弟接待北人，亦操吳語，就難免要招人非議。

31 王中郎❶舉許玄度❷為吏部郎❸，郗重熙❹曰：「相王❺好事❻，不可使阿訥❼在坐頭❽。」

【注　釋】❶王中郎　指王坦之。見〈言語〉72注❶。❷許玄度　即許詢。見〈言語〉69注❷。❸吏部郎　官名。即吏部郎中，主管選舉賢能。晉時特別重視吏部郎的人選，其職位高於其他各部的郎中。❹郗重熙　即郗曇。見〈賢媛〉25注❸。❺相王　晉簡文帝當時以會稽王輔政，故稱他為相王。❻好事　喜歡製造事端，沒事找事。❼阿訥　訥，許詢的小名。阿，詞頭。無義。❽在坐頭　在座上。指參與其事。

【語　譯】王中郎推薦許玄度擔任吏部郎，郗重熙說：「相王喜歡沒事找事，不能讓阿訥在座上亂出主意。」

【析　評】郗重熙以為許玄度也是一個喜歡橫生事端的好事之徒，如在相王座上，必因臭味相合，使得國家多事，所以極力反對。

32 王興道❶謂：「謝望蔡❷霍霍❸如失鷹師❹。」

【注釋】❶王興道　王和之，字興道，晉琅邪（郡名。治開陽，在今山東臨沂北十五里）人。曾任永嘉太守、正員常侍。❷謝望蔡　指謝琰。望蔡，爵名。琰因功封望蔡公。見〈傷逝〉15注❻。❸霍霍　匆忙的樣子。❹失鷹師　放走了獵鷹的馴鷹師。在手逸去叫做失。

【語譯】王興道說：「謝望蔡舉止匆匆忙忙的，好像從手上逸失了獵鷹的馴鷹師，忙著去把鷹抓回來。」

【析評】良好的鷹師，是不會讓鷹輕易從手中溜走，再去慌忙誘捕的。所以王興道所諷刺的，應是謝望蔡做事的能力不夠，經驗不足，以致常出紕漏，疲於補救。

33 桓南郡❶每見人不快，輒嗔云：「君得哀家梨，當復蒸食不❷？」

【注釋】❶桓南郡　指桓玄。見〈德行〉41注❶。❷君得哀家梨二句　秣陵有哀仲家產好梨，果大如升，入口即化。言愚人不知滋味，得好梨蒸熟才吃。見劉孝標注引舊言。

【語譯】桓南郡每次看見別人不愉快，就生著氣說：「您得到哀家的好梨，還要再蒸熟了才吃嗎？」

【析評】桓玄「君得哀家梨」二語，是責問人是否有意先破壞美好的人生，再痛苦乏味地生存下去。他以為人生是美好的，得之不易，恰似哀仲家的好梨；我們既已擁有，就該盡情享受，不可自尋煩惱，蹧蹋了原有的美味，再勉強吞食殘渣。

假譎❶第二十七

1 魏武❷少時，嘗與袁紹❸好為游俠❹。觀人新婚，因潛入主人園中，夜叫呼云：「有偷兒❺賊！」青廬❻中人皆出觀，魏武乃入，抽刃劫新婦。與紹還出❼，失道❽墜枳棘❾中，紹不能得動；復大叫云：「偷兒在此！」紹遑迫❿自擲出⓫，遂以⓬俱免。

【注　釋】❶假譎　假意行權。譎，權變。❷魏武　魏武帝曹操。❸袁紹　見〈捷悟〉4注❷。❹游俠　指好交遊、勇於鋤強扶弱的人。❺偷兒　小偷。❻青廬　古時婚禮，用青布幔搭成布棚，在裡面交拜成親，稱為青廬。❼還出　退出。❽失道　迷失道路。❾枳棘　枳木與棘木，皆多刺，可傷人。❿遑迫　惶恐急迫。遑，通「惶」。⓫自擲出　奮力自己跳出，如被人擲出。⓬以　助詞。無義。

【語　譯】魏武帝年輕的時候，曾和袁紹喜歡做些仗義行俠的事情。有一次看見別人正在結婚，就偷偷地進入主人的庭園中，到夜晚大聲叫喊道：「有小偷兒啊！」在青廬中的人都出來觀看，魏武帝就乘虛而入，抽出刀來劫持新娘。後來他和袁紹退出，迷路墜入荊棘叢中，袁紹想動而不能動；魏武帝又大叫道：「小偷兒在這裡！」袁紹又怕又急，縱身一跳，跳了出來，就一同逃脫了。

【析　評】這一則記事，前半說明曹操和袁紹失道墜枳棘中的經過，後半寫曹操使用詐術逼袁紹奮力自行脫險的經過。少時的曹操、袁紹好為游俠，為甚麼要劫持人家的新娘呢？大概他倆少見多怪，看新娘因為辭別父母，哀哀悲哭，以為她遇上了惡霸搶婚的事情，頓生憐憫，於是乎挺身救美吧？既抽刃劫新婦，為甚麼只有曹操與袁紹退出呢？大概青廬裡中計出觀的人回來合力搶救，趕走了這兩個大俠吧？因為此文重在後半對曹操假譎的描寫，前半文辭不宜過長；所以能省的就省了，留給讀者去想像補充。

2 魏武❶行役❷失道，三軍❸皆渴，乃令曰：「前有大梅林，饒子❹，甘酸，可以解渴。」士卒聞之，口皆水❺出；乘此得及前源。

【注釋】❶魏武　魏武帝曹操。❷行役　古代稱服役或公務而在外跋涉為行役。在此指行軍而言。❸三軍　周制一萬二千五百人為一軍，天子六軍，諸侯大國三軍。後世通稱軍隊為三軍。在此指所有的士卒。❹饒子　結了很多梅子。子，果實。❺水　指口水、津液。

【語譯】魏武帝行軍時迷路了，見士卒們都口渴難耐，就下令說：「前面有一個大梅林，結了很多梅子，又甜又酸，去吃了可以解渴。」士卒們聽了，都滿口生津，忘了口渴；就乘著這個得以到達前面的水源。

【析評】這一則記事，就是成語「望梅止渴」的出處。曹操很懂得心理和生理間微妙的關係，前面並沒有甚麼大梅林，那是他編造出來的。他曉得人一想到梅子的酸味，就會情不自禁地流出口水來，暫時解除口渴；所以特別拈出一個「酸」字加以刺激。他也曉得梅林太小，梅子不夠分配，也不足以鼓舞大眾；所以拈出「大」字、「饒」字，讓梅子多得人人有份，吃也吃不完，使大家酸溜溜的津液泉湧，奮勇爭先，好在發覺上當以前趕到水源。人道阿瞞少好譎詐（見劉孝標注引〈曹瞞傳〉），果然。

3 魏武❶嘗言：「人欲危己，己輒心動❷。」因語所親小人曰：「汝懷刃密來我側，我必說心動，執汝使行刑❸；汝但勿言其❹使，無他❺。當厚相報。」執者❻

信焉，不以為懼，遂斬之。此人至死不知也。左右以為實，謀逆者挫氣❼矣。

【注釋】❶魏武 魏武帝曹操。❷心動 心感不安而跳動。❸行刑 指執行死刑。❹其 指我。古代「其」可用作第一、二、三身的指稱詞。❺無他 無害。他，通「它」。它即「蛇」的初文。上古人居草莽之中，毒蛇為害，故云。❻執者 被執者。即從命而被執的所親小人。❼挫氣 喪失勇氣。

【語譯】魏武帝曾說過：「如果有人想殺害我，我的心就會跳動示警。」於是告訴他一個親信的小吏說：「你懷藏著利刃偷偷來到我身旁，我一定說心在跳動示警了，於是抓住你叫人執行死刑；你只要不說是我指使的，就安然無事。將來我會重重報答你。」後來這被抓的小吏相信他，一點也不害怕，就被殺了。這個人到死都不知道為了甚麼。左右的人以為那神話是真的，計畫反叛行刺的人都喪失了勇氣。

【析評】曹操這種犧牲別人的生命保全自身的做法，狠毒詭譎，完全違背常情；所以他親信的忠實小吏，只有不明不白地枉做刀下之鬼，至死不悟。

4 魏武❶常云：「我眠中不可妄近，近便斫❷人，亦不自覺；左右宜深慎此！」後陽❸眠，所幸人竊❹以被覆之，因便斫殺。自後安眠，人莫敢近者❺。

【注釋】❶魏武 魏武帝曹操。❷斫 用刀斧砍。❸陽 假裝。通「佯」。❹竊 悄悄地。❺自後安眠二句 宋本作「自爾每眠，左右莫敢近之」，今據《太平御覽》三九三、《藝文類聚》後二一引《世說》改。

【語譯】魏武帝常常說：「我睡著時不可以隨便接近我，接近我就會殺人，連我自己也不知道幹了甚麼；你們經常在我左右的人，應該特別小心這件事！」後來他假裝睡著了，一個受他寵信的人悄悄拿被給他蓋上，於是就把這人殺了。從此以後當他安睡時，就沒有人敢靠近他了。

【析評】這是慣用權術的曹阿瞞，另一宗精心策劃殺人自保的血案！

5 袁紹❶年少時，曾遣人夜以劍擲魏武，少下❷，不著❸。魏武揆❹之，其後來必高，因帖❺臥床上。劍至，果高。

【注釋】❶袁紹　見〈捷悟〉4注❷。❷下　低。❸不箸　不中。❹揆　測度；估計。❺帖　緊貼；貼近。

【語譯】袁紹年輕的時候，曾經派人夜晚用飛劍投刺魏武帝，稍微低了一些，沒有命中。魏武帝猜想，後面跟來的一劍一定會提高，就緊緊貼身躺在床上。劍再擲來，果然偏高一點。

【析評】袁、曹少時友好，未聞有隙，由本篇1則的記事可見一斑；且所遣刺客運劍，高下如意，二擲不中，竟不做致命的第三擲，也不合情理；故自劉孝標以下，學者都認為這則記事可疑。

6 王大將軍❶既為逆❷，頓軍❸姑孰❹。晉明帝❺以英武之才，猶相猜憚❻，乃箸戎服，騎巴賨❼馬，齎❽一金馬鞭，陰察軍形勢。未至十餘里，有一客姥❾，居店食，帝過愒❿之，謂姥曰：「王敦舉兵圖逆，猜害⓫忠良，朝廷⓬駭懼，社稷是憂⓭，故劬勞⓮晨夕，用⓯相覘察⓰。恐形跡危露⓱，或致狼狽⓲；追迫之日⓳，姥其匿之。」便與客姥馬鞭而去。行敦營匝⓴而出，軍士覺，曰：「此非常人也！」

敦臥心動，曰：「此必黃須㉑鮮卑奴㉒來！」命騎追之，已覺㉓多許里；追士因問向姥：「不見一黃須人騎馬度㉔此邪？」姥曰：「去已久矣，不可復及。」於是騎人息意㉕而反㉖。

【注　釋】❶王大將軍　指王敦。見〈文學〉20注❷。❷為逆　造反。王敦於晉元帝永昌元年反，帝以憂崩。明帝紹即位。太寧二年，明帝親征，暗察敦營，即本則所記之事。見《晉書·明帝紀》。❸頓軍　屯兵；駐兵。❹姑孰　城名。在今安徽當塗。東晉時築城戍守，並積鹽米於此。❺晉明帝　見〈排調〉17注❶。❻猜憚　疑懼。❼巴賨　即巴郡。故治在今四川南充北。❽齎　攜帶。❾客姥　開客棧的老婦。❿愒　休息。⓫猜害　疑忌殘害。⓬朝廷　帝王的代稱。在此為明帝自稱。⓭社稷是憂　即「憂社稷」的倒裝句。社稷是國家的代稱，是說憂國家將被滅亡。⓮劬勞　勤勞；勞苦。⓯用　以；而。⓰覘察　暗中偵察。覘，窺視。⓱危露　顯露；暴露。危有高峻之意。⓲狼狽　比喻非常窘迫。⓳日　時候。⓴匝　環繞一周。同「帀」。㉑須　「鬚」的本字。㉒鮮卑奴　對鮮卑人的蔑稱。鮮卑，種族名。晉初分數部，以慕容、拓跋二氏最盛，散居於蒙古高原大沙漠的南北。明帝母荀氏，燕國人，應具鮮卑血統，故面貌相類。㉓覺　相去。通「較」。㉔度　過。㉕息意　絕望；死心。㉖反　還。通「返」。

【語　譯】王大將軍已經要造反了，把軍隊屯駐在姑孰。晉明帝憑他英明勇武的才能，對他還是感到疑懼，就穿上軍服，騎了巴郡出產的駿馬，帶了一枝飾金的馬鞭，暗中去偵察敵軍的形勢。在距敵營十多里的地方，有一位開客棧的老太太，坐在店裡吃飯，明帝也到那店中休息，對老太太說：「王敦起兵想要造反，猜忌殘害忠貞善良的人，我很害怕，唯恐國家不保，所以一天到晚地辛勞，暗中偵察敵情。但深怕形跡敗露，也許落得狼狽不堪的地步；如果敵人追近的時候，希望您老人家替我隱瞞一下。」便把馬鞭送給客棧的老太太，獨自離開。他圍著王敦的兵營巡視一周出來，軍士們才發覺，說：「這不是一個平常的人啊！」當時王敦正在睡覺，忽然心跳起來，便說：「這一定是黃鬍子的鮮卑奴來了！」命令騎兵去追他，已經相差許多里路；追兵就向老太太問道：「妳沒有看見一個黃鬍子的人騎馬經過這兒嗎？」老太太說：「已經離開很久，再也追不上了。」於是騎馬追趕的人就死心回去了。

【析評】這一則敘述明帝英明勇武，親察敵營、預留退路的情形。

7 王右軍❶年裁❷十歲時，大將軍❸甚愛之，恆置帳中眠。大將軍嘗先出，右軍猶未起；須臾❹，錢鳳❺入，屏人❻論事，都忘右軍在帳中，便言逆節之謀。右軍覺，既聞所論，知無活理，乃剔吐❼汙頭面被褥，詐熟眠。敦論事造❽半，方憶右軍未起，相與大驚曰：「不得不除之！」及開帳，乃見吐唾從橫❾，信其實熟眠，於是得全。于時稱其有智。

【注釋】❶王右軍　指王羲之。見〈言語〉62注❷。❷裁　通「才」。❸大將軍　指王敦。見〈文學〉20注❷。❹須臾　不久。❺錢鳳　字世儀，為王敦鎧曹參軍。依附王敦作亂，事敗被殺。❻屏人　支開左右的人。屏，通「摒」。排除。❼剔吐　用手指撥弄口舌，使吐出口水。剔，撥弄。❽造　及；至。❾從橫　交錯的樣子。從，通「縱」。

【語譯】王右軍年紀才十歲時，大將軍王敦很愛他，常把他放在帳中同榻而眠。大將軍曾有事先出去，王右軍還沒起床；不久，錢鳳進來，把左右摒退，和王敦討論事情，他們全忘了王右軍還在帳中，就說起變節造反的計畫來。王右軍醒過來，既然聽見他們談論的事，知道自己沒有活命的道理，就用手指撥弄口舌、吐出口水，把頭、臉和被褥全弄髒了，假裝睡得很熟。王敦把事談論到一半，才想到王右軍還未起床，和錢鳳一同大驚道：「不能不把他除掉！」等到揭開床帳，卻看見他吐的口水縱橫交錯，相信他確實熟睡未醒，於是保住了性命。當時大家都稱讚他很有機智。

【析評】人熟睡中，會不自覺地流出口涎；難得王右軍在緊急中想到這一點，而且在慌張得口乾舌燥的關頭，用手指弄出許多口水來，做出長睡未醒的樣子，救了自己的性命。他不但有機智，而且是一個有膽識的人。《晉書・王舒傳》說這是王允之的事，此言王羲之，可能是記憶或傳寫造成的錯誤。據錢大昕《疑年錄》所考，王右軍生於元帝太興四年明帝太寧元年王敦死時，年方四歲而已；王允之生於惠帝太安二年，王敦謀反時，年適十餘歲。

8 陶公❶自上流來，赴蘇峻❷之難，令誅庾公❸；謂必戮庾，可以謝峻。庾欲奔竄，則不可；欲會，恐見執；進退無計。溫公❹勸庾詣陶，曰：「卿但遙拜，必無他；我為卿保❺之。」庾從溫言詣陶；至，便拜。陶自起止之，曰：「庾元規何緣拜陶士衡❻？」畢，又降就下坐；陶又自要起同坐。坐定，庾乃引咎❼責躬，深相遜謝。陶不覺釋然❽。

【注釋】❶陶公　指陶侃。見〈言語〉47注❶。❷蘇峻　見〈方正〉25注❹。❸庾公　指庾亮。見〈德行〉31注❶。❹溫公　指溫嶠。見〈言語〉35注❸。❺保　保證；負責。❻陶士衡　衡，一本作「行」，與《晉書・陶侃傳》同。❼引咎　承認過失。❽釋然　疑慮消除的樣子。

【語譯】陶侃從上游趕來，解救蘇峻的災難，下令討伐庾亮；他以為一定要殺了庾亮，才可以向蘇峻道歉。當時庾亮想逃匿，情勢上又不能逃；想相見，又恐怕被捕；不知道怎麼辦才好。後來溫嶠勸庾亮去拜見陶侃，說：「您只管遠遠跪拜，絕對無害；我給您保證這一點。」庾亮照著溫嶠的話去拜見陶侃；到了，就低頭下拜。陶侃自動起身阻止，說：「庾元規為甚麼要拜陶士衡呢？」拜完，又退居下位；陶侃又自動懇求他起身和自己一同坐。坐好以後，庾亮認罪自責，非常謙遜地向陶侃道歉。陶侃為他的誠懇所感，心中的疑慮不知不覺中全消失了。

【析評】庾亮是明穆皇后的哥哥。明帝崩，成帝尚在襁褓，太后臨朝，庾亮以長舅的身分輔政。當時蘇峻擁有重兵，駐紮在京畿附近，胸懷異志，廣收亡命之徒。庾亮知他終將造反，想以大司農的官位誘他入京，處以極刑；蘇峻素疑庾亮將殺害自己，拒不應命，而以討庾亮為名，進攻京城。溫嶠聞亂，奉陶侃為盟主，自荊楚率舟師趨救國難。溫嶠屯駐尋陽（郡名。治所在今江西九江）時，京師陷落，庾亮來奔。陶侃初疑蘇峻之亂，實庾亮逼成，故欲誅庾謝峻。此時庾亮若奔竄，無異自承有罪，實為不可；所以溫嶠勸他與陶公坦然相對，以謙遜自責的低姿態說明一切，消解了他的怒氣和疑慮。〈容止〉23有相關記述，可參看。

9 溫公❶喪婦，從姑❷劉氏，家值亂離❸，唯有一女，甚有姿慧；姑以屬❹公覓婚。公密有自婚意，答云：「佳婚難得，但如嶠比❺云何？」姑云：「喪破❻之餘，乞得粗❼相存活，便足慰吾餘年；何敢希汝比？」卻❽數日，公報姑云：「已得婚處，門地粗可，婿身❾不減嶠。」因下❿玉鏡臺一枚。姑大喜。既婚，交禮，女以手披紗扇⓫，大笑曰：「我固疑是老奴⓬，果如所卜⓭！」玉鏡臺，是公為劉越石⓮長史、北征劉聰⓯所得。

【注　釋】❶溫公　指溫嶠。見〈言語〉35注❸。❷從姑　父親的堂姊妹。❸亂離　遭遇戰爭，家人四散逃難。❹屬　託付。通「囑」。❺比　類；輩。❻喪破　家破人亡。❼粗　粗略；勉強。❽卻　「郤」的譌字。通「隙」。間隔。❾身　人品。❿下　贈送。⓫披紗扇　將遮面的紗扇拿開。古代婚禮，新婦行禮時以扇遮面，交拜禮後即將扇拿開，謂之「卻扇」。⓬老奴　對溫嶠的暱稱。⓭卜　預料。⓮劉越石　即劉琨。見〈言語〉35注❶。⓯北征劉聰　聰，一名載，字玄明，屠各（匈奴部落之一）人。晉懷帝永嘉四年（西元三一〇年）繼承其父漢王的基業，僭即皇帝位。懷帝建興二年（西元三一四年），溫嶠為劉琨假守左司馬，進討劉聰。

【語　譯】溫嶠死了太太，堂姑劉氏，正好遇到戰爭，家人離散，身邊只有一個女兒，非常美麗聰明；堂姑就囑託溫公替她找一個對象。溫嶠暗中有自己娶她的意思，答道：「好的對象難找，就像我這樣的人怎麼樣？」堂姑說：「家破人亡之後，只求得到一個勉強能共同生活的人，就足以使我在晚年得到安慰；哪敢妄想像你一樣的人？」隔了幾天，溫公稟告堂姑說：「已找到親家了，門第勉強可以，女婿的人品不比我差。」於是送了一座飾有美玉的鏡臺做聘禮。堂姑非常歡喜。已經結婚，行完交拜禮，新娘用手拿開遮面的紗扇，鼓掌大笑道：「我本來就懷疑是你這老奴才，果然如我所料！」這玉鏡臺，是溫公給劉越石當長史、北伐劉聰時得到的。

【析　評】溫公的堂姑應是溫氏，不當為劉氏。如果他的堂姑嫁給劉某為妻，則她的女兒姓劉；但劉孝標注引《溫氏譜》，說溫嶠先後娶李氏、王氏、何氏為妻，《太平御覽》五五四引《中興書》、《晉書・溫嶠傳》並載溫嶠有王、何二妻而不及李氏，皆無娶劉氏的記述；可見本則的記事，不盡可信。拋開這些不談，但就溫嶠娶劉女一事看來，他的居心頗為忠厚。首先他向堂姑暗示自婚之意，堂姑的答辭已顯露她的默許。其次他下玉鏡臺為聘禮，這有來歷的鏡臺，必是劉氏母女早已熟知的舊物，如果不願完婚，可以即時拒收作罷；堂姑卻大喜收下，劉女交拜後見果是溫嶠老奴而撫掌大笑。這不都是溫嶠暗示成功，取得母女歡心的結果嗎？

10 諸葛令女❶，庾氏婦，既寡，誓云：「不復重出！」此女性甚正彊，無有登車理。恢既許江思玄❷婚，乃移家近之；初，誑女云：「宜徙。」於是家人一時去，獨留女在後。比其覺，已不復得出。江郎暮❸來，女哭詈彌甚，積日漸歇。江虨暝❹入宿，恆在對床上；後觀其意轉帖❺，虨乃詐厭❻，良久不悟❼，聲氣轉急。女乃呼婢云：「喚江郎覺！」江於是躍來就之，曰：「我自是天下男子，厭，何預卿事而見喚邪？既爾相關，不得不與人語。」女默然而慚，情義❽遂篤。

【注釋】❶諸葛令女　諸葛恢女文彪，庾會妻。見〈方正〉25注❶。❷江思玄　即江虨。見〈方正〉42注❶。❸暮　一本作「莫」。即「暮」的本字。❹暝　天黑。❺帖　安定；順從。❻厭　作惡夢時亂喊亂動。❼悟　覺醒。❽情義　同「情誼」。交情；感情。

【語譯】諸葛恢的女兒，是庾會的妻子，寡居以後，發誓說：「絕不再嫁！」這個女子性情非常正直剛強，既然發誓，就沒有重登禮車的道理。這時諸葛恢已經答應了江虨的求婚，於是把家搬到江家附近去；起初，只騙她說：「應該再搬到別處去。」於是全家人一下子都走了，只把她留在後面。等她察覺，已經出不得門了。江郎黃昏時來到，她哭罵得更加厲害，接連好幾天才停止。江虨天黑進屋過夜，總是睡在她對面的床上；後來看她的意思變得平順些，江虨就假裝作夢受驚，大喊大鬧，很久都醒不過來，聲音氣息越來越急促。她就大聲叫婢女說：「快把江郎叫醒！」江虨於是跳到她身邊來，說：「我是個頂天立地的男子漢，我作惡夢，害您甚麼事，竟叫起我的名字呢？既然關心，就不能不和人家說話了。」她心中慚愧，默默無語，對江郎的感情就漸漸濃厚起來。

【析　評】這則故事，編造得既粗糙，又鄙俗，非常矛盾而不合情理。諸葛恢「少有令問（好名譽），稱為賢明」（見劉孝標注引〈恢別傳〉），會這樣把女兒硬丟給人家麼？那性情貞烈、斷無重登喜車的女兒，會容許江虨入宅，當晚就睡在她對面的床上麼？果真如此，那還成個甚麼世界！

11 愍度道人❶始欲過江，與一傖道人❷為侶，謀曰：「用舊義往江東，恐不辦得食。」便共立❸「心無義❹」。既而，此道人不成渡，愍度果❺講義積年。後有傖人來，先道人寄語云：「為我致意愍度，『無義』那可立❻？治此計，權救饑爾；無為遂❼負如來❽也！」

【注　釋】❶愍度道人　即支愍度，又稱支度。才識清秀出眾，著有《傳譯經錄》。晉時別稱僧人為道人。❷傖道人　中州和尚。晉室過江，南人罵中州（黃河中游地區）人為傖。❸立　建立；樹立。❹心無義　晉時佛學的一種異端邪說，後為慧遠所破解。此說以為「一切種智」（簡稱「種智」。指佛能知曉種種——一切——法的智慧）的本體是豁如太虛，絕對虛空無形的；因為虛空，所以能容，可以備知萬法；因為無形，所以無拘無束，能夠因應萬方。舊義則謂種智雖然無形無聲，但卻常住不變，實有其物，所以稱之為「妙有」；又因它能圓滿地觀照萬事萬物，把人間一切的煩惱牽累消除淨盡，所以稱之為「空無」。❺果　終於。❻無義那可立　無義，即心無義。其所以無法樹立，因為種智既是絕對的虛無，那麼它必然無本體，無作用，不能產生萬法，因應萬方；若其有本體，有作用，那麼它就不可能是絕對的虛無，而應為舊義的妙有。❼遂　因循；守舊惡而不改。❽如來　佛的別名。梵語為「多陀阿伽陀」，義為如實道來而成正覺。

【語　譯】愍度道人當初想渡江到建康去，與一位中州和尚作伴，他們商量道：「用佛家通行的舊義在江東地區宣講，恐怕沒辦法得到飯吃。」就一同建立了主張種智絕對虛無的「心無義」的新說。事後這位和尚沒有渡得成江，愍度卻去把新義宣講了好幾年。嗣後有中州人到江東來，先前那個和尚要他傳話說：「替我向愍度表達問候的意思，再告訴他：『無義』的學說哪能站得住腳呢？當初擬定了這個計策，只為了權宜行事、免於餓死而已；您不要再因循自誤，背棄我佛如來吧！」

【析　評】據《高僧傳·康僧淵傳》，敏度（即愍度）過江，在晉成帝時。他與中州道人到江東去，怕當地僧眾已多，各有施主，混不到齋飯，於是標新立異，倡導「心無義」的學說。當時沙門道恆深好其說，使它盛行荊州；高僧法汰道：「此是邪說，應須破之。」乃大集名僧，群起責難，直到日暮時慧遠入席，才問得道恆理屈辭窮。心無之義，自此寢息（見《高僧傳·法汰傳》）。這一段公案，倘無中州和尚道破，錄在《世說》，世人終不能明其真相。

12 王文度❶弟阿智❷，惡乃不翅❸；當年長而無人與婚。孫興公有一女，亦僻錯❹，又無嫁娶❺理；因詣文度求見阿智。既見，便陽❻言：「此定可，殊不如人所傳；那得至今未有婚處？我有一女，乃不惡；但吾寒士，不宜與卿計，欲令阿智娶之。」文度欣然，而啟藍田❼云：「興公向❽來，忽言欲與阿智婚。」藍田驚喜。既成婚，女之頑嚚❾，欲過阿智。方知興公之詐。

【注　釋】❶王文度　即王坦之。見〈言語〉72注❶。❷阿智　王處之（據影印金澤文庫藏宋本及傳是樓藏宋本沈寶硯校語。各本作「王虔之」）小字。處之字文將。娶孫綽（興公）女，字阿恆。❸惡乃不翅　不但是惡（壞）。是說實是壞上加壞。不翅，同「不啻」。不但；不止。❹僻錯　偏邪乖舛，違反常理。❺嫁娶　在此複詞偏用。但取嫁義。❻陽　假裝。通「佯」。❼藍田　指王述。見〈文學〉22注❼。文度父。❽向　不久以前。通「曏」。❾頑嚚　心不則德義之經為頑。口不道忠信之言為嚚。合而言之，即蠻橫無禮，胡說八道。

【語　譯】王文度的弟弟阿智，為人是壞上加壞，不止是一個壞字形容得了的；所以當他成年以後，就沒有人和他結婚。孫興公有一個女兒，也行為乖僻，違反常理，亦沒有出嫁的道理；於是他去拜訪文度，請求會見阿智。見面以後，就假裝說：「這孩子一定可以結婚的，絕不像別人傳說的那麼厲害；怎能到現在都沒有對象呢？我有一個女兒，還不壞；但我是個窮書生，不該和您商量此事，我倒想讓阿智娶她呢。」王文度聽了很高興，於是向父親王藍田報告道：「孫興公前幾天來，忽然說想讓他的女兒和阿智結婚。」王藍田十分驚喜。結婚以後，才發現那女子的蠻橫多舌，還要勝過阿智。這才知道孫興公的詐術不凡。

【析　評】孫興公使詐，撮合成一對怨偶，如果他倆能作自我調適，未嘗非福；否則就不堪設想，不如讓他們自為曠男怨女。

13 范玄平❶為人，好用智數❷，而有時以多數失會。會嘗失官居東陽❸，桓大司馬❹在南州❺，故往投之。桓時方欲招起❻屈滯❼，以傾朝廷；且玄平在京，素亦有譽，桓謂❽遠來投己，喜躍非常。比❾入至庭，傾身❿引望，語笑歡甚；顧謂袁虎⓫曰：「范公且可作太常卿⓬！」范裁⓭坐，桓便謝其遠來意；范雖實投桓，而恐以趨時⓮損名，乃曰：「雖懷朝宗⓯，會有亡兒瘞⓰在此，故來省視⓱。」桓悵然⓲失望；向⓳之虛佇⓴，一時都盡。

【注　釋】❶范玄平　即范汪。見〈排調〉34注❶。❷智數　心計；謀略。❸東陽　縣名。在今安徽天長西北。❹桓大司馬　指桓溫。見〈言語〉55注❶。❺南州　泛指南方地區。❻招起　招致起用。❼屈滯　屈居下位，久不升遷的人。❽謂　以為。通「為」。❾比　及。❿傾身　側身。⓫袁虎　即袁宏。見〈言語〉83注❶。⓬太常卿　官名。漢晉九卿之一，掌禮樂郊廟社稷事宜。⓭裁　通「才」。⓮趨時　投機取巧，隨時勢而轉移。⓯朝宗　晉時禮，進謁上官叫朝宗。⓰瘞　埋葬。⓱省視　探看。⓲悵然　不遂心的樣子。⓳向　不久以前。通「嚮」。⓴虛佇　虛心等待。

【語　譯】范玄平這個人，喜歡使用心計，但有時候卻因過於權詐而坐失機緣。當他曾丟官閒居東陽時，正好桓大司馬也在南方，所以前往投靠。桓溫當時正想招羅起用那些屈居下位、久不升遷的人，好推翻朝廷；而且范玄平在京城裡，一向也有美名，桓溫以為他遠道來投奔自己，不禁歡喜得跳了起來。等到范玄平進入庭院，桓溫側身引頸觀望，高興地談笑著；回頭對袁虎說：「范公將可當太常卿！」范玄平才坐下，桓溫就謝他遠道前來的美意；范玄平本意雖來投奔桓溫，但恐別人笑他隨時轉移、投機取巧，損害名譽，竟說：「我雖也有拜見您的意思，也正好有亡兒埋在此地，所以前來探看。」桓溫聽了悵惘失望；剛才全心期待的回應，一下子都報銷了。

【析　評】這一則記范玄平因過於使用智數而錯失良機、弄巧成拙的故事，可使善用心計的人知所警戒。

14 謝遏❶年少時，好箸紫羅香囊❷，垂覆手。太傅❸患❹之，而不欲傷其意，乃譎與賭，得即燒之。

【注　釋】❶謝遏　即謝玄。見〈言語〉78注❺。❷紫羅香囊　用紫色羅縫製的盛香料的小袋。羅是質地輕軟有椒眼的絲織品。❸太傅　指謝玄的叔父謝安。見〈德行〉33注❷。❹患　厭恨。

【語　譯】謝遏年輕時，歡喜在腕上佩帶紫羅香囊，使它下垂覆蓋在手背上。太傅謝安看了很厭恨，卻又不想傷他的心，就假意和他打賭，贏到手就把它燒掉。

【析 評】古人把香囊置於懷袖之中，掛在床帳之上，原是常事，可是謝遏偏偏把一個耀眼的紫色香囊懸繫在手腕上。謝安看不順眼，假裝也很喜歡，騙來把它燒掉。燒掉之後，謝遏應有所感悟，不再佩帶吧？余嘉錫《箋疏》以文中「覆手」為名詞，然不知何物，疑是手巾之類。錄此備考。

黜免❶第二十八

1 諸葛宏❷在西朝❸，少有清譽，為王夷甫❹所重，時論亦以擬❺王。後為繼母族黨❻所讒，誣之為狂逆；將遠徙❼，友人王夷甫之徒，詣檻車❽與別。宏問：「朝廷何以徙我？」王曰：「言卿狂逆。」宏曰：「逆則應殺，狂何所徙？」

【注釋】❶黜免 革除官職。❷諸葛宏 見〈文學〉13注❶。❸西朝 晉自武帝至愍帝都洛陽，在建康之西，故稱西朝。❹王夷甫 即王衍。見〈言語〉23注❷。❺擬 比；類似。❻族黨 聚居的同族親屬。❼遠徙 把罪人流放到邊遠地區去服勞役。❽檻車 囚車。

【語譯】諸葛宏在洛陽，年輕時就有清高的美名，受到王夷甫的看重，時人的言論也認為他類似王夷甫。後來他被後母的族人所毀謗，誣賴他是狂妄叛逆的人；將被流放到遠方時，友人如王夷甫之類的人，都到囚車旁告別。諸葛宏問：「朝廷為甚麼放逐我？」王夷甫說：「有人說您狂妄叛逆。」諸葛宏說：「叛逆就該殺，狂妄有甚麼好放逐的呢？」

【析評】諸葛宏被人誣為狂逆，當然查無實據；結果顢頇的法官竟把他歸入不良分子，放逐到遠邊去。當諸葛宏知道自己的罪名時，說出「逆則應殺，狂何所徙」兩句憤慨的話，表示自己的無辜。意思是說：如果我真犯了叛逆罪，就該判我死罪；現在既不判我死罪，就表示我沒有叛逆。至於人的狂妄，只能算是品德上的缺陷，並不涉及法律，依法並不能科以流徙之刑。無奈冤獄已定，以王夷甫的賢能也只好含淚送別，無法挽回。

2 桓公❶入蜀❷，至三峽❸中。部伍❹中有得猨子❺者，其母緣岸哀號，行百餘里不去；遂跳上船，至便即絕。破視其腹中，腸皆寸寸斷。公聞之，怒，命黜其人。

【注釋】❶桓公 指桓溫。見〈言語〉55注❶。❷蜀 夏、周時古國名。在今四川省全境。❸三峽 四川奉節至湖北宜昌間長江切割成的峽谷。最險處有三，故稱三峽。❹部伍 部曲行伍，皆古代軍隊的編制單位。在此指所率部隊而言。❺猨子 幼猿。猨，同「猿」。

【語譯】桓溫乘船進入蜀地，到了三峽裡。部隊中有一位軍官捕獲幼猿，幼猿的母親沿著江岸哀號，跟著船走了一百多里仍不離開；後來雖然如意地跳上船去，可是一落到船上就氣絕而死。剖開牠的肚子一看，腸子全一寸一寸的斷裂了。桓公聽說，非常憤怒，就下令罷黜了那個人。

【析評】這一則記事，便是成語「柔腸寸斷」的出處。大家都被母猿愛子的哀怨所感動，忽略了腸皆寸寸斷的可能性。這件事，母猿隨行百里、上船即絕，及桓公怒黜其人，應是事實；但破母猿腹，見腸已寸寸斷，都不合道理。試問眼見愛子心切的母猿緣岸哀號，落船暴斃，誰還忍心去開膛破腹？母猿倘果真斷腸而死，也該一斷即死，何待寸寸斷？何況用「斷腸」形容人極度思念或悲傷，純粹出於文人的想像，並無醫學上的依據。《荊州記》載：「(三)峽長七百里，兩岸連山，略無絕處；重巖疊障，隱天蔽日；常有高猨長嘯，屬引清遠。漁者歌曰：『巴東三峽巫峽長，猿鳴一聲淚沾裳！』」(見劉孝標注)可為三峽多猿、猿鳴哀悽的注腳。

3 殷中軍❶被廢，在信安❷，終日恆書空作字。揚州吏民尋義❸逐之，竊視，唯作「咄咄怪事❹」四字而已。

【注釋】❶殷中軍　指殷浩。見〈言語〉80注❷。❷信安　縣名。在今浙江衢縣境，晉時屬揚州東陽郡。❸尋義　尊崇德義。尋，高；尊崇。❹咄咄　表示詫異的感歎聲。

【語譯】殷中軍被罷黜以後，住在信安，整天常在空中寫字。揚州的官吏和民眾，有尊崇他的德義而追隨他的，暗中窺看，見他只寫「咄咄怪事」四個字罷了。

【析評】晉穆帝永和十年，殷浩以中軍將軍鎮守壽陽，因羌降將姚襄有罪，欲誅之；姚襄察覺叛變，殷浩士卒亦反，於山桑大敗而歸，桓溫乃上表黜浩。時簡文帝以撫軍大將軍輔政，奏請免除浩職，黜為平民。殷浩乃遷於信安。殷浩因姚襄有罪才想殺他，不料事既不成，反是自己坐罪罷官；這種反常的怪事，使他心理失去平衡，終日書空作「咄咄怪事」四字。而這四個字，後來竟成為形容事出意外、令人驚異的成語。當殷浩為揚州刺史時，想必門庭若市，鬧熱非凡；一旦罷官閒居，只剩幾個舊時的吏民傾慕他的高義，關切他的生活。世情冷暖，令人慨歎。請參閱本篇5則。

4　桓公❶坐有參軍椅❷蒸薤❸，不時❹解，共食者又不助；而椅終不放，舉坐皆笑。桓公曰：「同盤尚不相助，況復危難乎！」敕令免官。

【注釋】❶桓公　指桓溫。見〈言語〉55注❶。❷椅　用筷子夾取食物。通「敧」。❸蒸薤　糕點名，又稱薤白蒸。將秫米舂去表皮，浸豉汁中。約一日，取出，加油、蔥、薤（蔥屬，鱗莖可食）同蒸。蒸時灑三次豉汁，半熟時再灑大量油脂。熟後趁熱切大塊盛盤食用。做法詳見《齊民要術・素食》。❹不時　隨時；常常。

【語譯】桓溫座上有一位參軍用筷子夾取油滑黏韌蒸薤，筷子常常因夾不住而滑下來，同吃的人又不願幫忙；他就夾了又夾始終不肯住手，逗得在座的人都笑了起來。桓公說：「同盤吃東西都還不肯幫助別人，又何況在危險患難中呢！」就下令免了他們的官職。

【析評】桓溫因小識大，處事明快，於此可見一斑。

5 殷中軍❶廢後，恨簡文❷，曰：「上人❸箸百尺樓上，儋❹梯將❺去。」

【注釋】❶殷中軍　指殷浩。見〈言語〉80注❷。❷恨簡文　見本篇3「析評」欄。❸上人　使人登上。❹儋　用肩扛物。同「擔」。❺將　持；拿。

【語譯】殷中軍被罷黜以後，怨恨簡文帝，說：「把人弄上了百尺高樓，卻扛著梯子跑了。」

【析評】殷浩欲誅姚襄（見本篇3則「析評」欄），事先應已得到簡文帝的許可；但兵敗而歸，桓溫上表黜殷浩，簡文不但不加保護，反而奏請解除浩職，廢為庶民。殷中軍作此怨歎，並書空作「咄咄怪事」四字，令人深具同感。

6 鄧竟陵❶免官後赴山陵❷，過見❸大司馬桓公❹。公問之曰：「卿何以更瘦？」鄧曰：「有愧於叔達❺，不能不恨於破甑❻！」

【注釋】❶鄧竟陵　指鄧遐。遐字應玄，陳郡（治所在今河南淮陽）人。勇力絕人。曾任桓溫參軍、竟陵郡（治所在今湖北鍾祥）太守。枋頭（即今河南濬縣西南八十里之淇門渡，古淇水口）之役，桓溫為後燕慕容垂所敗，心懷恥忿，又畏忌鄧遐的神勇，故免其官以推卸責任，消除後患。❷赴山陵　指歸隱山陵。❸過見　不欲見而不巧相逢。❹桓公　指桓溫。見〈言語〉55注❶。❺叔達　孟敏，字叔達，東漢鉅鹿（今河北平鄉）人。曾到市場買了一個甑，但所挑的擔子墜地，把甑摔破，他竟不顧而去。有人問他：「甑破了很可惜，你為何不回頭看一看呢？」答道：「甑既然已摔破了，看它有甚麼用呢？」事見劉孝標注引〈郭林宗別傳〉。❻不能不恨於破甑　言不能不為把甑摔破的事情悔恨。甑，蒸食物的瓦器，後世用竹木仿製，做成蒸籠。

【語　譯】鄧竟陵被免職後歸隱山陵，無意中遇見了大司馬桓溫。桓溫問他說：「您為甚麼更加消瘦了呢？」鄧竟陵說：「我對叔達的曠達深感慚愧，因為像他那樣把甑摔破、把事弄砸，我不能不感到悔恨呀！」

【析　評】鄧竟陵被桓溫冤枉罷黜丟官，卻不巧狹路相逢。桓溫心中有愧，搭訕著問鄧竟陵何以更瘦。鄧的答辭，是話中有話，一語雙關的。這話表面上說恨自己把事做壞了，純是自責之辭。而骨子裡卻說的是可惜把甑摔破了——比喻把官職丟掉了，心中不能無恨；這就含有怨責桓溫的意思，桓溫心裡應該明白。

7 桓宣武❶既廢太宰父子❷，仍上表曰：「應割近情❸，以存遠計；若除太宰父子，可無後憂。」簡文手答表曰：「所不忍言❹，況過於言❺？」宣武又重表，辭轉苦切❻。簡文復手答曰：「若使晉室靈長❼，明公❽便應奉行此詔；如大運去矣，請避賢路❾！」桓公讀詔，手戰汗流，於此乃止。太宰父子遠徙新安❿。

【注　釋】❶桓宣武　即桓溫。見〈言語〉55注❶。❷太宰父子　指武陵王司馬晞和他的兒子綜。晞字道叔，晉元帝第四子，拜太宰。初，元帝少子簡文帝輔政，晞不得執權，常懷憤恨，欲藉桓溫除之。及簡文即位，溫逼新蔡王晃自誣與晞、綜等謀反，奏請斬之；帝不許。咸安元年，廢徙於新安郡。❸應割近情　言宜排除私情。❹所不忍言　指割近情。❺過於言　謂不止於說說而已，更進而採取行動。❻苦切　懇切。❼靈長　廣遠綿長。指國祚而言。❽明公　對權貴長官的尊稱。❾請避賢路　請讓我避開賢者進身之路，言已將遜位讓賢。賢，指桓溫。❿新安　郡名。治所在今浙江淳安西。

【語　譯】桓溫已經免除了太宰司馬晞父子的官職，仍舊上奏章說：「應該捨棄親情，好保全長遠的計畫；如果除掉太宰父子，就可以沒有後患了。」簡文帝親筆回答奏章說：「您說的這些話，是我不忍心說的，何況要我進一步採取行動呢？」桓溫又重新上奏章，辭意更加懇切。簡文帝又親筆答覆道：「假使晉室國祚綿長，您就應該依這詔書行事；如果國運已衰，就請讓我避開賢者進身之路，禪讓退位！」桓溫讀詔書時，手顫汗流，這才作罷。太宰父子最後被遠逐到新安去。

【析　評】司馬晞是簡文帝的哥哥，雖然簡文輔政的時期，晞心懷怨憤，意圖殺害；但簡文重手足之情，不念舊惡，在權臣極力慫恿之下，終能不為所動，保全了他們父子的性命。《晉書・簡文紀》說：「帝雖神識恬暢，而無濟世大略；故謝安稱為惠帝之流，清談差勝耳。」說他有神識而無大略，尚稱平允；然惠帝內惑於賈后，殺太子母謝氏，廢皇太子遹為庶人，並囚其三子於金墉城（見《晉書・惠帝紀》），謝安稱簡文為惠帝之流，顯非事實。

8 桓玄❶敗❷後，殷仲文❸還為大司馬❹咨議❺，意似二三❻，非復往日。大司馬府聽❼前，有一老槐，甚扶疏❽；殷因月朔❾，與眾在聽，視槐良久，歎曰：「槐樹婆娑❿，無復生意！」

【注　釋】❶桓玄　見〈德行〉41注❶。❷敗　晉安帝元興二年，桓玄攻入建康，迫帝禪位，建號楚。三年，劉裕起兵討玄，玄兵敗被斬於江陵。見《晉書・桓玄傳》。❸殷仲文　見〈言語〉106注❷。❹大司馬　指司馬德文。義熙元年三月為大司馬。後為恭帝。❺咨議　即諮議參軍。官名。晉公府置之，供諮謀軍事，位在諸參軍上。❻二三　反覆不定；時二時三。❼聽　廳堂。通「廳」。❽扶疏　樹枝繁茂分披的樣子。❾月朔　農曆每月的初一。❿婆娑　委靡不振的樣子。

【語　譯】桓玄兵敗以後，殷仲文還都擔任大司馬德文的諮議參軍，心情似乎反覆不定，和過去不再相同。大司馬官府的廳堂前面，有一株老槐樹，枝葉四布，非常茂盛；殷仲文因為那天是當月的初一，和大家一起在廳堂裡，他注視槐樹很久，歎息道：「這槐樹一副頹廢的樣子，再也看不出一線生機！」

【析　評】據《晉書・桓玄傳》，殷仲文本從桓玄作亂，及桓玄留永安皇后（穆帝后）及皇后（安帝后）於巴陵，遂叛玄奉二后奔夏口。後竟以衛從之功，為大司馬諮議，不得總攬朝政，非常失望，居然把廳前一株老槐的枝葉扶疏，看成了無生意、懶散頹廢的狀貌。其實真正「無復生意」的是他自己失意的心態，並非廳前的老槐；這種心態隨著不順的處境（參閱下則）日益擴大，終於引導他鋌而走險，步入聯合桓胤謀反被殺的不歸路。

9　殷仲文❶既素有名望，自謂必當阿衡❷朝政；忽作東陽❸太守，意甚不平。及之郡，至富陽❹，慨然歎曰：「看此山川形勢，當復出一孫伯符❺！」

【注　釋】❶殷仲文　見〈言語〉106注❷。❷阿衡　商湯倚伊尹而平治天下，故以為官名。在此假借為主持的意思。阿，倚。衡，平。❸東陽　郡名。治所在今浙江金華。❹富陽　縣名。即今浙江富陽。❺孫伯符　即孫策。富春（即富陽。避簡文帝鄭太后諱改）人。見〈豪爽〉11注⓫。

【語譯】殷仲文既然一向享有名譽和聲望，自以為一定將總攬朝政；可是忽然被派去當東陽郡的太守，心中非常不滿。等他赴郡上任的時候，來到富陽縣，很激動地讚歎道：「你看這山川壯麗的形勢，必將再產生一個孫伯符來！」

【析評】這一則述殷仲文反正歸來（參閱前則），鬱鬱不得志。及見吳地壯麗的江山，慨然以孫策第二自居，興起雄踞江東的宏願。

儉嗇❶第二十九

1 和嶠❷性至儉，家有好李，王武子❸求之，與不過數十。王武子因其上直❹，率將❺少年能食之者，持斧詣園，飽共噉畢，伐之，送一車枝與和公。問曰：「何如君李？」和既得，唯笑而已。

【注釋】❶儉嗇　節儉吝嗇。❷和嶠　見〈德行〉17注❷。❸王武子　即王濟。見〈言語〉24注❶。和嶠妻之弟。❹上直　到宮中值班。直，通「值」。輪流擔當職務。❺率將　帶領。

【語譯】和嶠生性極為儉樸吝嗇，他家李樹上結有好吃的李子，王武子向他索取，只不過給了數十顆。王武子就趁他去值班的時候，率領幾個年輕能吃李子的人，拿著斧頭到他園中，共同飽吃一頓以後，把樹砍斷，還送了一車樹枝給和公。並問他說：「比起您的李樹，怎麼樣？」和嶠收到以後，只有苦笑而已。

【析評】但就本文的記述，王武子的反應似太過分；然就劉孝標注引《語林》：「嶠諸弟往園中食李，而皆計核責錢，故嶠婦弟王濟伐之也。」如此，伐之也不算太過。

2 王戎❶儉吝，其從子❷婚，與一單衣，後更責❸之。

【注釋】❶王戎　見〈德行〉16注❶。❷從子　姪。❸責　強求。

【語譯】王戎天性儉樸吝嗇，他姪兒結婚時，他給了一件單衣，後來又要了回去。

【析評】本篇記儉吝之事九則，而王戎獨占其四，時人稱他的吝嗇為膏肓之疾（見劉孝標注引王隱《晉書》）。

3 司徒王戎❶，既貴❷且富，區宅❸僮牧❹，膏田❺水碓❻之屬，洛下❼無比；契疏❽鞅掌❾，每與夫人燭下散籌算計。

【注釋】❶王戎　見〈德行〉16注❶。❷貴　官位高。❸區宅　住宅。居處所在為區。❹僮牧　僕役。❺膏田　肥田。❻水碓　利用水力舂米的器具。❼洛下　洛陽地區。下，指所屬的範圍。❽契疏　契約簿籍等。❾鞅掌　事務煩勞。

【語譯】司徒王戎，官位既高，也很富有，他擁有的住宅、僕役、肥田、水碓之類，在洛陽地區沒有人可以相比；他管理有關財產的契約簿籍等非常煩勞，常常和夫人在燭光下散布籌碼，連夜計算。

【析評】王戎極力斂財，論者有兩種不同的看法：有人說他自損形象，有損台輔（宰相、三公之位）的名望（見劉孝標注引《晉諸公贊》）；也有人說他生在危亂之世，不如此抹黑自己，就不能遠嫌避禍（見劉注引《晉陽秋》）。也許兼而有之吧？

4 王戎❶有好李，常賣之；恐人得種，恆鑽其核❷。

【注釋】❶王戎　見〈德行〉16注❶。❷鑽其核　鑽破果核，使不能發芽。

【語　譯】王戎種有很好的李子，經常出售賺錢；但唯恐別人得到種子，總是先把果核鑽壞。

【析　評】這則故事，記者言之鑿鑿；但就鑽核而不傷李肉的技術而言，就不是那麼簡單的事了。其真實性，令人懷疑。

5 王戎❶女適裴頠❷，貸❸錢數萬；女歸，戎色不悅，女遽還錢，乃懌❹。

【注　釋】❶王戎　見〈德行〉16注❶。❷裴頠　見〈言語〉23注❸。❸貸　借入。❹懌　歡喜。

【語　譯】王戎的女兒嫁給裴頠時，借去了好幾萬錢；後來女兒回到家裡，王戎臉色很不高興，女兒趕快把錢還了，他才歡喜起來。

【析　評】《晉書‧王戎傳》於「貸錢數萬」句下，有「久而未還」四字，語意較為明白完備。「女歸」非新娘三日回門之謂，指出嫁已久，回家拜望父母而言。

6 衛江州❶在尋陽❷，有知舊人投之，都不料理❸，唯餉「王不留行」❹一斤。此人得餉，便命駕❺。李弘範❻聞之曰：「家舅刻薄，乃復驅使卉木❼！」

【注　釋】❶衛江州　指衛展。展字道舒，河東安邑（今山西安邑）人。曾任鷹揚將軍、江州刺史。❷尋陽　郡名。屬江州。治所在今江西九江西南。❸料理　照顧。❹王不留行　草藥名。生泰山，治金瘡，除風。久服可使身體輕健。❺命駕　令御者駕駛車馬。❻李弘範　李軌，字弘範，江夏（郡名。治所在今湖北安陸）人。官至尚書郎。❼卉木　草木。卉，草的總名。

【語譯】衛江州在鎮守尋陽時，有一位相知的舊友去投奔他，他毫不照顧，只送了一斤叫「王不留行」的草藥給他。這人得了贈品，就氣得叫人駕車離去。李弘範聽了以後，說：「我舅舅真夠刻薄，竟又驅使起草木來了！」

【析評】劉孝標注：「按：軌，劉氏之甥。此應弘度，非弘範也。」當從其說。弘度名充，見〈言語〉80則注❶。所謂「驅使卉木」，言驅卉木助紂為虐；草名「王不留行」，即遣舊友離開之意。真虧他想出如此怪招。無怪李弘度要說「家舅刻薄」了。

7 王丞相❶性儉節，帳下甘果盈溢❷，不散❸；涉❹春爛敗，都督❺白之，公令舍去❻，敕❼曰：「慎不可令大郎❽知！」

【注釋】❶王丞相　指王導。見〈德行〉27注❸。❷盈溢　滿布。❸不散　不肯分送給別人吃。❹涉　進入。❺都督　官名。高級軍事長官。❻舍去　拋棄。舍，通「捨」。捨棄。❼敕　告誡。❽大郎　指王悅。見〈德行〉29注❶。導長子。

【語譯】王丞相天性節儉，床帳下甜美的水果滿布，他捨不得分給別人；等到入春腐爛了，一名都督向他報告，王公才叫他拿去丟掉，並告誡他說：「千萬小心，可不能叫大郎知道！」

【析評】節儉原是一種美德，但儉省過度有時反而形成不必要的浪費，王丞相的作為，可為前車之鑑。但本則的寓意，還不止此。那位尚未出場的王大郎，才是「青出於藍」，真能發皇他老父的志業；他如得知，那批敗爛的水果還不知將發生甚麼妙用。

8 蘇峻❶之亂，庾太尉❷南奔見陶公❸，陶公雅❹相賞重。陶性儉吝，及食，庾噉薤❺，因留白。陶問：「用此何為？」庾云：「故❻可種。」於是大歎庾非唯風流❼，兼有治實❽。

【注釋】❶蘇峻　見〈方正〉25注❹。❷庾太尉　指庾亮。見〈德行〉31注❶。❸陶公　指陶侃。見〈言語〉47注❶。❹雅　甚；頗。❺薤　植物名。葉叢生於鱗莖，葉的根部及莖皆呈白色。下云留白，言只吃綠葉，而留下其餘部分。❻故　仍舊。❼風流　指當時名士自由的精神、脫俗的言行、超逸的風度。❽治實　處理世務的才能。

【語譯】蘇峻作亂時，庾太尉逃到南方去拜見陶公，陶公非常賞識尊重他。陶公天性節儉吝嗇，到吃飯時，庾亮吃薤菜，卻只吃上面的綠葉，而留存白色的下部。陶公問道：「您想拿這個幹甚麼？」庾亮說：「仍舊可以種植呀。」於是陶公大聲讚歎庾亮不但風流瀟灑，也兼有治理世務的才能。

【析評】余嘉錫說：「陶公愛惜物力，竹頭木屑，皆得其用。既是性之所長，亦遂以此取人。其因庾亮噉薤留白，而賞其有治實，猶之有一官長取竹連根，而超兩階用之之意也。事見〈政事〉篇。此之儉吝，正其平生經濟（經國濟民）所在，與王戎輩守財自封者，固自不同。」所言甚是。蘇峻作亂事，請參閱〈容止〉23則「析評」欄。

9 郗公❶大聚斂，有錢數千萬；嘉賓❷意甚不同。常朝旦問訊❸。郗家法，子弟不坐；因倚❹語移時，遂及財貨事。郗公曰：「汝正當❺欲得吾錢耳！」迺開庫一日，令任意用。郗公始正謂❻損數百萬許；嘉賓遂一日乞❼與親友，都盡。郗公聞之，驚怪不能已已❽。

【注 釋】❶郗公 指郗愔。見〈捷悟〉6注❶。❷嘉賓 即郗超。見〈言語〉59注❺。❸問訊 問候。❹倚 指依靠牆、柱等站著。❺正當 只是。❻正謂 只以為。謂，通「為」。以為；認為。❼乞 饋贈。通「氣」、「餼」。❽已已 上已字是停止的意思，下已字為句末語肯定語氣詞，相當於「矣」。

【語 譯】郗公大量聚集財富，擁有數千萬錢；他的兒子郗嘉賓心中很不贊成。有一天早上郗嘉賓去問候郗公。按郗氏的家庭規矩，子弟們不得和尊長一同坐著；便倚靠著東西站著談了很久，才談到錢財方面的事。郗公說：「你只是想得到我的錢罷了！」就把銀庫開了一天，叫郗嘉賓隨意使用。郗公只以為最多損失數百萬錢就行了；郗嘉賓於是在一日間把錢贈給親友，全用光了。郗公聽到消息，驚訝得不得了。

【析 評】晉沿漢制，貨幣用五銖錢為主。郗公聚錢數千萬，固然不易；郗嘉賓一日分贈得一文不剩，也屬難能。《中興書》說「超少卓犖而不羈，有曠世之度」（見劉孝標注引），曠世是曠絕一世、舉世無雙的意思；單就他一日用盡父親私蓄的氣度而言，足證此語不虛。

汰侈❶第三十

1 石崇❷每要❸客燕集，常令美人行酒❹，客飲酒不盡者，使黃門❺交❻斬美人。王丞相❼與大將軍❽嘗共詣崇，丞相素不能飲，輒自勉彊，至於沉醉。每至大將軍，固不飲，以觀其變。已斬三人，顏色如故，尚不肯飲。丞相讓之，大將軍曰：「自殺伊家人，何預卿事！」

【注釋】❶汰侈　驕縱奢侈。❷石崇　見〈品藻〉57注❺。❸要　約。❹行酒　巡行酌酒勸飲。❺黃門　東漢黃門令及中黃門等官，均以閹人充任，後世遂稱閹人為黃門。此處指後房的侍衛。❻交　更迭；輪流。❼王丞相　指王導。見〈德行〉27注❸。❽大將軍　指王敦。見〈文學〉20注❷。

【語譯】石崇每次邀請賓客宴會，經常叫美女巡迴勸酒，客人飲酒沒有乾杯，就令侍衛一個一個地把美女抓去殺掉。王丞相和大將軍曾一同去拜訪石崇，丞相一向不能飲酒，就勉強喝了下去，終於大醉不醒。每輪到大將軍，卻堅決不喝，冷眼旁觀事情的變化。已接連殺了三個人了，大將軍臉色如舊，還是不肯喝酒。丞相責備他，大將軍說：「他自己殺他家裡的人，關你甚麼事呀！」

【析評】石崇的驕縱奢侈，已到了令人恐怖的程度。所謂「交斬美人」，是說客人一不乾杯，就由一個黃門拉一個美人去殺；再不乾杯，立刻換一個黃門拉另一個美人去殺；直殺到客人心軟乾杯，石崇才欣然住手。在這種勸酒的方式下，丞相王導一開始就屈服了；大將軍平時酒量也許很大，卻偏偏滴酒不沾，要看石崇有多少美人可殺，要看石崇殺多少美人才會心軟。這種以暴制暴的方式，可能徹底革除石崇的惡習；不然為行酒喪生的美人，必定不止三、五個吧？

2 石崇❶廁，常有十餘婢侍列，皆麗服藻飾❷。置甲煎粉❸、沉香汁❹之屬，無不畢備；又與新衣著令出，客多羞不能如廁。王大將軍❺往，脫故衣，著新衣，神色傲然。群婢相謂曰：「此客必能作賊❻！」

【注釋】❶石崇　見〈品藻〉57注❺。❷藻飾　修飾姿容。❸甲煎粉　用草藥及美果花燒灰和臘治成的脣膏，可用以滋潤口脣，防止其乾裂。❹沉香汁　用沉香木浸製的汁液，功用如同今日的香水。❺王大將軍　指王敦。見〈文學〉20注❷。❻賊　指為害國家社會的壞人。

【語譯】石崇家的廁所裡，經常有十多個婢女列隊侍候，都穿著綺麗的衣服，佩帶華美的飾物。其中又設置了甲煎粉、沉香汁之類的化妝品，簡直是應有盡有；還要給客人換上新衣服才讓他們出去，客人多半害羞而強忍著不肯上廁所。可是王大將軍進去了，脫下舊衣，穿上新裝，流露出傲慢不以為意的神態。那群婢女互相傳言道：「這位客人一定會做個禍國殃民的奸賊！」

【析評】石崇的所作所為，無非向賓客誇耀他的財富，使大家自慚形穢，覺得自己的家連石崇的廁所都不如，以滿足自己恃「財」傲物的矯情。他這一招兒，果然把心態正常的賓客壓倒了。不得已而如廁的人，無不被豪華的陳設、美女的侍候，弄得又慚愧，又害羞，莫不面紅耳赤，赧然而出；那膽小面薄的人聽了，哪裡還敢上門？所以王敦昂然而入，傲然而出，在群婢心目中自然成為不合常軌的異數，以為這種人才是如不能流芳百世，就必定能遺臭萬載的危險性人物。

3 武帝❶嘗降王武子❷家，武子供饌❸，並用瑠璃❹器；婢子百餘人，皆綾羅絝䙰❺，以手擎飲食。烝㹠❻肥美，異於常味，帝怪而問之。答曰：「以人乳飲㹠。」帝甚不平❼，食未畢，便去。王、石❽所未知作。

【注　釋】❶武帝　即司馬炎。見〈德行〉17注❺。❷王武子　即王濟。見〈言語〉24注❶。❸供饌　奉獻食物。❹瑠璃　寶石名。❺絝䙰　衣褲。絝，同「袴」、「褲」。䙰，女人上衣。或作「襬」。即裙，亦可通。❻㹠　小豬。同「豚」。❼不平　憤慨不滿。❽王石　王愷和石崇。分見本篇4注❶、〈品藻〉57注❺。

【語　譯】晉武帝曾降臨王武子家，王武子奉獻食物，全用瑠璃器皿盛裝；婢女一百多人，都穿著華麗的綾羅衣褲，用手高舉著美酒和佳肴。有一道蒸乳豬，肥腴鮮美，滋味和平常的絕不相同，武帝覺得奇怪，問是怎麼回事。武子答道：「用人奶餵小豬，肉就肥美了。」武帝非常生氣，飯沒吃完就走了。縱使奢侈成性的王愷和石崇，都還不知道這道美味的做法。

【析　評】人為萬物之靈，王武子忍心剝奪嬰兒的母乳，拿來餵豬，以飽口腹之慾，真是暴殄天物，人神共憤的惡行！無怪貴為天子的武帝也氣得不忍下箸，中途離去。王、石的奢侈，已足令人寒心；劉義慶以「王、石所未知作」結束全文，是斥責王武子猶有過之，深具《春秋》筆意。

4 王君夫❶以粭糒❷澳釜❸，石季倫❹用蠟燭作炊。君夫作紫絲布步障❺碧綾裡四十里，石崇作錦❻步障五十里以敵之。石以椒為泥泥屋❼，王以赤石脂❽泥壁。

【注　釋】❶王君夫　即王愷。字君夫，東海郡（治所在今山東郯城）人。王肅子，性豪爽，有才力。曾官後軍將軍。

❷粭糒　糖膏及用糖膏製成的糖果。粭，同「飴」。❸澳釜　把水注入鍋中加以清洗。❹石季倫　即石崇。見〈品藻〉57注❺。❺步障　設於道路兩旁，用以遮蔽塵土風寒的布幕。❻錦　用彩色經緯織成各種圖案的絲織品。今稱織錦緞。❼以椒為泥泥屋　椒，又名山椒，芸香科落葉灌木，蒴果圓球形，供作香料。漢代有宮殿名椒房，用椒粉和泥塗壁，象徵溫暖、芬芳、子孫繁衍之意，皇后所居。石崇如法建築私室，不但侈汰，也很僭越。❽赤石脂　硅酸類的含鐵陶土，成不規則塊狀或粉末，多為紅色，可用以塗飾牆壁。但王君夫純以赤石脂為泥，可見其奢侈。

【語譯】王君夫用糖水洗鍋，石季倫就拿蠟燭燒飯。王君夫夾道用紫色的絲布做成步障，配上綠綾襯裡，全長四十里，石崇就裡外都用織錦緞做成全長五十里的步障和他對抗。石崇用山椒粉和泥塗牆，王君夫就用赤石脂為泥塗飾屋壁。

【析評】這一則記王愷、石崇競尚浮華的行為。做步障、泥屋壁，無非鋪張排場，誇示財富，尚有可說；但用加了粭糒的水洗鍋，用蠟燭煮飯燒菜，既無助於觀瞻，也不能增加滋味，只是一種無聊的奢豪舉動而已，這是不可理喻的。

5 石崇❶為客作豆粥，咄嗟❷便辦❸；恆冬天得韭蓱齏❹；又牛形狀氣力不勝王愷❺牛，而與愷出遊，極晚發，爭入洛城，崇牛數十步後，迅若飛禽，愷牛絕走❻不能及；愷每以此三事為搤腕❼。乃密貨崇帳下都督❽及御車人，問所以。都督曰：「豆至難煮，唯豫作熟末，客至，作白粥以投之。韭蓱齏，是搗韭根❾，雜以麥苗爾。」復問馭人牛所以駛❿。馭人云：「牛本不遲，良由馭者逐之不及反制之；急時聽偏轅⓫，則駛矣。」愷悉從之，遂爭長⓬。石崇後聞，皆殺告者。

【注釋】❶石崇 見〈品藻〉57注❺。❷咄嗟 本叱咤之聲，在此引申為一呼、一叫的意思。❸辦 做成。❹韭蓱齏 用韭菜、麥苗搗碎後做成的菜。冬日無韭，故此菜成為珍饈。❺王愷 見本篇4注❶。❻絕走 盡力奔跑。❼搤腕 自己一手握緊另一手腕，表示激憤不平或振奮。❽都督 官名。高級軍事長官。❾韭根 冬季韭無葉，然地下莖尚存，俗謂之韭根。搗碎後其味與韭葉無異，客皆不辨。❿駛 跑得快。⓫偏轅 轅是車前駕牛馬的直木，左右各一，由車箱兩側向前延伸，前端置一橫木，橫木中有軛作人字形，扼於牛馬之頸，使引車前進。平時轅的左右二木與地面等距，則車左右二輪著地，所受阻力較大，其行遲緩。偏轅是使轅的二木一高一低，則車只有一輪吃重，阻力較小，其行快速。⓬爭長 指取得勝利。

【語譯】石崇給客人做豆粥，一聲令下就辦妥了；在嚴寒的冬天，經常能在他家吃到用韭菜、麥苗做的韭蓱齏；還有他家養的牛，無論體形和力氣都比不上王愷的牛，可是和王愷有一次出去遊玩，因為很晚出發，所以回來時爭著進洛陽城，只見石崇的牛走了幾十步後，就快得像飛鳥一樣，王愷的牛拚了老命也追不上；所以王愷常常為了這三件事扼腕長歎。於是他暗中買通了石崇部下的都督和趕牛車的人，問是甚麼原因。都督說：「豆類極難煮爛，但預先做好炒熟的豆粉，客人來到，煮好白粥把粉丟下去就好了。韭蓱齏，是把韭菜根搗碎，加上麥苗做成的。」又問車夫牛跑得快的緣故。車夫說：「牛跑得本來不慢，實在因為御者趕牛唯恐不能及時取勝，操之過急，反而牽制了牠；其實緊急時讓轅偏向一邊，僅使一輪著地，就能跑得更快了。」王愷全照著做，終於奪得勝利。石崇後來聽說，就把洩密的人都殺了。

【析評】這一節記石崇享譽一時，不但因擁有財富，也為善於羅致人才，所以廚夫、馭人，都能突出奇招，使財力相當的王愷扼腕三歎。但他最後殺了都督和馭人，就顯出了惡霸的原形，這才是令人扼腕痛恨的事情！原本是遊戲，天機洩露，一笑置之不是很好嗎？何必那麼狠戾！

6 王君夫❶有牛，名「八百里駮」❷，常瑩❸其蹄角。王武子❹語君夫：「我射不如卿，今指賭卿牛，以千萬對之。」君夫既恃手快，且謂駿物❺無有殺理，便相然可，令武子先射。武子一起❻便破的❼；卻據胡床，叱左右：「速探❽牛心來！」須臾炙至，一臠❾便去。

【注釋】❶王君夫　即王愷。見本篇4注❶。❷八百里駮　駮，有大片花斑的馬或牛。通「駁」。八百里，言其快速，可日行八百里。❸瑩　磨擦使晶瑩。❹王武子　即王濟。見〈言語〉24注❶。❺駿物　跑得很快的雜色牛。駿，迅速。物，雜色牛。❻一起　一開始；一次；一下子。❼破的　射中目標。❽探　手伸入深處取物。❾臠　切成塊狀的肉。

【語譯】王君夫有一頭牛，名叫「八百里駮」，經常把牠的蹄角擦磨得晶瑩透徹。有一天王武子對王君夫說：「我射箭的技術比不上您，現在指定賭您的牛，我用一千萬錢當賭注。」王君夫既仗著自己的射術又快又準，而且認為跑得這麼快的花牛也沒有拿去宰殺的道理，就同意了，並叫王武子先射。王武子一箭就正中目標；退身坐靠在交椅上，呼喝左右的僕人說：「快把牛心挖來！」不一會兒烤熟的牛心送來了，他只吃了一塊就揚長而去。

【析評】王君夫先考慮過牛的生死才和王武子打賭，是他愛牛的真摯表現；不料王武子嫉妒成性，必欲把這頭牛蹧蹋掉使主人傷心，才會稱心滿意，真是刻薄殘忍，有失身分。

7　王君夫❶嘗責❷一人無服餘衵❸，因直內❹，箸曲閤重閨❺裡，不聽❻人將❼出；遂饑❽經日，迷不知何處去。後因緣❾相❿為垂死，迺得出。

【注釋】❶王君夫　即王愷。見本篇4注❶。❷責　處罰。❸衵　貼身的內衣。❹直內　到宮中值班。❺曲閤重閨曲閤，彎曲的閤道——樓閣間架空的通道。閤，通「閣」。重闈，重門。小門為闈。❻聽　任由；准許。❼將　攜帶。❽饑　飢餓。通「飢」。❾因緣　藉口。❿相　視。

【語譯】王君夫曾經懲罰一個人把貼身的內衣都脫光，因為到宮中值班，就把他關在重門深鎖布滿曲折閤道的後院裡，不准人帶他出來；於是在裡面餓了好幾天，也弄不清楚他躲到哪裡去了。後來家人藉口看起來快要死了，他才能脫困而出。

【析評】晉時的豪門貴族，莫不為富不仁，玩物喪志。本則與前則合觀，可見王某雖知關切寵物的生死，卻全然草菅人命，漠視他人的尊嚴，表現出陰冷殘酷的一面。

8 石崇❶與王愷❷爭豪❸，並窮綺麗❹，以飾輿服。武帝❺，愷之甥也，每助愷；嘗以一珊瑚❻樹高二尺許賜愷，枝柯扶疏❼，世罕其比❽。愷以示崇。崇視訖❾，以鐵如意❿擊之，應手而碎。愷既惋惜，又以為疾⓫己之寶，聲色方厲⓬。崇曰：「不足恨，今還卿。」乃命左右悉取珊瑚樹，有三尺四尺條幹⓭絕俗⓮、光采溢目⓯者六七枚；如愷許比者甚眾。愷惘然自失⓰。

【注釋】❶石崇　見〈品藻〉57注❺。❷王愷　見本篇4注❶。❸爭豪　爭相炫耀自己生活的豪華。❹綺麗　華麗的物品。❺武帝　即司馬炎。見〈德行〉17注❺。❻珊瑚　熱帶海洋中的腔腸動物，群體相結成樹枝狀。其內部共同的骨骼由石灰質或角質形成，色澤美麗，俗稱珊瑚樹，供賞玩之用。❼扶疏　樹枝繁茂分披的樣子。❽比　類。❾訖　止；畢。❿如意　見〈雅量〉41注⓫。⓫疾　嫉妒；憎恨。⓬聲色方厲　同「聲色俱厲」。方，並；俱。⓭條幹　枝條和主幹。⓮絕俗　超出凡俗之上。⓯光采溢目　明亮華麗使人目不勝收。采，通「彩」。溢，滿而外流。⓰惘然自失茫然不知如何是好的樣子。

【語　譯】石崇和王愷互相搶著炫耀自己生活的豪華，全用盡家中華美的物品，拿來裝飾車馬衣服。晉武帝，是王愷的外甥，常常幫助王愷；曾把一株兩尺多高的珊瑚樹賜給王愷，枝條繁茂分披，世間少有和它類似的。王愷拿來給石崇看，石崇看完，用鐵如意敲打，珊瑚樹隨手便破碎了。王愷既感心痛，又認為他嫉妒自己的寶物，聲音顏色都很嚴厲。石崇卻說：「不值得為這個悔恨，現在就還給您。」就命令左右的人把所有的珊瑚樹搬出來，有高到三尺四尺、枝幹的姿態超群絕眾、光華四射的六七株；像王愷那樣大小的很多。王愷流露出茫茫然不知如何是好的神色。

【析　評】《續文章志》說：石崇宅室輿馬，僭擬王者；與貴戚羊琇、王愷之徒競相高以侈靡，琇等每愧羨以為不及（見劉孝標注引）。今見本篇4則言石崇以椒為泥，此則言王愷惘然自失，足證其言不虛。但就武帝以二尺珊瑚樹助愷爭豪看來，王室所有，不過如此而已；石崇信手擊碎，更以三尺四尺者相償，則其富不但可以敵國，而且遠遠超越王室。王愷惘然自失之際，石崇內心的得意，不難想見。

9　王武子❶被責，移第北邙❷下；于時人多地貴，濟好馬射，買地作埒❸，編錢布地竟埒，時人號曰「金溝❹」。

【注　釋】❶王武子　即王濟。見〈言語〉24注❶。❷北邙　山名。一作「北芒」。在今河南洛陽東北。❸埒　作界限的矮牆。❹溝　《晉書・王濟傳》同，《太平寰宇記》三、《太平御覽》四九三引作「埒」。騎射之地狹長，左右埒之間似溝；作溝為是。

【語　譯】王武子遭受處罰以後，遷居在北邙山下；那時洛陽人口眾多，土地很貴，而王武子喜歡騎馬射箭，就買下一塊地在周圍築了短牆，又把錢編組起來鋪滿了牆內的地面，當時人就把這塊地叫做「金溝」。

【析　評】據劉孝標注引《晉諸公贊》及《晉書・王濟傳》，王濟與堂兄王佑不和，出任河南尹，行過王宮，因鞭打王官吏而免官，移居北邙山下。由編錢布地，時人號稱「金溝」，推想王濟的騎射場應呈狹長的帶狀；於時人多地少，大片方圓土地既得之不易，不得不講求實用，而作此設計。然王濟唯恐世人譏他財力不足，故遍地布滿金錢，以解眾疑。

10 石崇❶嘗與王敦❷入太學，見顏、原象❸，而歎曰：「若與同升孔堂，去人何必有間❹！」王曰：「不知餘人云何？子貢❺去卿❻差❼近。」石正色云：「士當令身名俱泰❽，何至以甕牖❾語人！」

【注　釋】❶石崇　見〈品藻〉57注❺。❷王敦　見〈文學〉20注❷。❸顏原象　顏回、原憲的塑像。回字子淵，魯人，少孔子二十九歲，而髮白，三十二歲早死。憲，見〈言語〉9注❿。皆孔子門生。象，通「像」。❹間　差距。❺子貢　端木賜，字子貢，衛人。曾為魯國國相。❻卿　古時最高的官階，分上中下三級。此謂上卿。❼差　略微；比較。❽身名俱泰　生活舒適，譽滿天下。❾甕牖　以破甕之口為窗戶。

【語　譯】石崇曾和王敦進入太學，看見顏回、原憲的肖像，就歎息道：「如能和別人一同登上孔子的廳堂，離別人何必有這麼大的差距！」王敦說：「不知其他的人怎樣？只有子貢距您比較接近。」石崇臉色很嚴肅地說：「一個讀書人應該使自己生活舒適、譽滿天下，何至於把用甕口當窗戶的困境告訴別人呢！」

【析　評】《論語・雍也》說：「一簞食，一瓢飲，在陋巷，人不堪其憂，回也不改其樂。」足見顏回的安貧樂道。據《莊子・讓王》，原憲居魯，家徒四壁，蓬草作門，破甕為窗，遇雨則上漏下溼，而憲仍弦歌不輟；子貢乘高車駕大馬，往見原憲，憲著破衣冠親自應門，子貢見同學如此狼狽，引以為恥，便說：「嘻，先生莫非病了嗎？」原憲說：「我聽說，沒有錢財叫做貧，學道不能實行叫做病。現在我只是貧，不是病啊！」子貢慚愧而退。此則記石崇見顏、原的肖像，自以為得了孔子的真傳，所以身名俱泰，富逾王室，譏笑他倆是孔門不肖的子弟。這正是子貢初見原憲時的心態。可見他只知顏、原的貧窮，而不見二子人格的偉大；只曉得以富驕人，而不能履道力行；正患了原憲所謂學道而不能實行的毛病。

11 彭城王❶有快牛，至愛惜之；王太尉❷與射，賭得之。彭城王曰：「君欲自乘則不論；若欲噉❸者，當以二十肥者代之，既不廢噉，又存所愛。」王遂❹殺噉。

【注　釋】❶彭城王　彭城穆王司馬權，字子輿，晉宣帝馗子。❷王太尉　指王衍。見〈言語〉23注❷。❸噉　吃。同「啖」。❹遂　終於。

【語　譯】彭城王司馬權有一頭跑得很快的牛，極為珍惜；後來太尉王衍和他賭射箭，把牛贏去了。彭城王說：「您如想自己駕車就不必談了；如果想吃牠的話，我將用二十頭更肥的替換，既不讓您吃不成，又保存了我的寵物。」王衍最終還是把牛殺了吃掉。

【析　評】王衍所以要賭得這頭牛，純粹基於嫉妒的心理，強行奪人所愛。彭城王如非愛牛心切，為牠請命，王衍也許把牛贏到手就算了；怎料他越加愛惜，就使王衍殺、吃得越加得意，反而陷牛於萬劫不復的境地。

12 王右軍❶少時，在周侯❷末坐，割牛心噉之，於此改觀❸。

【注釋】❶王右軍 指王羲之。見〈言語〉62注❷。❷周侯 指周顗。見〈言語〉30注❷。❸改觀 改變原來的看法，對人物的觀感一新。

【語譯】王右軍小時候，陪侍在周侯筵席的末座；周侯親自割烤牛心給他吃，從此大家都改變了對他的看法。

【析評】《晉書・王羲之傳》載王羲之卒年五十九，未記生卒何年。《美術叢書・右軍年譜》詳考各家異說，斷定王右軍生於晉懷帝永嘉元年（西元三〇七年），卒於哀帝興寧三年（西元三六五年）。本傳說：「羲之幼訥於言，人未之奇。年十三，嘗謁周顗，顗察而異之。時重牛心炙，坐客未噉，顗先割啗羲之，於是始知名。」則當為元帝太興二年（西元三一九年）事。然此事與汰侈無關，似不當殿於本篇之末。

忿狷❶第三十一

1 魏武❷有一妓❸，聲最清高❹，而情性酷惡❺；欲殺則愛才，欲置❻則不堪❼。於是選百人，一時俱教。少時，果有一人聲及之，便殺性惡者。

【注釋】❶忿狷　憤怒急躁。❷魏武　指曹操。❸妓　表演歌舞的女藝人。❹清高　明亮激揚。❺情性酷惡　性情殘暴凶險。❻置　赦免；原諒。❼不堪　不能；不甘心。

【語譯】魏武帝有一個藝妓，歌聲最明亮激揚，可是性情殘暴陰險；想殺她卻愛惜她的才藝，想原諒她又不甘心。於是選擇藝妓一百人，同時教導。不久以後，果然有一個人的歌聲比得上她，就殺了那天性惡毒的人。

【析評】曹阿瞞是個天性刻薄的人，他對這位藝妓既愛又恨，真是到了「愛之欲其生，惡之欲其死」的地步，終於找到一個可以代替她的人而把她殺掉，一了心願。其實她的「酷惡」比起阿瞞來，猶如「小巫見大巫」，不可同日而語，該死的應是阿瞞才對。

2 王藍田❶性急，嘗食雞子❷，以筯❸刺之，不得，便大怒，舉以擲地；雞子於地圓轉未止，仍下地以屐齒❹蹍❺之，又不得，瞋❻甚；復於地取內❼口中，齧❽破即吐之。王右軍聞而大笑曰：「使安期❾有此性，猶當無一豪❿可論，況藍田邪？」

【注釋】❶王藍田　即王述。見〈文學〉22注❼。❷雞子　雞蛋。指煮熟後剝了殼的雞蛋。❸筯　筷子。同「箸」。❹屐齒　木屐的齒。❺蹍　踏；踩。❻瞋　怒。通「嗔」。❼內　納入；放進。❽齧　咬。❾安期　即王承。王述父。見〈政事〉9注❶。❿一豪　比喻事物的微小。豪，通「毫」。

【語譯】王藍田性子很急，有一次吃雞蛋，用筷子去插它，沒插起來，就大為生氣，把那蛋高高拿起來用力投擲到地上；雞蛋在地上翻滾未停，他也跟著從坐榻上下地，用木屐的齒去踩它，又沒踩到，他氣極了；又從地上拾起蛋來放進嘴裡，咬破了就吐出來。後來王右軍聽了這件事，就大笑著說：「即使他父親王安期有了這種性子，也將沒有絲毫的好處值得人家談論，何況是藍田呢？」

【析評】這一則記事的前半，描寫王藍田原本在吃雞蛋，後來卻和雞蛋鬥起氣來，忘了自己本來要做甚麼，把蛋咬破又吐了出來；將王藍田火爆的性格刻劃得極為凸出。後半記王右軍的話，意思是說王安期才德勝過王藍田，縱使王安期有這種急性子，也會把他的才德全部抵銷，一毫不剩，何況王藍田？但這只是強調為人不可過於性急的說法；即以王藍田而言，本書就載了他很多事跡，絕非「無一豪可論」的人物。

3 王司州❶嘗乘雪往王螭❷許，司州言氣❸少有牾逆❹於螭，便作色不夷❺。司州覺惡❻，便輿床❼就之，持其臂曰：「汝詎❽復足與老兄計？」螭撥其手曰：「冷如鬼手馨❾，彊來捉人臂！」

【注　釋】❶王司州　指王胡之。見〈言語〉81注❶。❷王螭　即王恬。見〈德行〉29注❹，小字螭虎。❸言氣　語氣。❹牾逆　違反別人的心意。牾，通「忤」。❺作色不夷　言變色不悅。夷，愉快。❻覺惡　發覺自己的過錯。惡，罪過。❼輿床　搬動坐榻。輿，抬；搬動。床，坐榻，形似几而較矮，為可坐、可倚、可臥的用具，與今世的椅子相似，但更為寬大。❽詎　豈；哪裡。❾馨　語助詞。無義。

【語　譯】王司州曾在下雪的時候到王螭的住所拜訪，王司州的語氣稍微有些和王螭的意思不合，王螭就變了臉色、很不高興。王司州察覺自己的過失，就搬動坐榻移到他的身旁，抓住他的手臂說：「你哪裡還值得和老哥計較呢？」王螭甩開他的手說：「冷得像鬼手似的，還硬來拉人家的手臂！」

【析　評】王司州冒著風雪嚴寒去拜訪王螭，而且以「汝」和「老兄」對稱，都顯示他們交情的深厚；怎料躁急寡情的王螭，只因一言不合就要起脾氣來。當王司州雙手徹骨的冰寒透過厚厚的衣袖，傳達到王螭臂膊上的時候，縱使是鐵石心腸，也該體會出冰天雪地中友情的溫暖吧？可是王螭只當它是鬼手甩開了，用更冷的言辭相報，怎不令人為王司州叫屈？

4 桓宣武❶與袁彥道❷樗蒱❸，袁彥道齒❹不合，遂厲色擲去五木❺。溫太真❻云：「見袁生遷怒❼，知顏子❽為貴。」

【注　釋】❶桓宣武　即桓溫。見〈言語〉55注❶。❷袁彥道　即袁耽。見〈任誕〉34注❺。❸樗蒱　見〈任誕〉26注❺。❹齒　博齒，賭樗蒱時所用的器具，又稱五木。詳下注。❺五木　樗蒱之戲，削木為子，總共五子，故名五木。後世改用石、玉、骨、象牙等製成。五木之子，兩頭尖銳，中間平廣。一子凡有兩面，一面塗黑，畫犢；一面塗白，畫雉。投子者，五子都黑，叫做盧（通「驢」。黑色），得頭采；四黑一白，叫做雉，得次采；自此以下，黑白相配，或名為梟，或名為犍。後世的骰子，即仿效五木而成。❻溫太真　即溫嶠。見〈言語〉35注❸。❼遷怒　生這個人、物的氣，卻把怒氣往別的人、物上發洩。❽顏子　指顏回。見〈汰侈〉10注❸。

【語　譯】桓宣武和袁彥道賭樗蒱，袁彥道擲出來的五個博齒不合意，就臉色狠狠的把它們甩掉。溫太真說：「我看到袁先生遷怒到博齒身上，才知道顏子是值得尊重的。」

【析　評】魯哀公問孔子：「你的學生誰最好學？」孔子說：「有個叫顏回的最好學，他從來不遷怒於別人，也從來不犯同樣的過錯；不幸短命死了。」（見《論語・雍也》，原文是：「有顏回者好學，不遷怒，不貳過；不幸短命死矣。」）不遷怒於人、不犯同樣過錯的道理，人人都曾學過，人人也都一犯再犯；所以獨顏回一知其非，絕不再犯，能知行合一，學以致用，獲得孔子「好學」的讚美。現在袁彥道所賭的樗蒱，只不過一種遊戲而已；少不合意，竟怪到五木身上，把它們厲色擲去，惡形怪狀，比遷怒於人更為卑劣，更不可理喻。這比起顏回，相去懸遠，愈顯出顏子的可貴；所以溫嶠看了，不勝感喟。

5　謝無奕❶性麤彊❷，以事不相得❸，自往數❹王藍田❺，肆言極罵❻。王正色面壁不敢動，半日。謝去良❼久，轉頭問左右小吏曰：「去未？」答云：「已去。」然後復坐。時人歎其性急而能有所容。

【注　釋】❶謝無奕　即謝奕。見〈德行〉33注❶。❷麤彊　粗野頑強。❸相得　互相投合。❹數　責；數其罪而責之。❺王藍田　即王述。見〈文學〉22注❼。❻肆言極罵　極力責罵。肆、極都是極力的意思。言指數責其罪。罵謂辱罵。❼良　甚；很。

【語　譯】謝無奕性情粗野頑強，因為對一件事意見不合，親自去責備王藍田，盡力把他大罵一頓。王藍田臉色嚴肅，對著牆壁，不敢動彈，這樣過了半天。謝無奕離開很久，他才回頭問左右的小吏道：「走了沒有?」回答道:「已經走了。」然後才回到他的坐位。當時的人讚歎他性子雖急,卻能有容忍他人的度量。

【析評】王藍田的急性子,我們已在本篇2則記事中領教過。這樣性急的人,竟能面壁任由謝奕痛罵半天,雖不能表示他有容忍任何人的雅量,但至少容忍天性麤彊的謝奕的度量是有的,明白和謝奕相爭是無濟於事的智慧是有的。這表明王藍田並不是一個「無一豪可論」的人物。

6 王令❶詣謝公❷,值習鑿齒❸已在坐,當與併榻;王徙倚❹不坐,公引之與對榻。去後,語胡兒❺曰:「子敬實自清立;但人為爾❻多矜咳❼,殊足損其自然。」

【注釋】❶王令 指王獻之。見〈德行〉39注❶。❷謝公 指謝安。見〈德行〉33注❷。❸習鑿齒 見〈言語〉72注❸。❹徙倚 站立。❺胡兒 即謝朗。見〈言語〉71注❹。❻為爾 認為他。為,通「謂」。爾,彼;他。❼矜咳 矜持神祕。咳,奇祕。通「侅」。

【語譯】王子敬去拜訪謝安,正好習鑿齒已經在座,理應和他並榻而坐;王子敬卻站著不願入座,謝公就拉著他,讓他和鑿齒相對坐下。二人走後,謝公告訴胡兒說:「子敬只是想使自己的德行清高有所成就;但是別人認為他過於矜持神祕,大大地會破壞他天然的美德。」

【析評】晉人講門第,士庶不同坐。王獻之拘於世俗之見,雖習鑿齒才德出眾,但因他出身寒門,故不肯與他併榻,以示高潔,並沒有其他的惡意。謝公善體人心,當時讓王、習對榻而坐,解除了王獻之的困境;等二人辭出,謝公唯恐胡兒誤會獻之的行為,養成傲慢的習氣,特別向他說明王獻之的為人,雖不足責怪,也不值得取法。

7 王大❶、王恭❷嘗俱至何僕射❸坐，恭時為丹陽❹尹❺，大始拜荊州。訖將乖❻之際，大勸恭酒，恭不為飲，大逼彊❼之，轉苦，便各以帬帶❽繞手。恭府近千人，悉呼入齋；大左右雖少，亦命前；意便欲相殺。何僕射無計，因起排❾坐二人之間，方得分散。所謂勢利❿之交，古人羞之。

【注　釋】❶王大　即王忱。見〈德行〉44注❷。❷王恭　見〈德行〉44注❶。❸何僕射　指何澄。澄字子玄，一說字季玄。為人清高正直，曾任尚書左僕射。❹丹陽　郡名。治所建業，在今江蘇江寧東南五里。❺尹　晉時各郡的首長稱太守；但西晉的河南郡與東晉的丹陽郡為京師所在，特稱尹。❻乖　分離。❼逼彊　強迫。❽帬帶　繫裙的腰帶。帬是「裙」的本字，下裳叫帬。❾排　分開。❿勢利　權勢和利益。

【語　譯】王大、王恭曾一同到何僕射的座席上，王恭當時是丹陽尹，王大剛被任命為荊州刺史。到了快散席的時候，王大勸王恭喝酒，王恭不肯喝，王大強迫他；雙方都變得苦惱起來，就各自把裙帶纏繞在手上，準備打架。王恭府中將近一千人，全叫他們進來；王大左右的人雖然少，也叫他們上前；意思就是想拚個你死我活。何僕射無法可想，就起身把二人分開坐在中間，才得以化解這場糾紛。所謂看在權勢利益所結交的朋友，古人認為是可恥的。就是指王大、王恭這種人說的。

【析　評】所謂「勢利之交」，在雙方都有利可圖的情況下，彼此的交情就如膠似漆，濃得化不開；可是任何一方無利可求的時候，或彼此利益發生衝突的時候，立刻就形同陌路，勢如水火，反眼不識；像這樣時好時壞，反覆無常，十足令人寒心，所以君子以為可恥。王大、王恭都是一方大員，一個坐鎮京畿，一個出掌荊州，原是勢均「利」敵的一對，本可把酒言歡，盡興而返；可是王大勸酒，王恭拒飲的時候，王大自覺受到鄙視；王大強迫王恭的時候，王恭又認為他恃勢凌人，更加不肯；這時他倆就為了維護自己的勢利，不惜相打相殺，暴露出醜惡的真面目。倘非何澄捨命排解，這場一兩千人的大械鬥，不知要造成幾許怨魂呢！

8 桓南郡❶小兒時，與諸從兄弟各養鵝共鬥。南郡鵝每不如，甚以為忿；迺夜往鵝欄間，取諸兄弟鵝悉殺之。既曉，家人咸以驚駭，云是變怪❷，以白車騎❸。車騎曰：「無所致怪，當是南郡戲耳。」問，果如之。

【注釋】❶桓南郡　指桓玄。見〈德行〉41注❶。❷變怪　災異；不正常的自然現象。❸車騎　指桓沖。見〈夙慧〉7注❺。

【語譯】桓南郡小時候，和堂兄弟們各自養鵝相鬥。桓南郡的鵝往往鬥不過別人的，他覺得非常生氣；就在夜晚到鵝欄裡，捉了諸兄弟的鵝，全部都殺掉。天亮以後，家人全為此驚慌詫異，認為是一場災異，就去報告桓沖。桓沖說：「這沒有甚麼好奇怪的，應該是南郡在開玩笑罷了。」詢問以後，果然如他所料。

【析評】桓南郡諸堂兄弟的鵝一夜盡死，獨桓南郡一家幸免，明眼人一看就會明白究竟了，所以桓沖一語就點破了眾人的迷惑。但這是桓南郡兒時舊事，桓沖又是桓南郡的叔父，吳承仕認為桓沖口中，不該稱他為南郡；其實桓玄七歲就襲封南郡公（見〈德行〉41則劉孝標注引〈桓玄別傳〉），兒時便被稱為南郡，桓沖從眾稱呼，並無不妥之處。

讒險❶第三十二

1 王平子❷形甚散朗❸，內實勁俠❹。

【注釋】❶讒險　讒佞陰險，殘害善良的人。❷王平子　即王澄。見〈德行〉23注❶。❸散朗　瀟灑爽朗。❹勁俠　剛強而褊狹。俠，通「狹」。

【語譯】王平子外表瀟灑爽朗，內心卻剛強而褊狹。

【析評】這一則記王澄做人的態度，表裡不一。他的外表清高脫俗，無拘無束，極易取得別人的好感。但他性格剛強，則主見甚深，不肯同於流俗；褊狹，則意氣用事，無法和他人平和共處。所以在社會上，王澄不是傷害別人，就是被人傷害。鄧粲《晉紀》載：「劉琨嘗謂澄曰：『卿形雖散朗，而內實勁俠；以此處世，難得其死！』王澄默然無以答。後果為王敦所害。劉琨聞之，曰：『自取死耳！』」（劉孝標注引）可為這則記事的注腳。

2 袁悅❶有口才，能短長說❷，亦有精理。始作謝玄❸參軍，頗被禮遇。後丁艱❹，服除還都，唯齎❺《戰國策》❻而已。語人曰：「少年時讀《論語》、《老子》，又看《莊》、《易》，此皆是病痛，事當何所益邪？天下要物，正❼有《戰國策》。」既下❽，說司馬文孝王❾，大見親待，幾亂機軸❿；俄而⓫見誅。

【注釋】❶袁悅　字元禮，陳郡陽夏（在今河南太康）人。官至驃騎咨議。太元中有寵於會稽王司馬道萬，每勸專攬朝權，王頗採納。王恭得知，報告孝武帝，託他罪誅悅於市中。❷短長說　指戰國時縱橫遊說之說。❸謝玄　見〈言語〉78注❺。❹丁艱　舊稱遭父母之喪為丁艱，也叫丁憂。古禮，父母死後，子女要在家守喪三年，不做官，不婚娶，不赴宴，不應考。❺齎　攜帶。❻戰國策　書名。漢劉向集錄。內容多述戰國時遊說之士的言論活動。❼正　止；只。❽下　自長江上游順流而下。此謂至京都建康。❾司馬文孝王　即會稽王司馬道子。見〈言語〉98注❶。文孝王，宋本作「孝文王」，非。今依《晉書・簡文三子傳》改。❿機軸　比喻中樞機要的官職。機，弩牙；弩上發矢的扳機。軸，車軸。⓫俄而　頃刻；不久。

【語譯】袁悅的口才很好，能夠作遊說之辭，也含有精細的道理。起初他擔任謝玄的參軍，很受禮待。後遭遇親喪，回家守制，期滿脫除喪服回到京都時，只隨身帶了一部《戰國策》而已。他告訴人說：「我小時候讀過《論語》、《老子》，又看了《莊子》、《周易》，這都是使人疲累痛苦事情，不知做了會有甚麼好處？天下最重要的東西，只有《戰國策》了。」已經順流而下，到達京都，就去遊說司馬文孝王，大受親信禮遇，幾乎攪亂了中樞的體制；可是不久就被殺了。

【析評】《易》、《論》是儒家的寶典，《老》、《莊》是道家的真經，這些書裡充滿了修己治人的要道；而袁悅讀後深感病痛，棄如敝屣，獨獨醉心於滿紙讒險之辭的《戰國策》。這就是他雖能取得司馬文孝王的親信禮待，卻「幾亂機軸，俄而見誅」的癥結所在，足供我們引為鑑戒。請參閱〈賞譽〉153則。

3　孝武❶甚親敬王國寶❷、王雅❸。雅薦王珣❹於帝，帝欲見之；嘗夜與國寶及雅相對，帝微有酒色❺，令喚珣。垂❻至，已聞卒傳聲，國寶自知才出珣下，恐傾奪❼其寵，因曰：「王珣當今名流❽，陛下不宜有酒色見之，自❾可別詔召也。」

帝然其言，心以為忠，遂不見珣。

【注釋】❶孝武 即晉孝武帝。見〈言語〉89注❷。❷王國寶 見〈規箴〉26注❷。❸王雅 字茂達，東海郯（在今山東郯城西南三十里）人。因得孝武寵幸，由侍中超授太傅、尚書左僕射。❹王珣 見〈言語〉102注❸。❺酒色 飲酒後臉上呈現的顏色。❻垂 將近；將及。❼傾奪 盡奪。❽名流 著名人士。❾自 語助詞，無義。

【語譯】晉孝武帝非常親信敬重王國寶和王雅。王雅向孝武帝推薦王珣，孝武帝想見見他；有一天夜晚曾和國寶及王雅對面坐著，孝武帝臉上略帶酒色，下令傳喚王珣。當王珣快要到達，已聽見宮中士卒傳報的聲音，國寶自己知道才能不如王珣，怕他盡奪自己既得的寵信，就說：「王珣是當今的名士，陛下不適合在有酒色的時候召見他，可以另外下詔召見。」孝武帝覺得他的話很對，內心認為他忠心耿耿，於是就不接見王珣。

【析評】善讒的人，總是充滿機心，把自己的讒言修飾得冠冕堂皇，天衣無縫，以達成毀善害賢的願望。當孝武帝乘著酒興要傳喚王珣的時候，才不如珣而早得恩寵的王國寶，立即感到事態的嚴重，唯恐孝武帝胡亂授以高官，將來搶盡自己的榮祿；於是他花言巧語，假裝出忠心事主的樣子，阻斷了王珣進身之路。

4 王緒❶數讒殷荊州❷於王國寶❸，殷甚患之，求術於王東亭❹。曰：「卿但數詣王緒，往輒屏人❺，因❻論它事；如此，則二王之好❼離❽矣。」殷從之。國寶見王緒，問曰：「比❾與仲堪屏人何所道？」緒云：「故❿是常往來，無它所論。」

國寶謂⓫緒於己有隱，果情好日疏，讒言以息。

【注　釋】❶王緒　見〈規箴〉26注❶。❷殷荊州　指殷仲堪。見〈德行〉40注❶。❸王國寶　見〈規箴〉26注❷。❹王東亭　即王珣。見〈言語〉102注❸。❺屏人　斥退左右的人。❻因　用與「而」同。❼好　交誼；友誼。❽離疏遠。❾比　近來；最近。❿故　仍舊。⓫謂　以為。通「為」。

【語　譯】王緒屢次在王國寶面前說殷荊州的壞話，殷荊州很為這事傷腦筋，就向王東亭求教對策。王東亭說：「您只要去拜訪王緒幾次，一去了就斥退左右密談，講論些無關緊要的事情；這樣一來，二王的友誼就要疏遠了。」殷荊州就照著他的話做。後來王國寶見到王緒，問道：「你近來常和殷仲堪摒退左右談論些甚麼呀？」王緒說：「仍舊是平常的交往，沒有談甚麼特別的事情。」王國寶認為王緒對自己有所隱瞞，交情果然日漸疏遠，讒言也因此平息了。

【析　評】〈規箴〉26則言「王緒、王國寶相為脣齒，並上下權要」，互相引進，故本則劉孝標注云：「按：國寶得寵於會稽王（道子），由緒獲進，同惡相求，有如市賈，終至誅夷，曾不攜貳；豈有仲堪微間，而成離隙（同「隙」）？」《晉書・王湛傳》云：「安帝即位，國寶復事道子，進從祖弟緒為琅邪內史。」似有不同，實無牴觸。〈王湛傳〉云：時王恭、殷仲堪惡王道子、王國寶亂政，起兵征討；王道子無力抗拒，乃委罪於王國寶，付廷尉，賜死，並斬王緒，以向王恭謝罪。劉孝標所謂「終至誅夷，曾不攜貳」，即據此而言；以為殷仲堪的計謀，不可能造成本則所記二王「情好日疏」的結果，懷疑此事的真實性。所論很有見地。

尤悔❶第三十三

1 魏文帝❷忌弟任城王❸驍❹壯，因在卞太后❺閤❻共圍棊，並噉棗。文帝以毒置諸棗蔕❼中，自選可食者而進；王弗悟❽，遂雜進之。既中毒，太后索水救之；帝預敕❾左右毀缾❿罐。太后徒跣趨井，無以汲；須臾，遂卒。復欲害東阿⓫，太后曰：「汝已殺我任城，不得復殺我東阿！」

【注釋】❶尤悔　過失與災禍。❷魏文帝　見〈言語〉10注❸。❸任城王　指曹彰。字子文，魏武帝卞太后第二子，性剛勇，有黃鬚。封任城王，諡威。❹驍　勇捷。❺卞太后　即武宣卞皇后。見〈賢媛〉4注❸。❻閤　女子的臥房。通「閣」。❼蔕　果實和枝莖相連的部分。也作「蒂」。❽悟　察覺。❾敕　告誡；命令。❿缾　同「瓶」。⓫東阿　指曹植。見〈文學〉66注❷。

【語譯】魏文帝妒嫉他的大弟任城王驍勇健壯，於是有一天在卞太后房裡一起下圍棋，並且吃棗。文帝就把毒藥放在一部分棗子的棗蒂裡，自己挑選能吃的進食；任城王沒有察覺，就交雜地吃下去。中毒後，太后找水救他；文帝已預先命令左右的人把瓶罐全部打壞。太后赤腳跑到井旁，沒有東西用以汲水；不一會兒，任城王就死了。後來文帝又想殺害東阿王，太后說：「你已經殺了我的任城，不能再殺我的東阿！」

【析評】這是一件令人髮指、謀殺親弟的血案。曹丕忌恨大弟曹彰的驍壯，必欲除之而後快，於是把他毒死。古人相傳井水可以解毒，曹丕又預先盡毀汲器，使施救的人無水可用，於是曹彰只餘死路一條。

至於曹丕又想害死曹植，因卞太后反對，不能如願，便把他貶降為安鄉侯，事見《三國志・魏志・任城陳蕭王傳》，於時為魏文帝黃初二年（西元二二一年）。但曹植被徙封東阿，是八年後魏明帝太和三年的事，卞太后「不得復殺我東阿」一語，竟預稱後來的封號，違背事理，顯然是記事者的錯誤。

2 王渾❶後妻，琅邪顏氏女。王時為徐州刺史❷，交禮拜訖，王將答拜，觀者咸曰：「王侯❸州將，新婦州民❹，恐無由❺答拜。」王乃止。武子❻以其父不答拜，不成禮，恐非夫婦；不為之拜，謂為「顏妾」。顏氏恥之，以其門貴，終不敢離。

【注釋】❶王渾　見〈賢媛〉12注❶。❷王時為徐州刺史　據《晉書・王渾傳》，武帝受禪，遷徐州刺史，則此為魏初時事。❸王侯　王渾襲父爵京陵侯，故稱。❹州民　據《晉書・地理志》，琅邪國屬徐州，故云。❺由　用。❻武子　即王濟。見〈言語〉24注❶。

【語譯】王渾的繼配，是徐州琅邪國顏氏的女兒。王渾當時任徐州刺史，新娘已行完交拜禮，王渾正要回拜，觀禮的人全說：「王侯是一州的主將，新娘只是州中的小民，恐怕不用回拜了。」王渾就作罷了。王濟因為他父親沒有回拜，沒有完成婚禮，恐怕算不得夫婦；所以也不肯拜她為繼母，而稱她為「顏妾」。顏氏把這件事看做自己的恥辱，但因為王渾的門第高貴，始終不敢離婚。

【析評】王渾既然要娶顏氏為後妻，就應該和她完成婚禮，使她名正言順地成為一家的主婦；可是他自恃門第高貴，接納了觀禮小人的諂媚之言，行交拜禮時受而不答。這一念之差，使顏氏成為一個名不正而言不順的新娘，含詬忍辱，終其一生，令人浩歎！但令人遺憾的不僅王渾，王武子不能孝敬這位可憐的繼母為父補過也罷，竟根本否認她繼母的名分，而以「顏妾」相稱，使顏氏既屈於其夫，又屈於其子，心靈倍受摧殘，更令人不忍卒讀。

3 陸平原❶河橋❷敗，為盧志❸所讒，被誅；臨刑歎曰：「欲聞華亭❹鶴唳❺，可復得乎？」

【注釋】❶陸平原 指陸機。見〈言語〉26注❶。❷河橋 在今河南孟縣南，古為兵家必爭之地。❸盧志 見〈方正〉18注❶。❹華亭 吳由拳縣（今浙江嘉興南）郊外別墅，有清泉茂林。吳平後，陸機兄弟在此共遊十餘年。❺鶴唳 鶴鳴。

【語譯】陸平原在河橋兵敗以後，被盧志讒害，慘遭誅殺；他在臨刑時慨歎道：「想要聽聽華亭的鶴鳴聲，可還有機會嗎？」

【析評】鶴的鳴聲宏亮，聽來充滿野趣，《詩・小雅・鶴鳴》是一首招隱詩，便有「鶴鳴九皋，聲聞于野」、「鶴鳴九皋，聲聞于天」的描寫，可為參證。陸機在吳亡入洛以前和他弟弟陸雲常到華亭遊覽；後來任河北都督，聽到告警的號角聲，曾對孫丞說：「聽這種聲音，不如聽華亭鶴唳啊！」（見劉孝標注引《語林》）故臨刑而有此歎。後來遂以「華亭鶴唳」為遇難前感慨生平、後悔出仕之辭。

4 劉琨❶善能招延❷，而拙於撫御❸；一日之中雖有數千人歸投❹，其逃散而去，亦復如此。所以卒無所建。

【注　釋】❶劉琨　見〈言語〉35注❶。❷善能招延　善於招募延攬。能，語助詞。無義。❸撫御　安撫統御。❹投投效。依附某人，自願效力。

【語　譯】劉琨擅長招攬士眾，卻不會安撫統御；一天之內，雖然有幾千人前來歸附投效，但那逃亡離去的人數，也有這些。所以他始終沒有建功立業。

【析　評】這一則記事中說劉琨麾下數千人來則數千人去，始終沒建立功業，是用以強調他善於招延，拙於撫御的誇張之辭，非事實。劉琨於永嘉元年為并州牧，當時他駐守晉陽空城，寇盜四方攻打，卻能收合士眾，與劉淵、石勒相抗衡，十年之中，屢敗屢振；不能撫御，豈能如此？且當凶荒之歲，千里無煙，也必無一天之中，數千人來去的可能；果真如此，則麾下常空，又怎能長期與強敵相峙？有人說《世說》此條「苟欲愛奇，而不詳事理」（見劉孝標注引敬胤語），是不明本文的輕重本末所致，不得做為定論。

5 王平子❶始下❷，丞相❸語大將軍❹：「不可復使羌❺人東行。」平子面似羌。

【注　釋】❶王平子　即王澄。見〈德行〉23注❶。❷下　向北而南叫「下」。平子是琅邪郡人，初由琅邪南下建康，謂之「始下」。❸丞相　指王導。見〈德行〉27注❸。❹大將軍　指王敦。見〈文學〉20注❷。❺羌　我國古代西部民族之一。

【語　譯】王平子剛從琅邪郡南下建康，丞相王導告訴大將軍王敦說：「不能再讓這個西羌向東走了。」因為平子的面貌很像西方的羌人。

【析　評】王澄是北方人，當他初到建康，丞相不知，看他長得像羌人，以為他是來自西方的蠻夷，所以告誡大將軍「不可復使羌人東行」。這句話有鄙視王澄，和他畫清界限，表明和他種種的關係均應到此為止的意思，不僅不使東行而已。這和王澄後來由相識而相親，又由相親而相忌，終致王澄被王敦殺害，多少會有些關係。

6 王大將軍❶起事，丞相❷兄弟詣闕謝❸。周侯❹深憂諸王❺，始入，甚有憂色；丞相呼周侯，曰：「百口❻委❼卿！」周直過不應；既入，苦相存救❽。既釋❾，周大說，飲酒；及出，諸王故在門，周曰：「今年殺諸賊奴❿，當取金印如斗大繫肘後⓫！」大將軍至石頭⓬，問丞相曰：「周侯可為三公⓭不？」丞相不答。又問：「可為尚書令⓮不？」又不應。因云：「如此，唯當殺之耳！」復默然。逮周侯被害，丞相後知周侯救己，歎曰：「我不殺周侯，周侯由⓯我而死；幽冥⓰中負此人！」

【注　釋】❶王大將軍　指王敦。見〈文學〉20注❷。❷丞相　指王導。見〈德行〉27注❸。❸詣闕謝　言前往宮闕道歉。闕，宮門前兩旁所設的二臺，臺上有望樓。❹周侯　指周顗。見〈言語〉30注❷。❺諸王　指王導的兄弟子姪們。❻百口　指全家約一百口人的性命。❼委　付託。❽存救　保全援救。❾釋　赦宥。指赦免諸王。❿賊奴　指王敦及其部屬。諸王誤以為指己，王導遂不肯相救。⓫取金印如斗大繫肘後　晉時文、武諸公用金印紫綬。是說可封高爵。⓬石頭　城名。為攻守建康必爭之地，故址在今南京市石頭山後。⓭三公　晉以太尉、司徒、司空為三公，是輔助天子掌管軍政大權的最高官員。⓮尚書令　官名。位次諸公，掌管章奏文書。⓯由　因為。⓰幽冥　暗昧；糊裡糊塗。

【語　譯】王大將軍興兵作亂，丞相王導兄弟們因屬同族，一同到闕下道歉請罪。周侯深為王氏兄弟擔憂，當他才入宮時，臉上布滿憂傷的神色；這時丞相呼喚周侯，並對他說：「我家上百口的人，全託付給您了！」周侯直走進去，沒有回話；入宮以後，卻費盡心機保全解救他們。當元帝寬恕赦免他們以後，周侯非常高興，喝了不少的酒；等他出宮時，王氏兄弟們仍候在門口，周侯說：「今年殺光這批奸賊奴才，將取得一顆斗大的金印繫在肘後！」王大將軍事成來到石頭，問王導說：「周侯可以當三公嗎？」王導不回話。又問：「可以當尚書令嗎？」也不回話。大將軍於是說：「如此看來，只應殺掉他了！」還是沉默不語。等到周侯被殺，王丞相事後才知道周侯救了自己，歎息道：「我雖然沒有殺死周侯，周侯卻因為我死去；我在糊裡糊塗的狀況下，辜負了這位恩人！」

【析評】據《晉書》王導、王敦二傳，晉元帝永昌元年（西元三二二年）王敦以誅鎮北將軍劉隗為名，興兵造反，劉隗請帝族誅王氏，王導親率諸堂兄弟子姪二十餘人，每天天亮就到闕下待罪；帝因他素有忠節，均加赦宥；及王敦攻入石頭，入朝自為丞相，多害忠良，寵樹親戚，元帝當年憂憤而死。與本則所記，互為表裡，且知王氏滅門之禍，幸賴周顗存救而紓解。惜周顗當時酒後所言，引起王導的誤會，懷恨於心，他卻始終未曾察覺，未加解釋；而向元帝為諸王乞命的經過，為了堅守君臣之義，使恩情盡出於元帝，他也至死不肯向王導吐露，終於鑄成了千古遺恨，令人嗟歎。《建康實錄》五引《中興書》說：「顗死後，王導校料中書故事（檔案），見顗表救己殷勤，乃執表垂泣，悲不自勝，告諸子曰：『吾雖不殺伯仁，伯仁因我而死；幽冥之中，負此良友！』」今《晉書》顗本傳略同。又劉孝標注引虞預《晉書》說：「敦克京邑，參軍呂猗說敦曰：『周顗、戴淵（字若思），皆有名望，足以惑眾。視近日之言，無慚懼之色；若不除之，役將未歇也。』敦即然之，遂害淵、顗。初，猗為臺郎，淵既上官，素有高氣（傲氣），以猗小器待之，故售其說焉。」更知周顗是一位無辜的受害者。

7 王導❶、溫嶠❷俱見明帝❸，帝問溫前世❹所以得天下之由。溫未答。頃，王曰：「溫嶠年少未諳❺，臣為陛下陳之。」王迺具敘宣王❻創業之始，誅夷❼名族，寵樹❽同己；及文王❾之末，高貴鄉公❿事。明帝聞之，覆面箸床曰：「若如公言，祚⓫安得長！」

【注釋】❶王導　見〈德行〉27注❸。❷溫嶠　見〈言語〉35注❸。❸明帝　見〈排調〉17注❶。❹前世　前代；過去的時代。指西晉。❺諳　熟悉；知道。❻宣王　即晉宣帝司馬懿。見〈容止〉27注❻。❼誅夷　殺戮消滅。❽寵樹　寵幸培植。❾文王　即晉文帝司馬昭。見〈德行〉15注❶。❿高貴鄉公　即曹髦。見〈方正〉8注❶。⓫祚　國祚；國家的命運。

【語　譯】王導和溫嶠一同朝見明帝，明帝向溫嶠請問西晉所以能得到天下的原因。溫嶠沒有回答。過了一會兒，王導說：「溫嶠年紀還小，不明白這個道理，讓臣向陛下陳述一下吧。」王導就詳細敘述司馬宣王創業的初期，誅殺有名的世族，寵用迎合自己的人士；以及司馬文王末年，弒其君高貴鄉公的事。明帝聽了以後，就雙手覆面靠在坐榻上，說：「如果像您所講的，國運怎麼能長久呢！」

【析　評】這一則記西晉開國君主，得天下不以其道，明帝聞而自慚的情形。也許由於這覺悟的一念，使晉國的國祚又延續了近百年的歲月吧？

8 王大將軍❶於眾坐中曰：「諸周❷由來未有作三公❸者。」有人答曰：「唯周侯❹已五馬領頭而不克❺。」大將軍曰：「我與周，洛下相遇，一面頓盡❻；值世紛紜❼，遂至於此！」因為流涕❽。

【注　釋】❶王大將軍　指王敦。見〈文學〉20注❷。❷諸周　即周顗的兄弟子姪輩。❸三公　見本篇6注⓭。❹周侯　指周顗。見〈言語〉30注❷。❺已五馬領頭而不克　五馬領頭應是賭樗蒱時所用的術語，未聞其詳，可能是再擲一次五木而合意。即能搏得最大采頭，卻未能如願，終致功虧一簣的意思。請參閱〈忿狷〉4及諸注。❻一面頓盡　一見即盡傾衷情。❼紛紜　混亂的樣子。❽涕　淚。

【語　譯】王大將軍當許多賓客在座時說：「諸周氏兄弟從來沒有做過三公的人。」有一個人回答道：「只有周侯已經『五馬領頭』了，卻沒有成功。」大將軍說：「我和周侯，在洛陽相逢，一見面就如同老友，盡傾衷腸；怎料遭遇世局混亂，竟到了這種地步！」於是落下淚來。

【析　評】周侯枉死的事，已見本篇6則。這一則是記事態明朗以後，王敦追悔不及的情形。「周侯已五馬領頭而不克」，「值世紛紜，遂至於此」，都指周侯之死而不忍明說，但悲憫追思之情已溢於言表，無怪大將軍要為此流淚。

9　溫公❶初受劉司空❷使❸勸進❹，母崔氏❺固駐❻之，嶠絕裾❼而去。迄於崇貴，鄉品猶不過❽也；每爵皆發詔。

【注　釋】❶溫公　指溫嶠。見〈言語〉35注❸。❷劉司空　指劉琨。見〈言語〉35注❶。❸使　派遣。❹勸進　勸即帝位。溫公奉劉琨使勸元帝即位事，請參閱〈言語〉35、36。❺崔氏　嶠父憺（一作「襜」），娶清河（在今山東清平南）崔參女。❻駐　阻止；拉住。❼裾　衣袖。❽鄉品猶不過　鄉里的評議仍不放過他。即非議他違抗母命的行為。

【語　譯】溫嶠剛受劉司空的派遣去勸晉元帝即位的時候，他的母親崔氏緊緊拉住他不肯放行，溫嶠竟拉斷了衣袖，脫身離去。但一直到他地位尊貴的時候，鄉里的評議還是不放過他；每次給他加官進爵，都得元帝親自下詔裁決，才能平息朝中的議論。

【析　評】這一則故事，可做為人子的借鑑：一旦違逆父母，是一種終身不赦的罪行，雖位至尊貴，都免不了輿論無情的批判。劉孝標注引虞預《晉書》：「元帝即位，以溫嶠為散騎侍郎。嶠以母亡，逼賊，不得往臨葬，固辭。詔曰：『嶠以未葬，朝議又頗有異同，故不拜。其令八坐議，吾將折其衷。』」可為「每爵皆發詔」的注腳。八坐，同八座，指朝廷中的高級官員。時以五曹尚書（祠部、吏部、左民、度支、五兵）、二僕射（左僕射、右僕射）、一令（尚書令）為八座。

10 庾公❶欲起❷周子南❸，子南執辭❹愈固❺；庾每詣周，庾從南門❻入，周從後門出。庾嘗一往奄至❼，周不及去，相對終日。庾從周索❽食，周出蔬食❾，庾亦彊飯❿，極歡；并語世故⓫，約相推引，同佐世⓬之任。既仕，至將軍二千石⓭，而不稱意，中宵⓮慨然曰：「丈夫乃為庾元規所賣！」一歎，遂發背⓯而卒。

【注　釋】❶庾公　指庾亮。見〈德行〉31注❶。❷起　舉用。❸周子南　周邵，字子南，與翟湯隱居廬山，庾亮到江州，親往拜訪，拔擢他為鎮蠻護軍、西陽太守。❹執辭　執意推辭。❺固　堅決。❻南門　正門；前門。以其向南而得名。❼奄至　忽然到達。❽索　討取。通「索」。❾蔬食　粗食；以草菜為食。❿彊飯　努力吃飯；大吃一頓。⓫世故　世事的變故。⓬佐世　救助艱危的世局。⓭石　重量單位，一百二十斤為石。⓮中宵　半夜。⓯發背　疽瘡發作於背部。疽是一種外表結成塊狀，內裡深陷肌膚五臟的毒瘡。人憂憤過甚，往往患此病而死。

【語　譯】庾公想舉用周子南，周子南執意推辭，愈來愈堅定；庾亮每次拜訪周子南時，庾公從南面的大門進來，周子南就從北面的後面出去。庾公有一次突然造訪，周子南來不及離開，於是相對談了一整天。庾公向周子南索取食物，周子南拿出一些蔬菜，庾公也大吃一頓，相處得非常歡樂；同時談論了一些時事的演變，相約彼此合作，一同負起救助世局的大任。等周子南出任官職，位至將軍領有二千石的俸祿，可是還不合意，半夜裡感慨地說：「我這堂堂的大丈夫竟被庾亮給出賣了！」經過這一次感歎，不久就背上生了毒瘡死去。

【析　評】據劉孝標注引《尋陽記》，庾亮既與周子南晤談，就起用他為鎮蠻護軍、酉陽太守。酉陽郡治所在今四川酉陽北，晉永嘉後沒於蠻獠，是一個貧困多事的所在；庾亮因為景仰周子南清高無欲，有犧牲奉獻的精神，才推薦他出任此一要職。《庾亮文集》載有〈與子南書〉：「酉陽一郡，戶口差實，非履道真純，何以鎮其流遁？詢之朝野，僉曰足下。今具上表，請足下臨之，無讓。」流遁指歹徒流蕩逃亡之所，是禍亂的發源地。可見一開始庾亮就把實情說明白了。無奈周子南並非真正的仁人志士，雖有高官厚祿，也不能滿足他奢華的願望，竟至一歎發疽而卒。他慨歎自己「為庾元規所賣」，就元規而言，真是天大的冤枉！

11　阮思曠❶奉大法❷，敬信甚至❸；大兒❹年未弱冠❺，忽被篤疾。兒既是偏❻所愛重，為之祈請三寶❼，晝夜不懈，謂至誠有感者，必當蒙祐。而兒遂不濟。於是結恨❽釋氏❾，宿命❿都除。

【注　釋】❶阮思曠　即阮裕。見〈德行〉32注❶。❷大法　指佛法。❸甚至　超過極限。❹大兒　名傭，字彥倫，官至主簿。❺弱冠　古時男子滿二十歲而加冠，叫弱冠。體尚未壯，故稱弱。❻偏　特別地；出乎尋常地。❼三寶　佛教以佛、法、僧為三寶。❽結恨　結下怨恨。❾釋氏　佛教始祖釋迦牟尼的省稱。❿宿命　宿心；平素的信心。

【語　譯】阮思曠崇奉佛法，虔誠信仰得超過極限；他的長子不滿二十歲，忽然患了重病。這孩子既是阮思曠特別喜愛重視的，於是為他向三寶祈福，日夜不敢懈怠，以為至誠之心能感動神明，必定受到福祐。可是這孩子終於不治。於是和釋氏結下怨恨，平素的信心完全消失了。

【析　評】阮思曠崇信三寶萬能，忽忘了「死生有命，富貴在天」的明訓，終至大兒亡故，萬念俱灰，自陷於不可超脫的苦海。這也是天下父母愛子心切的通病吧？

12　桓宣武❶對簡文帝❷，不甚得❸語；廢海西❹後，宜自申敘❺，乃豫撰❻數百語，陳廢立之意。既見簡文，簡文便泣下數十行。宣武矜愧❼，不得一言。

【注　釋】❶桓宣武　指桓溫。見〈言語〉55注❶。❷簡文帝　晉簡文帝。見〈德行〉37注❶。❸得　能。❹海西　即晉廢帝海西公。見〈排調〉38注❷。❺申敘　申報；向上級報告。❻撰　編寫。❼矜愧　矜持慚愧。矜持是故作鎮定，表情生硬不自然的意思。

【語　譯】桓宣武面對簡文帝時，就不大說得出話來；他廢了海西公後，應該親自向簡文報告，就預先編寫了幾百句話，陳述廢舊君立新帝的理由。但見到簡文的時候，簡文就淚流不止。桓宣武故作鎮定，內心慚愧，一句話也說不出來。

【析　評】簡文帝很重視宗族的情分，所以桓溫既廢海西而立他為君，始終不能和他坦然相對；簡文也始終不肯讓桓溫恣意干預自己的家事。這由本則和〈黜免〉7則的記述，可以看得十分清楚。

13　桓公❶臥語曰：「作此寂寂❷，將為文、景❸所笑！」既而屈起坐曰：「既不能流芳❹後世，亦不足復遺臭❺萬載❻邪？」

【注釋】❶桓公　指桓溫。見〈言語〉55注❶。❷寂寂　寂靜無聲的事。表面指睡眠，其實指屈身為臣，不能號令天下而言。❸文景　指晉文帝、景帝。分見〈德行〉15注❶、〈言語〉16注❶。❹流芳　指流傳美名。❺遺臭　指遺留惡名。❻載　年、歲的別稱。

【語譯】桓公躺在床上告訴左右的人說：「做這種寂靜無聲的事情，將被文、景二帝所恥笑！」說完又屈身起來坐著說：「既然不能流傳美名於後世，難道還不足以遺留臭名於永遠嗎？」

【析評】桓溫早在簡文帝輔政時，已大權獨攬，心存異志。這一則所記的，就是這一代奸雄所吐露的心聲。司馬師是司馬懿的長子，魏嘉平六年（西元二五四年）廢魏帝曹芳，立高貴鄉公曹髦，專國政。次年司馬師病死，由弟司馬昭當政，篡弒之心，已達路人皆知的地步。到了其子司馬炎篡魏稱帝，建立晉朝，追謚師為景帝、昭為文帝。桓溫所謂「將為文、景所笑」，是怕他們笑自己懦弱無能，沒有篡位的膽氣，甘心雌伏，當一個寂寞無聞的庸才；於是慷慨奮起，決心行險徼幸，縱使罵名千古而不悔。他這一念之差，為自己的德業烙上了一個醜惡而不可磨滅的印記，果然要遺臭萬年了！

14 謝太傅❶於東❷船行，小人引船，或遲或疾，或停或待；又放船從橫，撞人觸岸。公初不❸呵譴。人謂公常無❹嗔喜。曾送兄征西❺葬還，日莫雨駛，馭人❻皆醉，不可處分❼；公乃於車中，手取車柱❽撞馭人，聲色甚厲。夫以水性沉柔❾，入隘❿奔激；方⓫之人情，固知迫隘之地，無得保其夷粹⓬。

【注釋】❶謝太傅 指謝安。見〈德行〉33注❷。❷東 建康以會稽、吳郡為東。❸初不 一點也不。❹常無 曾無；從來不曾有過。❺征西 指謝奕。見〈德行〉33注❶。❻馭人 駕車的人；車夫。一作「小人」。❼不可處分 不肯處理駕車的事。❽車柱 車篷的支柱。❾沉柔 深沉柔弱。❿隘 指狹窄的水道。下文指緊迫的情況。⓫方 比擬。⓬夷粹 指平易而精純的本性。

【語譯】謝太傅在建康以東乘船而行，縴夫拉船前進，有時慢有時快，有時停止有時少待；也有時放開船讓它任意縱橫，撞到人，碰到岸。謝公一點也不呵叱譴責。所以人們說謝公從來不曾有過喜怒的表情。但是他曾經送他哥哥安西將軍謝奕下葬回來，日暮時車在雨中行駛，車夫都喝醉了，不肯趕車；謝公就在車中抽取車柱撞擊車夫，聲音臉色非常嚴厲。即使拿水性的深沉柔弱來說，一旦進入狹窄的水道也會奔騰激蕩；以人的感情相比，自然知道當處於窘迫緊急的情況下，也無法保持他平和純粹的本性。

【析評】這一則拿人的感情和水性相比，說明人的感情再深沉平和，但被逼急了，也會像水突然進入狹隘之處，奔騰激蕩，不能自已。謝安船行的時候，縴夫快慢停待，都因水勢而定；縱使放船縱橫，也緣一時失誤，情非得已，所以謝公恬然處之。但當送葬歸來，內心原已沉痛；加上日暮道遠，天雨難行，車夫在這當兒醉得不肯辦事，能怪謝公生氣打人，修養不好嗎？

15 簡文❶見田稻不識，問是何草？左右答是稻。簡文還，三日不出，云：「寧有賴其末❷，而不識其本❸！」

【注釋】❶簡文 晉簡文帝。見〈德行〉37注❶。❷末 梢。指稻穗。❸本 根。指稻的莖和根。

【語譯】晉簡文帝看見田中的稻苗卻不認識，問左右這是甚麼草？左右回答是稻。簡文帝回去以後，三天沒有出門，說：「哪有靠它的穗來過活，卻不認得它莖葉的道理！」

【析　評】古今不辨菽麥田稻的人很多，但是像簡文這樣深感悔恨慚愧的卻極為少見。劉孝標注本文說：「（晉）文公種米（各本譌作「菜」），曾子駕（各本譌作「牧」）羊，縱不識稻，何所多悔？此言必虛。」以為君子只要知道重大高遠的事理就夠了，根本不必為了不識稻苗後悔；認為這一則記事是虛構的。但站在教人悔過的觀點來看，我們寧願信其有，不可信其無，藉此惕勵自己才好。

16 桓車騎❶在上明❷畋獵❸，東信❹至，傳淮上大捷❺。語左右云：「群謝年少大破賊！」因發病薨❻。談者以為此死，賢❼於讓揚之荊❽。

【注　釋】❶桓車騎　指桓沖。見〈夙慧〉7注❶。❷上明　地名。在今湖北松滋西。❸畋獵　打獵。❹東信　指京城的消息。晉室東遷，稱建康為東京。❺淮上大捷　指晉孝武帝太元八年（西元三八三年）謝玄在淝水（源出安徽合肥，北流至安徽壽縣北入淮）大破前秦苻堅軍。❻薨　諸侯死叫薨。時桓沖為荊州刺史，身為方伯，位比諸侯。❼賢　勝過。❽讓揚之荊　晉孝武帝寧康三年（西元三七五年），桓沖把他揚州刺史的官位讓給謝安，改任徐州刺史，鎮丹徒。時丹陽尹王蘊以后父之尊與謝安親近，謝安欲以王蘊為方伯，便先解除沖徐州刺史的職務，僅令他統領豫、江二州六郡的軍事，不兼刺史；太元二年（西元三七七年）才復用沖統領荊、江等七州軍事、荊州刺史。

【語　譯】桓車騎正在上明打獵，東京的來信到達，傳來淮、淝流域大捷的消息。桓車騎看完信告訴左右的人說：「這群謝家小夥子們大敗胡賊了！」因此就生病死了。談論的人以為他這樣死去，比他當初讓出揚州轉到荊州去好些。

【析　評】東晉時揚州是京都所在之地，揚州刺史和晉帝的關係當然極為密切；可是據劉孝標注引《續晉陽秋》的記載，桓沖以為將相才德不同，鎮守的地區也應有異，於是把揚州讓給謝安，請調邊遠軍鎮。這樣一來，自己就完全與中樞疏離，處處受制於謝安；防衛淮、淝的戰功，也拱手讓給了謝家群少；這些事件在桓沖心靈上所形成的創痛，絕非一死所能企及，所以時人有此死賢於讓揚之荊的議論。

17 桓公❶初報破殷荊州❷，曾❸講《論語》，至「富與貴，是人之所欲；不以其道得之，不處」❹，玄意色甚惡❺。

【注釋】❶桓公　指桓玄。見〈德行〉41注❶。❷殷荊州　指殷仲堪。見〈德行〉40注❶。❸曾　當作「會」。恰巧；適逢。❹富與貴四句　見《論語・里仁》。孔安國注：「不以其道得富貴，則仁者不處。」❺玄意色甚惡　桓玄神色很難看。猶恨殷不以其道取富貴。

【語譯】當桓玄剛得到打敗殷荊州的捷報的時候，正在向人講解《論語》，講到「財富與高官，是人人想得到的；但不用正道得來，君子是不接受的」，桓玄的神色極為難看。

【析評】殷仲堪和桓玄，原是交情很好的舊友（見〈德行〉41則劉孝標注引〈桓玄別傳〉）；但後來卻懷疑朝廷想用桓玄取代自己，就派遣道人竺僧慠拿寶物去賄賂正在輔政的簡文帝所寵幸的媒尼、左右，讒害桓玄。桓玄得悉，就發兵擊滅殷仲堪（見劉孝標注引周祇《隆安記》）。殷仲堪貪戀富貴，不惜陷害舊友，正是孔子所謂「不以其道得之」；所以當捷報傳至，桓玄講《論語》正好講到此處，他內心的餘恨，便從神色間流露出來。

紕漏❶第三十四

1 王敦❷初尚主❸，如厠❹，見漆箱盛乾棗，本以塞鼻；王謂❺厠上亦下果❻，食遂至盡。既還，婢擎金澡盤❼盛水，瑠璃椀盛澡豆❽；因倒著水中而飲之，謂是乾飯！群婢莫不掩口而笑之。

【注釋】❶紕漏　錯誤疏失。❷王敦　見〈文學〉20注❷。❸尚主　娶公主為妻。敦尚晉武帝女襄城公主（見《晉書》本傳）。一說尚武帝女舞陽公主，字脩禕（見劉孝標注）。❹厠　廁所。同「廁」。❺謂　以為。通「為」。❻下果　陳設果子。❼澡盤　洗手用的水盤。澡，洗手。❽澡豆　古代洗手面用的粉劑，用豆末及藥粉製成，可使皮膚白淨光潤。

【語譯】王敦剛娶了公主為妻，上廁所時，看見漆箱中裝了乾棗，原本是用以塞鼻子的；王敦卻以為廁所裡也陳設糖果，就一口氣給吃光了。上完廁所回來，婢女舉著金洗手盤盛著水，又用瑠璃碗盛著洗手粉；他就把洗手粉倒在水中喝了，還以為那是乾飯呢！婢女們沒有不掩口竊笑的。

【析評】帝王家連上廁所也有許多排場，即使經常出入宮廷的王敦也莫名其妙，鬧出笑話來讓群婢竊笑。如果換一個人，只怕紕漏會更大吧？

2 元皇❶初見賀司空❷，言及吳時事，問：「孫皓❸燒鋸截❹一賀頭，是誰？」司空未得❺言。元皇自憶曰：「是賀邵❻！」司空流涕曰：「臣父遭遇無道，創❼

巨痛深，無以仰❽答明詔❾。」元皇愧慙❿，三日不出。

【注 釋】❶元皇 即晉元帝。見〈言語〉29注❶。❷賀司空 指賀循。見〈言語〉34注❷。❸孫皓 見〈排調〉5注❷。❹截 割斷。❺得 能。❻賀邵 賀循之父。皓凶暴驕矜，邵上書力諫，皓懷恨於心；其親信又忌憚邵守正不阿，群起毀謗。後邵中風，不能言語，皓疑他假裝生病，燒鋸把他的頭切斷，並把他的家族流放到臨海去。❼創 創傷。❽仰 敬辭。❾明詔 聖明的詔命。對天子命令、垂詢的敬稱。❿慙 同「慚」。

【語 譯】晉元帝第一次見到賀司空，談到東吳時代的事，問道：「孫皓燒紅了鐵鋸切斷一個姓賀的頭，那是誰呢？」司空無法回話。元帝自己想起來說：「是賀邵啊！」司空流著淚說：「臣的父親遭逢無道的暴君，所受的創傷既大，所感的悲痛更深，所以沒有辦法回答您聖明的垂詢。」元帝為一時失察而慚愧，接連三天都沒有走出房門。

【析 評】晉元帝初見賀循，就聯想起慘遭殺害的姓賀的人；但一時忘了那人的名字，就向同姓的賀循詢問。怎料那人正是賀循的父親！元帝因為一時失察，觸痛了賀循心靈上的巨創，這使他深感自己行為的殘忍而不可原諒；於是閉門思過，三日不出。

3 蔡司徒❶渡江❷，見彭蜞❸，大喜曰：「蟹有八足，加以二螯❹。」令烹之。既食，吐下❺委頓❻，方知非蟹。後向謝仁祖❼說此事，謝曰：「卿讀《爾雅》不熟，幾為〈勸學〉死。」

【注 釋】❶蔡司徒 指蔡謨。見〈方正〉40注❸。❷渡江 蔡謨於晉愍帝建興年間避亂渡江，時明帝為東中郎將，聘為參軍。❸彭蜞　同「蟚蜞」。似蟚蜞而大，似蟹而小，有毒，不可食。❹蟹有八足二句　蔡邕〈勸學〉篇文，取義於《大戴禮・勸學》「蟹二螯八足」句。螯，甲殼動物第一對變形足，末端兩歧，開合如鉗，可取食並作防衛之用。❺吐下　上吐下瀉。❻委頓　疲乏而全身無力，不能起立。❼謝仁祖　即謝尚。見〈言語〉46注❶。

【語譯】蔡司徒渡江以後，看見蟚蜞，非常歡喜地說：「〈勸學〉篇說『蟹有八足，加以二螯』；這就是蟹了！」便叫人煮給他吃。吃完以後，上吐下瀉，虛疲得癱在床上，才知道那不是蟹。後來他對謝仁祖說起這件事，謝仁祖說：「您讀《爾雅》沒有讀熟，才差一點兒因為〈勸學〉篇的描寫送命。」

【析評】《爾雅・釋魚》說：「螖、蠌，小者蟧。」注：「或曰：即彭螖也。似蟹而小。」《爾雅》是古人必讀的字書，如果蔡謨熟讀此書，至少應知除了蟹外尚有似蟹非蟹的動物，應知必須問清楚以後再吃；可是他只據蔡邕〈勸學〉篇「蟹有八足，加以二螯」的話，就把也具八足二螯有毒的蟚蜞誤當螃蟹吃下肚去，吃出了紕漏；所以謝仁祖以「卿讀《爾雅》不熟，幾為〈勸學〉死」相責。在這個故事中，我們可以了解經學範疇的博大，以及讀書務精、求知務廣的重要。

4　任育長❶年少時，甚有令名。武帝❷崩，選百二十挽郎❸，一時之秀彥❹，育長亦在其中；王安豐❺選女婿，從挽郎搜其勝❻者，且擇取四人，任猶在其中。童少時神明❼可愛，時人謂育長影亦好。自過江，便失志❽。王丞相❾請先度❿時賢共至石頭⓫迎之，猶作疇日⓬相待；一見便覺有異：坐席竟，下飲⓭，便問人云：「此為茶？為茗？」覺有異色，乃自申明⓮云：「向⓯問飲為熱、為冷耳！」嘗行從棺邸⓰下⓱度⓲，流涕悲哀。王丞相聞之曰：「此是有情癡！」

【注　釋】❶任育長　任瞻，字育長，樂安（國名。治所高苑，在今山東桓臺東）人，歷任謁者、僕射、都尉、天門太守。❷武帝　晉武帝。見〈德行〉17注❺。❸挽郎　牽引靈柩、唱輓歌的少年。❹秀彥　才俊。❺王安豐　即王戎。見〈德行〉16注❶。❻勝　優越美好。❼神明　指無所不知，如神之明。❽失志　喪失心志；神智不清。❾王丞相　指王導。見〈德行〉27注❸。❿度　渡江。通「渡」。⓫石頭　城名。又稱石城、石首城。在今江蘇江寧西石頭山後。⓬疇日　往日。疇，助詞。無義。⓭下飲　指設茶、奉茶。⓮申明　說明。⓯向　剛才。⓰棺邸　賣棺材的店。⓱下　指所在之處。⓲度　經過。

【語　譯】任育長年輕時，很有美譽。晉武帝崩殂，挑選一百二十位挽郎，都是當代的才俊，任育長也在裡面；王安豐選女婿，又從挽郎中搜尋出眾的，而且只選擇了四個人，任育長還在裡面。任育長童、少年時，聰明可愛，當時的人認為連任育長的影子也很美好。自從渡江以後，任育長的神智就迷糊不清了。王丞相請當時先渡江的賢達一同到石頭城去歡迎他，仍當做往日的他相待；可是一見面就察覺有了不同：入席以後，一奉上飲料，育長就問人道：「這是茶？是茗？」他發覺別人臉上露出驚奇的顏色，就自行說明道：「我剛才問飲料是熱、是冷啊！」他曾從棺材店旁邊經過，居然也悲哀流淚。王丞相聽見這件事，便對人說：「這是個多情的獃子！」

【析　評】這一則寫任育長於渡江前後，判若二人。初渡江在王導為他舉行的洗塵宴上，才一開口，問飲料為茶、為茗，就出了紕漏。茶、茗二字，細言有別，茶芽叫茗，晚採的茶也叫茗；但混言不分，一般都是將茗、茶互用的。任育長發出此問，並非他了解茗、茶有異，想知道這飲料是用茶、還是用茗沖泡的；只是急於找話，一時失言，問了一個傻問題而已。當他發現聽者臉色有異，頓時驚覺，改口說問的是熱、是冷時，卻陷入另一種錯誤；冷、熱自己飲後便知，別人如何代答呢？他所以改口問冷熱，因為「冷」和「茗」二字疊韻、聲音相近，想藉此混淆別人的視聽，掩蓋自己的缺失；怎料竟欲蓋彌彰呢？這一來，他就給予王導一個「癡」的印象了；當他過棺邸而痛哭的事傳入丞相耳中，他那「有情癡」的形象，就確立在丞相的心目中，不可動搖了。

5 謝虎子❶嘗上屋熏鼠❷。胡兒❸既無由知父為此事，聞人道：「癡人有作此者。」戲笑之。時道此，非復一過❹。太傅❺既了❻己之不知，因其言次❼，語胡兒曰：「世人以此謗中郎❽，亦言我共作此。」胡兒懊❾熱，一月日閉齋❿不出；太傅虛託引⓫己之過，以相開悟⓬，可謂德教⓭。

【注　釋】❶謝虎子　謝據小字。據字玄道，尚書裒（一作「哀」）第二子，太傅安的次兄，三十三歲時逝世。❷熏鼠　用煙火燻逐老鼠。❸胡兒　即謝朗。見〈言語〉71注❹。❹一過　一次。❺太傅　指謝安。見〈德行〉33注❷。❻了　明白。❼言次　言談之間。❽中郎　指謝據。兄弟有三人時，稱第二個為中。但後來據有兄弟六人，仍以中郎為稱而不改。❾懊　惱怒；討厭。❿齋　屋舍。多指書房。⓫引　陳述。⓬開悟　使之覺悟。⓭德教　愛的教育。

【語　譯】謝虎子曾經登上屋頂用煙火燻老鼠。他的長子胡兒既無從知道父親做過這種危險的事，只聽人家說：「只有傻子才會這樣做。」譏笑他。而且時常說這回事，還不止一次。太傅謝安得知這件自己早先不知道的事情後，就趁和胡兒談話的時候，告訴他說：「一般人用這話誹謗你父親中郎，還說我和他一同做這種傻事呢。」胡兒一向討厭天熱，可是因為遭人譏笑，已有一個多月的時間關閉書齋的門不肯外出；太傅只好假造託辭，陳述自己的過失，使姪兒開通覺悟。真可說是一種愛的教育。

【析　評】用煙火燻屋穴中的老鼠，很容易引起火災，一般人是不敢嘗試的；可是謝虎子身為尚書的少爺，居然爬到屋頂上去做，無怪別人在他兒子面前群起非笑，不能自已。但這使既無由查證、又無法申辯的胡兒飽受冤屈，只好自閉在書齋中，經月不出。最後幸得謝太傅一番善意的謊言，破解了姪兒的心結，也維護了哥哥的尊嚴。

6 殷仲堪❶父病虛悸❷，聞床下蟻動，謂是牛鬥。孝武❸不知是殷父，問仲堪：「有一般，病如此不？」仲堪流涕而起曰：「臣『進退唯谷❹』。」

【注釋】❶殷仲堪 見〈德行〉40注❶。其父名師，字子桓，官至驃騎咨議。❷悸 心跳。❸孝武 晉孝武帝。見〈言語〉89注❷。❹進退唯谷 《詩・大雅・桑柔》文。谷，窮。進退俱窮，是說進退兩難，不知如何是好。

【語譯】殷仲堪的父親生了虛弱心悸的病，聽到床下螞蟻走動的聲音，竟說是牛在打鬥。孝武帝不知道那是殷仲堪的父親，問殷仲堪道：「有一個姓殷的人，病得真是這樣嗎？」殷仲堪流淚起立說：「臣真是進退兩難，不知該不該據實報告。」

【析評】孝武帝貿然一問，使身為臣子的殷仲堪陷入兩難之境。父病如此，為子的殷仲堪怎忍照實直說？君既垂詢，為臣的殷仲堪何可刻意隱瞞？於是殷仲堪把他忠臣孝子的情懷，盡納入「進退唯谷」的詩文中，讀來令人無限景仰，不勝欷歔！

7 虞嘯父❶為孝武❷侍中❸，帝從容❹問曰：「卿在門下，初❺不聞有所獻替❻。」虞家富，近海，謂帝望其意氣❼，對曰：「天時❽尚煖❾，鯯魚蝦鮭❿未可致，尋當有所上獻。」帝撫掌大笑。

【注釋】❶虞嘯父 會稽郡（治所在今浙江紹興）人，曾任會稽內史。❷孝武 晉孝武帝。見〈言語〉89注❷。❸侍中 官名。原為丞相屬官，但因侍從皇帝左右，應對顧問，魏、晉之世，已相當於丞相。❹從容 安和輕鬆、不慌不忙的樣子。❺初 副詞。與否定詞「不」、「無」等連用，表示「從來不……」的意思。❻獻替 「獻可替否」的略語。

即奉獻可行的良言，勸止君王不善的企圖，亦即直言諫諍的意思。然嘯父誤把「獻替」當「奉獻財禮」解，而出了紕漏。❼意氣　晉人稱「進奉」、「饋獻」為「意氣」。見徐震堮《世說新語校箋．詞語簡釋》。❽天時　氣候。❾煗　同「暖」。❿鮆魚蝦鮭　鮆魚和蝦鮭。鮆魚肥美，《太平御覽》九三八引《臨海異物志》：「鮆魚至肥，炙食甘美；諺曰：『寧去累世田宅，不去鮆魚額。』」去謂拋棄。蝦鮭，即醃蝦、糟蝦之類的食品。醃製的肉食叫鮭。

【語　譯】虞嘯父當晉孝武帝的侍中，有一天孝武帝從容不迫地問道：「您在宮廷裡，一點也沒聽說有甚麼貢獻。」虞嘯父家很富有，靠近大海，他還以為皇帝希望他孝敬點兒甚麼禮物，就回答道：「氣候還很溫暖，鮆魚和蝦鮭還無法得到，不久將有東西奉獻給您。」孝武帝聽他答得驢脣不對馬嘴，不禁鼓掌大笑起來。

【析　評】《左傳．昭公二十年》載晏嬰對齊景公說：「君所謂可而有否（不可）焉，臣獻其否以成其可（指出其中不可行的部分，勸君廢止，而使可行的部分順利完成）；君所謂否而有可焉，臣獻其可以去其否（指出其中可行的部分，勸君施行，而拋棄那真正不可行的部分）。」就是「獻可替否」或「獻替」一語的出處。孝武帝說虞嘯父初無獻替，當然是期望他提出諍諫，供自己採行的意思；不意虞嘯父沒有聽懂，鬧了笑話。幸好孝武帝沒有怪罪，只是撫掌大笑而已；像這樣重要的典故，卻茫然不知，撤了他的官職也不為過啊！

8　王大❶喪後，朝論或云國寶❷應作荊州。國寶主簿夜函白事云：「荊州事已行。」國寶大喜，其夜開閤❸，喚綱紀❹話勢；雖不及作荊州，而意色甚恬❺。曉遣參問❻，都無此事；即喚主簿數❼之曰：「卿何以誤人事邪？」

【注　釋】❶王大　即王忱。見〈德行〉44注❷。❷國寶　即王國寶。見〈規箴〉26注❷。❸閤　臥室的門戶。❹綱紀　綜理府事的家臣。❺恬　安寧。❻參問　拜訪上級官署探詢。舊時稱下見上為參。❼數　責備。

【語　譯】王忱死後，在朝廷中議論國政時有人說王國寶應該當荊州刺史。王國寶的主簿晚上飛書報告說：「荊州的事已經行了。」王國寶非常歡喜，當天夜裡開啟臥室的門，傳喚綜理府事的綱紀談論政局的形勢；雖然沒說到當荊州刺史的事，但是神色非常恬靜。天亮後派人到上級官署探詢，全都沒聽說這回事；王國寶就把那位主簿叫來，責備他說：「您為甚麼耽誤了人家的大事呢？」

【析　評】劉孝標注引〈晉安帝紀〉：「王忱死，會稽王欲以國寶代之，孝武中詔用（殷）仲堪，乃止。」是朝中雖有人推薦王國寶，孝武帝卻任命了殷仲堪。但由於主簿不知有變，而有所誤導，使王國寶失去挽回的機會，所以他怪主簿誤了他的大事。

9　王大將軍初尚主❶，豫❷武帝會；既升殿，覺上❸不平❹，如坑穽❺中行。乃顧看四坐，無出其❻右❼者，意尋❽得定。

【注　釋】❶王大將軍初尚主　見本篇1注❷、注❸。❷豫　參加。通「與」。❸上　指君主。❹不平　不滿意。❺坑穽　陷阱。❻其　指自己。❼右　上。古以右為尊，故以右為上、為重、為貴。❽尋　不久。

【語　譯】王敦剛娶了公主為妻，參加武帝召開的會議；登上大殿以後，覺得主上帶有不滿的神色，於是就好像在陷阱中行走一樣，非常惶恐。後來他環顧四周在座的人，沒有比自己更出色的了，心意不久就安定下來。

【析　評】匹配帝王的女兒，難免會產生自卑的感覺，於是王敦登上寶殿，看到高高在上的丈人，就覺得他對自己很不滿意，頓時惶恐得寸步難行。但當他仔細環視四座文武百官，風度儀表，都還不如自己，就恢復了信心，肯定了自我，氣定神閒起來。寥寥數語，把王敦當時的心路歷程，描寫得宛然在目。這一則記事，宋本《世說》不見，此據汪彥章《敘錄・考異》補入。

惑溺❶第三十五

1 魏甄后❷惠❸而有色，先為袁熙妻，甚獲寵。曹公❹之屠鄴❺也，令疾召甄；左右白：「五官中郎❻已將去❼。」公曰：「今年破賊，正為奴❽！」

【注釋】❶惑溺　心志迷亂陷溺而產生偏見。❷魏甄后　魏文帝皇后，明帝母，東漢中山國無極縣（在今河北無極西）人。父甄逸（見《三國志・魏志・后妃傳》。一說甄紹，見劉孝標注引《魏略》），上蔡令。建安中，嫁為袁熙妻。曹操攻破鄴，為文帝迎娶，專寵數年。及文帝即位，移愛郭后及李、陰貴人，因后有怨言，遣使賜死。❸惠　聰慧。通「慧」。❹曹公　曹操。❺鄴　縣名。在今河南臨漳西四十里。時袁紹為冀州牧，鎮鄴。❻五官中郎　指魏文帝曹丕。見〈言語〉10注❸。時為五官中郎將。❼將去　取去；帶走。❽奴　奴才。指曹丕。

【語譯】魏甄后聰明而且美麗，起先是袁熙的妻子，很受寵愛。曹操攻陷鄴縣下令屠城的時候，叫人急召甄氏；但左右報告說：「已被五官中郎將帶走了。」曹操說：「今年打敗賊兵，就是為了這個奴才呀！」

【析評】袁熙是冀州牧袁紹的次子，與妻甄氏隨父在鄴。甄氏久已豔名遠播，曹操攻鄴固然為擊敗袁紹，但私心也想把甄氏奪為自己的媳婦，不料父子同心，曹丕搶先把她擄去，令老父有白費心機之感。二人處心積慮，共為不義，可謂惑溺已極！

2 荀奉倩❶與婦❷至篤，冬月婦病熱，乃出中庭自取冷，還，以身熨之；婦亡，奉倩後少時亦卒。以是獲譏於世。奉倩曰：「婦人德不足稱❸，當以色為主。」

裴令❹聞之曰：「此乃是興到之事❺，非盛德之言❻，冀後人未昧❼此語。」

【注　釋】❶荀奉倩　即荀粲。見〈文學〉9注❷。❷婦　妻。此指驃騎將軍曹洪女，有姿色。❸稱　稱道；讚美。❹裴令　指裴頠。見〈言語〉23注❸。❺興到之事　是說一時興會所至，姑妄言之。❻盛德之言　盛德君子之言。盛德，大德。❼昧　不明白；誤解。

【語　譯】荀奉倩和他的妻子感情極為深厚，冬天他妻子生病發燒，他就出門到庭院中用身體吸收冷氣，再回屋貼在妻子身上，為她解熱；妻子死了，荀奉倩不久以後也死了。因此就受到世人的譏諷。荀奉倩曾說：「女子的才德不值得稱道，應當以姿色為主。」裴頠聽到後便說：「這只是乘興隨便說說而已，並不是盛德君子的話，希望後世的人不要誤解這話的真意。」

【析　評】荀奉倩對妻子的情意之濃，是一般為丈夫的人望塵莫及的。當別人見他娶了美女為妻，就一定要說他重色輕德，拿大帽子壓他，吃不到葡萄硬說葡萄是酸的，逼得他做出反彈，說出「婦人德不足稱，當以色為主」的話來，他的用心，我們仔細推求，是可以理解的。但裴頠唯恐後人不明就裡，擇妻以色為主，不計才德，把這話歸到「非盛德之言」的範疇裡，用心可貴；但是把荀奉倩被硬逼出來的話，說成「興到之事」，與實情不符，不可不辨。

3 賈公閭❶後妻郭氏酷妒，有男兒名黎民，生載周❷。充自外還，乳母抱兒在中庭❸，兒見充喜踊❹，充就乳母手中嗚❺之。郭遙望見，謂充愛乳母，即殺之。兒悲思啼泣，不飲他乳，遂死。郭後終無子。

【注　釋】❶賈公閭　賈充，字公閭。襄陵（今山西襄陵東十五里）人。晉武帝受禪，有輔佐之功，官至尚書令。❷載周　兩週歲。載，通「再」。❸中庭　庭院中。❹喜踊　歡喜跳躍。❺嗚　親吻。

【語　譯】賈公閭的後妻郭氏妒性極重，她生了一個兒子叫黎民，生下來兩週歲了。賈公閭從外面回家，乳母正抱著孩子在庭院裡，孩子一見賈公閭就歡喜地跳動著，賈公閭就到乳母的手中去吻他。郭氏遠遠地看見，以為賈公閭喜愛乳母，立刻把她殺了。那孩子悲痛地思念乳母，不斷啼哭，也不肯吃別人的奶，就死去了。而郭氏以後也一直沒有兒子。

【析　評】因為嫉妒而殺害情敵、誤傷無辜的事，是常見的；但像郭氏直接枉殺了乳母，又間接害死親兒的血案，卻古今少有。賈公閭痛失愛子，而郭氏始終不能再為他生兒育女，一個是痛上加痛，一個是追悔莫及，這對怨偶每日如何貌合神離地相處，令人不忍想像。

4　孫秀❶降晉，晉武帝❷厚存寵❸之，妻以姨妹❹蒯氏❺，室家❻甚篤。妻嘗妬❼，乃罵秀為「貉子」❽；秀大不平，遂不復入。蒯氏大自悔責，請救於帝。時大赦，群臣咸見；既出，帝獨留秀，從容謂曰：「天下曠蕩❾，蒯夫人可得從其例不？」秀免冠而謝，遂為夫婦如初。

【注　釋】❶孫秀　字彥才，三國時吳吳郡人，為夏口督，德威甚盛，後因孫皓畏忌迫害，投奔晉武帝，帝以為驃騎將軍、交州牧。❷晉武帝　見〈德行〉17注❺。❸存寵　關懷寵愛。❹姨妹　妻的姐妹。❺蒯氏　襄陽郡（治所在今湖北襄陽）人，父名鈞，任南陽太守。❻室家　夫妻。❼妬　同「妒」。嫉惡別人長得比自己美。❽貉子　晉時各地通用的罵人之詞，北方人尤喜用以罵南方人。貉為哺乳動物，似貍，銳頭尖鼻，晝伏夜出，狀貌行動都很詭異。❾天下

曠蕩　指天下的人度量寬宏，都能原諒悔過的人。曠蕩是空闊無邊的樣子。

【語　譯】孫秀投降了晉朝，晉武帝對他非常關懷愛護，把姨妹蒯氏下嫁給他，夫妻的感情很好。妻曾因為嫉妒，就罵孫秀是「貉子」；孫秀非常不服，便不再入房同宿。蒯氏大為後悔自責，並且向武帝求救。當時正好大赦天下，群臣都來朝賀；賀完退出時，武帝只把孫秀留下，從容不迫地對他說：「天下的人度量都廣闊無邊，願意赦免悔過的人，蒯夫人也能援例獲得赦免嗎？」孫秀於是脫下帽子向武帝謝罪，二人又像起初一樣成為恩愛夫妻。

【析　評】孫秀以降臣的身分留在晉廷，心理已難平衡；又被妻罵成「貉子」，更難忍受；他忿然和蒯氏分居，無論她如何後悔自責也不肯回心轉意，我們是可以體諒的。難得的是武帝善於因勢利導，不亢不卑地一語化解了他的心痛，促使破鏡重圓；而且語意坦蕩，迥異於常人，頗有帝王的氣象。

5 韓壽❶美姿容，賈充❷辟❸以為掾❹。充每聚會，其女於青璅❺中看，見壽，悅之；內懷存想，發於吟詠。後婢往壽家，具述如此，并言女色麗。壽聞之心動，遂請婢潛修音問❻。及期往宿，壽蹻捷❼絕人，踰牆而入，家中莫知。自是充覺女盛自拂拭❽，說暢❾有異於常。後會諸吏，聞壽有奇香❿之氣，是外國所貢，一箸人，則歷月不歇⓫。充計⓬武帝唯賜己及陳騫⓭，餘家無此香，疑壽與女通；而垣牆重密，門閤急峻⓮，何由得爾？乃託言有盜，令人修牆。使反曰：「其餘無異；唯東北角有人跡，而牆高，非人所踰。」充乃取女左右考問⓯，即以狀⓰對。充祕之，以女妻壽。

【注釋】❶韓壽 字德真，南陽赭陽（也作「堵陽」。治所在今河南方城東）人。❷賈充 見本篇3注❶。❸辟 徵召。❹掾 屬官。❺青璅 刻鏤成連環文、塗成青色的窗戶。璅，也作「瑣」。❻音問 音信；消息。❼蹻捷 身手輕巧敏捷。蹻，輕。❽拂拭 塗抹；化妝。❾說暢 喜悅歡暢。❿奇香 奇異的香料。⓫歇 消散。⓬計 思量；忖度。⓭陳騫 見〈方正〉7注❸。⓮門閤急峻 是說門禁森嚴。⓯考問 拷打審問。考，通「拷」。⓰狀 情狀；實情。

【語譯】韓壽的容貌姿態非常俊美，賈充就徵召他做僚屬。賈充每次和僚屬聚會，他的女兒都在雕空的花窗裡觀看，當她見到韓壽，就喜歡上他了；於是她把內心的相思，表現在吟詠的詩篇裡。後來有一個賈女的婢女到韓壽家去，把這些情形都告訴了韓壽，並且訴說賈女容貌的美麗。韓壽聽了，內心大受感動，就請這位婢女暗通消息。到了約定的時候，就去賈家幽會，韓壽身手輕捷，遠超過常人，所以他翻牆而入，家裡沒有人知道。之後賈充發覺女兒濃妝豔抹，歡暢不同於平常。後來賈充接見僚屬，聞到韓壽身上有奇香的特殊氣味，那是外國進貢的，一碰到人，就幾個月都不消散。賈充心想武帝只賜給自己和陳騫，別家都沒有這種香料，便懷疑韓壽和女兒私通；可是圍牆重疊周密，門禁森嚴，怎麼會發生這種事呢？就假裝說有盜賊，叫人修整圍牆。使者回報說：「其他的地方沒有異狀；只有東北角似乎有人攀登的跡象，可是牆很高，不是人所能翻越的。」賈充就抓女兒左右的人來拷問，他們只好以實情相告。賈充密而不宣，就把女兒嫁給韓壽為妻。

【析評】這一則記賈充循武帝所賜奇香的線索，察覺女兒和韓壽的私情；但他把實情密而不宣，成就這對情侶的好事，沒有製造棒打鴛鴦的悲劇，也保全了美好的家聲，可說是非常明智的舉動。劉義慶所以把此則列入〈惑溺〉，是據韓壽踰牆和賈女幽會之事而言，與賈充的寬恕成全無關。

6 王安豐❶婦，常卿安豐❷。安豐曰：「婦人卿婿，於禮為不敬，後勿復爾❸。」婦曰：「親卿愛卿，是以卿卿；我不卿卿，誰當卿卿？」遂恆聽之❹。

【注　釋】❶王安豐　即王戎。見〈德行〉16注❶。❷卿安豐　以「卿」稱安豐，即稱安豐為「卿」。卿本為官爵，後用作對人的敬稱；漢魏以來轉為對平輩或夫對妻的暱稱，或對官爵較低者的美稱。安豐婦以卿稱夫，故云「於禮為不敬」。參見〈方正〉20。❸爾　如此。❹恆聽之　從此任憑她如此稱呼。聽，聽任；任憑。

【語　譯】王安豐的妻子，常暱稱王安豐為「卿」。王安豐對她說：「婦人稱夫婿為卿，在禮法上說是很不敬的，以後不要再這樣叫了。」他的妻子說：「因為我親近『卿』，疼愛『卿』，所以才稱『卿』為卿；我不稱『卿』為卿，還有誰該稱『卿』為卿呢？」王安豐以後就任她如此去叫了。

【析　評】王安豐的妻子深愛安豐，且隱然有一種男女平等的思想。她見當時的男子暱稱妻子為卿，就不理會世俗貴人稱賤者為卿的成規，也稱親愛的夫婿為卿。她那番「親卿愛卿」，既堅定又懇摯的說辭，不唯感動了王安豐，任何有情人聽了，也會為之動容吧？臨川王把這一則記事置於〈惑溺〉，有責她情深而失禮的意思。這觀點似有商酌的餘地，未可做為定論。

7 王丞相❶有幸妾❷，姓雷，頗預❸政事、納貨❹。蔡公❺謂之「雷尚書❻」。

【注　釋】❶王丞相　指王導。見〈德行〉27注❸。❷幸妾　寵妾。此妾姓雷，生王恬與王洽。❸預　干涉。通「與」。❹納貨　收受賄賂。❺蔡公　指蔡謨。見〈方正〉40注❸。❻尚書　官名。群臣章奏都經過尚書轉達，位雖不高而權勢很大。蔡公用以譏雷氏干政。

【語譯】王丞相有一個寵妾，姓雷，很喜歡干預政事、收受賄賂，蔡謨就把她叫做「雷尚書」。

【析評】雷氏溺於財勢，干政納貨，不經過她，下情不得上達，所以蔡公以「尚書」為喻，譏刺她蒙蔽王導。

仇隙❶第三十六

1 孫秀❷既恨石崇❸不與綠珠❹，又憾潘岳❺昔遇之不以禮❻；後秀為中書令❼，岳省內見之，因喚曰：「孫令，憶疇昔❽周旋❾不？」秀曰：「中心藏之，何日忘之❿？」岳於是始知必不免。後收石崇、歐陽堅石⓫，同日收岳；石先送市⓬，亦不相知。潘後至，石謂潘曰：「安仁，卿亦復爾邪？」潘曰：「可謂『白首同所歸』。」潘〈金谷集詩〉⓭云：「投分⓮寄石友，白首同所歸。」乃成其讖⓯。

【注釋】❶仇隙　怨仇嫌隙。❷孫秀　見〈惑溺〉4注❶。❸石崇　見〈品藻〉57注❺。❹綠珠　石崇的歌妓，美而善於吹笛。趙王司馬倫嬖臣孫秀向崇求綠珠，崇不許；秀乃勸倫殺崇，崇母兄妻子十五人皆死，綠珠亦跳樓自殺。見《晉書・石崇傳》。❺潘岳　見〈文學〉70注❸。❻遇之不以禮　不能以禮相待。潘岳的父親文德，曾任琅邪太守，孫秀為屬下小吏，岳數次踢踏孫秀，不把他當人看待。見王隱《晉書》。❼中書令　官名。中書省的長官，掌宮中機密。❽疇昔　往日。疇，助詞。無義。❾周旋　過從；交往。❿中心藏之二句　語出《詩・小雅・隰桑》。言懷恨於心，沒有一天能忘。⓫歐陽堅石　歐陽建，字堅石，渤海郡（治所南皮，在今河北南皮東）人，有才思文采。趙王倫為征西將軍，以孫秀為腹心，擾亂關中，建時加勸阻，因此有隙。⓬市　人眾繁多的街市，為古代行刑之處。⓭金谷集詩　《文選》二〇有潘岳〈金谷集作詩一首〉，即此詩。金谷集，參見〈企羨〉3注❺。⓮投分　志趣相投。⓯讖　預言。

【語譯】孫秀既痛恨石崇不肯把綠珠轉讓給他，又不滿潘岳從前待他無禮；後來孫秀當了中書令，潘岳在中書省裡見到他，就叫住他說：「孫令，還記得從前我們交往的情形嗎？」孫秀說：「中心藏之（我把往事懷藏在心中），何日忘之（哪一天能夠忘記）？」潘岳由此才知道一定免不了受害。後來孫秀拘捕石崇、歐陽堅石，同一天也捉拿了潘岳；石崇先被送到街市上的刑場，還不知道這回事。潘岳隨後到來，石崇對潘岳說：「安仁，你也落得這樣的下場嗎？」潘岳說：「這可說得上是『白首同所歸（年老髮白時走向相同的歸宿）』了。」潘岳的〈金谷集詩〉曾說：「投分寄石友（因為志趣相合而寄語給好友石君），白首同所歸。」竟成了讖語。

【析　評】《詩・小雅・隰桑》，本是一首男女相愛的情詩，用「中心藏之，何日忘之」，傾訴愛慕對方之深摯；但孫秀斷章取義，借來表仇恨難忘的意思，終致怨家「白首同所歸」，共赴枉死城。小怨不解，仇隙轉深，發人猛省。

2 劉璵兄弟❶，少時為王愷❷所憎。嘗召二人宿，欲默除❸之；令作阬❹，阬畢，垂❺加害矣。石崇素與璵、琨善，聞就愷宿，知當❻有變，便夜往詣❼愷，問二劉所在。愷卒迫❽不得諱❾，答云：「在後齋中眠。」石便徑入，自牽出，同車而去。語曰：「少年，何以輕就人宿？」

【注　釋】❶劉璵兄弟　劉璵與弟琨（見〈言語〉35注❶）都有美名，往來權貴之間，當世以為豪傑。璵，《晉書》本傳作「輿」。❷王愷　見〈汰侈〉4注❶。❸默除　暗中殺害。❹阬　同「坑」。❺垂　將。❻當　必將。❼詣　晉見。❽卒迫　匆促；倉猝緊急。❾諱　隱諱；因有所顧忌而隱瞞不說。

【語　譯】劉璵、劉琨兩兄弟，年少時就被王愷所憎恨。王愷曾經叫他倆到家裡過夜，想暗中除掉他們；便叫人挖一個大坑，等坑挖完，就要加以傷害。石崇一向和劉璵、劉琨很友善，聽說他們到王愷家去過夜，知道一定要有變故發生，就趁夜去見王愷，問二劉在甚麼地方。王愷匆促間無法隱諱，就回答道：「在後面書齋裡睡覺。」石崇就直接進去，親自拉他們出來，同車離去。路上對他們說：「少年人，為甚麼隨便到別人家去過夜呢？」

【析評】劉氏兄弟和王愷之間的仇隙，不知為何產生，但劉孝標注引劉璨《晉紀》說：「琨與兄璵俱知名，遊權貴間。」權貴之間，難免黨同伐異，置身其中，無異涉入是非之地。而注又引〈晉諸公贊〉，說王愷少以才力見稱，性情豪放，自以為具有外戚的身分（姊為司馬昭婦，生晉武帝炎），往往恣意而行，無所忌憚（見〈汰侈〉4則）。則知劉璵、劉琨少不經事，犯人大忌竟渾然不知，幾被殺害滅屍；幸賴石崇挺身相救，才得以保全生命。

3 王大將軍❶執司馬愍王❷，夜遣世將❸載王於車而殺之，當時不盡知也；雖愍王家，亦未之皆悉，而無忌❹兄弟皆稚。王胡之❺與無忌，長甚相暱❻。胡之嘗共遊，無忌入告母，請為饌❼。母流涕❽曰：「王敦昔肆酷❾汝父，假手❿世將；吾所以積年⓫不告汝者，王氏門彊⓬，汝兄弟尚幼，不欲使此聲著⓭，蓋⓮以避禍耳。」無忌驚號，抽刃而出；胡之去已遠。

【注釋】❶王大將軍　指王敦。見〈文學〉20注❷。❷司馬愍王　司馬承，字元敬。譙王遜之子，襲封譙王，晉元帝時為湘州刺史。卒，進贈驃騎將軍，諡曰愍（《晉書》作「閔」）。❸世將　王廙，字世將。天性傲慢，對不合己意的人當面拒絕往來，所以招人痛恨。官至平南將軍。❹無忌　司馬丞子，字公壽，文武雙全，襲封譙王、衛軍將軍。❺王胡之　王廙之子。見〈言語〉81注❶。❻暱　親近。❼饌　食物。❽涕　淚。❾肆酷　恣行殘暴。指殺害。❿假手借別人的手以完成自己的心願。⓫積年　多年。⓬門彊　家族勢力強盛。門，門族；家族。⓭聲著　昭著；顯著。⓮蓋　乃。

【語　譯】大將軍王敦拘捕了司馬愍王，夜晚派王世將把他裝在車上殺掉，這事當時的人不盡知道；縱使愍王的家人，也沒有全部得悉，而且愍王的兒子無忌兄弟，都還年幼無知。王世將的兒子王胡之和司馬無忌，長大後相處得非常親近。王胡之曾和司馬無忌一同出去遊玩，司馬無忌回家後請求母親，為他們做些食物。母親卻流著淚說：「王敦從前任意施暴於你的父親，借著世將的手行凶；我所以經過許多年不告訴你，因為王家勢力強盛，你們兄弟還小，不想讓這事張揚開來，是想藉此避禍啊。」司馬無忌聽了，驚訝哀號，拔刀衝了出去；但王胡之已逃得很遠了。

【析　評】據《晉書・宗室傳》，王敦謀反，召司馬承為軍司，使主一軍之事；司馬承不從，號召諸郡討王敦，兵敗被捕，於檻車送往荊州途中，為荊州刺史王廙承王敦旨意殺害。或因王敦隱匿其事，世人莫知其詳。故傳聞異辭，不盡相類，以致此事的真相，與司馬無忌得悉的過程，本則與下則所記，皆有未合。

4 應鎮南❶作荊州，王修載❷、譙王子無忌❸同至新亭❹與別。坐上賓甚多，不悟❺二人俱到；有一客道：「譙王承❻致禍，非大將軍❼意，正是平南❽所為耳。」無忌因奪直兵參軍❾刀，便欲斫；修載走❿投水，舸⓫上人接取，得免。

【注　釋】❶應鎮南　應詹，字思遠，晉汝南郡南頓縣（在今河南項城北五十里）人，有才德，官至江州刺史、鎮南將軍。❷王修載　即王耆之。平南將軍王廙第三子。見〈賞譽〉122注❷。❸譙王子無忌　見本篇3注❹。❹新亭　見

〈言語〉31注❹。❺悟　察覺。❻譙王承　即司馬承。見本篇3注❷。❼大將軍　指王敦。見〈文學〉20注❷。❽平南　指王廙。見本篇3注❸。❾直兵參軍　官名。未聞。疑為司兵參軍之誤。❿走　逃跑。⓫舸　船。

【語　譯】應鎮南出任荊州刺史的時候，平南將軍的兒子王修載、譙王的兒子司馬無忌一同到新亭和他道別。座上賓客很多，沒有察覺這兩個人都到了；有一位客人說：「譙王承招致的殺身之禍，不是王大將軍的意思，只是平南將軍幹的。」司馬無忌聽了，奪下直兵參軍的刀，就想砍王修載；王修載逃跑跳水，被船上的人接住救走，得免一死。

【析　評】此則與上則所載，應為一事，請參看。

5 王右軍❶素輕藍田❷，藍田晚節❸論譽❹轉重，右軍尤不平❺。藍田於會稽丁艱❻，停❼山陰❽治喪。右軍代為郡❾，屢言出弔，連日不果。後詣門自通，主人既哭，不前而去，以陵辱❿之。於是彼此嫌隙⓫大構。後藍田臨揚州⓬，右軍尚在郡；初得消息，遣一參軍詣朝廷，求分會稽為越州⓭；使人受意⓮失旨⓯，大為時賢所笑。藍田密令從事⓰數⓱其郡諸不法，以先有隙，令自為其宜。右軍遂稱疾⓲去郡，以憤慨⓳致終。

【注　釋】❶王右軍　指王羲之。見〈言語〉62注❷。❷藍田　指王述。見〈文學〉22注❼。❸晚節　晚年。❹論譽　外人的評論讚譽。❺不平　憤慨不滿。❻丁艱　遭父母之喪。據《晉書》本傳，述為會稽內史時遭母喪去職。❼停　滯留。❽山陰　縣名。即今浙江紹興。❾代為郡　言代替王述治理郡務，即接任會稽內史。❿陵辱　欺侮羞辱。⓫嫌

隟　同「嫌隙」。由猜疑而產生的仇恨。⓬藍田臨揚州　據《晉書》本傳，王述為母服喪三年期滿，代殷浩為揚州刺史。臨，治理。⓭分會稽為越州　會稽郡本屬揚州，受王述管轄；故羲之請劃分會稽為越州，希望由己擔任越州刺史，與王述官位相等。⓮受意　受命。⓯失旨　沒有達成羲之的意願。旨，旨意；意圖。⓰從事　官名。漢制，州刺史之佐吏如別駕、主簿、功曹等均稱從事史，也叫州從事。⓱數　責備；數說。⓲稱疾　託病。⓳憤慨　憤恨不平。

【語　譯】王右軍一向瞧不起王藍田，而王藍田晚年人們對他的評譽更高，王右軍對比尤其憤慨不滿。王藍田在會稽遇到母親逝世而去職，留在山陰料理喪事。王右軍代他做會稽內史，屢次說要去弔唁，卻一連好幾天都沒有行動。後來他到門口親自通名求見，聽到主人已經哭號相待，居然不上前拜祭而離去，用以侮辱別人。於是嚴重構成了彼此之間的嫌隙。後來王藍田到揚州當刺史，王右軍仍在他統轄下的會稽郡；剛得到消息，王右軍就派一個參軍到朝廷裡，請求分置會稽郡為越州；使者接受命令卻無法達成他的意願，結果大受當時賢士的恥笑。王藍田又祕密命令州從事去數說他郡中種種不合法度的事情，因為早先已有嫌隙，便叫他自行做妥善的處置。王右軍就託病離開會稽郡，後來因為內心憤恨不平而死。

【析　評】這是一則王右軍自取其辱的故事，很值得妄自尊大的人做為參考。他忍心開喪家的玩笑，假意弔唁，侮辱別人；妄想把會稽郡升格為州，自任刺史，好和王藍田分庭抗禮；都是極其狂妄無禮的行為。就他這些劣跡看來，王藍田「數其郡諸不法」，必有實據，而非誣罔之辭；王藍田為了避報怨之嫌不公開數責王右軍之罪，而且令他「自為其宜」，也處理得寬厚公正。王右軍不知反省悔過，憤慨致死，只能怪自己心胸狹窄，不得歸罪於別人。

6　王東亭❶與孝伯❷語，後漸異。孝伯謂東亭曰：「卿便不可復測！」答曰：「王陵廷爭，陳平從默❸，但問克終❹云何❺耳。」

【注釋】❶王東亭　即王珣。見〈言語〉102注❸。❷孝伯　即王恭。見〈德行〉44注❶。❸王陵廷爭二句　據《史記・呂太后本紀》，孝惠帝崩，無壯子，呂后畏懼相國蕭何等叛己，哭而不悲。及少帝恭即位，太后臨朝稱制，欲立諸呂為王，問右丞相王陵，以為不可；又問左丞相陳平，平答：「可。」陵出責平，平說：「面折廷爭，臣不如君；保全國家，安定劉氏，君不如臣。」廷爭謂反對主上的意見，在朝廷中諫諍。從默謂依順主上的意旨，不加評論。❹克終　成果。❺云何　如何。

【語譯】王東亭和王孝伯談好一件事情，後來言行間漸有差異。王孝伯對王東亭說：「這樣一來，您的作為就再也沒法猜測了！」王東亭答道：「從前王陵當廷力爭，陳平默默從命，只問成果如何而已。」

【析評】一個人的言行不一，所作所為就顯得詭譎無常，無法測度，所以王孝伯責王東亭「卿便不可復測」。至於王東亭的答辭，是說呂后想立同姓宗親為王，衛護自身的權位，這將導致漢家大權的旁落，站在國家的立場上說，是絕對不可以的；所以她一問王陵，王陵立刻反對。可是陳平卻作了至深一層的分析：呂后的計謀，豈是在下群臣所能阻止得了的？阻止不了，而空言爭辯，只能激怒太后和諸呂，形成國家的動亂，招致王族流血的慘變而已；何況諸呂早已大權在握，現在所爭的只是空虛的王號罷了；何不姑且表示贊同，使局勢緩和下來，以後再作打算？所以太后再問陳平，陳平立表同意。從表面上看，王陵的言行是合一的，但只能壞事而已；陳平口裡說的是一套，而心中想的、將來做的是另一套，卻足以達到保國家、安劉氏的目的。就此而論，為了獲得善果，言行合一就不十分重要了；故王東亭引以自解。

7 王孝伯❶死，縣其首於大桁❷。司馬太傅❸命駕出至標❹所，孰視首，曰：「卿何故趣❺？欲殺我邪？」

【注釋】❶王孝伯　即王恭。見〈德行〉44注❶。❷大桁　即朱雀桁。見〈捷悟〉5注❸。❸司馬太傅　指司馬道子。見〈言語〉98注❶。❹標　柱。指懸首的柱子。❺趣　向；朝向。

【語譯】王孝伯死後，把他的頭懸掛在大桁的街市上。司馬太傅命令御者駕車出城到懸首標竿的所在，凝視著王孝伯的頭，說：「您為甚麼朝著我看？想殺我嗎？」

【析評】晉孝武帝崩，會稽王司馬道子執政，任命譙王司馬尚之的親信王愉為江州刺史；王恭不以為然，就號召桓玄等一同起兵，清除王側。朝廷使謝琰等討王恭，王恭敗，奔曲阿，被湖浦尉所得，送往京城。司馬道子聽說王恭將到，原想出都面責他一頓就算了，沒準備殺他；但因桓玄等人的兵馬已到石頭城，唯恐有變，就叫人在建康附近的倪塘處斬，梟首示眾。（以上見《晉書・王恭傳》。）這一則所述的，是司馬道子察看王恭首級的情形。雖然司馬道子本不想殺王恭，後來迫不得已才殺他；可是究竟命令是司馬道子下的，在王恭不瞑的雙目下，他內心不能無愧，不能不怕王恭的怨魂索命，所以他越看王恭的頭越膽怯，不由自主地說出「卿何故趣？欲殺我邪」的話來。用這樣簡單的話語，就使我們聯想到司馬道子當時的心境與音容，便是作者用筆的巧妙處。

8　桓玄❶將篡，桓脩❷欲因玄在脩母❸許❹襲之。庾夫人云：「汝等近❺，過我餘年❻；我養之，不忍見行此事。」

【注釋】❶桓玄　見〈德行〉41注❶。❷桓脩　桓沖子。見〈排調〉65注❷。❸脩母　桓沖後妻潁川庾蔑女，字姚。❹許　處所。❺近　親近。玄、脩為堂兄弟，故云。❻餘年　晚年；老年。

【語譯】桓玄將要篡位，桓脩想趁桓玄在桓脩母親處偷襲他。庾夫人說：「你們關係親近，讓我好好度過晚年吧；我撫養他，不忍心看你做這種事情。」

【析　評】桓脩和桓玄是堂兄弟，但桓脩從小就受桓玄的欺侮，言語間常受他譏笑輕視，所以心懷怨恨，伺機報復。（見〈排調〉65則及本則劉孝標注引〈晉安帝紀〉。）但脩母庾夫人從小撫養桓玄，桓玄也視夫人如母親（〈晉安帝紀〉），彼此感情深厚，所以夫人一知兒子的陰謀，立即出言排解，消弭一場骨肉相殘的悲劇。劉義慶以〈仇隙〉名篇，而以化解仇隙的事件作結；其間除第一則言孫秀殺石崇、潘岳，再不見怨怨相報、因而流血的事件；這是寓有深心的，讀者宜多加體會。

國家圖書館出版品預行編目資料

新譯世說新語／劉正浩等注譯.－－四版一刷.－－臺北市：三民，2024
冊； 公分.－－(古籍今注新譯叢書)
含索引
ISBN 978-957-14-7726-8（一套：平裝）
1. 世說新語 2.注釋

857.1351 112020134

古籍今注新譯叢書

新譯世說新語（下）

注譯者	劉正浩等
發行人	劉振強
出版者	三民書局股份有限公司
地址	臺北市復興北路 386 號（復北門市） 臺北市重慶南路一段 61 號（重南門市）
電話	(02)25006600
網址	三民網路書店 https://www.sanmin.com.tw
出版日期	初版一刷 1996 年 8 月 修訂三版六刷 2021 年 5 月 四版一刷 2024 年 1 月
書籍編號	S030980
ISBN	978-957-14-7726-8

三民書局

新譯列女傳　黃清泉注譯
新譯越絕書　劉建國注譯
新譯燕丹子　曹海東注譯
新譯東萊博議　李振興等注譯
新譯唐六典　朱永嘉等注譯
新譯唐摭言　姜漢椿注譯

宗教類

新譯金剛經　徐興無注譯
新譯高僧傳　朱恒夫等注譯
新譯碧巖集　吳　平注譯
新譯百喻經　顧寶田注譯
新譯楞嚴經　賴永海等注譯
新譯梵網經　王建光注譯
新譯圓覺經　商海鋒注譯
新譯法句經　劉學軍注譯
新譯六祖壇經　李中華注譯
新譯禪林寶訓　李中華注譯
新譯維摩詰經　陳引馳等注譯
新譯經律異相　顏洽茂注譯
新譯阿彌陀經　蘇樹華注譯
新譯無量壽經　邱高興注譯
新譯無量壽經　蘇樹華注譯
新譯妙法蓮華經　張松輝注譯
新譯景德傳燈錄　顧宏義注譯
新譯大乘起信論　韓廷傑注譯
新譯釋禪波羅蜜　蘇樹華注譯
新譯八識規矩頌　倪梁康注譯
新譯永嘉大師證道歌　蔣九愚注譯

新譯華嚴經入法界品　楊維中注譯
新譯地藏菩薩本願經　李承貴注譯
新譯悟真篇　劉國樑等注譯
新譯无能子　張松輝注譯
新譯坐忘論　張松輝注譯
新譯列仙傳　張金嶺注譯
新譯抱朴子　李中華注譯
新譯神仙傳　周啟成注譯
新譯性命圭旨　傅鳳英注譯
新譯老子想爾注　顧寶田等注譯
新譯周易參同契　劉國樑注譯
新譯道門觀心經　王　卡注譯
新譯養性延命錄　曾召南注譯
新譯樂育堂語錄　戈國龍注譯
新譯沖虛至德真經　張松輝注譯
新譯長春真人西遊記　顧寶田等注譯
新譯黃庭經‧陰符經　劉連朋等注譯

軍事類

新譯司馬法　王雲路注譯
新譯尉繚子　張金泉注譯
新譯三略讀本　傅　傑注譯
新譯六韜讀本　鄔錫非注譯
新譯吳子讀本　王雲路注譯
新譯孫子讀本　吳仁傑注譯
新譯李衛公問對　鄔錫非注譯

教育類

新譯爾雅讀本　陳建初等注譯
新譯顏氏家訓　李振興等注譯
新譯聰訓齋語　馮保善注譯
新譯曾文正公家書　湯孝純注譯
新譯三字經　黃沛榮注譯
新譯百家姓　馬自毅等注譯
新譯幼學瓊林　馬自毅注譯
新譯增廣賢文‧千字文　馬自毅注譯
新譯格言聯璧　馬自毅注譯

政事類

新譯商君書　貝遠辰注譯
新譯鹽鐵論　盧烈紅注譯
新譯貞觀政要　許道勳注譯

地志類

新譯山海經　楊錫彭注譯
新譯水經注　陳橋驛等注譯
新譯佛國記　楊維中注譯
新譯大唐西域記　陳　飛等注譯
新譯洛陽伽藍記　劉九洲注譯
新譯徐霞客遊記　黃　珅注譯
新譯東京夢華錄　嚴文儒注譯

新譯人間詞話　馬自毅注譯
新譯白香詞譜　劉慶雲注譯
新譯幽夢影　馮保善注譯
新譯菜根譚　吳家駒注譯
新譯小窗幽記　馬美信注譯
新譯圍爐夜話　馬美信注譯
新譯郁離子　吳家駒注譯
新譯歷代寓言選　黃瑞雲注譯
新譯賈長沙集　林家驪注譯
新譯揚子雲集　葉幼明注譯
新譯曹子建集　曹海東注譯
新譯建安七子詩文集　韓格平注譯
新譯阮籍詩文集　林家驪注譯
新譯嵇中散集　崔富章注譯
新譯陸機詩文集　王德華注譯
新譯陶淵明集　溫洪隆注譯
新譯江淹集　羅立乾等注譯
新譯庾信詩文選　歸　青注譯
新譯初唐四傑詩集　李福標注譯
新譯駱賓王文集　黃清泉注譯
新譯王維詩文集　陳鐵民注譯
新譯孟浩然詩集　楊　軍注譯
新譯李白詩全集　郁賢皓注譯
新譯李白文集　郁賢皓注譯
新譯杜甫詩選　張忠綱等注譯
新譯杜詩菁華　林繼中注譯
新譯高適岑參詩選　孫欽善等注譯
新譯昌黎先生文集　周啟成等注譯
新譯劉禹錫詩文選　閻　琦注譯

新譯柳宗元文選　卞孝萱等注譯
新譯白居易詩文選　陶　敏等注譯
新譯元稹詩文選　郭自虎注譯
新譯李賀詩集　彭國忠注譯
新譯杜牧詩文集　張松輝注譯
新譯李商隱詩選　朱恒夫等注譯
新譯范文正公選集　王興華等注譯
新譯蘇洵文選　羅立剛注譯
新譯蘇軾文選　滕志賢注譯
新譯蘇軾詞選　鄧子勉注譯
新譯蘇軾詩選　鄧子勉注譯
新譯蘇轍文選　朱　剛注譯
新譯曾鞏文選　高克勤注譯
新譯王安石文選　沈松勤注譯
新譯唐宋八大家文選　鄧子勉注譯
新譯柳永詞集　侯孝瓊注譯
新譯李清照集　姜漢椿等注譯
新譯陸游詩文選　韓立平注譯
新譯辛棄疾詞選　聶安福注譯
新譯歸有光文選　鄔國平注譯
新譯唐順之詩文選　馬美信注譯
新譯徐渭詩文選　周　群等注譯
新譯袁宏道詩文選　孫立堯注譯
新譯薑齋文集　平慧善注譯
新譯顧亭林文集　劉九洲注譯
新譯納蘭性德詞　馮　乾注譯
新譯方苞文選　鄔國平等注譯
新譯閒情偶寄　馬美信注譯
新譯鄭板橋集　朱崇才注譯

新譯袁枚詩文選　王英志注譯
新譯李慈銘詩文選　潘靜如注譯
新譯聊齋誌異選　任篤行等注譯
新譯閱微草堂筆記　嚴文儒注譯
新譯浮生六記　馬美信注譯
新譯弘一大師詩詞全編　徐正綸編著

【歷史類】

新譯史記　韓兆琦注譯
新譯漢書　吳榮曾等注譯
新譯後漢書　魏連科等注譯
新譯三國志　吳樹平等注譯
新譯資治通鑑　韓兆琦等注譯
新譯史記—名篇精選　韓兆琦注譯
新譯尚書讀本　吳　璵注譯
新譯尚書讀本　郭建勳注譯
新譯周禮讀本　賀友齡注譯
新譯逸周書　牛鴻恩注譯
新譯左傳讀本　郁賢皓等注譯
新譯公羊傳　雪　克注譯
新譯穀梁傳　顧寶田注譯
新譯春秋穀梁傳　周　何注譯
新譯戰國策　溫洪隆注譯
新譯國語讀本　易中天注譯
新譯說苑讀本　左松超注譯
新譯說苑讀本　羅少卿注譯
新譯新序讀本　葉幼明注譯
新譯吳越春秋　黃仁生注譯
新譯西京雜記　曹海東注譯

古籍今注新譯叢書

【哲學類】

新譯四書讀本　謝冰瑩等編譯
新譯學庸讀本　王澤應注譯
新譯論語新編解義　胡楚生編著
新譯孝經讀本　賴炎元等注譯
新譯易經讀本　郭建勳注譯
新譯周易六十四卦經傳通釋　黃慶萱注譯
新譯乾坤經傳通釋　黃慶萱注譯
新譯易經繫辭傳解義　吳　怡著
新譯禮記讀本　姜義華注譯
新譯儀禮讀本　顧寶田等注譯
新譯孔子家語　羊春秋注譯
新譯老子讀本　余培林注譯
新譯帛書老子　趙　鋒注譯
新譯老子解義　吳　怡著
新譯莊子讀本　黃錦鋐注譯
新譯莊子讀本　張松輝注譯
新譯莊子本義　水渭松注譯
新譯莊子內篇解義　吳　怡著
新譯列子讀本　莊萬壽注譯
新譯管子讀本　湯孝純注譯
新譯墨子讀本　李生龍注譯
新譯公孫龍子　丁成泉注譯
新譯晏子春秋　陶梅生注譯
新譯鄧析子　徐忠良注譯
新譯荀子讀本　王忠林注譯
新譯尹文子　徐忠良注譯
新譯尸子讀本　水渭松注譯
新譯鶡冠子　趙鵬團注譯
新譯鬼谷子　王德華等注譯
新譯韓非子　傅武光等注譯
新譯呂氏春秋　朱永嘉等注譯
新譯韓詩外傳　孫立堯注譯
新譯淮南子　熊禮匯注譯
新譯春秋繁露　朱永嘉等注譯
新譯新書讀本　饒東原注譯
新譯新語讀本　王　毅注譯
新譯潛夫論　彭丙成注譯
新譯論衡讀本　蔡鎮楚注譯
新譯申鑒讀本　林家驪等注譯
新譯人物志　吳家駒注譯
新譯張載文選　張金泉注譯
新譯近思錄　張京華注譯
新譯傳習錄　李生龍注譯
新譯呻吟語摘　鄧子勉注譯
新譯明夷待訪錄　李廣柏注譯

【文學類】

新譯詩經讀本　滕志賢注譯
新譯楚辭讀本　林家驪注譯
新譯楚辭讀本　傅錫壬注譯
新譯文心雕龍　羅立乾注譯
新譯六朝文絜　蔣遠橋注譯
新譯世說新語　劉正浩等注譯
新譯昭明文選　周啟成等注譯
新譯古文觀止　謝冰瑩等注譯
新譯古文辭類纂　黃　鈞等注譯
新譯樂府詩選　溫洪隆注譯
新譯古詩源　馮保善注譯
新譯千家詩　邱燮友等注譯
新譯詩品讀本　成　林等注譯
新譯花間集　朱恒夫注譯
新譯南唐詞　劉慶雲注譯
新譯絕妙好詞　聶安福注譯
新譯唐詩三百首　邱燮友注譯
新譯宋詩三百首　陶文鵬注譯
新譯宋詞三百首　汪　中注譯
新譯宋詞三百首　劉慶雲注譯
新譯元曲三百首　賴橋本等注譯
新譯明詩三百首　趙伯陶注譯
新譯清詩三百首　王英志注譯
新譯清詞三百首　陳水雲等注譯
新譯唐人絕句選　卞孝萱等注譯
新譯唐才子傳　戴揚本注譯
新譯拾遺記　石　磊注譯
新譯搜神記　黃　鈞注譯
新譯唐傳奇選　束　忱等注譯
新譯宋傳奇小說選　束　忱注譯
新譯明傳奇小說選　陳美林等注譯
新譯容齋隨筆選　朱永嘉等注譯
新譯明散文選　周明初注譯
新譯明清小品文選　鄭　婷注譯

人名索引

說明

一、本索引收錄《世說新語》正文中出現的漢至晉代所有人名，以姓名或常用稱謂為主條目，其他稱謂如字、小名、綽號、官名、爵名等則附注於後，並列為參見條目。姓名相同者，則在姓名後注明其特徵，以示區別。

二、本索引以人名首字的筆劃數排列，首字相同者，再依第二字的筆劃數排列。人名下的數碼，表示該人在本書中所見的篇次及條數。例如：

王劭（敬倫、大奴） 6/26 14/28

表示王劭分別見於《世說新語》第六篇（雅量）第 26 則和第十四篇（容止）第 28 則。

五　劃

六　劃

七　劃

八 劃

九　劃

十　劃

十一　劃

十二　劃

十三　劃

十四　劃

十五　劃

十八 劃

十九 劃

二十 劃

二十一 劃